Knaur

W0327424

Von Jackie Collins sind außerdem erschienen:

*Lady Boss* (Band 60831)
*Lucky Boss* (Band 60845)
*Lady Panther* (Band 60846)
*Die Stute* (Band 60847)
*Seitensprünge* (Band 60848)
*Affären* (Band 60849)

Über die Autorin:

Jackie Collins zählt zu den erfolgreichsten Autorinnen der Welt. Ihre Romane sind allesamt Bestseller und haben sich bisher weltweit fast zweihundert millionenmal verkauft. Jackie Collins lebt und arbeitet in Los Angeles.

Jackie Collins

# DIE SÜNDERINNEN

Roman

Aus dem Amerikanischen
von Stefan Holl

Knaur

Die Originalausgabe erschien unter dem Titel »Sinners«
bei Pan Macmillan, London.

Vollständige Taschenbuchausgabe November 1998
Copyright © 1971 by Jackie Collins
Copyright © 1998 der deutschsprachigen Ausgabe bei
Droemersche Verlagsanstalt Th. Knaur Nachf., München
Alle Rechte vorbehalten. Das Werk darf – auch teilweise – nur mit
Genehmigung des Verlages wiedergegeben werden.
Umschlaggestaltung: Agentur ZERO, München
Gesamtherstellung: Ebner Ulm
Printed in Germany
ISBN 3-426-61022-1

2 4 5 3 1

# 1

Herbert Lincoln Jefferson betrachtete angewidert seine Frau Marge. Sie lümmelte vor dem Fernseher, die Beine gespreizt, so daß man ihre dicken weißen Schenkel sah, und der Saft der Orange, die sie aß, lief ihr über das Kinn. In der Hand hatte sie eine Bierdose, aus der sie ab und zu einen ordentlichen Schluck trank. Sie trug ein blaues Baumwollkleid, das so eng war, daß es unter einem Arm aufgeplatzt war. Ihr riesiger Busen hing in einem schmutzig-weißen BH, der aus dem Ausschnitt herausschaute.

Einem Fremden wäre es schwergefallen, ihr Alter zu schätzen, und er hätte ihr vielleicht zehn Jahre mehr gegeben. Tatsächlich war sie fünfunddreißig.

»Ich gehe«, sagte Herbert.

Marge starrte unverwandt auf den Bildschirm. Sie stopfte sich noch ein Stück Orange in den Mund und mümmelte: »Okay, Schatz.«

Herbert verließ das schäbige rosa Haus, eines in einer langen Reihe schäbiger Häuser. Bösartig trat er nach Marges Katze, die ihm vor die Füße lief, und ging dann zur Bushaltestelle. Es war früh am Abend und extrem heiß. Herbert war wütend, daß er keinen Wagen besaß. In Los Angeles hatte jeder einen Wagen. Noch vor einer Woche hatte er einen schönen, glänzenden grauen Chevrolet gehabt, doch sie hatten ihn abgeholt, weil er die Raten nicht bezahlt hatte.

Herbert war mittelgroß, ein magerer Mann mit braunem Haar und scharfen Gesichtszügen. Er sah nicht gut aus, er war nicht häßlich, er war einfach absoluter Durchschnitt. Er gehörte zu jenen Menschen, an die man sich nie erinnert – es sei denn, man begegnete dem Blick seiner schrägen braunen Augen, und dann überlief einen plötzlich ein merkwürdiger Schauder. Seine Augen waren gemein, grausam und gierig.

An der Bushaltestelle stand vor ihm eine junge Mexikanerin, und er musterte sie rasch von oben bis unten. Zu mager und zu jung, aber noch Jungfrau, das stand für ihn fest. Beim Einsteigen preßte er sich an sie, und sie drehte sich um und sah ihn erschrocken an. Er ignorierte sie und setzte sich neben eine plumpe ältere Frau, vielleicht die Haushälterin eines reichen Filmstars. Doch dann hätte sie vermutlich einen eigenen Wagen besessen.

Im Bus hing der leichte Moschusgeruch getrockneten Schweißes, und Herbert rümpfte angeekelt die Nase. Er hatte geduscht, bevor er weggegangen war. Manchmal duschte er vier- bis fünfmal am Tag. Der Mann, den er rückhaltlos bewunderte, war Tiny Tim, denn er hatte gelesen, daß er jedesmal duschte, wenn er auf der Toilette gewesen war. So viel Sauberkeit bewunderte Herbert grenzenlos.

Die plumpe Matrone rückte ein Stück von Herbert ab. Der Druck seines Oberschenkels war ihr unangenehm. Da er jedoch ganz ruhig vor sich hin schaute und so unauffällig aussah, war sie überzeugt, daß er sich nicht absichtlich an sie preßte.

Die Alte trägt einen Strumpfbandgürtel, dachte Herbert. Ein Halter drückte ihn am Bein. Er bewegte den Arm, so daß er seitlich an ihren Busen stieß. Sie quetschte sich näher zum Fenster, und Herbert starrte gleichgültig vor sich hin.

An der nächsten Haltestelle stieg die Frau aus, und Herbert stellte die Beine so, daß sie sich an seinen Knien vorbeizwängen mußte. Er lachte heimlich in sich hinein. Alte Kuh, dachte er, jetzt prickelt's ganz schön bei dir, wie? Das mochten sie alle, auch die Alten. Liebevoll dachte er an den Brief, den er dem rothaarigen Filmstar Angel Carter geschickt hatte, dieser geballten Ladung Sex. Er hatte ihn gestern abend aufgegeben, und wahrscheinlich hatte sie ihn inzwischen schon gelesen. Er hatte sich ihre Privatadresse besorgt. Das war ein Vorteil seines Jobs. Im Büro gab es eine Akte mit den Adressen der meisten Stars. (Er war bei einem Chauffeurdienst angestellt, der für Radiant Productions arbeitete.) So hatte er die Gewähr, daß sie den Brief auch selbst öffnete.

Er hatte Angel liebevoll mit glühenden und sehr anschaulichen Worten geschildert, was er gern mit ihr getan hätte. Er hatte auch nicht die geringste Kleinigkeit vergessen, und er hatte einen kleinen Plastikbeutel beigelegt, in den er stolz masturbiert hatte.

Es war eine seiner besten literarischen Leistungen, und er hoffte nur, daß Miß Angel Carter das zu schätzen wußte.

Der Bus hielt, Herbert stieg aus und ging das kurze Stück zur Supreme Chauffeur Company zu Fuß.

## 2

Die Frau streichelte den Mann, der unter ihr lag, und seine Hände liebkosten ihren nackten Rücken.

Sie war auf eine ungewöhnliche Weise schön. Langes, wildes Haar umrahmte ein gebräuntes, animalisch wirkendes Gesicht mit braungelben Augen und einem vollen, sinnlichen Mund.

Sie lagen auf einem Bett mit schwarzen Seidenlaken, von denen eines die Frau bis unter die Taille bedeckte. Sie hatte einen wunderschönen Körper: lange Glieder, ausgeprägte Kurven und eine zarte Haut.

Sie seufzte und schickte sich an, den Mann zu küssen. Er war ebenfalls nackt. Ein harter, brauner Körper mit behaarter Brust und behaarten Handrücken.

Während sie sich küßten, griff sie unter das Bett und holte eine kleine Pistole hervor, die sie ihm an die Schläfe setzte.

Ihre Lippen lösten sich von den seinen, und sie flüsterte: »Leben Sie wohl, Mr. Fountain.«

Mit einer einzigen raschen Bewegung stieß er sie von sich hinunter und wand ihr die Waffe aus der Hand.

Wütend kauerte sie am Boden und starrte ihn finster an.

Er lachte. »Das mußt du schon geschickter anstellen, Baby«, sagte er. »Ich bin doch kein Pfadfinder.«

Ihr Arm fuhr in die Höhe, sie wollte ihn schlagen, doch eine Stimme rief: »Aus!«

Sunday Simmons hielt die Arme vor ihren Körper, um sich zu bedecken, und eine Garderobenfrau kam und warf ihr einen Morgenmantel über.

Abe Stein, der Regisseur, schob sich ins Bild. Er war fett und kaute an einer uralten, stinkenden Zigarre.

»'tschuldigung, Jack«, sagte er zu dem Mann auf dem Bett, »einfach zuviel Titten.«

Jack Milan grinste. Er war ein guterhaltener Neunundvierziger mit schwarzem Haar und einem Lächeln, das ihn seit zwanzig Jahren zum Kassenschlager machte. »Von Titten kann ich nie zuviel kriegen, Abe, alter Junge«, antwortete er.

Jeder, der in Hörweite war, lachte schallend, nur Sunday nicht, die, den Morgenmantel enger um sich ziehend, unglücklich auf dem Boden kauerte.

Warum nur hatte sie eingewilligt, diesen Film zu drehen? In Italien und in den meisten europäischen Ländern galt sie als eine Art Star. Nur hier in Hollywood behandelte man sie wie einen Niemand.

»Hör zu, Schätzchen«, wandte Abe sich an sie, »ich weiß, daß du da ein Paar großartige Dinger hast, aber halte sie so, daß sie auf Mr. Milan gerichtet sind, schwenk sie nicht vor der Kamera herum, kapiert?«

»Es tut mir leid«, entgegnete Sunday steif. »Das ist sehr schwierig, wenn er mich zu Boden schleudert. Wenn ich mich vielleicht ein bißchen bedecken könnte, wie ich es ursprünglich wollte . . .«

»Nein, das Zeug sieht einfach furchtbar aus.« Er bezog sich auf die sogenannten ›Pasties‹. Einige weibliche Filmstars bestanden darauf, sie in Nacktszenen zu tragen. Es handelt sich dabei um runde, fleischfarbene Hütchen, die die Brustwarzen abdecken. Sunday hatte gebeten, sie benutzen zu dürfen, doch in ihrem Vertrag war festgelegt, daß sie tun mußte, was die Filmgesellschaft wollte. Und die wollte eben keine ›Pasties‹. Man hatte ihr nur ein winziges Höschen erlaubt, darüber hinaus mußte sie sich den Blicken des gesamten Teams aussetzen, das sich an diesem Tag verdoppelt zu haben schien.

Sunday hatte Angst davor, den Morgenmantel wieder ausziehen zu müssen.

Als habe er ihre Gedanken gelesen, sagte Abe: »Hüpf aufs Bett, ich will dir zeigen, was ich meine. Hast du was dagegen, Jack? Soll ich dein Double holen lassen?«

»Ob ich was dagegen habe? Gebt mir schnell einen Whisky und eine Zigarette, dann drehe ich diese Szene mit Vergnügen den ganzen Tag.«

Noch mehr Gelächter, und Sunday nahm widerstrebend den Morgenmantel ab. Sie gab sich Mühe, gleichgültig zu bleiben, den Gedanken an die grinsenden Gesichter zu verdrängen, die sie beobachteten.

Sie stieg ins Bett, bedeckte sich bis unter die Taille mit dem Laken und legte sich schräg auf Jack Milan.

»Wir machen es jetzt in Zeitlupe«, sagte Abe. »Zeig mir, wie du sie hinunterwirfst, Jack.«

Jacks kräftige Arme hoben sie langsam hoch und schoben sie seitlich weg. Abes fette Hände streiften sie, bis beide Männer sie festhielten.

»Versuch, sie so gegen dich zu halten«, sagte Abe. »Das ist großartig. Und wenn du auf dem Boden hockst, meine Liebe, und den Arm ausstreckst, um ihn zu schlagen, dann kehrst du der Kamera den Rücken zu. So.«

Wieder faßte er sie an, und diesmal berührten seine fetten Finger ihre Brüste bestimmt nicht zufällig.

»Jetzt machen wir Lunchpause.« Er wandte sich an Jack Milan, der aus dem Bett stieg. Er trug orangefarbene Jockeyshorts und passende Socken. »Punkt zwei fangen wir wieder an, daß mir dann alle hier sind. Komm, Jack, ich lade dich zu dem Scotch ein, den du vorhin haben wolltest.«

Sunday ging langsam in ihre Garderobe. Sie war den Tränen nahe. Es war demütigend, so behandelt zu werden. Sie hatte gedacht, es würde ihrer Karriere guttun, einen Jack-Milan-Film zu machen, aber es hatte sich herausgestellt, daß sie nur eines von vielen Mädchen in einem Spionagefilm war. Es war ihr so sehr darum zu tun gewesen, aus Rom wegzukommen, daß sie das Drehbuch kaum angesehen hatte. Und sie wollte Hollywood kennenlernen.

Sunday hatte eine glückliche Kindheit gehabt. Sie war in Rio geboren. Ihr Vater war Südamerikaner, ihre Mutter Französin gewesen, und die beiden Nationalitäten hatten gut miteinander harmoniert.

Mit sechzehn hatte Sunday beschlossen, Schauspielerin zu

werden. Sie hatte ihre Eltern dazu überredet, sie an eine Schauspielakademie nach London zu schicken. Es war die beste, und Sunday konnte in London bei Tante Jasmin, der älteren Schwester ihrer Mutter, wohnen. Selbstverständlich sollte sie alle Ferien in Rio verbringen und sofort zurückkommen, wenn es ihr in England nicht gefiel.

Es sollte jedoch keinerlei Bedeutung mehr für sie haben, ob es ihr gefiel oder nicht, denn ihre Eltern wurden zwei Tage nach ihrer Abreise bei einem Autounfall getötet.

Sunday war untröstlich vor Kummer. Sie gab sich selbst die Schuld an dem Unglück, denn sie redete sich ein, daß es vielleicht nicht geschehen wäre, wenn sie die Eltern nicht verlassen hätte.

Ihr Vater hinterließ fast kein Geld. Großzügig, wie er war, hatte er auf großem Fuß gelebt und allen möglichen Leuten Geld geliehen.

Nach der Beerdigung entschied sich Sunday dafür, in London zu bleiben und ihr Studium fortzusetzen. Von der Mutter hatte sie ein paar tausend Pfund geerbt.

Es war ein völlig verändertes Leben, an das sie sich nun gewöhnen mußte. Eine kleine Wohnung in Kensington, das kalte Wetter und Tante Jasmin, die es für eine Sünde hielt, Zuneigung zu zeigen.

Sunday fand das merkwürdig und beunruhigend. Sie brauchte Liebe und Zuneigung, aber es schien keinen Menschen zu geben, der ihr dies schenken wollte.

Sie stürzte sich in ihre Arbeit an der Akademie.

Als sie anderthalb Jahre und einen Tag in London war, lernte sie Raf Souza kennen.

Raf war ein dynamischer junger Mann und der zur Zeit gefragteste Modefotograf, und er war sich dessen genau bewußt. Er tauchte in der Schule mit drei dünnen Modellen, einem Friseur, Unmengen von Gerät und drei riesigen Hunden auf.

Er hatte die Genehmigung, in der Schule, mit den Schauspielschülern als Staffage, eine Fotoserie für *Vogue* zu schießen.

In dieser Zeit trug Sunday das Haar ganz glatt und straff nach hinten gekämmt. Gegen die Kälte schützte sie sich gewöhnlich mit drei Pullovern und weiten Schlotterhosen. Sie schminkte sich nicht. Raf ›entdeckte‹ sie jedoch sofort. Sie mußte ihr Haar lösen, inmitten der drei Hunde knien und zu den dürren Modellen aufblicken.

Sunday war insgeheim entzückt, tat jedoch vor ihren Mitschülern so, als sei ihr die Sache schrecklich lästig.

Als Raf ging, gab er ihr seine Karte und sagte: »Wenn Sie die Bilder sehen wollen, kommen Sie morgen gegen sechs vorbei.«

Rafs Studio lag am ›falschen‹ Ende von Fulham, und Sunday brauchte eine Ewigkeit, ehe sie es fand. Er sah sie kaum an, als sie kam, und warf ihr die Kontaktabzüge zu.

Sie sah sich die Bilder sehr gründlich an. Wie ausdruckslos ihr Gesicht neben den Modellen wirkte. Wie plump sie die vielen Pullis machten.

»Wie alt bist du?« fragte Raf beiläufig.

»Fast achtzehn. Warum?«

»Ich wollte es einfach wissen. Ich hatte eine Idee, für die du genau richtig wärst. Wollen wir ein paar Probefotos schießen?«

»Ja, gern.«

»Wenn sie was taugen, bedeutet das für dich eine Woche im Ausland und hundert Pfund. Spesen werden außerdem bezahlt.«

Raf war nicht dumm. Er bekam tausend Pfund für den Auftrag, und wenn er ein gutes Berufsmodell nahm, kostete ihn das mehr als einen Hunderter. Außerdem sah er in diesem Mädchen ein großes Potential. Diese wunderbare Haut mußte in Farbe fantastisch kommen, und mit dem richtigen Make-up und der richtigen Frisur war sie bestimmt umwerfend.

Er hatte die üblichen Gesichter satt. Sie sahen fast alle gleich aus. Dieses kleine Mädchen konnte eine erfreuliche Abwechslung bringen.

Während seiner kurzen Karriere war Raf mit den meisten Topmodells, Zeitschriftenredakteurinnen, kurz mit jeder Frau ins Bett gegangen, die ihm nützen konnte. Er war untersetzt, lässig und hatte ein Lächeln wie ein kleiner Junge. Darauf fielen Frauen herein.

Dieses Lächeln probierte er jetzt an Sunday aus. »Was glaubst du? Könntest du's schaffen, daß die Familie keine Schwierigkeiten macht?«

Sunday fand ihn riesig nett. »Ja, ganz bestimmt. Das Semester ist morgen zu Ende, und ich habe keine festen Pläne.«

»Na, wunderbar! Fangen wir an. Am besten ziehst du deinen ganzen Fummel aus. Ich gebe dir ein Hemd, in das kannst du reinschlüpfen. Ach ja, und mach dein Haar auf, so straff zurückgezurrt sieht es ja furchtbar aus.«

Sunday kamen jetzt doch einige Bedenken. Was für Bilder wollte er überhaupt von ihr machen? Sie zögerte, als er ihr das Hemd zuwarf, und das merkte er natürlich sofort. »Es werden Modefotos, Schätzchen, Strandfummel und so. Ich muß schließlich wissen, ob du unter diesen Lappen überhaupt einen Körper hast. Wenn du willst, kannst du dich oben umziehen.« Er beschäftigte sich mit einer seiner Kameras.

Sunday nahm das Hemd und ging hinauf.

Sie zog es über BH und Schlüpfer an, es sah absolut anständig aus. Sie nahm Nadeln und Klammern aus dem Haar und ließ es locker herunterfallen. Dann stieg sie leise die Treppe hinunter.

Du meine Güte! dachte Raf. Die ist ja super. Die wird top. Diesmal hatte er in den Glückstopf gefaßt. Das Mädchen war fantastisch. Sie hatte unglaublich lange Beine, und er stellte sich schon die Wahnsinnsfotos vor, die er mit ihr machen würde. Ihre Brüste drängten sich prall gegen das Hemd, und sie hatte einen ganz besonderen Gang. Sehr, sehr sexy.

Er fotografierte eine Stunde. Sie posierte völlig natürlich. Er konnte es kaum erwarten, ihr das Hemd auszuziehen. Ganz abgesehen davon, daß sie ihm gefiel, war sie eine Art Garantie, daß dieser Auftrag erstklassig ausfallen würde.

Er traf die nötigen Vorbereitungen, und sie fuhren nach Marokko.

Raf, der Frauen gewöhnlich nur benutzte, war von Sunday fasziniert. Um der Kälte und der Lieblosigkeit ihrer Tante zu entkommen, war sie immer häufiger mit ihm zusammen. An ihrem achtzehnten Geburtstag schlief sie zum erstenmal mit ihm, und bald darauf zog sie zu ihm.

Tante Jasmin nahm ihren Auszug hin wie alles andere im Leben, schweigend und mit zusammengepreßten Lippen.

»Ich melde mich wieder bei dir«, versprach Sunday.

Tante Jasmin zuckte mißbilligend mit den Schultern.

Raf war seit dem Tod ihrer Eltern der erste Mensch, der Sunday wirklich nahe stand.

Sie lebten mehrere Monate miteinander, Sunday absolvierte das letzte Semester an der Akademie, und Raf ging seiner üblichen Arbeit nach. Dann erschienen die marokkanischen Fotos von Sunday, und in der Redaktion der Zeitschrift standen die Telefone nicht mehr still. Alle Welt wollte wissen, wer Sunday war. Sie bekam Angebote, im Fernsehen für ein Haarpflegemittel und eine Zahncreme zu werben, eine Filmgesellschaft wollte Probeaufnahmen machen.

Raf reagierte mit übler Laune und zog sich in sich selbst zurück. Sunday war begeistert.

Die Zeitschrift bestellte eine zweite Fotoserie mit Sunday. Raf überredete sie, das Angebot des Werbefernsehens abzulehnen, obwohl sie dabei eine Menge verdient hätte. Auf den Probeaufnahmen für die Filmgesellschaft bestand sie jedoch.

Raf fuhr mit ihr nach Rom, und sie verliebte sich in die Stadt. Sie erinnerte sie an Rio.

Als sie zurückkamen, übernahm sie die Filmrolle, für die sie die Probeaufnahmen gemacht hatte.

Raf brütete finster vor sich hin. Er war furchtbar eifersüchtig, weil er Sunday nicht mehr für sich allein hatte. Zum erstenmal, seit sie bei ihm lebte, schlief er mit anderen Frauen, kam betrunken nach Hause und gewöhnte es sich an, sie vor dritten zu beleidigen und lächerlich zu machen.

Sunday begriff nicht, warum er gegen sie so erbittert war. Was hatte sie ihm getan?

Er fand jedoch keine Worte, ihr zu erklären, daß er verzweifelte Angst hatte, sie zu verlieren, weil sie so erfolgreich war.

Sunday spielte noch zwei kleinere Filmrollen. Der erste Film wurde uraufgeführt, und sie bekam ein Angebot aus Rom.

»Nimm es an«, sagte Raf bissig, »wir sind ohnehin fertig miteinander.« Und um die Trennung zu beschleunigen, sagte er ihr, er habe jemand anders gefunden.

Sunday war in Rom recht erfolgreich, wirkte jedoch überwiegend in Filmen mit, die hauptsächlich ihre körperlichen Reize zur Schau stellten. Den Wunsch, eine ›ernsthafte Schauspielerin‹ zu werden, verdrängte sie weit in den Hintergrund ihres Bewußtseins. Sie genoß die prickelnde Erregung, die sie fühlte, weil sie, gleichgültig, wo sie erschien, Aufmerksamkeit erregte. Die Italiener waren hinter ihr her und setzten ihren ganzen südländischen Charme ein, um sie zu erobern, aber Sunday dachte noch immer nur an Raf.

Er war ihr erster Mann gewesen, und sie hatte ihn geliebt. Und sie hatte gedacht, daß auch er sie liebte.

Dann erschien Paulo auf der Szene. Conte Paulo Gennerra Rizzo.

Er sollte ihr nichts anderes bringen als Kummer.

»Miß Simmons!« Jemand klopfte an ihre Garderobentür. »Sie werden auf der Szene erwartet.«

Automatisch warf Sunday einen Blick in den Spiegel, und dabei fiel ihr ein, daß sie nichts gegessen hatte. Na schön, zurück zu dem so überaus charmanten Abe Stein und dem bezaubernden Jack Milan, der sie – vom Text seiner Rolle abgesehen – noch keines einzigen Wortes gewürdigt hatte. Was für ein wunderbarer erster Drehtag in Hollywood!

Auf der Szene herrschte rege Tätigkeit. Es hatte sich herumgesprochen, daß eine Nacktszene gedreht wurde, und jetzt schienen sich alle Männer hier versammelt zu haben, die im Moment nicht beschäftigt waren. So viele waren es vorher jedenfalls nicht, dachte Sunday. Jack Milan und Abe Stein glänzten durch Abwesenheit.

Ein Maskenbildner, mit dem sie am Morgen eine Auseinandersetzung gehabt hatte, kam auf sie zu. Sie hatte gebeten, sich die Augen selbst schminken zu dürfen, was sie sonst immer tat, doch er hatte abgelehnt. Das ärgerte sie, da sie ihr Gesicht viel besser kannte als jemand, der sie höchsten fünf Minuten lang angesehen hatte. Sie bestand jedoch darauf, und der Mann hatte – auf die ›ausländischen Starlets‹ schimpfend – unter Protest ihre Garderobe verlassen.

Jetzt baute er sich, einen Schwamm und eine große Dose

Schminke in der Hand, vor ihr auf. »Ziehen Sie den Morgenmantel aus. Ich muß Ihr Körper-Make-up überprüfen.«

Sie funkelte den Mann wütend an, der ein paar Freunde zusammengeholt hatte, weil er ihnen auch einen Spaß gönnte. »Wo ist die Frau, die mich heute früh geschminkt hat?« fragte Sunday.

»Sie hat in einem anderen Studio zu tun. Nur nicht so schüchtern. Ihre großen Titten hat doch sowieso schon jeder gesehen.«

Sunday fühlte, wie sie feuerrot wurde, und machte kehrt, um in ihre Garderobe zurückzuflüchten. Prompt prallte sie mit Jack Milan und Abe zusammen. »Wohin denn so eilig, Schätzchen?« Abes fleischige Hand packte sie am Arm. »Sehen wir zu, daß wir diese Szene in den Kasten kriegen, komm schon!« Er zog sie an den Drehort zurück.

Sie hatte plötzlich das Gefühl, daß sie es nicht fertigbringen würde, vor diesen neugierig gaffenden Männern den Morgenmantel auszuziehen. »Wenn wir in Italien so eine Szene drehen«, sagte sie zu Abe, »muß die Szene geräumt werden, nur die erforderlichen Techniker bleiben.«

»Tatsächlich?« Er hustete und spuckte aus. »Wir sind aber nicht in Italien, Schätzchen, und was da so an Kerlen herumsteht, wird dringend gebraucht.«

Sunday, die nur selten die Beherrschung verlor, kochte jetzt vor Zorn. »Wenn das so ist, können Sie die Szene ohne mich drehen. Ich bin kein Tier, das sich anstarren läßt. Ich bin Schauspielerin.«

»Ha!« knurrte Abe. »Schauspielerin, wie? Und dabei kannst du nicht mal deine Titten aus der Kamera raushalten. Spiel dich bloß nicht auf, Baby. Du hast einen Vertrag, vergiß das nicht.«

»Das vergesse ich schon nicht. Ich kann aber unter diesen Bedingungen nicht arbeiten. Tut mir furchtbar leid.«

Und damit verließ Sunday die Szene.

Es war ein denkwürdiges Ereignis, denn so etwas war in einem Jack-Milan-Film noch nie passiert.

## 3

Charlie Brick und das Mädchen saßen nebeneinander in dem schummrigen Restaurant mit Blick auf die Park Lane. Mehrere Kellner standen in der Nähe bereit, um auf den kleinsten Wink des Mannes an den Tisch zu stürzen.

Sie tranken Kaffee, das Mädchen ganz beflissen, die strahlenden Augen voller Unrast durch das Lokal schweifen lassend. Sie war hübsch und jung, er um einiges älter, ging bereits auf die Vierzig zu. Er hatte ein längliches, trauriges Gesicht und trug eine starke, horngefaßte Brille.

»Ich wünschte, Mami könnte mich jetzt sehen!« sagte das Mädchen plötzlich.

»Was, mein Liebling?« Charlie beugte sich zu der Kleinen hinüber und griff unter dem Tisch nach ihrer Hand.

»Meine Mami«, fuhr sie stolz fort, »sie würde es einfach nicht glauben, daß ich mit dir in einem solchen Restaurant sitze.«

»Warum nicht?« Er drückte ihre Hand ganz fest.

»Ach, du weißt schon ...« Sie kicherte. »Sie konnten es schon kaum glauben, als ich den Schönheitswettbewerb gewann und nach London ging. Da, wo ich herkomme, sind die Leute ein bißchen merkwürdig. Du kannst dir ja vorstellen, was sie alle denken würden, wenn sie wüßten, daß ich mit einem leibhaftigen Filmstar in einem solchen Nobelrestaurant sitze.«

»Du bist ein so hübsches kleines Ding.«

Sie strahlte. »Findest du wirklich?« Sie legte die Hand auf die seine. »Mami hat schon immer gesagt, ich müßte eigentlich zum Film.« Sie sah ihn hoffnungsvoll an. »Was meinst du dazu?«

Er ließ ihre Hand los und winkte einem Kellner. »Ich finde, es ist Zeit, daß wir gehen. Wir drehen morgen schon sehr früh.«

»Oh!« Sie machte ein enttäuschtes Gesicht. »Ich dachte, du wolltest mir im Hotel deine neuen Standfotos zeigen.«

»Ein andermal.« Seine ganze Haltung hatte sich verändert, nichts konnte ihm schnell genug gehen, er wirkte fast abweisend fremd.

Der Kellner trat an den Tisch. »Waren Sie zufrieden, Mr. Brick?«

Charlie stand auf. »Alles war erstklassig, Luigi. Besten Dank.«

»Ich habe vergangene Woche Ihren neuen Film gesehen, Mr. Brick – Sir. Er war wirklich sehr lustig. Es war uns eine große Freude, Sie heute abend hier begrüßen zu können.«

»Danke, Luigi.«

Sie verließen das Restaurant. Die Nacht war kalt, und es goß in Strömen. Der Türsteher stand stramm. »Guten Abend, Mr. Brick – Sir, Ihr Wagen kommt sofort.«

Ein langer schwarzer Bentley fuhr vor. Sie stiegen ein.

»Danke, Sir«, sagte der Türsteher und nahm eine Pfundnote entgegen. »Meinen allerbesten Dank.«

Der Wagen glitt davon.

»Wohin?« fragte der Chauffeur.

»Setzen Sie mich vor dem Hotel ab, und bringen Sie dann Miß Marymont nach Hause.«

»Sehr wohl, Sir.« Der Chauffeur George gestattete sich ein flüchtiges Lächeln. Was für eine Enttäuschung für das Mädchen!

Schweigend fuhren sie zum Hotel. Das Mädchen war über den jähen Stimmungsumschwung zu verwirrt, um zu wissen, was es sagen sollte. »Bist du ganz sicher, daß ich nicht noch hinaufkommen soll?« fragte sie, als der Wagen hielt.

»Du bist wirklich süß, mein Schatz, aber ich muß nun mal um fünf wieder raus. Ich ruf' dich nächste Woche mal an.«

Er stieg schnell aus. »Bis dann.« Er blieb stehen und sah dem Wagen nach, der sich wieder in den Verkehr einfädelte. Dummes kleines Ding, dachte er. War das wirklich der einzige Grund, warum sie mit ihm ausgingen? Glaubten sie wirklich, er würde ihnen den Weg zum Film ebnen und sich nach Strich und Faden ausnutzen lassen?

Wie oft hatte er es schon gehört? In wie vielen Variationen? Der direkte Weg: »Glaubst du, du könntest Probeaufnahmen für mich arrangieren?« Die versteckte Andeutung: »Ich wollte schon immer Schauspielerin werden.« Der beiläufige Hinweis der ›Schauspielerkollegin‹: »Mein Agent findet übrigens, die weibliche Hauptrolle in deinem nächsten Film sei mir auf den Leib geschrieben.«

Lorna hatte ihn gewarnt, hatte ihn ausgelacht. »Aber klar«, hatte sie gesagt, »die kleinen Mädchen werden reihenweise bei dir anstehen, um mit dir ins Bett zu hüpfen. Aber frag dich doch mal, mein Liebling, ob sie wirklich dich wollen? Oder wollen sie Charlie Brick?«

Die Scheidung war jetzt seit einem Monat rechtskräftig. Zwölf Jahre Ehe in Trümmern. Lorna bei einem anderen. Die Kinder Wanderer zwischen zwei Welten – zwischen Mutter und Vater. Eine gräßliche Leere, die niemand füllen konnte, egal, mit wie vielen Leuten er zusammen war.

Er betrat das Hotel. Der Empfangschef schickte ihm sofort einen Pagen entgegen. »Ein Gespräch aus Hollywood für Sie, Mr. Brick – Sir.«

»Legen Sie es bitte in meine Suite«, sagte Charlie.

Der Liftführer freute sich, ihn zu sehen. »Meine kleine Tochter ist ganz närrisch vor Begeisterung über das Foto von Ihnen, Mr. Brick. Sie hat Ihren letzten Film schon viermal gesehen.«

Charlie lächelte. Es war immer angenehm, ein Lob zu hören.

Als er seine Suite betrat, klingelte das Telefon. Es war Marshall K. Marshall, sein Agent, der aus Hollywood anrief, um noch ein paar Einzelheiten zu besprechen, die mit Charlies Ankunft in der nächsten Woche zusammenhingen, in der die Dreharbeiten für seinen neuesten Film beginnen sollten.

Sie schwatzten eine Weile, und zum Schluß sagte Marshall: »Wir freuen uns alle sehr darauf, Sie am achtundzwanzigsten zu sehen, Charlie. Ganz Hollywood kommt zu Ihrem Empfang.« Es folgte eine kurze Pause, dann: »Soll ich ein paar Mädchen für Sie organisieren?« Er nannte die Namen zweier bekannter Kleindarstellerinnen. »Nein? Na schön, ich bin überzeugt, Sie können sich selber was aufreißen.«

Sie verabschiedeten sich, und Charlie legte auf. Verärgert begann er, im Zimmer auf und ab zu marschieren. Die ganze Welt schien sich verschworen zu haben, ihn mit derartigen Bemerkungen zu ärgern. Er konnte sich kaum vorstellen, daß man Robert Redford oder Michael Caine fragte, ob man ihnen Mädchen besorgen solle. Warum ausgerechnet ihn? O ja, er wußte natürlich, daß er kein Matiné-Idol war, aber er trug kein

Toupet, und er hatte noch seine eigenen Zähne. Er hatte auch ein recht einnehmendes Gesicht, wirkte sogar ziemlich distinguiert. Und da er für seinen letzten Film eine ganze Menge abgenommen hatte, war er auch von der Figur her in guter Verfassung. Schließlich war er noch nicht alt, und er hatte noch nie Schwierigkeiten gehabt, Mädchen fürs Bett zu bekommen. Wesentlich schwerer war es schon, sie hinterher loszuwerden. Doch auch darin hatte er eine recht erfolgreiche Technik entwickelt. Ein rascher Blick auf die Uhr, dann der Ausruf: »Mein Gott, ist es wirklich schon so spät? Ich hatte ja keine Ahnung . . .« Die meisten begriffen nach einer Weile den Wink und gingen.

Die Penthousesuite wirkte kalt und unpersönlich, trotz der vielen verstreut herumliegenden Gegenstände, die Charlies Eigentum waren. Fotoapparate, Bücher, Drehbücher, eine erstklassige Stereoanlage und ganze Stapel von LPs.

Charlie tat es nicht leid, daß er von hier fort mußte. Ein Hotelzimmer gab einem nie das Gefühl von Beständigkeit.

Das Telefon klingelte wieder. Charlie nahm ab. »Ich habe die Dame nach Hause gefahren«, sagte der Chauffeur. »Sie schien nicht sehr zufrieden zu sein. Brauchen Sie heute abend noch etwas?«

»Nein.« Charlie gähnte. »Ich denke, ich gehe schlafen. Wecken Sie mich morgen früh gegen acht. Gute Nacht, George.« Er legte auf, aber es klingelte sofort wieder.

Die Stimme am anderen Ende der Leitung war weiblich und hatte einen starken Akzent. »Liebling, du hast nicht angerufen«, sagte sie vorwurfsvoll. »Was ist passiert?«

Kristen Sweetzer, eine großbusige Möchtegernschauspielerin, die er am Abend vorher bei einer Party kennengelernt hatte. Er war so betrunken gewesen, daß er sich nur noch nebelhaft an sie erinnerte.

»O hallo, Schatz«, sagte er. »Entschuldige, habe ich versprochen, dich heute anzurufen?«

»Ja, Liebling. Aber ich will dir noch einmal verzeihen.« Es folgte eine kurze Pause und dann: »Nun, und wann sehe ich dich wieder?«

Plötzlich fiel ihm ein, daß er sie nicht ausstehen konnte. Sie erinnerte ihn an eine herrschsüchtige Turnlehrerin; außerdem redete sie ununterbrochen. Er hatte, vor allem wegen ihrer scheußlichen Sprache, furchtbar gelitten. »Wir gehen in meine Wohnung«, hatte sie gestern abend erklärt. »Oder du nicht gern möchtest? Oder sollen wir?« Und er war gegangen.

»Hör zu, Schatz«, sagte er. »Gehen wir Ende der Woche zusammen essen. Ich habe in den nächsten Tagen eine Menge zu tun, aber ich ruf' dich bald an. In Ordnung?«

Sie seufzte. »Ich habe mich darauf gefreut, dich früher zu sehen.«

Er blieb eisern. »Donnerstag oder Freitag. Dann reden wir miteinander.«

»Na schön, aber ich denke, du bist ein sehr schlimmer Mann.«

Ihn schauderte, als er das Attribut hörte, mit dem sie ihn belegte. »Ja, mein Schatz, da hast du wahrscheinlich recht.« Er legte rasch auf, bevor sie das Gespräch fortsetzen konnte.

Frauen hatten ihn immer enttäuscht. Solange er denken konnte, hatten sie es immer geschafft, ihn im Stich zu lassen. Sogar seine Frau Lorna hatte ihm nach zwölf Jahren Ehe gezeigt, daß sie nicht anders war als die anderen.

Die bitteren Erinnerungen an die letzten Monate stürmten auf ihn ein. Die gegenseitigen Vorwürfe, die Tage eisigen Schweigens nach endlosen Streitereien. Und das Schlimmste – der Haß und der Mangel an gegenseitigem Interesse.

Er kaufte ihr Geschenke, Schmuck, Pelze, einen neuen Wagen. Sie nahm alles kalt und freudlos an, und nicht anders ertrug sie ihn im Bett. Sie war nie eine leidenschaftliche Natur gewesen, doch in den letzten Monaten vor dem Ende ... Vergiß es, dachte er. Sie schien schon zu schrumpfen und sich rein körperlich von ihm zu entfernen, wenn er sie nur berührte. In einer denkwürdigen Nacht, als er auf ihr lag und seine Pflicht zu tun versuchte, hatte sie angefangen, leise und erstickt zu schluchzen. Er hatte sich sofort von ihr gelöst und das Gefühl gehabt, es könnte keine größere Ferne zwischen ihnen geben als dies.

Wenn er an Lorna dachte, kam er immer wieder zu dem Schluß, daß sie vielleicht all das hatte, was er in einer Frau suchte. Aber hatte er sich wirklich so schlecht benommen, daß sie es nicht fertigbrachte, ihm zu verzeihen?

Schließlich war sie es gewesen, die das Ende herbeigeführt hatte, nicht er.

Er hörte auf, über die Vergangenheit nachzugrübeln, und lenkte die Gedanken in die Zukunft.

Charlie Brick, ein Name, der einem nach Millionen zählenden Publikum bekannt war. Er hatte viele Filme gedreht. Eine Menge Geld verdient. Das war gar nicht schlecht, nachdem er in zweitklassigen englischen Varietés für fünfzehn Pfund pro Woche getingelt hatte. Er brauchte sein Leben lang keinen Finger mehr krumm zu machen, wenn er nicht wollte. Das war ein beruhigender Gedanke.

Seine Mutter lebte mit zwei Hausangestellten in einem hübschen Haus in Richmond, hatte einen Wagen und einen Chauffeur. Für seine beiden Kinder hatte er Treuhandfonds eingerichtet. Darauf hatte er bestanden. Lorna hatte keinen Pfennig von ihm gewollt, aber er wollte, daß es seinen Kindern an nichts fehlte, und dafür hatte er gesorgt. In materieller Hinsicht konnte es ihm nicht bessergehen.

Der neue Film müßte eigentlich interessant werden, dachte er. Der Regisseur war ein alter Freund von ihm. Die weibliche Hauptdarstellerin, Michelle Lomas, war ebenfalls eine alte Freundin, wenn auch in einem anderen Sinn. Michelle war ein großer Star und eine richtige Frau. Mit neunzehn Jahren war sie in Südfrankreich entdeckt worden, im Bikini, und heute, zehn Jahre später, hatte sie einen internationalen Ruf – als Schauspielerin und als Frau. Charlie hatte sie vor fünf Jahren kennengelernt, als seine Filmkarriere ruhig dahinplätscherte und die ihre allmählich heiß wurde.

Zum erstenmal hatte man ihm nicht die Rolle eines Komikers, sondern die des romantischen Liebhabers anvertraut. Den Frauen gefiel er sofort in diesem neuen Part. Wenn er gut genug war, Partner von Michelle Lomas zu sein, dann konnten auch sie ihn zum Helden ihrer heimlichen Träume machen.

Es kam körbeweise Fanpost, und seine Karriere nahm einen steilen Aufschwung.

Für Lorna und ihn war das jedoch der Anfang vom Ende.

Die Affäre mit Michelle Lomas hatte sein Leben von Grund auf verändert. Zuerst hatte er es einfach nicht glauben können, daß ein berühmtes Sexsymbol, wahrscheinlich *das* berühmteste europäische Sexsymbol der damaligen Zeit, sich für ihn interessierte. Aber sie hatte sich für ihn interessiert. Die meisten Impulse ihrer Beziehung waren von ihr ausgegangen. Sie hatte einen Mann, der brav in Paris blieb und nur gelegentlich auftauchte.

»Du bist ein wunderbarer Mann«, hatte sie ihm immer geschmeichelt, »ein wunderbarer Liebhaber, der beste.« Noch nie hatte ihm jemand so etwas gesagt. Er war sich im Bett immer unzulänglich, bestenfalls durchschnittlich vorgekommen. Michelle hatte das geändert. Sie hatte ihm das Gefühl gegeben, ein König zu sein.

Selbstverständlich hatte seine Ehe darunter gelitten. Er war immer später aus dem Studio nach Hause gekommen. Am Wochenende hatte er angeblich immer zu arbeiten. Schließlich bekam er Lorna kaum noch zu sehen. Sie lebten nur zufällig in demselben Haus. Hin und wieder trafen sie sich lange genug, um sich gegenseitig Beleidigungen an den Kopf zu werfen.

Lorna: »Ich weiß, daß du jetzt diese große französische Kuh bumst.«

Charlie: »Ich begreife dich nicht. Wie kannst du so etwas sagen?«

Lorna: »Du bist hinter ihr her wie ein Hund hinter einer läufigen Hündin. Was für einen Narren du aus dir machst!«

Und so ging es weiter. Ein Streit nach dem anderen, eine Kränkung nach der anderen, bis sich die Ereignisse eines Tages wirklich dramatisch zuspitzten. Charlie hatte sich entschlossen, Michelle nach Frankreich zu folgen. Sie war zwei Wochen vorher abgereist, nachdem ihr gemeinsamer Film abgedreht war, und sie telefonierten jeden Tag miteinander. »Mein Mann fährt für zehn Tage nach Südfrankreich«, sagte sie schließlich. »Und zwar schon morgen. Du kannst also kommen.«

Unglücklicherweise fiel sein Reisetermin mit dem Geburtstag seiner Tochter zusammen, für den Lorna eine Party arrangiert hatte. Er sagte ihr, er müsse sofort abfliegen, es sei ein neuer Film im Gespräch. Sie sah ihn sehr lange und mit einem sehr harten Blick an. »Wenn du zu ihr gehst«, sagte sie dann sehr langsam, »dann trägst du ganz allein die Verantwortung für die Konsequenzen.«

Als er zurückkam, war alles anders. Es gab keine Auseinandersetzungen mehr, denn Lorna war kaum noch zu Hause. Sie brachte es immer fertig, genau dann auszugehen, wenn er das Haus betrat. Sie blieb über Nacht weg, ohne zu hinterlassen, wo sie zu erreichen war. Er fragte sie nicht. Er war zu sehr damit beschäftigt zu überlegen, wie er es anstellen sollte, Michelle so oft wie möglich zu sehen.

Seine Karriere führte immer steiler bergauf. Er fand sich in der beneidenswerten Lage, sich die Filme aussuchen zu können, die er machen wollte. Er bekam nur beste Kritiken: »Charlie Brick glänzt wieder.« – »Charlie Brick rettet den Film.« – »Die geniale Komik von Charlie Brick . . .«

Lorna und er beschlossen, vom Land weg und in ein Penthouse zu ziehen. Die Affäre mit Michelle war mehr oder weniger zu Ende, was darauf zurückzuführen war, daß sie in verschiedenen Ländern arbeiteten und es fast unmöglich geworden war, sich zu treffen.

Ihm war natürlich klar, daß er sich wie ein Narr benommen hatte. Es war alles seine Schuld gewesen. Aber die Chance, mit Michelle Lomas ins Bett zu gehen, hatte er einfach nicht ausschlagen können. Er hatte irgendwie das merkwürdige Gefühl, daß Lorna und er sich dadurch vielleicht näherkommen würden.

Sie empfand nicht so. Obwohl Charlie aufmerksam und rücksichtsvoll zu ihr war, blieb sie kalt und unfreundlich.

Er kaufte das neue Penthouse, weil er hoffte, daß sie in der anderen Umgebung wieder zueinanderfinden würden.

Lorna war nicht begeistert. Sie bestand darauf, daß er einen Innenarchitekten beauftragte, das Haus einzurichten, und kümmerte sich überhaupt nicht darum.

Zwei Wochen nach dem Einzug mußte Charlie nach Spanien. Als er zurückkam, war Lorna nicht mehr da. Sie hatte die Kinder zurückgelassen, und außerdem fand er eine kurze

Nachricht vor: ›Es ist alles Deine Schuld. Versuch ja nie, sie mir in die Schuhe zu schieben.‹

Sie war verschwunden, und es dauerte zwei Wochen, ehe Charlie erfuhr, wo sie war. Ein Privatdetektiv hatte sie in einem Hotel in Bayswater entdeckt, im Bett mit einem arbeitslosen Stuntman. Der Detektiv machte Fotos, und damit war alles zu Ende. Der nächste Schritt war die Scheidung.

Zuerst konnte Charlie es nicht glauben, daß Lorna ihn wegen ›nichts und wieder nichts‹ verlassen hatte, wegen eines ›Niemand‹. Der Mann sah nicht einmal gut aus. Aber Lorna schien alles egal zu sein. »Geh doch und laß dich scheiden«, sagte sie. »Mich freut's.« Sie kam nicht zurück, und die Kinder blieben bei ihm.

Er konnte es kaum glauben. Er hatte mit Michelle Schluß gemacht. Er wollte Lorna. Sie war seine Frau. Konnte sie das nicht verstehen? Er war bereit, ihr den Stuntman zu verzeihen, warum verzieh sie ihm nicht?

Was sollte aus den Kindern werden? Allein wegen der Kinder sollten sie es doch noch einmal versuchen.

Doch sie hatte nichts davon wissen wollen.

Sie zog zu ihrem Freund, und bald darauf forderte ihr Anwalt die Kinder zurück. Sie bekam sie auch, da das Gesetz es so wollte, doch Charlie durfte sie sehen, wann er wollte.

Er verkaufte das riesige Penthouse und zog in eine Hotelsuite. Dort verbrachte er lange Abende allein und holte sich manchmal einen Haschischrausch. Es gab sehr viele Mädchen.

Eine Nacht verbrachte er mit einer Stripperin, die nächste mit einer verheirateten Frau, deren Mann zufällig verreist war.

Und sie enttäuschten ihn alle. Eine wie die andere versuchte, ihn auf irgendeine Art auszunutzen.

Allen erzählte er seine Geschichte, sagte ihnen, wie unglücklich er sei, daß seine Frau ihn wegen eines anderen verlassen hätte und Leben und Erfolg überhaupt keinen Sinn hätten, wenn man sie mit niemandem teilen könnte.

Die Frauen, mit denen er sich öfter als einmal traf, erwarteten, so halb und halb, daß er sie bitten würde, ihn zu heiraten.

Er machte unaufhörlich entsprechende Andeutungen und gab jeder das Gefühl, sie sei die einzige für ihn. Aber er behandelte sie so schlecht, versetzte sie, rief nie an, wenn er es versprochen hatte, setzte sich nur mit ihnen in Verbindung, wenn er Lust hatte, manchmal sogar um zwei Uhr morgens. Er hatte das Gefühl, sich dadurch in gewisser Weise an Lorna zu rächen, es ihr heimzuzahlen. Jede Nacht eine andere Frau. Aber keine bedeutete ihm etwas.

Wie anders war es gewesen, als er sich Lorna in den Kopf gesetzt hatte. Damals war er ganz groß in Form und überaus hartnäckig gewesen, denn sie hatte es ihm gewiß nicht leichtgemacht.

Sie hatten sich bei einer Party kennengelernt. Er konnte sich seines ersten Eindrucks noch ganz genau erinnern, denn sie war so völlig anders als die Mädchen, die er kannte. Sie hatte hellblondes Haar, das sie straff zurückgekämmt und zu einem Knoten zusammengenommen trug, und auf ihrer zierlichen Nase saß eine riesengroße, billige Brille, die ihrem Gesicht etwas unglaublich Rührendes gab und es ungewöhnlich klein wirken ließ. Sie war ungeschminkt und nicht sehr groß, und sie war keine hinreißende Schönheit, aber Charlie fand sie bezaubernd.

Ein Jahr später waren sie verheiratet. Sie verbrachten die Hochzeitsnacht im besten Hotel in Manchester, eine Extravaganz, die sie sich kaum leisten konnten, doch Charlie war der Meinung gewesen, der Anlaß sei eine solche Verschwendung wert. Charlie hatte sich geirrt.

Obwohl Charlie sie nun schon ein Jahr kannte, hatten sie sich keineswegs jeden Abend gesehen und nie viel Zeit füreinander gehabt, da er fast ständig im ganzen Land umherreiste, um einmal in diesem und dann wieder in jenem Varieté seine Witzchen loszuwerden.

Sie wohnte bei ihren Eltern und sagte ihm schon zu Beginn ihrer Beziehung sehr fest und unmißverständlich, daß ›da nichts laufen werde‹, solange sie nicht verheiratet seien.

Das war ein Grund unter anderen, warum er beschlossen hatte, sie zu heiraten. ›Das‹ bekam er zwar ausreichend anderswo, doch der Gedanke, ein ›anständiges‹ Mädchen zu heiraten und mit ihm Kinder zu haben, war verlockend. Außerdem schien sie ihn wirklich zu lieben. Und er liebte sie ganz bestimmt.

Mit einundzwanzig Jahren war Lorna noch Jungfrau, und sie benahm sich, als gedenke sie, es zu bleiben.

Sie zog sich im Badezimmer aus und weigerte sich, herauszukommen, ehe nicht alle Lichter gelöscht waren. Dann sprang sie mit einem Satz ins Bett, und als Charlie sich gewaschen und die Zähne geputzt hatte, schien sie unter der Decke zusammengerollt zu schlafen, in einem sehr züchtigen Morgenrock. Charlie legte sich neben sie ins Bett.

Sie hatten sich zehn Monate lang so oft wie möglich gesehen, aber ihre Körper waren sich noch immer fremd.

»Schläfst du?« flüsterte er und versuchte, mit der Hand in ihren fest gegürteten Morgenrock einzudringen.

Keine Antwort.

Mit Mühe gelang es ihm, sich zu ihren Brüsten vorzuarbeiten. Er spielte zart mit ihnen. Sie lag da, als schlafe sie, die Augen fest geschlossen.

Es war für ihn sehr erregend, diesen fremden, reglosen Körper zu liebkosen. Nach einer Weile war er so erregt, daß er die Bettlaken wegriß und ihr grob das Nachthemd bis zur Taille hochschob.

Sie machte die Augen auf und begann zu protestieren.

Sie war die erste Jungfrau, mit der er zusammen war, aber er wurde von seinem Begehren derart mitgerissen, daß er alles vergaß. Er nahm sie rücksichtslos, bis er sich schließlich in einem langen Schaudern entspannte, innehielt und sich erschöpft zur Seite rollte.

Sie schluchzte verzweifelt, aber das merkte er erst nach längerer Zeit. Er streckte den Arm aus und zog sie an sich. »Es ist alles in Ordnung«, sagte er zärtlich. »Du brauchst dir keine Sorgen zu machen.«

»Es ist nicht in Ordnung.« Ihre Stimme klang hart, obwohl sie noch immer schluchzte.

»Wovon redest du? Was meinst du damit?« Charlie war ehrlich erstaunt. »Ich liebe dich. Ich weiß, daß es das erstemal nicht schön für dich ist, aber es ist das beste, es schnell zu tun und es hinter sich zu bringen. Das nächstemal wird es dir gefallen, du wirst schon sehen.«

Aber das nächstemal ließ Monate auf sich warten, und als sie endlich einwilligte, tat sie es nur unter Protest. Wann immer sie miteinander schliefen – und das war selten genug –, lag sie still und steif wie ein Brett unter ihm.

Vielleicht hätte es nie eine Michelle gegeben, wenn Lorna mehr Gefallen daran gefunden hätte.

Dann bekam Charlie einen Job in London. Es war nur ein heruntergekommener Nachtclub, in dem er arbeitete, aber Charlie war froh, nicht mehr Woche für Woche von einer Stadt in die andere weiterziehen zu müssen.

Lorna freute sich darüber. Sie mieteten eine kleine Wohnung in der Old Compton Street, eigentlich nur ein großes Zimmer, doch immerhin ein fester Wohnsitz.

Ihre Ehe war nicht schlecht. Abgesehen von dem unbefriedigenden Sexualleben kamen sie gut miteinander aus.

In diesem Nachtclub arbeitete Charlie drei Jahre. Er war eine Mischung aus Geschäftsführer und Conférencier. Zwar war der Club ein mieses Nepplokal, aber für Charlie bedeutete er ein gutes, regelmäßiges Einkommen.

Eines Abends sah ein amerikanischer Produzent seinen Auftritt, bat ihn an seinen Tisch und lud ihn zu einem Glas ein. »Ich möchte, daß Sie morgen in mein Büro zum Vorsprechen kommen. Ich bringe ein neues Stück heraus, und Sie sollen die Rolle von ›Zuhälter-Bernie‹ lesen. Es ist nur eine kleine Rolle, aber sehr wichtig und sehr dankbar.«

Charlie gab zu bedenken, daß er kein Schauspieler wäre, doch der Produzent drückte ihm seine Karte in die Hand und antwortete, das mache gar nichts, er sei genau der Richtige.

Am nächsten Tag las Charlie die Rolle und bekam sie.

Nachdem sie mit dem Stück sechs Wochen auf Tournee gewesen waren, kamen sie nach London, und Charlie heimste alle guten Kritiken ein. Das Stück wurde abgesetzt, aber Charlie kam mit Glanz und Gloria aus der Sache heraus.

Er suchte sich einen Agenten, und allmählich kamen die Dinge in Fluß. Ein zweites Stück, und wieder schnappte er den anderen alle guten Kritiken weg. Eine kleine Filmrolle.

Ein Auftritt im Fernsehen, der zu einer überaus erfolgreichen Serie ausgebaut wurde. Noch ein paar Filme, und dann der große Durchbruch – eine große britische Filmkomödie, in der er der Star war. Von da an warf er nie wieder einen Blick zurück.

Nach seinem ersten Erfolg als ›Zuhälter-Bernie‹ wurde Lorna schwanger, und sie bekamen einen Sohn – Sean. Zwei Jahre später eine Tochter – Cindy. Sie zogen in ein großes Haus in Wimbledon, und alles war in Ordnung – bis zu dem Film mit Michelle.

Charlie war neugierig darauf, wie Michelle ihn begrüßen würde. Es war jetzt fast zwei Jahre her, daß sie sich das letztemal gesehen hatten. Er hatte diese endlose Prozession von Mädchen so schrecklich satt. Diese Mädchen, die bereit waren, mit ihm ins Bett zu springen, wenn sie nur seinen Namen hörten oder sich vorstellten, sie würden mit ihm gesehen. Eine Frau wie Michelle war ganz anders.

Er griff nach einem der vielen Drehbücher, die auf dem Tisch aufgestapelt waren. Er las grundsätzlich alles, was man ihm schickte. Da lief er wenigstens nicht Gefahr, eine gute Rolle an einen anderen Schauspieler zu verlieren.

Er begann zu lesen. Er war deprimiert, wie immer, wenn er an Lorna gedacht hatte. Bald jedoch fesselte ihn der Stoff, und er las sich so fest, daß er schließlich darüber einschlief.

## 4

Carey St. Martin war eine attraktive Farbige von achtundzwanzig Jahren. Sie trug das Haar in einem glatten Vidal-Sassoon-Knoten, und ihre Kleider waren schick und sahen sehr kostspielig aus. Sie rauchte täglich eine Packung Zigaretten, fuhr einen hellbeigen, ein Jahr alten Thunderbird und wohnte in einer eleganten Dreizimmerwohnung hoch über dem Strip.

Carey hatte gut für sich gesorgt.

Es war ein heißer Junitag, und der Smog hing wie ein Leichentuch über Hollywood. Carey gähnte. Wie lästig, daß die Agentur ausgerechnet sie damit beauftragt hatte, zu Sunday Simmons zu gehen und sie zu überreden, gefälligst wieder ins Studio zu kommen.

Diese Mädchen waren alle gleich: süße kleine Nichtse, die sich bis vor die Kamera durchgeschlafen hatten. Carey war stolz darauf, sagen zu können, daß sie ihre Karriere nicht ihren diesbezüglichen Talenten zu verdanken, sondern alles aus eigener Kraft erreicht hatte.

Sie hielt an einer Ampel, die gerade auf Rot sprang, und ein Mann in einem Lincoln versuchte, ihren Blick aufzufangen. Sie ignorierte ihn und stellte die Klimaanlage höher. Verdammt, war das heiß!

Carey arbeitete für Marshall K. Marshall, einen der größten Agenten in der Stadt. Sie hatte vor sieben Jahren als Sekretärin begonnen, und seit zwei Jahren war sie in leitender Position und betreute selbständig ein paar von Marshalls Klienten. Seit einiger Zeit dachte sie sogar daran, aus der Agentur auszuscheiden und eine eigene Firma zu gründen. Die Leute selbst zu managen, das war ihr Traum. Carey St. Martin, Public Relations & Management. Klasse.

Sie parkte den Wagen in der Nähe des Château Marmont, wo Sunday wohnte, und nahm den Vertrag vom Beifahrersitz. Darin war festgelegt, daß Sunday Simmons verpflichtet war, drei Wochen – und zwar vom 3. Juni bis zum 24. Juni – für die Milan Productions zu arbeiten. In Paragraph drei war eine Nacktszene von der Taille aufwärts, wie im Drehbuch beschrieben, angeführt.

Carey fragte sich, was Sunday für ein Problem haben mochte. Sie hatte den Vertrag doch wohl gelesen, bevor sie unterschrieb?

»Hol das alberne kleine Weibsbild ins Studio zurück«, hatte Marshall zu Carey gesagt. »Und schnell. Wenn sie bis vier Uhr nicht wieder zurück ist, ist sie draußen und muß wahrscheinlich eine Konventionalstrafe zahlen. Außerdem kriegt sie bei keiner anderen Gesellschaft einen Job. Nie wieder, das dumme Stück.«

Carey setzte eine Sonnenbrille mit grünen Gläsern auf und betrat das Château. Sie trug einen grünen Zweiteiler von Orbach, die Kopie eines Pariser Modells.

»Ja?« Die kleine alte Dame am Empfangspult sah zu ihr auf.

Carey fragte nach Sundays Zimmernummer. Merkwürdig, die Halle des Châteaus kam ihr wie ein Überbleibsel aus einem längst vergangenen Hollywood vor. Ein Hauch von *Sunset Boulevard*.

Sundays Suite lag im fünften Stock, und Carey nahm den kürzlich renovierten Lift. Mit den Gedanken war sie in einem Bürogebäude hier in der Nähe, in dem sie sich vor einer Woche ein paar Räume angesehen hatte. Sie mußte sich wirklich sehr bald von Marshall trennen.

Sunday öffnete. Sie trug ein kurzes, loses orangefarbenes Kleid, seiner hawaiischen Herkunft nach Muu-muu genannt, war barfuß und noch für den Film geschminkt.

Es gab Carey förmlich einen Stich, so stark war die Ausstrahlung des Mädchens. Sue streckte die Hand aus und sagte: »Hallo, ich bin Carey St. Martin. Marshall K. Marshall schickt mich. Wir wollen doch sehen, ob wir die Sache nicht wieder in Ordnung bringen können.«

»O ja, aber da kommen Sie wohl am besten rein.« Sundays große Augen waren umwölkt.

Sie führte Carey in ein Wohnzimmer, in dem halb gepackte Koffer umherstanden und überall Kleider verstreut lagen. Carey wußte nicht so recht, ob Sunday nun ein- oder auspackte.

»Hätten Sie gern ein Cola? Eis gibt es leider nicht.«

»Wunderbar. Kann ich es mir holen?«

»Nein, nein, ich geh' schon.« Sunday tappte in die Küche.

Carey setzte sich und schlug den Vertrag auf. Sie hätte gern gewußt, ob Marshall dieses Mädchen gesehen hatte.

Sunday kam zurück und reichte ihr ein Glas. »Mir tut die Sache leid«, sagte sie rasch. »Ich weiß, was für einen Eindruck Sie von mir haben müssen, aber ich muß Ihnen wirklich alles erklären.«

»Ja, klar«, antwortete Carey ein wenig verblüfft. Sie hatte Zerknirschung erwartet, eine theatralische Heulszene. »Aber ganz nebenbei, wenn Sie um vier Uhr wieder im Studio sind, ist alles in Ordnung – vergeben und vergessen.«

»Tut mir leid, ich kann nicht zurück. Jedenfalls nicht, solange dort nicht einiges anders wird.«

»Sie haben einen Vertrag unterschrieben.«

»Das weiß ich natürlich. Jeder hält ihn mir unter die Nase. Aber ich habe gewisse Prinzipien – und dazu gehört, daß man mich wie einen Menschen behandelt, nicht wie eine preisgekrönte Kuh. Ich muß Ihnen alles erzählen, dann werden Sie mich bestimmt verstehen.«

Carey war von Sundays rauher, tiefer Stimme fasziniert und von der Art, wie überlegt sie ihre Worte wählte.

Sie lehnte sich zurück und hörte zu, während Sunday berichtete.

Am Ende tat sie ihr aufrichtig leid. Was für ein Haufen Dreckfinken die meisten Kerle doch waren. Aber das rechtfertigte noch lange nicht Sundays Davonlaufen. Schließlich war sie kein Star, und nur Stars konnten sich so etwas leisten. Außerdem war sie verpflichtet, ihren Vertrag zu erfüllen.

»Hören Sie, Schätzchen, ich weiß, es ist hart. Aber die Kerle meinen es nicht böse, und Sie waren laut Vertrag damit einverstanden, sich auszuziehen. Wie wäre es, wenn ich Sie jetzt ins Studio zurückbringe, mit Abe Stein spreche und bei Ihnen bleibe.«

Sunday schüttelte eigensinnig den Kopf. »Nein, ich gehe nicht mehr hin, das ist endgültig. Es sei denn, Mr. Stein entschuldigt sich bei mir und läßt zu der Szene nur das eigentliche Team zu.«

Carey seufzte. »Sie verlangen Unmögliches.«

Das Telefon klingelte, und Sunday nahm ab. Die Telefonistin sagte: »Der *Hollywood Reporter* ist in der Leitung und drei oder vier weitere Zeitungen in Wartestellung.«

Sunday deckte die Sprechmuschel mit der Hand zu. »Die Zeitungen. Was soll ich ihnen sagen?«

Carey griff nach dem Telefonhörer. »Geben Sie her, ich werde schon mit ihnen fertig.« Wie, zum Teufel, hatten sie so schnell Wind davon bekommen? Nein, Miß Simmons könne leider keinen Kommentar geben. Ja, die Sache werde bestimmt geregelt. Nein, es habe keinen Streit mit Jack Milan gegeben. Ja, Miß Simmons fahre wieder ins Studio zurück.

»Warum haben Sie ihnen nicht die Wahrheit gesagt?« fragte Sunday, nachdem Carey allen Anrufern dasselbe erklärt hatte.

»Weil wir jetzt sofort ins Studio fahren, wenn Sie klug sind, mein Schatz. Wollen Sie sich denn unbedingt einen Prozeß einhandeln? Und ich könnte mir vorstellen, daß Sie gern wieder in Hollywood arbeiten möchten. Schließlich zieht sich heutzutage jeder aus, da ist doch nichts mehr dabei.«

Sunday mußte plötzlich lachen. »Carey, Sie sind ein nettes Mädchen und sehr hilfsbereit, aber ich merke schon, daß wir in dieser Sache nie einer Meinung sein werden. Deshalb sollte ich auch Ihre Zeit nicht länger in Anspruch nehmen.«

Carey sah sie überrascht an. Wurde sie weggeschickt? Das war wirklich zum Lachen. Sie war hierhergekommen, hatte geglaubt, eine hysterische Schauspielerin beschwichtigen zu müssen, der jedes Mittel recht war, um Aufmerksamkeit zu erregen. Sie hatte die Kleine im Studio abliefern und die ganze Sache dann vergessen wollen. Statt dessen sah sie sich einem Mädchen gegenüber, das genau wußte, was es wollte, und dabei ganz kühl und gelassen blieb.

Das Telefon klingelte wieder, und diesmal ließ sich Sunday den Hörer nicht aus der Hand nehmen.

»Ja, die bin ich. Ja, das ist korrekt. Nein, ich gehe nicht zurück, solange der Regisseur und Mr. Milan sich nicht formell bei mir entschuldigen. Ich bin der Meinung, daß ich als Frau das Recht habe, mit Respekt behandelt zu werden, und daß . . .«

Carey hörte erstaunt zu. Sie hatte das merkwürdige Gefühl, daß Sunday Simmons ein großer Star werden würde. Sie fühlte es einfach.

Das Interview war perfekt. Carey sah es schon gedruckt vor sich. Abe Stein und Jack Milan als Bösewichter gebrandmarkt und Sunday die verfolgte Unschuld.

Sie hatte ihre Pflicht für Marshall K. Marshall getan. Wie wäre es, wenn sie die Sache jetzt einmal von Sundays Standpunkt betrachtete und ihre persönliche Managerin würde?

Es ergab sich ganz natürlich.

# 4

London erlebte eine Hitzewelle, wie sie nur alle Jubeljahre vorkam, und Charlie freute sich, weil er darauf bestanden hatte, im Garten seiner Mutter einen Swimmingpool bauen zu lassen.

Es war Wochenende, und er war nach Richmond gekommen, um den Tag mit seinen Kindern zu verbringen, die eine Zeitlang bei der Großmutter bleiben sollten. Er hatte den Eindruck, daß Lorna Sean und Cindy abschob, wann immer sie konnte. Es war eine verdammte Schande, daß der Richter die Kinder nicht ihm zugesprochen hatte. Der achtjährige Sean war kräftig und zäh, die sechsjährige Cindy eine hübschere Version ihrer Mutter.

Charlie lag neben seiner Mutter in einem Liegestuhl und sah den Kindern zu, die im Pool herumplanschten. Seine Mutter hatte große Ähnlichkeit mit einem Vogel. Sie trug einen zweiteiligen Badeanzug, der schlaffes Fleisch und einen hängenden Busen sehen ließ. Sie war auffallend geschminkt – lebhaftes Make-up, kräftig aufgetragenes Rouge, grüne Lidschatten und karminroter Lippenstift. Das Haar versteckte sie meist unter einem zyklamenfarbenen Schal, und aus dem Mundwinkel hing ihr fast ständig eine Zigarette.

»Dafür, daß ich fast sechzig bin, sehe ich doch ganz respektabel aus«, erklärte sie oft voller Stolz. Und tatsächlich war auch immer ein ›Gentleman-Freund‹ in der Nähe.

Charlie betete seine Mutter an. Was für ein Charakter, immer glücklich, immer das Leben bis zum letzten genießend. Serafina Brick, ehemalige Künstlerin in allen großen Varietépalästen Englands.

Charlie war mit einem Mädchen gekommen. Es hieß Polly Quinn und redete zum Glück nicht viel. Jetzt kam Polly in einem winzigen Bikini aus dem Haus. Hüpfende Brüste und Babyspeck um die Hüften. Sie setzte sich dicht neben Charlie ins Gras. »Ist das Wetter nicht super?« sagte sie, legte sich auf den Bauch und öffnete das Bikinioberteil. Dann hörte man bis zum Lunch kein Wort mehr von ihr.

Um zwölf Uhr kamen Natalie und Clay Allen mit ihrem

dreijährigen Kind. Clay war einer von Charlies ältesten Freunden, ehemaliger Schauspieler, jetzt erfolgreicher Drehbuchautor. Sie kannten sich, seit Charlie seinen ersten Film gedreht hatte. Natalie Allen war schlank und attraktiv. Zwischen ihr und Charlie knisterte es ziemlich stark, und obwohl sie nie darüber gesprochen hatten, wußte er, daß er ihr gefiel. Aber sie war Clays Frau, und damit war alles gesagt. Einmal hatten sie bei einer Party ziemlich handfest miteinander geknutscht, aber obwohl sie beide betrunken gewesen waren, schämte sich Charlie noch heute dafür.

»Hallo, mein Liebling«, sagte Natalie. »Was für ein himmlischer Tag. Ich muß mich sofort ausziehen, um mich im Pool zu aalen.« Sie küßte ihn auf die Wange und schlenderte ins Haus.

Clay hockte sich ins Gras und zeigte auf Pollys leblose Gestalt.

»Sie schläft«, sagte Charlie.

Clay blinzelte ihm zu. »Hat wahrscheinlich eine schwere Nacht hinter sich«, sagte er mit einem leisen Auflachen.

Serafina kicherte ebenfalls, und dann kamen Cindy und Sean angerannt, um Clay zu begrüßen.

Der Lunch wurde im Garten serviert.

»Wozu braucht man da Hollywood?« sagte Natalie, die sich mit Genuß den Erdbeeren mit Sahne widmete. »Es ist himmlisch hier. Clay, Liebling, warum schaffen wir uns nicht auch einen Pool an?«

»Weil es sich für die zwei Wochen Sommer, die wir hier haben, einfach nicht lohnt, meine Süße.«

»Charlie war der Meinung, daß es sich sehr wohl lohnt. Wenn er einen Pool einbauen lassen konnte, warum nicht auch wir?«

Es gibt Zeiten, dachte Clay, in denen Natalie mir gräßlich auf die Nerven geht.

»Setz dich doch, Mutter«, sagte Charlie. »Das Mädchen wird schon abräumen.«

Serafina bedachte ihn mit ihrem Kleinmädchenlächeln und zeigte dabei ihre fauligen Zähne. »Ich habe zuviel Energie, bin zu nervös, um herumzusitzen«, zwitscherte sie. »Ich muß in Bewegung bleiben. Das ist mein Geheimnis.«

»Was für ein Geheimnis?« fragte Natalie.

»Das Geheimnis der ewigen Jugend, meine Liebe. Frohsinn und Vitalität.«

Natalie sah Clay an, der rasch den Blick abwandte. Er wußte, daß sie gehässig und boshaft war und der armen alten Frau jetzt gern eins ausgewischt hätte.

»Dürfen wir schwimmen gehen, Daddy?« fragte Cindy.

»Ja, kommt, ich geh' mit. Willst du auch ins Wasser, Poll?«

Polly war mit dem Essen fertig, sprang jetzt gehorsam auf und rannte mit Charlie und den Kindern zum Pool.

»Das Mädchen ist ja eine richtige Speckseite«, stellte Natalie fest. »Charlie läßt aber auch gar nichts aus.«

Clay hatte eben Pollys markantes Hinterteil bewundert. »Findest du?« fragte er sanft.

»Dir gefällt sie wahrscheinlich«, schnaubte Natalie. »Sie ist ja auch dein Typ – große Brüste und großer Hintern.«

Ja, nicht nur Haut und Knochen wie du, dachte Clay. Seit ihr Kind zur Welt gekommen war, hatte Natalie mit Hilfe von Diäten Selbstauflösung betrieben.

Im Pool ritt Cindy auf Charlies Schultern und quietschte vor Vergnügen. Er warf sie ins Wasser, und sie konnte nicht genug bekommen. Polly durchschwamm lässig zweimal die ganze Länge des Pools. Dann stieg sie aus dem Wasser und warf sich ins Gras.

Charlie legte sich neben sie. »Wo möchtest du heute abend essen?« fragte er.

»Keine besonderen Wünsche.« Sie reckte die Arme der Sonne entgegen. »Mit mir hast du's leicht.«

Das weiß ich, dachte er. »Wie wäre es dann mit einem Happen in meinem Hotel? Ich bestelle uns etwas auf die Terrasse.«

»Fein.« Sie hatte die Augen geschlossen.

Tatsächlich hatte er schon alles arrangiert, bevor er weggefahren war. Champagner auf Eis, Kaviar und saure Sahne, Steaks und Spargel.

Natalie kam zu ihnen herüber. »Wann fliegst du?«

»Mittwoch.«

»Und zwei Wochen später kommen wir nach. Ich finde es

jammerschade, England bei diesem herrlichen Wetter verlassen zu müssen.«

Charlie schnitt eine Grimasse. »Ich werde froh sein, wenn ich hier raus bin.«

Mitfühlend legte Natalie ihm die Hand auf die Schulter. »Ich weiß, Charlie, du hast eine schlimme Zeit hinter dir.«

Sein Blick trübte sich. Es tat unendlich gut, Freunde zu haben. »Ja, du verstehst mich, nicht wahr, mein Herz?«

»Selbstverständlich verstehe ich dich. Und wenn du einmal einen Menschen brauchst, mit dem du darüber reden möchtest, dann ruf mich an. Clay hat immer so viel zu tun. Ich habe viel freie Zeit. Wenn du noch vor dem Abflug mit mir lunchen oder sonst was unternehmen möchtest, ruf mich an. Es würde dir guttun, dir alles vom Herzen zu reden, wirklich, Charlie. Ich sag' dir was, ich komme so gegen zwölf zu dir, und dann reden wir miteinander, so richtig altmodisch, von Mensch zu Mensch.«

»Ich esse mit meinem Agenten. Es ist schrecklich lieb von dir, aber . . .«

»Weißt du«, Natalie starrte gedankenvoll in die Luft, »ich glaube, ich bin einer der wenigen Menschen, die Lorna wirklich kannten. Wir haben viel miteinander gesprochen, sie hat mir vieles anvertraut.«

»Tatsächlich?« Charlie war sofort interessiert. »Trinken wir doch morgen zusammen Tee. Ich könnte gegen drei wieder im Hotel sein.«

»Ich glaube, das ginge«, antwortete Natalie und warf einen Blick auf Polly, die regelmäßig atmete und zu schlafen schien. »Nur sag Clay nichts davon. Ich soll nämlich seine Eltern besuchen, und wenn ich mich davor drücke, wird er sauer.«

Das Wetter blieb den ganzen Tag schön, und Charlie und Polly gingen erst nach sieben.

Im Hotel ließ Polly sich in einen Sessel fallen und verkündete: »Ich bin total erschöpft, fertig, erledigt.«

Charlie sah sie überrascht an. Soweit ihm bekannt war, hatte sie den ganzen Tag damit verbracht, ohne einen Muskel zu bewegen, lang ausgestreckt im Gras zu liegen.

Er legte ein neues Band von Sergio Mendez auf und fragte

telefonisch in der Zentrale nach, ob Nachrichten für ihn gekommen wären. Er hörte jedoch nur mit halbem Ohr zu, da er währenddessen darüber nachdachte, ob Polly wohl etwas dagegen haben würde, ein bißchen Pot zu rauchen. Er brauchte etwas, um sich zu entspannen.

Die Telefonistin sagte ihm, Mrs. Lorna Brick habe zweimal angerufen und bitte um Rückruf.

Charlie blieb ganz still neben dem Telefon sitzen. Lorna hatte ihn angerufen. Lorna, die seit Monaten nicht mehr mit ihm gesprochen und alles ihrem Anwalt überlassen hatte. Jeder Gedanke an Polly, an Abendessen und Potrauchen war wie weggeblasen.

Vielleicht wollte Lorna zurückkommen. Vielleicht nahm er sie sogar wieder auf.

Sie hatten miteinander viel durchgemacht, und sie mußten auch an die Kinder denken. Er hatte schon lange gewußt, daß Lorna wieder vernünftig werden würde. Sie konnte mit ihm nach Hollywood fliegen, es konnte gewissermaßen ihre zweite Hochzeitsreise werden.

Er sah zu Polly hinüber, die mit geschlossenen Augen in einem Sessel lümmelte.

»Hör zu, Schatz, ich bin selbst auch ziemlich erledigt. Die Sonne macht schrecklich müde. Lassen wir das Abendessen heute bleiben. Ich rufe dir ein Taxi.«

Polly riß die Augen auf. »So müde bin ich auch wieder nicht, Charlie.«

Aber er war schon am Telefon und bestellte das Taxi. Als Polly fort war, ging er im Zimmer auf und ab und überlegte, wie er die Szene anlegen sollte.

Sollte er hart und unversöhnlich sein und im Lauf des Gesprächs nachgiebiger werden? Oder sollte er sofort einlenken und sagen: »Wir haben beide unsere Fehler gemacht. Vergessen wir sie, und fangen wir ganz neu an.«

Sekundenlang überkam ihn Unsicherheit, und er fragte sich, warum Lorna ihn wirklich angerufen haben mochte, doch die Sekunden vergingen, er verdrängte den Zweifel und sagte sich, es könne nur aus diesem einzigen Grund geschehen sein.

Charlie bat die Telefonistin, die Verbindung herzustellen. Er war in Hochstimmung. Fast so, als rufe er zum erstenmal ein Mädchen an.

Die Stimme eines Mannes meldete sich, und das erschütterte ihn. War der Mistkerl noch nicht weg?

Lorna kam an den Apparat, ihre vertraute Stimme klang kühl und unpersönlich. »Hallo, Charlie, danke, daß du zurückgerufen hast.«

»Das ist doch selbstverständlich.« Er schwieg und wartete verlegen darauf, daß sie etwas sagte.

»Wie geht's?«

»Na, prächtig natürlich. Ich war den ganzen Tag mit Cindy und Sean zusammen.«

»Oh! Hör zu, Charlie, ich möchte dich um einen Gefallen bitten.«

Jetzt kam es. Er holte tief Atem. »Ja?«

»Ich hätte ja deine Mutter gebeten, aber sie spricht kaum noch mit mir. Also, es handelt sich darum, daß . . . Ich heirate nämlich, Charlie.«

»Was tust du?«

Ihre Stimme wurde eisig. »Ich heirate und wollte dich fragen, ob die Kinder schon am fünfzehnten Juli zu dir nach Amerika kommen könnten, anstatt am neunundzwanzigsten. Ich fahre mit Jim nach Afrika zu Außenaufnahmen und werde nicht hier sein, wenn die Ferien beginnen. Ich dachte mir, es wäre am besten, wenn sie dann bei dir wären.«

Charlie war wie betäubt. »Du heiratest diesen Dummkopf, diesen miesen Kerl doch nicht wirklich?«

»Bitte, Charlie, keine kindischen Beleidigungen. Ich ertrage es nicht. Können wir nicht wenigstens jetzt wie zivilisierte Menschen miteinander reden? Schließlich verbindet uns nichts mehr. Kannst du die Kinder am fünfzehnten nehmen oder nicht?«

»Selbstverständlich, verdammt noch mal. Ich kann sie für immer nehmen, sie deinen Klauen entreißen.«

Lorna seufzte. »Sie kommen Ende August zurück, wie vereinbart. Dann bin ich auch wieder da.«

»Du dumme Kuh! Warum heiratest du denn diesen Tagedieb? Ist er so gut im Bett? Du magst es doch nicht einmal – also wozu?«

»Auf Wiedersehen, Charlie. Mein Anwalt wird alles Weitere regeln.« Sie legte auf.

Charlie starrte ausdruckslos den Hörer an. Niederträchtige, dumme Kuh! Wie konnte sie nur einen lausigen Stuntman heiraten, einen Niemand, ein Nichts? Das war einfach nicht logisch, nicht, wenn er bereit war, zu vergeben und zu vergessen und sie wieder bei sich aufzunehmen.

Du lieber Himmel, warum hatte er nur Polly nach Hause geschickt? Ihr Körper war genau das, was er jetzt brauchte.

Es war fantastisch, ein Filmstar zu sein, nicht wahr? Einfach fantastisch. Man saß ganz allein in einer Hotelsuite, und weit und breit gab es keine Menschenseele, die sich die Bohne dafür interessierte. Reizend.

Vielleicht wäre es besser gewesen, wenn er einfach Charlie geblieben und nicht der große Charlie Brick geworden wäre.

Das Telefon klingelte, und ihm schoß sofort die Frage durch den Kopf, ob das wohl Lorna war, die anrief, um sich zu entschuldigen.

Sie war es nicht. Es war Kristen Sweetzer.

»Ich habe gedacht, du willst mich anrufen?« sagte sie vorwurfsvoll. »Es war so schön mit uns beiden. Wann sehe ich dich?«

»Bald, Schatz, bald. Aber in der vergangenen Woche war es wirklich nicht möglich. Morgen fahre ich weg, aber ich rufe dich ganz bestimmt an, wenn ich zurück bin.«

Er fragte sich, warum er es für nötig hielt zu lügen, warum er immer versuchte, nett zu sein. Er hatte nicht die Absicht, dieses Riesenpferd je wiederzusehen.

»Du bist ein sehr böser Junge, Charlie. Aber ich verzeihe dir. Wie lange bleibst du fort?«

»Nicht lange. Hör zu, ich hab's eilig. Wir sehen uns bald. Bis dann.« Er legte auf. Er verabscheute die Frauen, die ihm nachliefen. Entweder glucksten sie vor Begeisterung, weil sie mit einem Filmstar zusammen waren, oder sie versuchten ihn herabzusetzen, beleidigten ihn und seine Filme und hofften, daß sie dadurch für ihn interessanter würden.

Lorna und ihren Stuntman sollte der Teufel holen! Was Natalie ihm morgen wohl zu erzählen hatte? Hoffentlich war es etwas Wesentliches.

Fest entschlossen, den Abend nicht allein zu verbringen, rief er seinen Chauffeur an und gab ihm den Auftrag, einen guten Film zu besorgen, den sie sich ansehen konnten.

George, der seinen freien Tag genoß und mit einer molligen Sekretärin im Bett lag, schickte sie widerwillig nach Hause und tat, was sein Boß angeordnet hatte. Er hatte einen großartigen Job, war mehr Freund als Angestellter. Er war seit sechs Jahren bei Charlie und war stolz darauf, immer zur Stelle gewesen zu sein. Bei Charlie Brick wußte man nie, was er im nächsten Augenblick vielleicht wollte. Doch was immer es war, George tat sein Bestes.

## 5

Sunday hatte Carey sofort sympathisch gefunden, daher willigte sie auch sehr gern ein, als Carey sie fragte, ob sie sich nicht ihre Erfahrung zunutze machen und sie zu ihrer Managerin und Pressereferentin ernennen wolle?

Sunday wollte die Arbeit nicht hinwerfen, sie wollte weiterdrehen, und auf keinen Fall wollte sie wieder nach Rom zurück, aber sie war fest entschlossen, auf ihrer Forderung zu bestehen, daß Abe Stein und Jack Milan sich bei ihr entschuldigten.

Sobald Carey merkte, daß es Sunday bitter ernst damit war, machte sie sich plötzlich ihre Auffassung zu eigen.

Und es funktionierte. Oh, wie es funktionierte!

Am nächsten Tag machte Sunday Schlagzeilen. Es herrschte, was Skandale und Skandälchen anbelangt, gerade eine Flaute, die Zeitungen brauchten Stories, also wurde die Sache hochgespielt. Sunday war die Heldin, der man übel mitgespielt hatte, und Abe und Jack waren die großen Bösewichte.

Carey arrangierte alles. Sie gab kurze, vornehm zurückhaltende Kommentare von Sunday an die Zeitungen weiter, schloß Verträge mit den richtigen Fernseh-Talkshows ab, und

Ende der Woche war Sunday wieder im Studio. Die Dreharbeiten gingen weiter.

Abe Stein hatte ihr einen kurzen, sehr steifen Brief geschickt, in dem er ihr sein Bedauern aussprach, weil ihre Gefühle verletzt worden seien, und sie außerdem um Entschuldigung bat. Er war wütend und empört, daß er es tun mußte, doch er sah ein, daß es das beste war.

Jack Milan veranstaltete eine Riesenparty für die Presse und war zu Sunday überaus charmant. »Das kleine Biest könnte mir wirklich mein ganzes Image kaputtmachen«, sagte er zu seiner Frau. Er hatte ein paar Briefe von Fans gelesen, die schockiert waren von der Art, wie er Sunday behandelt hatte.

Inzwischen wurde die Rolle, die Sunday in dem Film spielte, umgeschrieben und vergrößert, die Nacktszene wurde ›unter Ausschluß der Öffentlichkeit‹ gedreht, und Carey blieb ständig in Sundays Nähe. Abe ließ es beim Drehen auch bei einem Take.

Obwohl Carey schon seit längerer Zeit davon gesprochen hatte, daß sie seine Agentur verlassen wollte, regte Marshall sich unglaublich darüber auf. »Bleib wenigstens noch vierzehn Tage«, drängte er sie. »Was soll ich denn mit Charlie Brick anfangen, der jetzt jeden Tag hier eintreffen muß? Und was wird aus dem Vertrag, den du für Salamanda Smith gerade aushandelst? Ich stecke bis über die Ohren in diesem TV-Paket.«

»Du warst es doch, der mir beigebracht hat, daß man in unserem Geschäft rücksichtslos nach jeder Chance greifen muß, die sich einem bietet«, antwortete Carey, die auf seinem Schreibtisch saß und mit den langen Beinen baumelte. »Tut mir leid, Marsh, aber ich greife jetzt zu. Schick mir Charlie Brick als Klienten, wenn du willst.«

»Hör zu, Baby, wen willst du hier zum Narren halten? Du kannst doch nicht gegen die großen Agenturen an. Sie haben alle unter Vertrag, die einigermaßen wichtig sind. Du wirst sehr schnell auf deinen hübschen, runden Hintern fallen.«

»Wollen sehen.« Carey lächelte. »Ach, übrigens, da ich jetzt Sunday Simmons' Managerin bin – hättest du nicht Lust, ihre Interessen exklusiv wahrzunehmen?«

»Vergiß es, ich habe genug um die Ohren. Sie ist Dutzendware. Du wirst deine Lektion lernen und dann wieder hier angetanzt kommen, verlaß dich drauf. Du wirst mich noch bitten, dir deinen alten Job wieder zu geben.«

»Ach, wirklich? Sei da nicht so sicher. Tja, ich habe eine Menge zu tun, also verschwinde ich am besten.«

Marshall stand auf und legte ihr den Arm um die Taille. Er hatte ein großzügiges Gesicht, war ungefähr fünfzig, und seine Kleidung war das Beste, das Cy Devoree zu bieten hatte. Nichts konnte jedoch verbergen, daß Marshall ein kürzeres Bein und einen Klumpfuß hatte.

»Ich wünsche dir Glück, Herzchen«, sagte er. »Du wirst es brauchen.«

Als der Film abgedreht war, beschloß Jack Milan, in seinem Landhaus in Bel Air eine Party zu geben. Sunday war eingeladen. Sie haßte Partys. Sie machte sich nichts aus Alkohol, oberflächlichem Partygeschwätz und den verstohlenen Annäherungsversuchen betrunkener Ehemänner, deren Frauen keine fünf Meter weit entfernt standen.

Der ganze Pack der Hollywood-Wölfe würde dort sein. Nach ihrem spektakulären Einstand in der Filmmetropole war sie von mehreren bekannten Schauspielern um ein Rendezvous gebeten worden, doch sie hatte alle abgewiesen.

»Wozu?« hatte sie zu Carey gesagt. »Ich gehe nicht gern aus, es sei denn, ich möchte mit demjenigen gern zusammen sein.«

Carey hatte nur mit den Schultern gezuckt. »Dein Privatleben ist allein deine Sache. Tu, was dir Spaß macht.«

Und genau das tat Sunday. Sie kaufte sich einen Yorkshireterrier und einen Stapel Bücher, verbrachte die Abende zu Hause und las.

Sunday brauchte nämlich nur an ihre letzte Erfahrung mit einem Mann – ihrem Mann – zu denken, dann fühlte sie sich zu einer neuen Beziehung nicht fähig, gleichgültig, wie unverbindlich sie sein mochte.

Denn ihr Mann war der Grund gewesen, warum sie aus Rom geflohen war.

Es kam ihr noch immer so vor, als sei es gestern gewesen,

daß man ihr – vor noch nicht ganz drei Jahren – den Conte Paulo Gennerra Rizzo vorgestellt hatte. Sie war damals ungefähr sieben Monate in Italien und dachte immer noch an Raf. Aber Paulo hatte ihr geholfen zu vergessen . . .

Er war ein Romantiker, unerreicht in der Kunst, einer Frau das Gefühl zu geben, sie sei makellos schön. Er schmeichelte ihr unaufhörlich, überhäufte sie mit Blumen und sah nur ihr anbetend in die Augen. Wenn sie ein Restaurant betraten, starrten die Leute sie an. Was für ein Paar waren sie doch gewesen! Sie waren die verhätschelten Lieblinge der Presse, und Paulo sonnte sich in der Publicity.

Drei Monate später heirateten sie. Ein paar Wochen später entdeckte Sunday die Wahrheit über Paulo. Sie fand ihn eines Tages im Bad, seinen Ledergürtel fest um den Oberarm geschlungen, mit hervorquellenden Augen. Er war eben dabei, sich eine Injektionsnadel in die Armvene zu stoßen.

Sie schrie entsetzt auf. Seine Augen traten noch weiter hervor, seine arroganten römischen Züge verzerrten sich, dann hatte die Nadel die Vene gefunden, Paulo atmete rascher und wandte sich von ihr ab.

Sie stürzte aus dem Bad. Kurze Zeit später kam er ihr nach, sein Gesicht wirkte jetzt wieder völlig gelassen.

»Hab' keine Angst, meine Kleine«, sagte er. »Ich muß mir laut ärztlicher Anweisung jeden Tag eine Spritze geben. Ich wollte es dir eigentlich nicht sagen, aber jetzt . . .« Er zuckte ganz ungezwungen mit den Schultern.

»Aber warum?« fragte Sunday, von dem unerwarteten Anblick noch immer zutiefst erschüttert.

»Oh, ich habe leichte Depressionen, weißt du. Es ist nichts Ernstes . . .«

»Ich habe dich noch nie deprimiert erlebt.«

»Das habe ich meinem guten Doktor zu verdanken. Verstehst du jetzt? Du brauchst dir wirklich keine Sorgen zu machen.«

»Schon gut«, sagte sie noch immer voller Unbehagen. »Aber warum mußt du dir die Injektionen selber geben? Es ist schrecklich.«

»Soll ich denn jeden Tag zum Arzt laufen? Das geht doch

nicht, oder? Also hat er mir gezeigt, wie man es macht, und ich tue es einfach. Es ist wirklich nicht schwierig. Komm, fahren wir zum Lunch an den Strand. Mach dich schön für mich.«

Sie verließen ihre Wohnung und fuhren mit Paulos Lamborghini zum Strand, wo sie mit Freunden lunchten, Minigolf spielten und später in Freggenni im Sand lagen.

Paulo war es gelungen, Sunday völlig zu beschwichtigen. Schließlich handelte er auf Anweisung des Arztes, dann konnte auch nichts Schlimmes dabei sein. Unbeschwert genoß sie den Nachmittag. Am nächsten Tag begannen die Dreharbeiten für einen neuen Film. Es tat ihr gut, sich zu entspannen.

Da der neue Film nicht synchronisiert wurde und sie ihre Rolle italienisch sprach, mußte sie sich sehr auf ihre Arbeit konzentrieren und sich besonders gut darauf vorbereiten.

Abends holte Paulo sie regelmäßig aus dem Studio ab, sie aßen mit Freunden, und zu Hause fiel Sunday erschöpft ins Bett. Erst als der Film abgedreht war, fiel ihr auf, daß Paulo nie mehr mit ihr schlief.

Sie merkte auch, daß er nachts, wenn er sie schlafend glaubte, aufstand und rastlos in der Wohnung umherlief.

In der ersten Nacht, in der sie ihn dabei ertappte, schlief sie schnell wieder ein. In der nächsten zwang sie sich, wach zu bleiben. Nachdem er aufgestanden war, wartete sie noch eine Stunde und machte sich dann auf die Suche nach ihm. Die Wohnungstür stand weit offen, und Paulo war nirgends zu sehen. Sie wußte, daß er sich nicht angezogen haben konnte, ohne daß sie es gesehen hätte, und im Schlafanzug konnte er auch nicht weit gegangen sein. Also wartete sie an der Tür und überraschte ihn, als er zurückkam. Er trug ein Päckchen in der Hand, das er vor Schreck fallen ließ, als er sie sah. Die Schachtel ging auf, und der Inhalt fiel heraus. Mehrere Schachteln mit Glasampullen, drei Injektionsspritzen und zwei Fläschchen mit großen, grünen Pillen.

Sunday und Paulo starrten sich an. »Warum bist du aufgestanden?« fragte er kalt. »Warum spionierst du mir nach?« Er bückte sich, um die Sachen aufzuheben.

»Die Tür war offen.« Sunday stotterte fast, so verwirrt war sie. »Wo warst du? Wozu brauchst du das ganze Zeug?«

Paulo knallte wütend die Wohnungstür zu, wandte sich ihr dann, einen gemeinen Ausdruck in den zusammengekniffenen Augen, ganz langsam zu, schlug sie ins Gesicht und schrie: »Spionierendes Miststück!« Er ließ sie stehen, marschierte ins Bad und schloß die Tür hinter sich ab.

Sunday war wie betäubt. Sein Schlag brannte feuerrot auf ihrem Gesicht. Sie schlich zum Bad, bückte sich und schaute durch das Schlüsselloch. Er gab sich eben eine Spritze. Verängstigt legte sie sich wieder ins Bett.

Am nächsten Morgen war er charmant, fröhlich, als sei nichts geschehen.

Sunday stellte fest, wer sein Arzt war, und suchte ihn auf. Der Doktor war genauso bestürzt wie sie. Paulo hatte von ihm nie die Anweisung bekommen, sich selbst Medikamente zu spritzen. Am nächsten Nachmittag ging Sunday aus, kam aber sofort mit dem Doktor zurück, der, wie verabredet, im Treppenhaus gewartet hatte. Sie ertappten Paulo im Badezimmer, wo er sich gerade eine Spritze ins Bein gab. Irgendwie schien er erleichtert, daß er erwischt worden war. Er war inzwischen bei einer Dosis von fünf Spritzen täglich angelangt und nahm zwischendurch noch große Dosen schwerer Schlafmittel, um sich zu beruhigen.

Die Droge, die er sich spritzte, war ein hochwirksames Aufputschmittel, das genauso süchtig machte wie Heroin.

Der Doktor ließ ihn sofort in eine Privatklinik einweisen, und nach ein paar Wochen begann Paulo zu betteln, Sunday solle ihn nach Hause holen. Er versicherte ihr, er sei völlig geheilt.

Der Doktor sagte nein, es sei zu früh. Aber Sunday hatte schreckliches Mitleid mit Paulo, der in der Klinik so unglücklich war. Sie war überzeugt, daß er, wenn er erst wieder zu Hause war, genauso fröhlich und unbeschwert sein würde wie früher, der alte charmante Paulo, in den sie sich verliebt hatte.

Sie überredete den Arzt, ihn aus der Klinik zu entlassen, und nach zwei Tagen war er tatsächlich so verändert, daß es an ein Wunder grenzte. Er war wieder charmant und selbstsicher, ganz wie sie es erhofft hatte.

Selbstverständlich hing er wieder an der Nadel.

Die nächsten beiden Jahre waren für Sunday ein einziger Alptraum. Sie wurde Paulos Krankenschwester, Feind, Spion, Sozialtherapeut und Gefangenenwärter. Und er wanderte von Arzt zu Arzt, von Krankenhaus zu Privatklinik, machte eine Entziehungskur nach der anderen und kam dazwischen immer für kurze Zeit nach Hause, scheinbar geheilt. Doch immer rascher kam sie dahinter, wie es wirklich um ihn stand, und wieder ging er zu einem anderen Arzt.

Ihr Leben bestand darin, ihn zu besuchen, wenn er auf Entziehung war, ihn zu bewachen, wenn er zu Hause war. Nebenbei mußte sie arbeiten, soviel sie konnte, denn plötzlich hatten sie kein Geld mehr, und Paulos Familie wollte von ihm nichts mehr wissen.

Und eines Morgens kam das Ende. Sunday wachte mit einem merkwürdigen Gefühl des Unbehagens auf. Paulo war seit einer Woche zu Hause, drogenfrei, lag den ganzen Tag im Bett, starrte zur Decke. Sein früher so anziehendes Gesicht eingefallen. Er, der früher so eitel gewesen war, hatte sich seit Tagen nicht mehr rasiert. Als sie sich jetzt zu ihm umdrehte, war er nicht da. Sie lief zuerst ins Bad. Die Tür war abgeschlossen, Sunday klopfte und rief Paulos Namen, bekam jedoch keine Antwort. Sie schaute durch das Schlüsselloch. Er lag reglos auf dem Fußboden.

Sie rief den Doktor an, und gemeinsam brachen sie die Tür auf. Paulo war tot. An einer Überdosis der Droge gestorben.

Bei der gerichtlichen Untersuchung wurde Tod durch Unfall festgestellt. In seiner Verwirrung hatte er sich zuviel gespritzt. Sunday war nicht so ganz überzeugt davon.

Sie hielt den Klatsch und das Gemunkel ein paar Wochen lang aus, dann bot sich ihr die Gelegenheit, nach Hollywood zu gehen, und sie nutzte die Gelegenheit. Rom war für sie keine verzauberte Stadt mehr.

»Hör mal, ich glaube, du solltest dich wirklich auf Jacks Party blicken lassen«, sagte Carey schon zum zweitenmal.

Sunday blickte aus dem Fenster auf den Strip hinunter und kraulte ihren kleinen Hund. »Weißt du, daß mein Mann Selbstmord begangen hat?« fragte sie plötzlich.

»Was?« Carey sah sie erstaunt an. Sie hatten nie über Sundays Vergangenheit gesprochen, obwohl Carey Bescheid wußte.

»Ja.« Sunday nickte träumerisch. »Wie wird sich das in der großen Publicitykampagne ausnehmen, die du für mich durchführen willst?«

»Hör zu, mein Schatz«, sagte Carey und legte ihr die Hand auf die Schulter. »Ich weiß alles über deine Vergangenheit. Alles, was da passiert ist, ist vorbei und zählt nicht mehr. Es ist nicht normal, daß du dich hier oben verkriechst. Du bist schön, du solltest dein Leben genießen. Abgesehen davon, ist es nur gut für dein Image, wenn du gesehen wirst. Wie wäre es, wenn du auf Jacks Party den Anfang machtest?«

»Ich glaube, du hast recht«, sagte Sunday. »Okay, ich gehe.«

»Großartig! Du bist wirklich ein braves Kind. Was willst du anziehen, damit alle von dir hingerissen sind?«

## 6

Herbert Lincoln Jefferson polierte das ausgeblaßte, runzlige Leder seiner besten braunen Schuhe. Er hatte sie schon acht Jahre, doch sie leisteten ihm immer noch gute Dienste.

Marge schlurfte in die Küche, um sich eine Dose Bier aus dem Kühlschrank zu holen. Sie nagte an einem Hühnerschenkel.

»Soll ich das für dich tun?« fragte sie, den Mund voller Hühnerfleisch.

Herbert schüttelte den Kopf. Nein. Sie fragte ihn jeden Abend, und er sagte immer nein.

Marge zog an dem Ring an der Bierdose, die Lasche sprang auf, und etwas von der Flüssigkeit spritzte auf Herberts Schuhe, die er auf dem Tisch putzte.

»Liebe Güte, das tut mir aber leid, Herbie«, sagte Marge nervös, packte eine Ecke ihres Kleides und begann an den Schuhen herumzureiben.

Herbert gab ihr einen Stoß, und sie sah ihn gekränkt an.

»Ich habe gesagt, es tut mir leid, Herbie, ich habe gesagt, es tut mir leid . . .« Sie nahm ihre Bierdose und verließ die Küche.

Leise vor sich hin murmelnd, putzte Herbert die Schuhe fertig. Er zog sie an und bewunderte dann einen Fuß nach dem anderen. Er schlüpfte in sein Jackett, klopfte auf die Brusttasche, in der ein Brief steckte, und machte sich dann auf den Weg zur Bushaltestelle.

Er arbeitete für die Supreme Chauffeur Company am liebsten nachts. Tagschichten mit ihren langweiligen Fahrten zum Flughafen und zurück verabscheute er.

Wen er wohl heute nacht fahren würde? Die vergangene Woche war öde gewesen, nur Ehepaare. Er stand auf unverheiratete Schauspieler mit ihren Mädchen. Sie waren interessant. Sie ließen einen vor dem Apartment oder dem Haus ihrer Begleiterin warten, während sie schnell mit ihr hinaufgingen, um sie zu bumsen.

Einmal hatte Charlie sogar zusehen können. Das Mädchen wohnte in einem abgelegenen, großen Glashaus. Es war mit dem Mann hineingegangen und sie waren mitten auf dem Fußboden übereinander hergefallen. Herbert hatte sich an eine der Glasscheiben herangeschlichen und alles beobachtet. Diesem Mädchen schrieb er seither regelmäßig einmal in der Woche.

Der Bus kam, und er stieg ein. Es war heiß, und alle schwitzten, und er war froh, als er am Ziel war. Zu seiner Arbeitsstelle mußte er noch ein Stück zu Fuß gehen. Den Brief warf er in den nächsten Postkasten.

»Hallo, Jefferson.« Der Mann hinter dem Schreibtisch nickte ihm zu. »Sie fahren heute abend eine Miß Sunday Simmons. Sie holen sie pünktlich um acht beim Château Marmont ab und bringen sie zu Jack Milans Haus nach Bel Air. Sie wissen doch, wo das ist?«

Herbert nickte.

»Okay. Sie sollen dann auf sie warten. Nehmen Sie den schwarzen Caddy Nummer vier. Er muß gewaschen und aufgetankt werden.«

Herbert nickte wieder. Er war mit dem Auftrag sehr zufrieden. Er hatte einiges über Sunday Simmons gelesen. Das war die, die ihre Titten nicht zeigen wollte oder so ähnlich. Jetzt bekam er die Chance, sie sich genau anzusehen und festzustellen, ob es sich lohnte, ihr zu schreiben.

## 7

Charlie kam kurz nach drei Uhr in sein Hotel zurück. Natalie Allen erwartete ihn schon in der Halle.

»Tut mir leid, mein Schatz«, sagte er, »ich hab's einfach nicht früher geschafft. Komm, fahren wir rauf.«

Natalie war beim Friseur gewesen. Ihr glattes, dunkles Haar schmiegte sich wie eine Kappe an ihren Kopf. Sie trug ein gelbes Leinenkostüm, und Charlie konnte kaum übersehen, wie attraktiv sie war. Clay war wirklich ein Glückspilz.

»Du mußt vor deiner Abreise noch eine Menge zu tun haben«, meinte Natalie.

»Kaum der Rede wert. Es ist alles geregelt. Das Packen überlasse ich George.«

»O ja, der getreue George. Nimmst du ihn mit?«

»Aber selbstverständlich. Ich wüßte nicht, was ich ohne ihn anfangen sollte.«

»Lorna hat ihn nicht gemocht.«

»Tatsächlich nicht?« Charlie machte ein überraschtes Gesicht. Wie konnte man George unsympathisch finden? Und Lorna hatte nie gesagt, daß sie George nicht leiden konnte.

»Ja, sie war eifersüchtig. Ich meine, du behandelst ihn wie einen sehr engen Freund, nicht wie einen Dienstboten.«

Charlie zuckte bei dem Wort ›Dienstboten‹ zusammen. Er mochte es nicht. Er stand auf dem Standpunkt, daß George für ihn arbeitete, weil er wollte, nicht weil er mußte.

»Möchtest du Tee oder lieber einen Drink?«

Sie betraten den Wohnraum seiner Suite. Natalie zog die Jacke aus und setzte sich auf das Sofa. »Einen Drink, denke ich. Einen Pernod mit sehr, sehr viel Eis.« Sie lehnte sich zurück. »Weißt du, daß wir heute seit dieser Party zum erstenmal allein sind?«

Charlie war sich dessen nicht bewußt gewesen, doch es war ihm peinlich, an diese Party zu denken. Clay und Natalie hatten Krach gehabt, und Clay war wütend davongerannt. Als er, Charlie, und Natalie schon ziemlich betrunken gewesen waren, hatte er versucht, sie zu trösten, und das Ende vom Lied war gewesen, daß er sie küßte. Glücklicherweise war Clay zurückgekommen, aber Charlie hatte wegen der Sache ein sehr schlechtes Gewissen. Die Frau des besten Freundes sollte tabu sein.

»Ich bedaure sehr, was damals passiert ist«, sagte er. »Vergessen wir es doch einfach.«

Natalie lächelte gequält. »Aber ich will es nicht vergessen. Es hat mir Spaß gemacht. Dir nicht?«

»Aber natürlich, aber weißt du, mein Schatz, es ist ein bißchen heikel. Clay ist mein Freund, und ich möchte ihn als Freund behalten.« Charlie war über die Richtung beunruhigt, die das Gespräch nahm. Er hatte geglaubt, Natalie wollte mit ihm über Lorna sprechen.

»Clay ist ein Mistkerl«, sagte Natalie fest. »Ein lausiger, egoistischer Mistkerl. Ich weiß alles über die kleinen Mädchen, die er bumst. Warum soll ich nicht auch meinen Spaß haben? Du willst mich doch, nicht wahr, Charlie? Aber natürlich, ich weiß, daß du mich willst.« Sie stand auf und kam auf ihn zu.

Charlie wich zurück. Was sollte er nur tun? Natalie schlang ihm die Arme um den Hals und fing an, ihn zu küssen. Wie kam er da nur wieder raus?

»Ich habe dich immer gern gehabt, Charlie«, flüsterte sie. »Lorna war nie gut genug für dich. Ich habe immer gespürt, daß zwischen uns etwas war – etwas ganz Besonderes. Ist es dir nicht auch so . . .«

Das Telefon klingelte. Erleichtert löste Charlie sich aus Natalies Umarmung und nahm den Hörer ab.

Es war George, der aus der Halle anrief. »Wenn Sie mich in der nächsten Stunde nicht brauchen, fahre ich jetzt schnell mal zu Heyward's und hole Ihre Anzüge ab«, sagte er.

»Was? Jetzt?« fragte Charlie laut und mit ärgerlich klingender Stimme.

»Nun ja, es muß nicht gerade jetzt sein, ich dachte nur . . .«

»Ach, du meine Güte! In Ordnung. Dann kann man wohl nichts machen. Ich bin sofort unten.«

Charlie legte auf, und in der Halle betrachtete ein höchst erstaunter George verständnislos den Telefonhörer.

»Was gibt es?« fragte Natalie.

»Was Berufliches, natürlich. Eine verdammte Verabredung, die ich glatt vergessen hatte. Tut mir leid, mein Schatz. Wirklich lästig, die Sache.«

»Soll ich warten?«

»Weiß der Himmel, wie lange es dauern wird. Nein, das kann ich dir wirklich nicht zumuten.«

Natalie seufzte. »Der Erfinder des Telefons gehört erschossen.«

»Wie recht du hast, Schatz.« Charlie half ihr in die Jacke und schob sie zur Tür.

»Wie geht es mit uns weiter?« fragte Natalie.

»Wir werden uns schon etwas einfallen lassen«, antwortete Charlie und nahm sich fest vor, in Zukunft jedes Alleinsein mit Natalie geradezu ängstlich zu vermeiden.

»Auf Wiedersehen, Liebling.« Sie küßte ihn. »Vergiß nicht, daß wir in zwei Wochen auch in Hollywood sind. Wart auf mich.«

Charlie nickte. Das war ja reizend. Clay war also doch kein solcher Glückspilz.

Auf dem Flughafen war Charlie total ›high‹. Er hatte entsetzliche Angst vor dem Fliegen und konnte ein Flugzeug nur besteigen, wenn er geistig völlig weggetreten war. Bevor er nach Heathrow gefahren war, hatte er zwei Joints geraucht, und das Flugzeug war für ihn jetzt ein großer, schöner Vogel, der darauf wartete, ihn aufzunehmen. Er lächelte den Fotografen mild und gütig zu, schnitt komische Gesichter zu ihrer Belustigung, nahm seine Hornbrille ab, winkte damit, setzte sie wieder auf.

»Vergessen Sie nicht, daß Sie sich nicht gern mit Brille fotografieren lassen«, zischte George ihm zu.

»O ja, stimmt«, antwortete Charlie mit seiner Indianerstimme.

»Wiedersehen, Charlie! Toi, toi, toi!« rief einer der Fotoreporter.

Eine hübsche Stewardeß führte sie in den Warteraum für VIPs.

»Sie können in zehn Minuten an Bord gehen«, sagte sie. »Soll ich Ihnen etwas zu trinken bringen?«

Als die Maschine in der Luft war, schlief Charlie ein. George spielte Patience und überlegte sich dabei, wie es in Hollywood wohl sein mochte. Für Charlie Brick zu arbeiten hieß, wirklich ein schönes Stück von der Welt zu sehen.

## 8

Jack Milans Haus stand auf einem mehrere Morgen großen Grundstück, das von einem elektrischen Zaun mit nur einem einzigen Eingang eingefriedet wurde. Neben dem Tor befand sich kein kleines Wächterhaus. Niemand durfte sich dem Haupthaus nähern, wenn die Wache es nicht erlaubte. Das hing damit zusammen, daß Jack Milan fünf Kinder hatte und ihm schon mehrmals mit Entführung gedroht worden war. Obwohl die Kinder jetzt schon fast erwachsen waren, ging Jack kein Risiko ein.

Nervös saß Sunday im Wagen, während der Chauffeur dem Wächter ihre Einladungskarte reichte. Dieser nickte wortlos. Der Wagen fuhr eine breite Zufahrt zu einem großen, weißen, im Kolonialstil erbauten Haus hinauf.

Sunday war aus mehreren Gründen nervös. Erstens war sie zu dem Schluß gekommen, daß Carey recht gehabt hatte, als sie sagte, sie solle nicht ohne Begleiter auf die Party gehen. Zweitens war sie überzeugt, daß sie keine Menschenseele kennen würde. Und drittens ging sie seit Paulos Tod nicht gern unter Menschen.

Tatsächlich fürchtete sie sich vor dem ganzen Abend.

Sie sah in der schwarzen, mit Goldmünzen bestickten Abendrobe mit langem Hosenrock, die für einen ihrer italienischen Filme entworfen worden war, einfach hinreißend aus.

Da sie nichts darunter trug, konnte man deutlich ihren makellosen Körper ahnen.

Ein Butler empfing sie, und sie reichte ihm ihre Einladungskarte. Er führte sie durch das Haus auf die in helles Flutlicht getauchten Terrassen an der Rückseite.

»Miß Sunday Simmons«, verkündete er durch einen Lautsprecher und ließ Sunday ganz allein stehen.

Die vielen Leute, die mit Gläsern in den Händen auf den Terrassen herumstanden und schwatzten, unterbrachen sich mitten im Satz oder Wort, wandten sich ihr zu und starrten sie an. Ihr Name war nicht mehr unbekannt.

Eine mollige Frau von ungefähr vierzig kam lächelnd auf sie zu und gab ihr die Hand. »Hallo, Sunday, meine Liebe. Ich bin Jacks Frau Ellie. Ich freue mich wirklich sehr, Sie kennenzulernen. Jack hat uns eine Menge von Ihnen erzählt. Sie sind ja wirklich bildhübsch. Kommen Sie, ich mache Sie mit den Leuten bekannt.«

Sunday mochte die warmherzige Ellie sofort. Sie ließ sich zu einer kleineren Gruppe von Gästen bugsieren und unterhielt sich bald ebenso über Nichtigkeiten wie alle anderen.

Es würde nicht allzu schlimm werden. Nach dem Dinner konnte sie sich sicher unauffällig wegstehlen. Dann hätte sie ihre Pflicht getan.

Sie schwatzte mit einem Schauspieler mit gebleichtem Haar, einem bekannten Homosexuellen, und einer älteren rothaarigen Frau, die den Arm des Schwulen festhielt, als hätte sie Angst, er könnte sich aus dem Staub machen. Plötzlich sagte eine Frauenstimme hinter ihr: »Sunday, wie wunderbar, dich zu sehen! Wie geht es dir?«

Ein Mädchen mit langem, blondem Haar und einer fülligen Figur, in ein glänzendes schwarzes Kleid gezwängt. Ein hübsches Mädchen. Sunday wußte, daß sie es von irgendwoher kannte, konnte sich aber absolut nicht erinnern, woher.

»Hallo«, sagte sie.

Das Mädchen lachte. »Sag bloß nicht, daß du dich nicht mehr an mich erinnerst. Ich bin Dindi Sydne, die Freundin von Prinz Benno. Wir waren in Rom doch immer zusammen am Strand. Du und Paulo – du meine Güte, ich schätze, ich sollte lieber nicht von ihm sprechen, nicht wahr? Zu schrecklich, was passiert ist. Benno hat es fast das Herz gebrochen. Doch egal, du erinnerst dich doch an mich, nicht wahr?«

»Ja, natürlich.« Sunday bemühte sich zu lächeln. Sie hatte das Mädchen nur ein- oder zweimal gesehen.

»Nun, und da bin ich wieder in meine Heimatstadt zurückgekehrt«, fuhr Dindi fort. »Es ging einfach nicht mehr mit Benno. Außerdem hat man mir hier eine Rolle angeboten, also bin ich zurückgekommen. Wenn man sich vorstellt, daß ich bis nach Rom gehen mußte, um hier einen Job zu bekommen. Ist das Leben nicht komisch? Du siehst großartig aus. Amüsierst du dich gut? Deine Publicity ist ja riesig. He, hast du schon Steve Magnum getroffen? Ich find' ihn riesig, möchte ihn gern kennenlernen. Kennst du ihn?«

Sunday schüttelte den Kopf. Sie wußte natürlich, wer er war. Ein Filmstar, ein Partylöwe, viermal verheiratet – immer mit berühmten Damen –, Millionär. Wenn man der Presse trauen durfte.

»Er ist mit Jack Milan befreundet, also wirst du ihn wahrscheinlich kennenlernen. Ich kenne Jack auch noch nicht. Ich bin mit einem Kerl hier, mit dem ich ein paarmal verabredet war. Einem richtig miesen Kameramann, der hier keine Menschenseele kennt. Ich kann mir gar nicht vorstellen, wieso er überhaupt eingeladen wurde. Wo wohnst du übrigens? Treffen wir uns doch mal.«

»Im Château Marmont. Aber ich gehe wirklich nur selten aus, und . . .«

»Das läßt sich ändern. Ich kann dir ein paar Kerle anschleppen, wirkliche Kerle. Wenn man sich hier nur mit den sogenannten wichtigen Leuten abgibt, kann das ganz schön öde sein. Zugegeben, es ist nicht schlecht hier, aber ein bißchen Action nebenbei kann nicht schaden. Ich ruf' dich an, muß jetzt sausen, dort drüben steht ein Regisseur, auf den ich's seit Wochen abgesehen habe.«

Dindi schlängelte sich in ihrem engen Kleid davon, und Sunday stand mutterseelenallein da. Sie sah sich um. Überall ging es schon hoch her. Jetzt, dachte sie, wird bestimmt bald serviert, und dann hab' ich's hinter mir . . .

Sie fühlte sich sehr einsam, aber dieses Gefühl hatte sie seit Paulos Tod eigentlich nie verlassen. In seinen letzten Monaten hatte sie zusehen müssen, wie er nach und nach seine ganze Würde als Mensch verlor, sich erniedrigte. Würde sie je vergessen, was er alles angestellt hatte, um die Drogen vor ihr zu verstecken? Wie ein Hund hatte er unter den Fliesen im Badezimmer Löcher gescharrt, kleine Vorräte unter der Matratze deponiert, in den Leuchtkörpern, sogar auf dem schmalen Sims vor den Fenstern. Am Ende hatte sie mit dem Gedanken gespielt, sich scheiden zu lassen, und eine Woche vor seinem Tod hatte sie es ihm angedroht. Sie hatte ihm gesagt, wenn er nicht aufhöre, sei sie mit ihm fertig, sie könne einfach nicht mehr. Er hatte wie ein Baby geweint, hatte ihr leidenschaftlich versprochen, brav zu sein, denn diesmal sei er ja wirklich geheilt.

»Sunday, meine Liebe«, rief Ellie Milan und kam auf sie zu, »ich habe Sie zu Jack an den Tisch gesetzt. Tisch Nummer zwei, Ihre Platzkarte sehen Sie dann schon. Ich versuche eben, die Leute dazu zu bringen, sich zu setzen.«

Sunday lächelte. »Vielen Dank.« Sie ging hinter den Leuten her, die zu den Tischen schlenderten.

Sie sah Dindi ernst an einem Tisch sitzen, ihre Hand lag leicht auf dem Arm eines dicken Mannes, dessen Augen sich an ihrem Halsansatz festzusaugen schienen.

»Hierher, Sunday!« Jack Milan winkte ihr zu. Sie ging hinüber, erwiderte sein Lächeln und gab den Leuten, die schon an Tisch Nummer zwei saßen und denen er sie vorstellte, die Hand. Abe Stein und seine Frau waren auch darunter. Sie hatte ein Pferdegesicht und musterte Sunday gehässig.

Sunday saß neben Jack Milan. An ihrer anderen Seite waren noch zwei Stühle frei.

»Sie sehen wunderbar aus«, sagte Jack, »und erst auf den Ansichtskopien unseres Films. Ich habe gehört, Radiant Productions wollen Ihnen einen Vertrag geben.«

»Nun ja, sie haben mir einen angeboten, aber ich habe kein Interesse. Ich halte nichts von langfristigen Verträgen.«

Ihren Worten folgte ein geradezu entsetztes Schweigen. Dann sagte Abe: »Ich an Ihrer Stelle würde unterschreiben.«

»Ich war siebzehn Jahre bei Radiant«, sagte Jack, »und ich bin gar nicht schlecht damit gefahren.«

»Nein, die Kleine hat ganz recht.« Steve Magnum war mit seiner neuesten festen Freundin, Angel Carter, an den Tisch gekommen. Er setzte sich neben Sunday. »Langfristige Verträge gehören der Vergangenheit an, man vergißt sie am besten. Radiant ist ungefähr die einzige Gesellschaft, die Leute noch vertraglich bindet, und dabei wissen die Kerle dort nicht einmal, wo bei ihnen selber vorn oder hinten ist. Lassen Sie sich zu nichts überreden, Kleine.«

»Bestimmt nicht«, antwortete Sunday und gab sich größte Mühe, ihn nicht ununterbrochen anzustarren. Sein Gesicht war ihr so vertraut, sie hatte es unzählige Male auf der Filmleinwand gesehen. Zu Hause in Rio war er, als sie noch in die Schule gegangen war, ihr Lieblingsschauspieler gewesen.

Steve Magnum hatte sich gut gehalten. Er trug seine fünfzig Jahre mit derselben stilvollen Lässigkeit wie das goldene Medaillon um seinen Hals. Er war nur mittelgroß und sehr dünn – Kritiker, die ihm übelwollten, nannten ihn klapperdürr –, aber in seinem Gesicht brannte noch dasselbe leidenschaftliche Feuer, das ihn vor fünfundzwanzig Jahren zu einem Topstar gemacht hatte, der er bis heute geblieben war. Steve Magnum war schon zu Lebzeiten eine Legende. Die Frauen waren verrückt nach ihm. Sogar seine vier Exfrauen wurden es nicht müde, immer wieder zu erklären, sie würden jederzeit zu ihm zurückgehen. Er war jetzt seit acht Jahren unverheiratet, und alle Kolumnisten rätselten ständig herum, wer wohl die nächste Mrs. Magnum werden würde. Es gab viele Kandidatinnen, aber Steve war cool, und die meisten Eingeweihten waren bereit zu wetten, daß es überhaupt keine Mrs. Magnum mehr geben würde. Manche Leute sagten sogar, er gehe vielleicht zu seiner ersten Frau zurück, mit der er drei Kinder hatte.

»Also«, sagte Steve und musterte Sunday interessiert mit den berühmten hellblauen Augen, »bisher haben Sie sich ja recht gut gehalten. Kommen in die Stadt und bringen es sogar fertig, Abe und Jack zu sagen, bis hierher und nicht weiter. Alle Achtung!«

Jack lachte unbekümmert, aber Abe schnitt ein säuerliches

Gesicht und versuchte seine Frau zu ignorieren, die ihm einen Rippenstoß nach dem anderen gab, damit er etwas sagte.

»Carey St. Martin kümmert sich um mich. Sie ist großartig. Ich bin überzeugt, daß ich die vielen Angebote, die ich bekomme, nur ihr zu verdanken habe. Wenn sie nicht wäre, hätte ich wahrscheinlich schon das nächste Flugzeug nach Rom nehmen müssen.«

Angel lachte geziert. »Wie süß! Und alles wegen einer kleinwinzigen Nacktszene. Liebling, ohne die geht's heute nicht. Wenn man in der Branche Fuß fassen will, muß man lernen, wie man sich auszieht.« Sie legte den Arm um Steve und sah anbetend zu ihm auf.

»Ja, Herzchen«, erwiderte er, »und du kannst das hervorragend. Im Film und privat.«

Angel streckte ihm die Zunge heraus, und Jack sagte: »Also, Leute, jetzt gibt's was zu futtern.«

Während des Essens unterhielt sich Steve fast ausschließlich mit Sunday. Angel hörte sehr aufmerksam zu und versuchte immer wieder, sich an dem Gespräch zu beteiligen.

Sie war jetzt seit drei Monaten Steves Freundin und hoffte, es zu bleiben, vielleicht sogar einen Dauerzustand daraus machen zu können. Sie war wütend, weil er sich so auffallend für Sunday interessierte. Welcher Hundesohn hatte ihn nur neben sie gesetzt, und, was zum Teufel, sollte ihr blödsinniges Geschwätz über gute Drehbücher und Grundsätze?

Sie traute kaum ihren Ohren, als sie Steve sagen hörte: »Wissen Sie, Sunday, ich könnte Sie mir gut in der Rolle des reichen Mädchens vorstellen, das so sexy ist, daß die Männer wirklich nicht hinter dem Geld her sind . . . Ach so, ich spreche von meinem nächsten Film. Haben Sie Lust, Probeaufnahmen zu machen?«

Angel hatte gehofft, Steve werde sie das Mädchen spielen lassen. Es war keine Starrolle, aber eine schöne Rolle. Sie hatte durchblicken lassen, daß sie gern mit ihm drehen würde, doch er hatte sie abgewiesen. Sie hatte es nicht geschafft, ihn umzustimmen. Und jetzt bot er die Rolle doch tatsächlich diesem unbekannten Miststück an. Und das unbekannte Miststück antwortete: »Tut mir leid, ich mache keine Probeaufnahmen. Es gibt eine ganze Reihe italienischer Filme, in denen Sie mich ansehen können. Ich halte nichts von Probeaufnahmen.«

Steve sah Jack an, und beide lachten schallend.

»Verdammt!« sagte Steve. »Du hattest wirklich recht. Die ist anders als das, was sonst hier so rumläuft.«

## 9

Marshall K. Marshall überließ seinen weißen Rolls-Royce – eine Sonderanfertigung – dem Portier des Beverly Hills Hotels und humpelte in die Halle. Schauspieler – verfluchte Kerle! Sie wurden jetzt so verdammt anspruchsvoll, schienen überall mitreden zu wollen. Er erinnerte sich noch gut an die Zeiten, da sie ihren Vertrag unterschrieben und mit der Arbeit anfingen – und damit basta.

Marshall war ins Beverly Hills gekommen, um bei einem Treffen zwischen Cy Hamilton jun. – dem Produzenten von ›Karussell‹ – und Charlie Brick, Star des besagten Films, anwesend zu sein. Die Zusammenkunft war erforderlich geworden, weil sie Charlie nicht länger hinhalten konnten. Er war schließlich kein Idiot, und es ließ sich kaum noch verheimlichen, daß Michelle Lomas nicht erscheinen würde.

Sie waren schon dabei, gewissermaßen um sie herum zu drehen, und am Tag zuvor war Charlie aus der Szene abmarschiert und hatte Cy ausrichten lassen, wenn Michelle nicht sofort erscheine, drehe er keine Sekunde weiter. Man mußte ihm jetzt also sagen, daß Michelle Lomas schwanger war, eine Tatsache, die seit gestern endgültig feststand. Auf Anweisung ihres Arztes mußte sie bis zur Geburt des Kindes in ihrem Haus in Lugano bleiben und durfte sich nicht rühren.

Marshall hatte eine kleine Aktentasche mit Fotos und den Kurzbiographien der Schauspielerinnen dabei, die seiner Ansicht nach als Neubesetzung in Frage kamen.

Das Wichtigste war, Charlie davon zu überzeugen, daß es sich lohnte, den Film auch ohne Michelle zu drehen. Laut

Vertrag hatte er in dieser Situation das Recht zurückzutreten. Marshalls Aufgabe war es, ihn zu überreden, es nicht zu tun.

In seiner geschmackvoll hellbeige eingerichteten Suite, in der zwei Farbfernseher mit voller Lautstärke liefen, ging Charlie in einem weißen Frotteebademantel und braunen Gucci-Pantoffeln auf und ab wie ein gefangener Tiger. George stand respektvoll in einer Ecke und verfolgte mit einem Auge das Geschehen auf dem Bildschirm, mit dem anderen Charlies rastloses Hin und Her. An einem Tisch saß eine gemietete Sekretärin und träumte davon, entdeckt zu werden. Auf einem zweiten Tisch stand ein Tablett mit Eiern, Toast, Früchten und Kaffee. Charlie hatte es nicht angerührt.

»Sie sollten etwas essen«, mahnte George mild.

Ohne stehenzubleiben, knurrte Charlie etwas. Seine Arbeit war ihm wichtiger als alles andere, und er war wütend, daß sie ihm so etwas antun konnten. Ohne Michelle würde der Film nicht derselbe sein. Wo steckte sie, zum Teufel? Warum hatte sie abgesagt?

Er würde den Film nicht machen. Er ging nach London zurück, ließ sich mit keinem Ersatz abspeisen.

Sechs todlangweilige Tage war er hier und wartete auf Michelle, und abgesehen von einer Party für die Presse, auf der man ihm eine Reihe idiotischer Fragen gestellt hatte, war er bisher nirgends gewesen. Außer im Studio natürlich.

Natürlich hatte er jede Mengen Einladungen. Hollywoods sogenannte Gesellschaft war immer entzückt, ein neues Gesicht in der Stadt zu entdecken, einen Vorwand für eine Party zu haben. Die Gastgeberinnen rissen sich buchstäblich darum, die erste Dinnerparty zu geben. Doch diesmal hatten sie alle Pech, da Charlie zu allem nur nein sagte. Von gesellschaftlichen Aktivitäten wollte er erst etwas wissen, wenn es wegen des Films keine Unklarheiten mehr gab.

Es klopfte, und Marshall K. Marshall hinkte herein. Trotz der Klimaanlage schwitzte er stark. Er verließ sein Büro tagsüber nur selten und in dringenden Notfällen.

»Sie sehen großartig aus«, sagte Marshall. »Sogar noch schlanker als vor einer Woche.«

»Ja, ich schaffe es, mein Gewicht zu halten.« Charlie lächelte. Er wußte, daß es einer ungeheuren Willenskraft bedurfte, wenn man so gut aussehen wollte wie er. Vier Wochen normales Essen, und er war wieder das Dickerchen von früher.

»Was ich Ihnen jetzt eröffnen muß, wird Ihnen nicht gefallen«, sagte Marshall. »Cy ist auch nicht gerade begeistert davon. Aber Michelle erwartet ein Baby. Sie hat uns ganz schön angeschmiert.«

Charlie ließ sich schlaff in seinen Sessel fallen. Das hatte er allerdings nicht erwartet.

»Wir haben erst gestern ein ärztliches Attest bekommen – deshalb diese Unentschlossenheit auf unserer Seite. Wer hätte auch gedacht, daß das große Sexsymbol hingeht und sich zur Mutter machen läßt. Und sie ist sogar ganz außer sich vor Freude. Cy wollte, daß sie den Film trotzdem dreht, schließlich wird man höchstens in vier oder fünf Monaten etwas merken, aber nein, sie geht kein Risiko ein. Tut mir leid, Charlie, aber so steht es. Hören Sie, Cy sitzt in der Klemme, und wenn Sie ihn auch im Stich lassen, sieht es böse für ihn aus. Ich weiß, daß Sie vom Vertrag zurücktreten können, und ich persönlich würde es Ihnen nicht mal übelnehmen. Aber hören Sie, wenn wir einen Ersatz finden könnten, jemanden, mit dem Sie einverstanden sind, und Sie dann blieben, könnte ich weitere zehn Prozent der Bruttoeinnahmen für Sie herausschlagen, und das ist nicht gerade Kleingeld. Was meinen Sie?«

Die gemietete Sekretärin saß bolzengerade auf ihrem Stuhl und bemühte sich, über den Lärm der Fernsehgeräte hinweg zu hören, was gesprochen wurde. George hatte sich aus seiner Ecke nicht weggerührt.

Charlie schloß die Augen und versuchte zu denken. Weitere zehn Prozent waren wirklich kein Pappenstiel. Aber wer konnte Michelle ersetzen?

Und als könne Marshall Gedanken lesen, sagte er: »Wir könnten das Drehbuch neu schreiben lassen, Ihre Rolle ausbauen, die Ihrer Partnerin kürzen. Es wäre Ihr Film, nur der Ihre. Kann man nicht die verdammten Fernseher ausschalten?«

»Schalten Sie ab, George«, sagte Charlie. Seine Gedanken rasten, erwogen die neuen Möglichkeiten. Er wandte sich an die Sekretärin. »Ich brauche Sie nicht, meine Liebe. Kommen Sie morgen wieder, zur selben Zeit.«

Sie stand auf, strich sich den Minirock glatt und schlängelte sich an Marshall vorbei. Vielleicht entdeckte er sie. Doch er gönnte ihr nicht einmal einen Blick.

Bei der Tür blieb sie stehen und überlegte, ob sie ihnen sagen sollte, daß sie Schauspielerin war. Aber George stellte sich ihr in den Weg und schob sie sanft auf den Flur hinaus.

Sie entfernte sich, wütend, daß sie nicht entdeckt worden war.

»Die Sache hört sich gut an«, sagte Charlie. »Was ist mit Cy? Ist er einverstanden?«

Marshall wurde von Erleichterung förmlich überflutet. »Er wird es sein, verlassen Sie sich darauf.«

Als Cy Hamilton jun., nach einem Streit mit seiner dritten Frau, die er erst vor kurzem geheiratet hatte, im Beverly Hills erschien, hatten Charlie und Marshall alles besprochen.

Cy war ein sympathischer Mann, aber er hatte ein leicht aufbrausendes Temperament, das gelegentlich zum Vorschein kam.

»Ihr Mistkerle, das ist die reinste Erpressung«, sagte er. Aber am Ende willigte er ein.

Jetzt mußte man nur noch eine Schauspielerin finden, die Michelles Rolle übernehmen sollte. Und da hatte jeder von den dreien seine eigene Vorstellung.

»Magda Seal«, sagte Charlie.

»Die können Sie vergessen, sie ist ausgebucht.«

»Mirielle Montana.« Das war Cys Vorschlag.

»Vorn zu flach, klapperdürr, unbrauchbar.«

»Anna Karl.«

»Zu alt.«

Sie diskutierten alle Möglichkeiten durch, und schließlich war keine ausländische Schauspielerin mehr übrig. Sie kamen überein, die Nationalität des Mädchens außer acht zu lassen.

»Wie wäre es mit einer Neuen?« meinte Marshall, machte seine Tasche auf und holte Fotos heraus. »Sunday Simmons.«

»Sunday wie?« fragte Charlie.

»Simmons. Du hast sie schon gesehen, Cy, oder? Großartige Figur, toller Busen, sehr publikumswirksam.«

Cy nickte. »Keine schlechte Idee, Marsh. Kann sie auch spielen?«

Marshall zuckte mit den Schultern. »Wer weiß? Wir könnten uns einen ihrer Filme ansehen. Sie ist bei dem neuen Streifen von Jack Milan dabei.«

»Ich will keine Unbekannte«, sagte Charlie.

»Sehen Sie sich doch erst mal ihre Bilder an«, erwiderte Marshall. »Sie sieht hinreißend aus.«

Charlie blätterte in den Standfotos. Das Bild, das Sunday in der Nacktszene mit Jack Milan zeigte, betrachtete er besonders lange. Es erregte ihn. Du lieber Himmel! dachte er. Er hatte seit mindestens vierzehn Tagen keine Frau mehr gehabt. Dagegen würde er etwas tun müssen.

»Sie ist umwerfend«, sagte er. »Wie ist ihre Telefonnummer?«

»Ja, wie ist ihre Telefonnummer?« fragte auch Cy und lächelte leicht.

Marshall lachte. »Sollen wir uns einen Film von ihr ansehen?«

Charlie und Cy nickten.

»Ich hatte noch eine Idee«, sagte Marshall. »Und geht bitte nicht gleich in die Luft. Ich dachte an Angel Carter.«

»Angel Carter!« rief Cy.

»Ja, Angel. Sie hat schon einen Namen. Ich glaube, ich kann sie für Probeaufnahmen bekommen.«

Charlie nickte. »Mir ist es recht. Scheint kein schlechter Einfall zu sein.«

Es kamen noch drei andere Mädchen in die engere Wahl, und da die Zeit knapp und kostbar war, verabredeten sie sich für acht Uhr in Cys Haus, wo sie sich in seinem privaten Vorführraum Filme von allen fünf Mädchen ansehen wollten.

Als Marshall gehen wollte, nahm Charlie ihn auf die Seite und sagte etwas, das er um keinen Preis der Welt hatte sagen wollen: »Können Sie mir für später ein Mädchen besorgen?«

»Klar. Wird Ihnen guttun. Haben Sie besondere Vorlieben?«

Charlie schüttelte den Kopf. Schon bedauerte er, daß er Marshall gefragt hatte. Aber schließlich kannte er niemanden in der Stadt, und er wollte nicht, daß jemand vom Studio ihm eine Professionelle schickte.

»Überlassen Sie es mir«, sagte Marshall und hinkte davon, erleichtert, daß er wieder in sein Büro zurückkehren konnte.

## 10

»Ich liebe Drive-in-Restaurants!« rief Sunday und studierte die Speisekarte. »Ich möchte zwei Riesenhamburger mit extra Soße und ein Schokolademalzgetränk.«

Carey lachte. »Du wirst fett werden.«

»Das ist mir egal. Weißt du was? Ich glaube, es fängt an, mir hier zu gefallen.«

»Das überrascht mich nicht.« Carey drückte auf den Knopf der Lautsprecheranlage neben dem Wagen und gab ihre Bestellung auf. »Wäre ich in deiner Lage, würde ich total ausflippen. Ich meine, überlegen wir doch mal. Du kommst mit einem Vertrag für eine kleine Rolle in einem Jack-Milan-Film hierher. Als dir was nicht paßt, läßt du die ganze Bande einfach stehen und marschierst ab durch die Mitte. Du machst Schlagzeilen, man entschuldigt sich bei dir, und sie schreiben sogar deine Rolle um. Du lernst auf einer Party Steve Magnum kennen, der dich eine Woche lang mit Rosen und Einladungen überschüttet, aber du lehnst es ab, dich mit ihm zu treffen – mit ihm, der Nummer eins von Hollywood, dem begehrtesten Mann weit und breit. Und heute das Angebot, bei seinem neuen Film mitzumachen. Sechs herrliche Wochen in Acapulco. Also, ich finde es eigentlich nicht erstaunlich, daß es anfängt, dir hier zu gefallen.«

Sunday lächelte. »Das habe ich dir zu verdanken. Wärst du nicht gewesen, wäre ich nach Rom zurückgelaufen.«

»Und ich habe dir zu verdanken, daß ich mich von meinem Job in der Agentur losreißen konnte und alles so richtig super für mich läuft. Ich bekomme jeden Tag neue Klienten dazu.

Weißt du, daß Angel Carter mich gestern angerufen und gefragt hat, ob ich ihre Interessen vertreten würde? Sie haßt dich übrigens, weißt du das?«

»Aber wieso denn?« Sunday runzelte verwirrt die Stirn. »Das Leben ist viel zu kurz, um es mit Haß zu vergeuden.«

Ein Kellner in engen weißen Jeans brachte die beiden Tabletts mit ihren Bestellungen. »Sind Sie nicht Sunday Simmons?« fragte er mit einer boshaft klingenden weibischen Stimme, als er ihr das Tablett durch das Fenster zuschob.

Sunday nickte.

»Dann toi, toi, toi, meine Liebe. Mein Freund und ich finden Sie bezaubernd. Wir haben Sie unlängst im Fernsehen gesehen.«

»Vielen Dank.«

Als der Junge gegangen war, sagte Carey: »Das ist der Ruhm, Baby, der Ruhm.«

Sunday kaute an ihrem Hamburger. »Schmeckt köstlich!« rief sie.

Carey probierte vorsichtig von ihrem Hüttenkäse mit Obstsalat. »Du bist wirklich ein ungewöhnliches Mädchen. Ich lade dich zu einem Festessen ein, stelle mir vor, daß wir vielleicht in die Polo Lounge oder ins Bistro gehen. Aber nein, wohin willst du? In ein Drive-in. Ich werde wirklich froh sein, wenn ich dich nach Acapulco verfrachtet habe.«

»Wann muß ich fliegen? Und wann bekomme ich das Drehbuch? Und vergiß bitte nicht den Passus, daß ich keine Nacktszenen spiele.«

»Also den vergesse ich bestimmt nicht. Das Drehbuch schicken sie dir heute ins Hotel. Nächste Woche beginnen die Kostümproben, Haar- und Make-up-Tests. Fliegen sollst du am zehnten Juli. Was machst du jetzt mit Steve Magnum?«

Sunday lächelte arglos. »Nichts. Warum?«

»Du meine Güte, du bist wirklich unmöglich! Warum gehst du nicht mit ihm aus? Er wird dich nicht fressen. Und selbst wenn – nach allem, was man so hört, ist er der Größte.«

»Ich will nicht, daß die Leute sagen, ich hätte die Rolle in seinem Film nur bekommen, weil ich eine Affäre mit ihm habe. Wenn er unbedingt mit mir ausgehen möchte, dann muß er eben bis Acapulco warten, und dann wollen wir mal sehen.« Sunday tat völlig gelassen, aber sie hatte viel über Steve Magnum nachgedacht. Sie hatte eine Menge für ihn übrig, aber sie kannte seinen Ruf, und ihr Instinkt sagte ihr, daß es nur einen Weg gab, sein Interesse über ein paar Verabredungen hinaus wachzuhalten. Sie mußte ganz cool bleiben. Außerdem fürchtete sie sich vor den möglichen Folgen einer Beziehung mit Steve Magnum. In ihrem Leben hatte es nur zwei Männer gegeben – Raf und Paulo –, und sie wußte nicht, ob sie einem dritten schon gewachsen war.

»Ich glaube, Stevie, der Ladykiller, ist endlich auf jemand gestoßen, der ihm ebenbürtig ist«, sagte Carey lachend. »Aber unterschätze ihn nicht, er spielt dieses Spielchen schon sehr, sehr lange. Egal, was du tust, nimm ihn nie ernst. Er hat schon mehr Herzen gebrochen als der gute alte Casanova. Der hätte dazu wohl sieben Leben gebraucht.«

»Danke für die Warnung, Carey.«

Sie verlangten die Rechnung, und dann fuhr Carey den La Cienega Boulevard zum Sunset Boulevard hinunter und setzte Sunday am Château ab.

»Sobald du aus Mexiko zurückkommst, müssen wir ein Haus oder ein Apartment für dich suchen«, sagte Carey. »Außerdem brauchst du ein Auto.«

Sunday nickte. »Ein kleines Haus am Strand hätte ich gern.«

»Du bist wirklich unmöglich«, antwortete Carey mit einem Achselzucken. »Das ist einfach nicht schick. Aber da ich weiß, wie stur du bist, will ich mich mal umhören und sehen, was es da so gibt. Wir sprechen später noch darüber. Ach ja, da morgen die Notiz über deinen neuen Film in der Presse erscheint, halte dich bitte zur Verfügung.«

Sie winkte und fuhr weiter.

Sunday ging langsam ins Haus. Sie hatte beschlossen, den Nachmittag am Pool zu verbringen.

Die alte Dame am Empfang winkte sie zu sich. »Es sind wieder Blumen für Sie gekommen, Miß Simmons. Oh, und ein Brief aus England. Könnte ich wohl die Marke haben? Mein Enkel sammelt, wissen Sie. Ach ja, und eine junge Frau hat nach Ihnen gefragt. Sie sitzt dort drüben.«

Überrascht warf Sunday einen Blick hinüber und sah ein Mädchen halb liegend in einem Sessel lümmeln. Die Sonnenbrille verbarg ihre Augen, aber sie schlief ganz offensichtlich.

»Wer ist das?« fragte Sunday.

Die alte Dame griff nach ihrem Notizblock. »Miß Dindi Sydne.«

»Oh!« Sunday erinnerte sich. Das Mädchen, das sie auf Jack Milans Party getroffen und das Paulo gekannt hatte. Was, in aller Welt, wollte sie hier?

Sunday nahm Blumen und Brief entgegen, löste sorgfältig die Marke vom Kuvert und reichte sie der alten Dame. Der Brief war von ihrer Tante, sie wollte ihn später lesen. Auf der Karte, die in den zwei Dutzend Rosen steckte, stand nur: ›Wann überlegen Sie es sich endlich anders? S. M.‹

Sunday ging zu dem schlafenden Mädchen und rüttelte es sanft. Dindi Sydne fuhr in die Höhe wie ein erschrockenes Kaninchen. »Scheiße!« stieß sie laut hervor und dann: »Sunday! Ich wußte im ersten Augenblick nicht, wo ich bin. Was für eine Überraschung. Oh, und du hast mir sogar Blumen mitgebracht. Wie nett!« Sie stand auf. Sie trug enge, orangefarbene Hosen und einen kurzen Pulli, der ihr knapp bis unter die Brust reichte. Ihre Haut war tief gebräunt. »Weißt du, was mir passiert ist? Da fahre ich mit meinem bildschönen Thunderbird den Sunset entlang, und plötzlich bleibt das verdammte kleine Ungeheuer einfach stehen. Knallt einmal und bleibt stehen. Ist das nicht reizend? Na ja, zum Glück ist es nur zwei Blocks von hier passiert, direkt bei einer Tankstelle, und dieser entzückende Mechaniker mit Muskeln wie Superman repariert mir den Schaden. Mir fiel ein, daß du hier wohnst, und da dachte ich mir, ich könnte hier bei dir ein bißchen die Zeit totschlagen. Der Junge bringt den Wagen her, sobald er fertig ist. Du solltest ihn sehen – er ist umwerfend.«

Ein paar Ausreden drängten sich Sunday auf die Lippen, doch sie haßte Lügen, und schließlich konnte das Mädchen nichts für ihre Art.

»Das ist nett«, sagte sie. »Ich wollte mich an den Swimmingpool legen. Du kannst mir gern Gesellschaft leisten.«

»Also das ist spitze. Leihst du mir einen Bikini? Meine

Bräune muß sowieso ein bißchen aufgefrischt werden.« Prüfend betrachtete sie ihre Magengegend.

»Ich gehe nur kurz hinauf. Den Bikini bringe ich dir mit.«

Dindi schob den Arm unter den ihren. »Ich komme mit.«

Sunday zog ihren Arm weg. Sie haßte es, von anderen Frauen berührt zu werden. »Es ist so heiß«, entschuldigte sie sich lahm.

Oben kam ihnen Limbo, Sundays kleiner Hund, entgegengesprungen, um sie zu begrüßen. Das Zimmer war stickig, und Sunday stellte die Klimaanlage höher.

Dindi wanderte umher und nahm alles in die Hand, steckte überall neugierig die Nase hinein. »Von wem sind denn die vielen Blumen?« fragte sie.

»Ach, nur von einem Freund«, antwortete Sunday kurz.

»Einem sehr guten Freund«, korrigierte Dindi kichernd. »Ich bete gute Freunde an. Einmal hab' ich's mit einem Kerl auf sechs Dutzend roten Rosen getrieben. Es war spitze, unheimlich sexy. Aber er konnte einfach nicht kommen, sagte, der Rosenduft sei dran schuld. Manche Kerle sind richtig merkwürdig.«

»Hier.« Sunday reichte ihr einen grün-weißen Bikini. Dindi zog Hose und Pulli aus und schlüpfte, da sie darunter nackt war, ohne weitere Umstände in das Bikinihöschen. Dann legte sie sich das Oberteil um. »Du meine Güte, hast du aber ein paar Dinger!« rief sie. »Gib mir Watte zum Ausstopfen. Ich wünschte, meine wären größer. Die Kerle mögen das. Die Halbschwulen, die's mit Frauen und Männern treiben, sind die einzigen, die kleine Titten mögen.«

Dindi war, wie Sunday gesehen hatte, nicht gerade flachbrüstig.

Sie fuhren mit dem Lift hinunter und gingen zum Pool hinaus. Abgesehen von einer alten Frau mit einem riesigen Blumenhut war nur noch ein muskelbepackter Macho-Typ da, der ölglänzend und lang ausgestreckt in der Sonne lag.

»Nicht gerade viel Betrieb hier«, sagte Dindi enttäuscht. »Du solltest ins Beverly Hills ziehen, dort ist am Pool immer irre was los.«

»Hör zu, Dindi, damit wir das von Anfang an klarstellen«,

sagte Sunday. »Ich will keinen Betrieb. Ich mag Ruhe und Frieden. Und Plätze, an denen irre was los ist, interessieren mich nicht.«

Dindi hob die orangefarbene Sonnenbrille und starrte Sunday ungläubig an. »Tut mir leid, ich wußte ja nicht, daß ich mich in so erhabener Gesellschaft befinde. Für jemanden, dem die Szene so verhaßt ist, siehst du aber ganz schön nach kesser Biene aus. Willst du, daß ich gehe? Abschwirre und dich deiner Ruhe und deinem Frieden überlasse?«

»Nein, natürlich nicht. Ich wollte es dir nur sagen, das ist alles.«

»Okay. Ich weiß es also. He, ich laufe mal zu dem Kerl rüber und frage ihn, ob er mir ein bißchen Sonnenöl leiht.« Und fort war sie.

Sunday kam zu dem Schluß, daß sie Dindi mochte. Sie war vorlaut und neugierig und für Männer offensichtlich leicht zu haben, aber sie hatte einen gewissen ehrlichen und ausgeflippten Charme. Nach zehn Minuten kam Dindi zurück und schwenkte triumphierend eine Flasche Sonnenöl.

»Das ist Branch Strong«, verkündete sie. »Er ist aus New York zu Probeaufnahmen gekommen. Er ist bisexuell.«

»Woher weißt du das?« fragte Sunday neugierig.

»Mann, für diese Dinge habe ich eine Nase. Außerdem hat ihn Sam Plum hergeholt, und das ist *der* Agent für die Schwulen.«

Sunday rieb sich leicht mit Öl ein und lehnte sich auf dem Strandsessel zurück. Es war gut, wenn man Leute kennenlernte. Carey sagte, sie sei sonderbar, weil sie die ganze Zeit allein blieb. Nun, Carey kannte auch nicht Paulos ganze Geschichte, und sie wußte nicht, wie weh alles noch tat. Sie wußte auch nicht, daß Sunday sich noch immer irgendwie schuldig fühlte, obwohl sie dazu nicht den geringsten Grund hatte.

Nach einer Weile kam Branch Strong – bis vor kurzem Sydney Blumcor aus Bronx – zu ihnen herübergeschlendert. Er hatte ein glattes, gutaussehendes Gesicht ohne eine Spur von Persönlichkeit.

»Hallo, ihr kleinen Mädchen«, sagte er. »Ist es auch heiß genug für euch?«

»Aber ja«, antwortete Dindi grinsend. »Branch, das ist Sunday Simmons.«

»Ich freu' mich, dich kennenzulernen«, sagte er und rieb sich die öligen Hände an seinem muskulösen Bauch. Er glaubte, noch nie ein so schönes Mädchen wie Sunday gesehen zu haben. Und diese Figur – wau! –, was wären sie beide für ein tolles Paar.

»Wann hast du deine Probeaufnahmen?« fragte Dindi.

»Morgen«, antwortete Branch nervös. »Haltet mir die Daumen.«

»Darauf kannst du wetten. Ich würde dir sogar die großen Zehen halten, aber das wäre zu mühsam.«

Sunday stand auf. »Ich gehe jetzt schwimmen.« Sie ging zum tiefen Ende des Pools und hechtete vom niedrigen Sprungbrett elegant hinein. Sie blieb eine ganze Weile unter Wasser.

Branch sah ihr bewundernd zu. »Das ist vielleicht ein Mädchen!« sagte er mit einem Unterton von Bewunderung.

»Ja«, stimmte Dindi ihm zu. »Aber sie ist ein bißchen komisch. Mag keinen Betrieb und nichts. Kapiert?«

»Wie?«

»Vergiß es!« Dindi stellte fest: Branch Strong war ein Idiot. Ein großer, gutaussehender, blonder Idiot. Er beobachtete noch immer Sunday, sein Mund war leicht geöffnet, seine Zunge hüpfte nervös zwischen den schlaffen Lippen herum. Dindi mußte ja selbst zugeben, daß Sunday fantastisch aussah, aber sie schien überhaupt keine Lebensgeister zu besitzen, richtig langweilig war sie. Dindi fragte sich, was sie wohl sagen würde, wenn sie ihr die Szene schildern würde, die sich zwischen ihr selbst, ihrem römischen Freund, dem alten Prinzen Benno, und Sundays bisexuellem Ehemann abgespielt hatte, der sich dann später umbrachte. Drei Tage hatten sie sich in einem Hotelzimmer in Rom eingesperrt. Richtig super war das gewesen. Und nur ein paar Wochen später hatte er mit sich Schluß gemacht.

Sunday kam zurück und legte sich auf einen Liegestuhl. »Es ist wunderbar«, sagte sie, »du mußt unbedingt reingehen.« Sie drapierte ihr Haar über die Stuhllehne und schloß die

Augen. Und während die Sonne die kleinen, glänzenden Rinnsale auf ihrer Haut trocknete, schlief Sunday ein.

Branch ließ sie nicht aus den Augen.

## 11

Herbert Lincoln Jefferson lächelte zufrieden und entblößte dabei einen schwarzen Zahn in einer Reihe gelblicher Zähne. Es war unbegreiflich, daß ein Mann, bei dem körperliche Sauberkeit schon Besessenheit war, seinen Mund so sträflich vernachlässigte. Er putzte sich die Zähne nur, wenn er gerade daran dachte, und das war nicht oft.

Er stand unter der rostigen Dusche, seifte sich den mageren, behaarten Körper ein und grinste unaufhörlich.

Er hatte zwei Wochen dazu gebraucht, aber endlich hatte er es geschafft. Er hatte Sunday Simmons einen Brief von so poetischer Obszönität geschrieben, daß allein der Gedanke daran ihn erregte, obwohl er erst vor fünf Minuten in den Plastikbeutel ejakuliert hatte, den er natürlich auch diesem kostbaren Schreiben beigab.

Er rieb sein schönes, erigiertes Glied mit Seife ein und war sehr stolz auf sich. Was war er doch für ein Mann! Wieviel Freude und Lust er jeder Frau verschaffen konnte!

Das Warten hatte sich gelohnt. Sobald er Sunday gesehen hatte, war ihm klargeworden, daß sie das Mädchen war, auf das er gewartet hatte. Zum Teufel mit Angel Carter und den früheren Empfängerinnen seiner Briefe. Das war die Frau, von der er träumte: perfekt von der lohfarbenen Haarmähne bis zu dem erregenden Körper. Sogar ihre Füße in den goldenen Sandalen waren sexy.

Auf der Fahrt zum Haus von Jack Milan hatte er sie durch den Rückspiegel beobachtet. Einmal waren ihre großen braungoldenen Augen den seinen begegnet. Er hatte zurückhaltend gehüstelt und eine Bemerkung über das Wetter gemacht.

Seit jenem Abend hatte er immer wieder gehofft, sie noch einmal fahren zu dürfen, aber er hatte kein Glück gehabt. Also hatte er angefangen, seinen ersten Brief zu entwerfen. Er war jedoch nicht zufrieden gewesen. Dieser erste Brief mußte etwas Besonderes sein, etwas, das sie fesseln und so stark erregen würde, daß sie keinen anderen Wunsch hatte, als den Mann kennenzulernen, der so leidenschaftliche Briefe schreiben konnte. Briefe, die eine unglaubliche Erfahrung offenbarten.

Und jetzt war es ihm endlich gelungen, einen solchen Brief zu schreiben, ein Meisterstück, das gekrönt wurde durch die Anweisungen, was sie mit dem Inhalt des Plastikbeutels tun sollte. Morgen würde er dasitzen und sich vorstellen, wie sie den Brief las und seine Anweisungen befolgte. Er würde einen zweiten Plastikbeutel füllen, einen zweiten wunderbaren Brief schreiben und ihr erklären, daß dieser zweite Beutel entstanden war, als er daran dachte, wie liebevoll sie sich des ersten annahm.

»Herbie!« Die weinerliche Stimme seiner Frau, begleitet von einem Klopfen an der Badezimmertür und einem Rütteln an der Klinke. »Herbie, ich möchte aufs Klo. Darf ich bitte aufs Klo gehen? Du bist jetzt schon eine Stunde drin.«

Natürlich, diese große, fette Kuh mußte ihm seine schönsten Augenblicke verderben.

»Nur noch eine Minute, Liebes!« rief er zurück. Er schlang sich ein Handtuch um die Hüften und schloß die Tür auf.

»Ich weiß nicht, warum du dich immer einsperrst«, beklagte sich Marge. »Ich komme mir dann wie ein Eindringling vor.« Sie hob den Rock, um sich auf die Toilette zu setzen, und Herbert verließ schnell den Raum.

Schwere Schenkel, Marge hatte dicke, schwere Schenkel. Wochenlang vergaß sie, sich die Beine zu rasieren, die mit unappetitlichen, ingwerfarbenen Stoppeln bedeckt waren. Sie waren zehn Jahre verheiratet, und wenn Herbert das Foto auf dem Toilettentisch ansah, konnte er kaum glauben, daß der hübsche, schlanke Rotschopf mit den vollen Brüsten jetzt die schlampige, fette Marge war, die auf dem Klo hockte. Er hatte nicht geahnt, daß er eine freßsüchtige Frau heiratete, für die sechs Eier und ein ganzer Laib Brot zum Frühstück nichts Ungewöhnliches waren.

Sie war bezaubernd gewesen. Ihre erste Begegnung in einer Bar in der Nähe des Los Angeles Airport war so romantisch gewesen. Er war mit einem Freund ein Bier trinken und ein Sandwich essen gewesen – damals hatte er noch Laster gefahren –, und Marge hatte sie bedient. Sie hatte in dem kurzen Cowboyrock mit Fransen, den weißen Stiefeln und einem Stetsonhut unglaublich mädchenhaft ausgesehen. Es war eine Oben-ohne-Bar gewesen, und ihre großen Brüste mit dem Sheriffstern auf jeder Brustwarze waren aufreizend vor seinen Augen auf und ab gehüpft.

»Was wünschen Sie?« hatte sie gefragt. Sie war dicht vor ihm gestanden, einen Block in der Hand, und ein Sheriffstern war ihm fast in den Mund gehangen.

Diese erste Begegnung blieb Herbert unvergeßlich. Ein paar Monate später hatten sie geheiratet. Marge war schon schwanger gewesen, doch sie hatte das Baby verloren. Und dann noch ein zweites. Kurz darauf hatte sie angefangen zu essen, und Herbert fing an, seine Briefe zu schreiben.

»Schatz«, Marge kam ins Schlafzimmer geschlurft, »was soll ich anziehen?«

»Anziehen?« Herbert sah sie überrascht an. »Wozu willst du etwas Besonderes anziehen?« Um diese Zeit verzog Marge sich gewöhnlich vor den Fernseher.

Mühsam befreite sie ihren fetten Körper von dem schäbigen Hauskleid. »Ich hab's dir doch erzählt, Schatz, ich hab's dir erzählt. Ich gehe mit unserer neuen Nachbarin ins Kino. Sie hat mich vor zwei Tagen gefragt, ob ich mitkommen möchte. Ich hab's dir gesagt.«

»O ja.« Herbert erinnerte sich jetzt. Ein Ehepaar war in das gelbe Haus nebenan eingezogen, und Marge hatte auf ihrem täglichen Gang zum Supermarkt die Frau kennengelernt. Die beiden Frauen hatten verabredet, sich gemeinsam einen Film anzusehen. Marge war begeistert. Sie hatte keine Freundinnen, und Herbert ging nie mit ihr aus, daher war ein Kinobesuch eine große Sache für sie.

Jetzt versuchte sie sich in ein blaues Matrosenkleid zu zwängen, das ihr nicht mehr paßte. Sie wurde von Jahr zu Jahr breiter.

»Wir sehen uns einen Film an«, schwatzte sie weiter. »Soll angeblich richtig grausig sein – unheimlich und grausig, weißt du, und auch schmutzig.« Sie gab den Kampf mit dem Matrosenkleid auf und zog statt dessen einen losen Hänger an, den sie sich vor einem Jahr zur Hochzeit ihrer Schwester gekauft hatte. Sie schaffte es, sich in das Kleid hineinzuquetschen, das aber kein loser Hänger mehr war. Es war, stellte sie bei sich fest, ein Jammer, daß ihre Schwester dann doch nicht geheiratet hatte.

»Wann mußt du denn los?« fragte Herbert. Eigentlich gefiel ihm der Gedanke ganz und gar nicht, daß Marge sich herumtrieb und schmutzige Filme ansah, während er arbeitete.

»Louella holt mich um sieben Uhr ab. Sie hat einen Wagen.« Sie zog vor dem Spiegel einen Schmollmund, schminkte sich die Lippen rot, betupfte sich die Wangen ebenfalls mit dem Lippenstift, verrieb die Farbe und wischte sich dann die Finger am Kleid ab.

»Es ist so heiß«, klagte sie und fuhr sich mit dem Kamm durch das spärliche rote Haar.

»Ja«, stimmte Herbert zu, doch seine Gedanken beschäftigten sich längst nicht mehr mit Marge. Er dachte an den Brief, der im Toilettentisch lag und darauf wartete, zur Post gebracht zu werden.

Er wollte warten, bis Marge hinuntergegangen war, dann sein Kunstwerk in die Tasche stecken und später liebevoll in den Briefkasten werfen.

Marge klatschte sich billiges, nach Moschus riechendes Eau de Cologne auf die mit Sommersprossen übersäten, fetten Arme und zog ausgetretene weiße Schuhe an.

»So. Wie sehe ich aus?«

Sie erinnerte ihn an einen ingwerfarbenen Elefanten in einem getupften Kleid. »Sehr hübsch«, sagte er und bemerkte gleichzeitig, daß ihr ein Stück Saum herunterhing. »Daß ihr beiden Mädchen mir ja nicht flirtet!«

Marge gackerte. »O Herbie!« Sie latschte die Treppe hinunter, und er steckte schnell den Brief ein.

»O Miß Sunday Simmons, was für eine Freude Sie bald erleben werden . . .«

## 12

Charlie war recht zufrieden, weil sich alles so schön zu seinen Gunsten entwickelte. Er würde an dem Film viel mehr verdienen, würde der einzige wirkliche Hauptdarsteller sein, und sie würden für die weibliche Hauptrolle die Darstellerin nehmen, die er aussuchte. Schließlich hatte er, wenn er ganz ehrlich war, aus rein persönlichen Gründen darauf bestanden, mit Michelle zu spielen. Sein Ego hatte durch die Scheidung stark gelitten, und er hatte sich damit trösten und aufrichten wollen, daß ein Sexsymbol – für das die meisten Vollblutmänner ihren rechten Arm geopfert hätten, hätten sie es besitzen dürfen – ihn begehrte. Nicht den Star, sondern den Mann.

Daß Michelle vertragsbrüchig geworden war, war eine große persönliche Enttäuschung für ihn, doch er mußte zugeben, daß es ihm beruflich nur Vorteile brachte.

Er zog sich um, bevor er zu Cy Hamilton aufbrach. Seine Kleidung war symbolhaft für den neuen Charlie Brick, den geschiedenen und freien Charlie Brick, den schlanken Charlie Brick.

Er trug modische braune Slacks und ein loses, cremefarbenes indianisches Hemd. Er rückte seine Hornbrille zurecht und musterte sich im Spiegel. Vielleicht sollte er es einmal mit getönten Gläsern versuchen, mit einer schicken Brille. Ja, er konnte es ruhig zugeben: Für einen Mann von neununddreißig Jahren sah er verdammt gut aus.

George wartete mit dem roten Maserati vor dem Hotel. »Ich glaube, ich fahre heute abend selbst«, sagte Charlie. Er fühlte sich großartig, besser als seit langem. Sogar so gut, daß er Michelle ein Glückwunschtelegramm geschickt hatte.

»Sind Sie sicher?« fragte George zweifelnd. Der Wagen war immer in einem fürchterlichen Zustand, wenn Charlie ihn gefahren hatte.

»Selbstverständlich bin ich sicher. Sie können den Mercedes nehmen und sich irgendwo amüsieren. Wir sehen uns morgen früh.«

»In Ordnung.« George freute sich über den freien Abend. Er hatte es langsam satt, jeden Abend im Hotel zu sitzen und zu versuchen, Charlie bei Laune zu halten.

George stieg aus, und Charlie setzte sich hinter das Steuer, jagte den Motor hoch und freute sich über das Donnern der gezähmten Kraft.

Ein hübsches Mädchen, das mit einem kleinen Pudel das Hotel verließ, drehte sich um und starrte ihn an. Charlie blinzelte ihr zu, und sie blinzelte zurück. Warum, zum Teufel, hatte er Marshall gesagt, er solle ihm ein Mädchen besorgen? Das brachte er sehr gut selber fertig.

Emerald, die Frau von Cy Hamilton jun., war Alkoholikerin. Sie war attraktiv und hatte langes schwarzes Haar mit Mittelscheitel. Sie trug einen goldfarbenen Kaminanzug, trank unverdünnten Scotch on the rocks, und jeder zweite Satz, den sie sagte, enthielt eine bissige, herabsetzende Bemerkung über ihren Mann. Leicht schwankend klammerte sie sich an Charlies Arm und blies ihm dabei tödliche Alkoholdämpfe ins Gesicht.

Als sie das venezianische Speisezimmer betraten, zog Marshall Charlie beiseite. »Achten Sie nicht auf Emerald«, flüsterte er ihm zu. »Sie ist immer stockbetrunken. Wahrscheinlich wird Sie versuchen, unter dem Tisch Ihren Schwanz zu packen. Tun Sie einfach so, als merkten Sie nichts.«

»Was?« Charlie fand den Gedanken, daß Emerald ihn attackieren könnte, höchst belustigend, aber ebenso unwahrscheinlich, denn schließlich saß auch ihr Mann mit bei Tisch.

»Ich hätte Sie früher warnen müssen«, murmelte Marshall, »aber Cy regt sich immer schrecklich auf, wenn man was sagt. Sie versucht es bei jedem, es ist ihre Art, ihn aufs Korn zu nehmen.«

»Warum tut sie das?«

»Das ist eine lange Geschichte, Charlie. Kurz gesagt: Sobald er mit einer Frau verheiratet ist, kriegt er ihn nicht mehr hoch. Wirklich merkwürdig, denn sonst ist er ein ziemlich toller Kerl. Er geht deshalb zum Therapeuten.«

»Das würde ich an seiner Stelle auch tun.«

Charlie hatte großes Verständnis für Cy. Was für eine schreckliche Situation für ihn. Er selbst hatte immer heimlich befürchtet, daß ihm das eines Tages auch geschehen könnte.

Sie saßen zu viert bei Tisch. Das Essen wurde von zwei

jungen Mexikanerinnen serviert, die eine gestärkte schwarzweiße Uniform trugen.

Emerald stieß gleich mal ein Weinglas um und beschuldigte Cy, sie gestoßen zu haben. Sie zankten sich wie zwei Kinder und beachteten den Vorspeisenteller mit Parmaschinken und Melone nicht einmal, der ihnen vorgesetzt wurde.

Marshall und Charlie aßen und versuchten die beiden zu ignorieren, die sich ganz unbefangen vor ihnen stritten.

»Um elf kommt eine junge Dame zu Ihnen ins Hotel«, sagte Marshall leise zu Charlie. »Ein nettes Ding, ein großer Fan von Ihnen. Sie ist eine aufstrebende junge Schauspielerin und läßt sich auf derartige Verabredungen sonst nicht ein, aber – wie ich schon sagte – sie bewundert Sie sehr. Sie wird Ihnen gefallen. Sie heißt Dindi Sydne.«

»Großartig.« Charlie zog die Brauen hoch. »Geht das während des ganzen Essens so weiter?« Er zeigte auf das streitende Paar.

»Nein, sie wird gleich etwas nach ihm werfen und dann hinausrauschen. Zum Dessert kommt sie zurück.«

Wie vorhergesagt, stand Emerald auf, warf Cy ein paar Schimpfworte und den Brotkorb an den Kopf und stolzierte hinaus.

»Weiber!« rief Cy.

Tatsächlich erschien Emerald wieder, als die Erdbeertorte serviert wurde. Auch das hatte Marshall richtig prophezeit. Sie hatte sich umgezogen und trug jetzt ein bodenlanges Kleid aus Seidenjersey, das sich wie eine zweite Haut an ihren Körper schmiegte und vom Hals bis zum Nabel einen Schlitz hatte, durch den man ohne Mühe gebräunte Haut und einen fast flachen Busen sehen konnte.

Sie lächelte allen zu, setzte sich und schlürfte einen großen Scotch, den sie mitgebracht hatte.

Cy fuhr fort, über eine seiner letzten Produktionen zu sprechen. Kriecht da eine Hand an meinem Bein herauf? dachte Charlie plötzlich. Du grüne Neune, tatsächlich! Tastende Finger glitten an seinem Knie vorbei und begannen sich an seinem Hosenschlitz zu betätigen.

Er war dankbar, daß diese Hose statt des üblichen Reißverschlusses Knöpfe hatte. Marshall wußte wirklich sehr genau, wie die Dinge hier abliefen.

Emerald machte keine Fortschritte mit den Knöpfen, und ihre Finger begannen ungeduldig zu reiben. So peinlich es Charlie auch war, aber er bekam langsam eine Erektion. Emerald lächelte und trank einen Schluck Whisky.

Cy redete unablässig weiter. Charlie, der sich höchst unbehaglich fühlte, schob ein Stück Erdbeertorte in den Mund und gab sich Mühe, an etwas anderes zu denken.

Kaum war das Essen vorüber, entschuldigte Charlie sich hastig und lief ins Bad. Was für eine unglaubliche Szene! Und Marshall sagte, sie mache das mit jedem. Die Frau mußte verrückt sein. Und Cy war noch viel verrückter, wenn er es sich gefallen ließ.

Charlie säuberte sich die Zähne mit einem goldenen Zahnstocher von Asprey, wusch sich die Hände und ging zu den anderen zurück.

»Den Kaffee trinken wir am besten im Vorführraum«, sagte Cy. »Kommst du auch mit, Liebling?«

Emerald schüttelte den Kopf und erklärte, sie habe etwas Besseres zu tun, als sich einen Haufen dummer Starlets anzusehen – sie sagte allerdings nicht ›Starlets‹.

Cys Vorführraum war ganz mit rotem Leder ausgestattet. Sogar die Leinwand war in einen roten Lederrahmen eingepaßt, der mit goldenen Hufeisen verziert war. Charlie gefiel der Raum ungewöhnlich gut, und er überlegte sich, daß er sich, wenn dieser Film abgedreht war, auch nach einem Haus umsehen mußte. Er konnte nicht ewig in Hotels leben. Eigentlich konnte er George schon morgen losschicken, damit er sich nach einem Haus umsah.

Auf der Leinwand erschien das erste Mädchen. Sie war blond, hatte schöne Rundungen, aber ihr fehlte ein gewisses Etwas. Sie sagten alle drei nein. Der nächste Ausschnitt zeigte Angel Carter. Sie war groß und hatte etwas von einem übermütigen Gassenjungen, was Charlie sehr anziehend fand. Die Szene spielte in einem Theater hinter der Bühne, und Angel trug ein ärmelloses Trikot, in dem ihre Beine fast zwei Meter lang wirkten.

»Also, ich finde, sie ist wirklich nicht schlecht«, sagte er nachdenklich.

»Stimmt«, pflichtete Marshall ihm bei. Angel drangsalierte ihn fast zu Tode, damit er ihr eine Rolle beschaffte. »Schließlich ist es eine Komödie, kein großes Drama. Ich glaube, die Rolle mit ihr zu besetzen, wäre gar nicht schlecht.«

»Sie sieht wie ein Pekinese aus«, warf Cy ein.

»Aber ein Pekinese mit einer Menge Sex«, fuhr Marshall fort. »Und es geht die Rede, daß sie und Steve Magnum vielleicht sogar heiraten werden. Was für eine ganz natürliche Publicity das gäbe.«

»Sehen wir uns erst mal die anderen an, bevor wir uns entscheiden.«

Das nächste Mädchen war eine englische Entdeckung, die eben ihre erste Hauptrolle gespielt hatte. Angeblich hatte sie mit allen geschlafen – vom Hauptdarsteller bis zum Klappenjungen.

»Nein.« Charlie schüttelte den Kopf. »Sie spricht, als ob sie eine Pflaume im Mund hätte.«

»Vielleicht hat einer seinen Johnny drin gelassen«, sagte Marshall mit einem dreckigen Lachen.

Das vierte Mädchen war Sunday Simmons in der Schlafzimmerszene mit Jack Milan.

»Also das nenne ich sensationell«, sagte Cy und richtete sich kerzengerade auf. »Ich weiß nicht, ob wir sie für den Film nehmen sollen, aber ich muß sie kennenlernen. Du mußt das deichseln, Marsh. Die ist wirklich durch und durch Frau.«

Charlie mußte ihm recht geben. Sie war hinreißend. Aber wer hatte je von ihr gehört? Angel Carter war seiner Meinung nach bestimmt die beste Wahl.

Marshall hatte Sunday bisher noch nie auf der Leinwand gesehen, doch plötzlich verstand er, wieso Carey so begeistert war. Dieses Mädchen hatte Starqualität. Er mußte Carey sofort anrufen und Sunday Simmons unter Vertrag nehmen. Sein krankes Bein juckte, ein sicheres Zeichen dafür, daß er auf eine Goldmine gestoßen war. »Es wäre gar keine so schlechte Idee, eine Unbekannte zu nehmen«, sagte er bedächtig. »Anscheinend hat sie in Italien schon viel gefilmt.«

»Nein.« Charlie schüttelte den Kopf. »Sie ist nicht die Richtige.«

»Sie hat ein Paar prächtige Titten«, sagte Cy, der die Szene noch einmal laufen ließ.

»Man beurteilt eine Schauspielerin nicht nach der Größe ihrer Titten«, sagte Charlie kalt. Er ließ sich nicht mit einer völlig Unbekannten abspeisen, weil Cy sie bumsen wollte.

»Sehen wir uns das letzte Mädchen an«, sagte Cy.

Es war eine junge Fernsehschauspielerin. Sie war nett und rührend. Nicht sexy genug. Darin waren sich die drei einig.

»Ich entscheide mich für Angel Carter«, erklärte Charlie.

Cy nickte. »Ich glaube, sie ist wirklich die Beste. Ist sie frei, Marsh?«

»Frei wie ein Vogel. Wie wäre es mit Sunday Simmons in der kleineren Rolle?«

»Keine schlechte Idee. Was meinen Sie dazu, Charlie?«

»Ja, einverstanden.« Charlie sah auf die Uhr. Es war halb elf. Zeit für ihn, ins Hotel zurückzufahren und sich für den Besuch der ›aufstrebenden jungen Schauspielerin‹ vorzubereiten. Er stand auf und streckte sich. »Richten Sie Ihrer – eh – Frau meinen besten Dank für das ausgezeichnete Essen aus.«

»Es war uns ein Vergnügen.« Auch Cy erhob sich. »Unsere kleine Auseinandersetzung war Ihnen hoffentlich nicht peinlich. Emerald ist den ganzen Tag allein und langweilt sich. Bei unseren Zankereien läßt sie nur Dampf ab.«

»Selbstverständlich. Ich überlasse es Ihnen beiden, die Einzelheiten zu besprechen.«

»Wir haben heute die Neufassung des Drehbuchs zu schreiben begonnen, Charlie«, sagte Marshall. »Sie müßte in ein paar Tagen fertig sein. Wenn alles gutgeht, können wir nächste Woche wieder anfangen zu drehen.«

Im Hotel zog Charlie einen schwarzen Sprunganzug an, wie ihn Fallschirmspringer tragen, kam sich dann jedoch lächerlich vor und war gerade wieder dabei, in seine anderen Sachen zu schlüpfen, als Dindi kam.

Sie hatte sich für diese Gelegenheit sehr sorgfältig angezogen. Nichts zu Ausgefallenes. Sie wollte ihn nicht durch allzu ausgeflippte Kleidung abschrecken. Schließlich war jeder Star eine goldene Gelegenheit, und eines Tages würde sie das große Los ziehen.

Natürlich hatte sie schon von Charlie Brick gehört – wer hätte das nicht? Und als Marshall sie angerufen und ihr vorgeschlagen hatte, ihm ein wenig Gesellschaft zu leisten, hatte sie die Gelegenheit beim Schopf gepackt. Marshall hatte ihr versprochen, dafür zu sorgen, daß sie in Charlie Bricks Film ›Karussell‹ eine kleine Rolle bekam.

Marshall und sie hatten eine gutfunktionierende Abmachung, da wusch eine Hand die andere . . .

Belustigt erinnerte sie sich an ihr erstes Zusammentreffen mit Marshall. Als sie merkte, daß er ein so wichtiger Agent war, hatte sie gedacht, daß es sicher nicht falsch war, wenn sie sich ein bißchen um ihn kümmerte. Aber er wollte nichts von ihr wissen, war praktisch vor Verlegenheit unter den Schreibtisch gefallen, als sie den Reißverschluß ihres Kleides öffnete und mit dem nackten Hintern wackelte.

Wenn Dindi einmal nichts zu tun hatte, was allerdings sehr selten vorkam, dachte sie darüber nach, was der Agent für sexuelle Hemmungen und Schwierigkeiten haben konnte. Reizten ihn Mädchen nicht? Jungen vielleicht? Das glaubte sie nicht. Inzwischen ›betreute‹ sie seine besten Klienten, und er besorgte ihr kleinere Rollen und jede Menge Synchronarbeiten. Es war, soweit es sie betraf, eine runde, coole Sache.

Charlie Brick war besser, als sie erwartet hatte, schlanker und attraktiver als auf der Leinwand. Trotzdem ganz und gar nicht ihr Typ. Aber vielleicht war er ganz toll im Bett. Die Engländer hatten in dieser Beziehung ziemlich was los.

Sie spielte das liebe, nette Mädchen.

»Hallo, ich bin Dindi Sydne. Was für eine schicke Suite! Ja, ich hätte gern einen eisgekühlten Bananendaiquiri.«

Charlie fand sie reizend, und ganz offensichtlich war sie keine Prostituierte. Überdurchschnittlich hübsch, das seidige blonde Haar mit einer Schleife zu einem Pferdeschwanz gebunden, die genauso blau war wie das ärmellose Kleid, das sie trug. Es war figurbetont und in der Rippengegend fortlaufend rautenförmig durchbrochen.

»Marshall hat mir erzählt, daß Sie Schauspielerin sind«, sagte Charlie und fragte sich im nächsten Moment, warum, in aller Welt, er dieses Thema zur Sprache gebracht hatte.

»Ich versuche es, bin aber zu wenig ehrgeizig.« Sie lächelte entwaffnend.

Charlie bestellte beim Zimmerkellner die Drinks, legte eine Feliciano-Platte auf, zeigte Dindi ein Album mit Standfotos aus seinem letzten Film und nahm sich vor, sich bei Marshall eigens zu bedanken, weil er ihm ein so entzückendes Mädchen geschickt hatte.

Dindi bewunderte die Bilder seiner Kinder, nippte an ihrem Drink wie eine Dame, schien von den Filmfotos hingerissen und sorgte inzwischen vorsichtig und unauffällig dafür, daß ihr Kleid immer höher rutschte und sehr viel von ihrem nackten braunen Schenkel zeigte.

Mehrere geeiste Bananendaiquiris später tat sie so, als sei sie ganz leicht beschwipst. Tatsächlich hatten sie nicht die geringste Wirkung auf sie, doch sie war klug genug, um zu wissen, wann sie die lockere Göre und wann das kleine Mädchen spielen mußte. Charlie gehörte in die Kategorie der Liebhaber braver kleiner Mädchen. Schon erzählte er ihr von seiner Frau, der Scheidung und wie einsam ihm jetzt das Leben vorkam.

Dindi gab die entsprechenden mitfühlenden Laute von sich und dachte insgeheim, daß sie hier auf einen Gänserich gestoßen war, der sich bereitwillig rupfen lassen würde.

Nachdem er sich bitter beklagt hatte, daß alle Frauen hinter seinem Geld, seinem Ruhm oder hinter beidem her wären, sagte Dindi: »Das ist wirklich übel. Ich schätze, die Menschen nutzen dich einfach aus. Und ich wette, die Mädchen wollen alle zum Film.«

»Das stimmt, Schätzchen, das stimmt haargenau.« Was für ein intelligentes Mädchen das ist, dachte Charlie, der gar nicht merkte, daß fast nur er redete. »Weißt du«, sagte er, »wenn ich je wieder heiraten sollte, dann steht für mich schon eins fest: Meine Frau muß ein eigenes Schlafzimmer haben. Ich habe volles Verständnis für diesen Wunsch.«

Der Kerl ist ein Idiot, dachte Dindi. Durch und durch ein

Idiot. »Ich weiß sehr gut, was du meinst«, sagte sie leise. »Obwohl ich, wenn ich deine Frau wäre, ganz bestimmt keine getrennten Schlafzimmer wollte.«

Charlie packte sie plötzlich und küßte sie. Was für ein wunderbar verständnisvolles Mädchen! Er ließ die Hände über ihre Brüste gleiten, und sie stöhnte leise auf.

»Hör zu, Schätzchen«, sagte er, ließ sie los, stand auf und ging zum Schreibtisch. »Ich möchte, daß du etwas mit mir versuchst . . .«

Na, spitze, endlich geht's los, dachte Dindi.

»Ja?« sagte sie, und ihre Stimme war kaum lauter als ein Flüstern, als er die Lichter dämpfte und die Musik lauter drehte.

»Ich möchte, daß du eine kleine Zigarette mit mir rauchst. Du wirst dich hinterher wunderbar und völlig entspannt fühlen. Es wird dir Spaß machen. Hier.« Er zündete die Zigarette an und reichte sie ihr. »Zieh ganz fest, und dann inhaliere langsam – sehr langsam.«

Dindi unterdrückte ein Lachen. Seit sie vierzehn war, hatte sie immer wieder mal Pot geraucht. Sie nahm die braune Zigarette, sog sehr vorsichtig daran, und es gelang ihr sogar ein kleines, erschrockenes Husten. Es war schwaches Zeug, keine Kraft dahinter.

»Kluges Mädchen«, sagte Charlie erfreut.

Er nahm die Zigarette und zog lange und fest daran. Pot war das einzige auf der ganzen Welt, das ihm half, sich zu entspannen.

Sie legten sich auf dem Sofa zurück und rauchten gemeinsam zu Ende. Dindi verzweifelte schon langsam, weil sie glaubte, er werde sich nie dazu aufraffen, etwas zu tun. Aber endlich fing er wieder an, sie zu küssen, ließ seine Hände über ihren Körper wandern, und sie seufzte und legte sich bequemer zurecht. Sie stöhnte leise und sagte: »Ich fühlte mich so toll, du bist wunderbar.« Dann zog er ihr liebevoll das Kleid aus, hob ihre Brüste aus dem BH – einem ›Frederick's Special‹, schwarze Spitze mit roten Rüschen – und küßte ihre Brustwarzen, bis sie strammstanden. Sie unterdrückte den Wunsch, ihn anzuschreien und ihm zu sagen, was er als nächstes tun sollte. Er war so langsam. Nachdem er fünf Minuten mit ihren Brüsten gespielt hatte, wollte sie, daß er hart und fest in sie eindrang, aber in dieser Richtung tat sich überhaupt nichts. Scheiße! dachte sie. Scheiße, Scheiße, Scheiße! Und sie wand und krümmte sich voller Unbehagen, bis sie endlich zu einem unbefriedigenden Höhepunkt kam.

Ohne es zu merken, spielte Charlie weiter mit ihren Brustwarzen, und sie war inzwischen nur noch ein Bündel wunder Nerven. Lautlos schrie sie ihm zu, endlich aufzuhören.

Durfte ein ›braves kleines Mädchen‹ seinen Johnny anfassen? Warum eigentlich nicht, wenn es im Potrausch war?

»Darf ich – darf ich dich streicheln?« fragte sie scheu und tastete nach seinem Hosenschlitz. Wozu, zum Teufel, waren diese vielen Knöpfe gut?

»Natürlich, Liebling, aber natürlich.«

Er stand rasch auf und fühlte sich ein bißchen schuldbewußt, weil er ihr Pot zu rauchen gegeben hatte, das sie hemmungslos machte, und zog Hose und Unterhose aus. Bevor er sich wieder hinsetzen konnte, schnappte ihr Mund zu wie eine Falle und ließ ihn nicht mehr los, zwang ihm förmlich einen raschen und sehr starken Orgasmus ab.

Er stöhnte laut und fast gequält auf, und sie gab ihn frei, fiel auf das Sofa zurück und sagte verschämt: »O Charlie, das habe ich noch nie getan. O Charlie, du bist so sexy, du bist einfach fantastisch.«

Er lächelte. Ja, bei ihm kamen Frauen zu ihrem Recht. Er war ein guter Liebhaber. Hatte dieses süße Mädchen es nicht eben bestätigt?

Das Telefon klingelte, und Charlie tappte hinüber und hob ab. Er kam sich, wie er so dastand, nur mit Hemd, Socken und Hornbrille bekleidet, ziemlich lächerlich vor.

Dindi lag entspannt da und war sehr zufrieden mit sich. Sie spielte ihre Karten wirklich richtig aus. Wenn sie ein bißchen Glück hatte, bekam sie eine kleine Rolle in ›Karussell‹ und konnte vielleicht eine Zeitlang Charlie Bricks Freundin bleiben. Es war immer gut, wenn man mit einem Star zusammen war, man kam zu den richtigen Partys und Premieren, und die wichtigen Leute wurden auf einen aufmerksam.

Charlie mochte sie ganz offensichtlich. Ihm bedeutete es unendlich viel, wenn man ihm schmeichelte, und Mann, das konnte sie wirklich am besten.

Für die Männer war immer am wichtigsten, wenn man ihnen erzählte, was für fabelhafte Hengste sie waren.

Charlie war überrascht, Clay Allen am Telefon zu hören. In London war es früher Morgen, und da Clay nächste Woche ohnehin nach Hollywood kam, fragte sich Charlie, was Clay wohl von ihm wollte. Hoffentlich hatte Natalie nichts gesagt. Nicht, daß da etwas zu sagen gewesen wäre, aber bei Frauen konnte man nie wissen. Sie konnten sich alles mögliche aus den Fingern saugen, wenn sie wollten.

Sie sagten sich gegenseitig ein paar Nettigkeiten, und dann meinte Clay: »Hör zu, Charlie, ich dachte, da ist etwas, was ich dir sagen sollte, bevor ein überschlauer Reporter es ausposaunt. Es geht um Lorna. Wie du weißt, heiratete sie diesen Miesling, und mehr noch, mein Freund, sie ist schwanger – im fünften Monat.«

»Ist es sein Kind?« platzte Charlie heraus. Es klang idiotisch, aber es war für ihn wirklich ein Schock.

»Nun, auf keinen Fall ist es deins. Jedenfalls hat Natalie es erfahren, und wir dachten, du solltest es wissen.«

»Ja, ja, vielen Dank, Clay.« Charlie legte auf.

Lorna war also hingegangen und hatte es getan. Jetzt gab es keine Hoffnung mehr, daß es zwischen ihnen je wieder gut werden konnte. Überhaupt keine Hoffnung mehr. Seine Lorna, von einem anderen Mann schwanger.

Ausdruckslos betrachtete er Dindi, die auf dem Sofa lag, das blonde Haar um das hübsche Gesicht ausgebreitet, die Brüste noch immer über den oberen Rand des BHs spitzend, die langen braunen Beine ausgestreckt. Sie war mindestens zehn Jahre jünger als Lorna, ein richtiges kleines Püppchen. Ein Mädchen, von dem alle seine Freunde in London hingerissen sein würden.

»He«, sagte Charlie, »steigen wir in den Maserati und fahren irgendwohin. Egal wohin. Wie wäre es mit Las Vegas? Ich war noch nie dort. Laß uns heiraten.«

## 13

»Lächle!« flüsterte Carey Sunday zu. »Du siehst aus wie jemand, der eben eine Trauerbotschaft bekommen hat.«

Gehorsam setzte Sunday ein Lächeln für die Fotografen auf, die um sie und Steve Magnum herumwieselten. Ihr war durchaus nicht nach Lächeln zumute.

Zuerst der obszöne Brief mit dem widerlichen Inhalt. Dann hatte sie in ihrer Verwirrung ihren kleinen Hund Limbo verloren. Sie stellte sich vor, daß er mitten auf dem Sunset Boulevard wie in einer Falle saß, und konnte es kaum erwarten, bis die Pressekonferenz zu Ende war, damit sie wieder anfangen konnte zu suchen.

»Sie sind wirklich geschickt darin, mir aus dem Weg zu gehen«, sagte Steve und legte ihr, für die Fotografen posierend, den Arm um die Schultern.

»Danke für die Blumen«, antwortete sie pflichtgemäß.

»Ist das alles, was Sie über dieses Thema zu sagen haben? Warum sprechen wir nicht heute abend beim Essen darüber?«

»Tut mir leid, ich hab' schon was vor.«

Steve sah sie fragend an. Es war eine erstaunliche Abwechslung, ein Mädchen kennenzulernen, das die Unerreichbare spielte. Er hatte den Ruf, ein Herzensbrecher zu sein, und die meisten Frauen konnten es nicht erwarten, daß er ihnen das Herz brach.

In Steves ganzem Leben hatte es nur zwei Frauen gegeben, die es abgelehnt hatten, mit ihm ins Bett zu gehen. Die eine war eine Mitschülerin aus der Oberschule gewesen, die gesagt hatte, er sei zu mager, und die andere die beste Freundin seiner Mutter. Wahrscheinlich tat es ihnen jetzt verdammt leid. Außerdem waren sie inzwischen sowieso schon verschrumpelte alte Weiber.

Dennoch, es war erfrischend, einem Mädchen wie Sunday zu begegnen. Sie war so völlig anders als die übrigen Hollywood-Schauspielerinnen, und sie sah wirklich fantastisch aus. Dabei war ihre Schönheit echt, nicht aus falschen Haarteilen und falschen Wimpern, falschen Zähnen, falschem Busen zusammengesetzt. Jack Milan hatte recht gehabt, als er sagte: »Es gibt da ein Mädchen, das du unbedingt kennenlernen mußt. Ich setze dich neben sie.« Angel wurde allmählich Gewohnheit. Sunday war gerade zur richtigen Zeit aufgetaucht.

»Was ist los?« fragte er lächelnd. »Bin ich Ihnen zu alt?« Er wußte, daß er mit fünfzig noch für keine Frau zu alt war. Nicht mit seinem Ruhm, den Millionen, den Häusern in allen Teilen der Welt, dem Privatflugzeug und diesem Ruf – besonders nicht mit diesem Ruf.

Carey, die ein wenig abseits stand und die Fotografen beobachtete, wünschte sich, Sunday würde sich ein bißchen entspannen, gehen lassen, lockerer werden. Sie wirkte irgendwie sehr verkrampft. Das beste für sie wäre wahrscheinlich eine Affäre mit jemandem wie Steve Magnum, dachte Carey. Obwohl diese Filmstars oft unberechenbare Biester sind . . .

»Wie alt sind Sie?« fragte Sunday freundlich und fragte sich, ob Limbo vielleicht irgendwo in einem Schrank eingeschlossen war.

»Jetzt reicht es, Jungs«, wandte sich Steve an die Fotografen. »Ihr bekommt Sunday in unserem neuen Film noch oft genug zu sehen.« Er richtete die berühmten hellblauen Augen auf Sunday. »Die Einladung zum Abendessen bleibt bestehen. Sie brauchen nur anzurufen, mir ist jeder Abend recht. Falls Sie sich nicht entschließen können, sehen wir uns in Acapulco.«

»Okay.« Sie fand ihn attraktiv, oder war ihr ganz einfach nur sein Gesicht so vertraut?

Es war sehr ungewöhnlich, daß Steve Magnum selbst bei einem Presseempfang erschien, um seine Hauptdarstellerin vorzustellen. Sie wurde dadurch zu einem Ereignis von überragender Bedeutung.

Carey war entzückt. »Du hast großartig ausgesehen, Schatz. Morgen stehst du auf jedem Titelblatt.«

»Ich muß ins Château zurück. Können wir jetzt gehen?«

»Klar. Mach dir doch keine Sorgen. Wahrscheinlich schläft Limbo ganz selig unter dem Bett.«

Doch da war er nicht. Sunday suchte noch einmal die ganze Suite ab, wanderte um das Hotel herum, schaute überall hinein und darunter. Sie nahm ein Taxi und fuhr den Sunset Boulevard auf und ab. Sie rief die Polizei an. Um sechs Uhr gab sie die Hoffnung auf und ging nach Hause.

Es dauerte einige Zeit, bis das Klopfen in ihr Bewußtsein drang. Es war nach sieben. Ihre Augen waren vom Weinen gerötet, und auch auf ihren Wangen hatten Tränen ihre Spuren hinterlassen.

Vor der Tür stand Branch Strong, und unter seinem Arm steckte Limbo und bellte triumphierend und unverschämt.

»Eh – Miß – eh, ich glaub', das ist Ihr Hund, wie?« Er stotterte fast vor Verlegenheit. »Hab' ihn draußen am Pool gefunden. Ich denke, er ist ein paarmal reingefallen, er ist nämlich durch und durch naß.« Er reichte Sunday den winzigen Hund, der ihr sofort gründlich das Gesicht ableckte.

»O ja, ja, er gehört mir. Kommen Sie doch herein.« In Sundays Gesicht leuchtete es auf, und sie sprach halb scheltend und halb liebevoll auf Limbo ein.

Branch kam herein. Er trug sehr enge Jeans und ein dünnes weißes T-Shirt und wiegte sich unbewußt beim Gehen. Er hatte Sundays wegen völlig den Kopf verloren.

»Ich kann Ihnen gar nicht sagen, wie dankbar ich Ihnen bin. Ich war schon vor Sorge ganz außer mir und habe mir die schrecklichsten Sachen vorgestellt.«

»Ja.« Branch stand verlegen da und ließ linkisch die Hände herunterhängen. »Schätze, es war gut, daß ich ihn gefunden habe.«

»Darauf können Sie wetten. Ehrlich, ich bin unendlich erleichtert. Wenn ich je etwas für Sie tun kann, sagen Sie es mir. Sie haben einen Wunsch frei.«

»Ich weiß schon einen.« Er zögerte. »Nun ja, das heißt – eh . . . ich dachte, daß Sie heute abend vielleicht mir mir einen Bissen essen gehen könnten.« Hoffnungsvoll machte er eine Pause und fügte dann rasch hinzu: »Es ist nichts besonders Elegantes. Nur ein Restaurant mit Bio-Kost, das ich entdeckt habe.«

»Können wir Limbo mitnehmen?«

»Klar, natürlich, klar. Soll das heißen, Sie kommen?« Sein großes, jungenhaftes Gesicht strahlte. »Das ist irre. Dann geh' ich mich jetzt wohl am besten duschen. In einer halben Stunde bin ich wieder da. Ist Ihnen das recht?«

»Aber sehr.«

Sie ging mit Limbo in die Küche, gab ihm ein Schüsselchen Fleisch und frisches Wasser und sah zu, wie er alles hinunterschlang. Dann zog sie weiße Slacks und einen Pulli an, bürstete sich das Haar und schminkte sich das Gesicht ab. Branch schien ein netter Junge zu sein. Es konnte nichts schaden, wenn sie mit ihm in ein ruhiges Lokal zum Essen ging.

Im Schlafzimmer lagen die Schnitzel des widerlichen Briefes, den sie am Morgen bekommen hatte, noch immer im Papierkorb. Sie schauderte. Er war so niederträchtig, so obszön gewesen. Carey hatte nur gelacht, als sie es ihr erzählte. »Man wird dich mit solchem Dreck überhäufen. Lies das Zeug doch nicht. Irgendein armer, kranker Kerl hat sein Vergnügen dran. Vergiß es! Sie tun nie etwas, sie schreiben immer nur.«

Taten sie wirklich nie etwas? Obwohl sie überzeugt waren, daß sie eines Tages tun würden, was sie schrieben?

Natürlich taten sie es nicht. Trotzdem war es für Sunday ein sehr unangenehmes Gefühl, daß irgendwo jemand in dieser Art und Weise an sie dachte und genau wußte, wo sie zu finden war.

## 14

Charlie versuchte George zu erreichen, doch es gelang ihm nicht. George nutzte diese Nacht der Freiheit aus und saß in einem Strip-Club und war ganz hingerissen von dem, was dort geboten wurde.

Charlie war total high und begeistert von seiner Idee, mit Dindi nach Las Vegas durchzubrennen.

Sie war skeptisch. Konnte es diesem Verrückten wirklich ernst sein mit der Heirat in Las Vegas? Aber wenn es ihm ernst war, dann hatte sie es geschafft.

Zum Teufel mit dir, Lorna, dachte Charlie, zum Teufel mit

dir, Michelle, und zum Teufel mit dir, Natalie. Ich werde es euch allen schon zeigen. Wenn sie morgen die Zeitungen lasen, würden sie schon sehen, was er sich aus ihnen machte.

Er sagte Dindi, sie brauche nichts mitzunehmen, er kaufe ihr in Vegas lauter neue Sachen. Dann packte er einen kleinen Wochenendkoffer, und zehn Minuten später saßen sie in dem roten Maserati und fuhren los.

Die Fahrt war nicht schwierig, immer Autobahn, und Charlie trat ordentlich aufs Gas, weil ihm das Dröhnen des starken Motors gefiel. Er schob eine Kassette in seinen neuen Stereo-Recorder, und sie rauchten gemeinsam noch einen Joint.

Dindi hoffte, daß sie nicht wegen überhöhter Geschwindigkeit oder aus irgendeinem anderen Grund angehalten wurden. Wenn man sie einsperrte, weil sie Pot geraucht hatten, gäbe das einen netten Skandal.

Sie überlegte, ob sie sich während der Fahrt ein bißchen seiner annehmen sollte, kam jedoch zu dem Schluß, daß es bei dieser Gelegenheit höchst unklug wäre. Außerdem wollte sie nicht zu keß erscheinen – noch nicht. Vielleicht gefiel ihm ihre so gekonnt geheuchelte Unschuld. Sie lehnte sich im Sitz zurück und hörte der Musik zu.

Gegen vier Uhr morgens tauchte Vegas vor ihnen auf – ein Hexenkessel zuckender, greller Neonlichter. Trotz der frühen Stunde waren Straßen und Spielsäle überfüllt. Es war Zeitvergeudung, in Vegas ins Bett zu gehen – es sei denn beruflich. Charlie hatte im Beverly Hills den Angestellten am Empfang den Auftrag gegeben, das Forum Hotel anzurufen und ihn anzumelden. Das Forum war das neueste Hotel auf dem Strip – dem Las Vegas Boulevard.

Dindi war eingeschlafen. Charlie weckte sie. »Wo geht's hier zum Strip?« fragte er.

Sie hatte ihm gesagt, sie sei schon in Las Vegas gewesen, hatte die näheren Umstände jedoch unerwähnt gelassen. Sie war damals mit einem kleinen Gauner liiert gewesen, der sie nach drei herrlichen gemeinsamen Tagen ohne einen Cent sitzengelassen hatte. Sie war geblieben, hatte dann als Cocktail-Kellnerin gearbeitet, es mit ein paar fantastischen

Schwimmtrainern getrieben, und schließlich hatte ein am Beginn seiner Karriere stehender, nach oben strebender Schauspieler sie nach L. A. mitgenommen. Das einzige Problem war gewesen, daß auch sein Johnny auf der Fahrt praktisch ununterbrochen in die Höhe gestrebt hatte. Danach war sie nach Rom gegangen.

»Fahr geradeaus weiter und bieg am Ende der Straße rechts ab.« Sie überlegte eine Weile und sagte: »He, da gibt es ein irres neues Hotel, das Forum. Dorthin möchte ich gern. Es soll der reine Wahnsinn sein, Fernsehen auf dem Klo und Spielautomaten in den Aufzügen.« Sie hatte sich überlegt, daß sie am besten in ein Hotel gingen, in dem man sie nicht kannte. Es wäre zu irre gewesen, wenn die Hälfte der Croupiers sie begrüßt und mit ihrem Namen angesprochen hätte.

»Dorthin fahren wir auch«, sagte Charlie.

Man näherte sich dem Forum durch ein Spalier marmorner römischer Soldaten. Es war sehr eindrucksvoll. Als der Maserati hielt, wurde er sofort von mehreren weißblond gefärbten Jungen in kurzen Togas umringt. Sie rissen die Türen auf, nahmen den kleinen Koffer, führten Charlie und Dindi in das mächtige Gebäude.

Charlie fragte nach dem Manager, der beinahe augenblicklich erschien – ein Doppelgänger des jungen Tony Curtis. Er schätzte Dindi mit einem einzigen Blick ab, begrüßte Charlie überschwenglich und gab ihnen die größte Suite des Hotels. Er wußte, wie man mit Berühmtheiten umging, und war es auch gewöhnt, ihre merkwürdigsten und ausgefallensten Wünsche zu erfüllen. Es erschütterte ihn aber doch ein bißchen, als Charlie sagte, sie wollten auf der Stelle heiraten. »Lassen Sie mir eine Stunde Zeit«, sagte das Tony-Curtis-Duplikat.

Charlie nickte. In seinem augenblicklichen Zustand kam es ihm ganz logisch vor, daß man in Las Vegas um vier Uhr morgens eine Eheschließung arrangieren konnte.

Dindi begann allmählich innerlich zu zittern. Der Kerl meinte es tatsächlich ernst.

Charlie zeigte auf die Ladenzeile in der Halle. »Miß Sydne möchte sich ein Kleid kaufen, und ich will zum Juwelier«, sagte er.

»Gewiß.« Den Manager konnte inzwischen nichts mehr erschüttern. Charlie schob ihm ein großes Trinkgeld in die Hand. Von mir aus, dachte der Manager, kannst du alles haben, was du willst. »Ich schicke Ihnen eine Auswahl an Kleidern in Ihre Suite, Miß Sydne«, sagte er. »Größe zehn?«

Sie nickte. Der Manager gefiel ihr. Er war genau der gutaussehende, aalglatte Typ, der ihr gefährlich werden konnte.

»Okay, Mr. Brick. Sobald ich den Juwelier gefunden habe, wird er sich mit Ihnen in Verbindung setzen. Inzwischen überlassen Sie alles mir. Kommen Gäste zur Trauung?«

Charlie schüttelte den Kopf.

»Haben Sie etwas gegen Publicity einzuwenden?«

»Aber nein, durchaus nicht.« Für Charlie war es ja der eigentliche Sinn der Sache, daß in allen Zeitungen große Fotos von ihm und dem blonden Püppchen erschienen, so daß jeder sie sehen mußte.

Der Pfarrer war ein ›armer Weißer‹ aus den Südstaaten. Er hatte sich hastig in einen abgewetzten blauen Anzug geworfen, musterte das Paar kurz und leierte seine Version der Trauungsformel herunter. Dindi merkte, daß sein Hosenschlitz offenstand, und mußte sich sehr anstrengen, um ein Kichern zu unterdrücken. Sie trug ein rosa Rüschenkleid, und das blonde Haar fiel ihr offen auf die Schultern. Sie sah wie eine wunderschöne, unschuldige Puppe aus. Am Ringfinger trug sie einen Ring mit einem riesigen Diamanten, den Charlie ihr geschenkt hatte.

Auch er hatte gemerkt, daß der Hosenschlitz des Predigers offen war, und unwillkürlich mußte er immer wieder hinschauen. Der komische alte Kerl hatte wahrscheinlich fest geschlafen. Was für einen Akzent er hatte! Charlie hörte aufmerksam zu. Es wäre fantastisch, diesen Tonfall, diesen Akzent einmal in einem Film verwenden zu können.

Der Manager hatte die Trauung in das Penthouse verlegt. Anwesend waren der Hotelfotograf, Presseleute und zwei Reporter der Lokalzeitung mit ihren Fotografen und der Manager mit seiner Freundin als Trauzeugen.

Der Prediger erklärte sie zu Mann und Frau, rülpste unauffällig und schüttelte Charlie die Hand. Dann gab es Champagner, und es wurde fotografiert und gratuliert. Der Prediger schlich sich von hinten an Charlie an. »Hier haben Sie meine Karte, falls Sie mich wieder benötigen sollten.« Reizend, dachte Charlie, eben hat er mich getraut, und schon fragt er mich, ob ich ihn vielleicht wieder mal brauche.

Es war sieben Uhr morgens, als sie endlich wieder in ihrer Suite waren. Charlie fing an, die Anstrengungen der Nacht zu spüren. Die Augen schmerzten ihn hinter den Brillengläsern, und der herrliche Höhenflug, zu dem ihn die Joints befähigt hatten, drohte zu einer Bruchlandung zu werden. Zum erstenmal dachte er daran, ob das, was er eben getan hatte, auch klug und vernünftig gewesen war. Er hatte ein Mädchen geheiratet, das er nicht einmal kannte. Es war das Lächerlichste und Wahnwitzigste, was man tun konnte. Sie war hübsch, ein süßes kleines Ding. Aber er kannte sie überhaupt nicht. Das war nur Lornas Schuld. Er hatte es aus Bosheit getan, um sie zu kränken. Was würde Serafina sagen?

Dindi war auch wie betäubt, aber aus anderen Gründen. So plötzlich, so völlig unerwartet war sie jemand. Sie hatte einen Filmstar geheiratet.

Sie zog das Kleid aus und ertappte Charlie dabei, daß er sie verwirrt ansah.

Sie kicherte. »He, du großer Liebhaber, jetzt können wir's legal miteinander treiben«, sagte sie.

## 15

Sunday war ebenso überrascht wie ganz Hollywood, als die Fotos von Dindi und Charlie Brick auf den Titelseiten der Zeitungen erschienen. In Las Vegas geheiratet.

Sie verstand nicht, daß Dindi ihr nichts davon gesagt hatte. Sie gehörte nicht zu den Mädchen, die Geheimnisse für sich behielten.

Carey lachte. »Ich sag' dir, Schatz, Marsh ist außer sich, er braucht fast eine Zwangsjacke. Wie es scheint, hat er die Kleine für eine Nacht zu Charlie geschickt, und der Idiot heiratet sie. Kannst du dir das vorstellen? Das Mädchen ist wirklich von einem Bett ins andere gestiegen.«

»Vielleicht war es Liebe auf den ersten Blick«, meinte Sunday, die sehr romantisch veranlagt war.

»Vielleicht, oje! Sie muß ihn wirklich auf eine ganz gemeine Weise behext haben.«

»Sie ist sehr hübsch, und sie ist eine Persönlichkeit. Warum sollte es nicht Liebe auf den ersten Blick gewesen sein?«

»O Sunday Baby, manchmal bist du schrecklich naiv. Bei solchen Gelegenheiten wird mir immer klar, daß du erst einundzwanzig bist, nicht cool und fünfundvierzig, wie du dich gewöhnlich gibst. Übrigens haben die beiden dich und Steve doch glatt von den Titelseiten verdrängt, aber auf der Innenseite ist ein sehr guter Bildbericht über euch.«

»Also ich freue mich für Dindi und finde es wunderbar«, sagte Sunday. »Ich schicke ihr ein Telegramm.«

»Das Geld kannst du dir sparen. Ich gebe dieser ›großen Liebe‹ höchstens zwei Wochen. Charlie Brick ist ein gewitzter Junge. Wenn er wieder zur Vernunft kommt und erfährt, was für eine kleine Hure er sich da geangelt hat, dann ist die Party für sie vorbei.«

»Du bist sehr zynisch, Carey.«

Carey schrie fast vor Lachen.

»Übrigens«, sagte sie, als sie sich wieder beruhigt hatte, »ich habe eben eine Rolle in ›Karussell‹ abgelehnt. Das Angebot ist zum falschen Zeitpunkt gekommen. Marshall hat auf einmal zur Kenntnis genommen, daß du existierst, und hat sich einen Ruck gegeben. Er hat einen Ausschnitt aus dem Milan-Film gesehen.«

Die beiden Mädchen schwatzten bei Milchshakes im Will Wright's. Sunday löffelte außerdem Pfefferminzeis. »Wie wohl Branchs Probeaufnahmen ausgefallen sein mögen?« sagte sie nachdenklich.

Sie hatte Carey von ihrer Verabredung mit Branch erzählt und wie nett es gewesen war.

»Hör zu, Kind«, sagte Carey, »ich weiß, du wirst denken,

daß ich alle Leute in den Dreck zerre, aber ich habe mich nach Mr. Branch Strong erkundigt, und er ist wirklich schwul. Das ist nicht die richtige Umgebung für dich.«

»Wenn man dir zuhört, sind alle Leute entweder Huren oder Schwule«, antwortete Sunday verärgert. »Ich habe nicht die Absicht, mit ihm ins Bett zu gehen. Er ist ein ganz simpler Junge, und ich habe ihn gern – ganz schlicht als Freund.«

»Simpel ist der richtige Ausdruck für ihn. In Ordnung, solange du keine ›große Liebe‹ planst. Und da wir gerade beim Thema sind, wegen deines Sexuallebens . . .«

»Hör zu, Carey, ich weiß wirklich zu schätzen, was du für mich getan hast und noch tust, aber mein Sexualleben ist meine Privatangelegenheit, und wenn ich keins haben will, dann ist das genauso meine Privatangelegenheit.«

Carey strich sich mit der Hand über das glatte schwarze Haar. Manchmal konnte Sunday wirklich eiskalt sein.

Sie aßen schweigend zu Ende, dann sagte Carey: »Ich bringe dich jetzt zu deiner Kostümprobe.« Beim Hinausgehen merkte sie, daß jeder, der im Will Wright's saß, sich nach Sunday umdrehte und ihr nachsah. Sobald dieses Mädchen in der Öffentlichkeit wirklich bekannt sein würde, sobald ihre Filme herauskamen, würde sie nicht mehr allein auf die Straße gehen können. Sie würde eine Berühmtheit werden wie die Monroe oder Sinatra. Marshalls Reaktion, nachdem er ihren Film gesehen hatte, war bezeichnend gewesen. Er geriet nie über irgend etwas in Erregung. Carey dachte ein paar Sekunden voller Zuneigung an Marshall. Er fehlte ihr, seine plötzlichen Temperamentsausbrüche fehlten ihr und seine unregelmäßigen Schritte, wenn er aus seinem Büro herausgestapft kam. Marshall war eine echte Persönlichkeit. Obwohl sie sieben Jahre mit ihm zusammengearbeitet hatte, wußte sie praktisch nichts über sein Privatleben, und so erging es anscheinend auch allen anderen. Er war verheiratet gewesen, seit langem geschieden, und seine Exfrau lebte jetzt in Pasadena. Von ihrer Existenz wußte Carey jedoch nur durch die Schecks, die allmonatlich an sie abgeschickt wurden.

»Hast du Lust, heute abend ins Kino zu gehen?« fragte Carey, bevor sie Sunday vor der Kostümschneiderei absetzte.

»Vielen Dank, aber ich denke, ich werde lieber das Drehbuch lesen.«

»Okay, dann sehen wir uns morgen.«

Die Sachen saßen perfekt. Ein weißes Lederkleid mit passendem Bikini, ein langes weißes Jerseykleid mit einem wunderbaren Faltenwurf und mit so tiefem Ausschnitt, daß man fast den ganzen Busen sah, ein weißes Leinenkostüm mit einem riesigen Cowboyhut.

Steve Magnum hatte angeordnet, daß sie nur Weiß tragen durfte, damit ihre goldbraune Haut und die lohfarbene Haarmähne richtig zur Geltung kamen.

»Sie werden von Acapulco begeistert sein«, sagte Hanna. Hanna, eine hagere Engländerin in einem sehr männlichen Anzug und plumpen, flachen Sportschuhen, probierte Sunday die Sachen an.

»Davon bin ich überzeugt.« Sunday fröstelte leicht, als Hannas kurze Finger ihr an den Busen griffen, um einen Knopf zu schließen.

»So«, sagte Hanna, trat ein paar Schritte zurück und begutachtete ihr Werk. »Sie sehen hinreißend aus.«

»Mir gefallen die Sachen«, erwiderte Sunday. »An wen müßte ich mich eigentlich wenden, wenn ich sie nach Ende der Dreharbeiten kaufen wollte?«

Hanna sah sie merkwürdig an. »Ich denke, Steve Magnum würde Ihnen da keine Schwierigkeiten machen. Er ist sehr großzügig, besonders zu seinen engsten Freunden.« Sie gestattete sich ein flüchtiges privates Lächeln, das Sunday nur allzugut verstand.

»Vielen Dank. Aber ich glaube nicht, daß ich Mr. Magnum um derartige Vergünstigungen bitten werde.«

»Wirklich nicht?« Hannas überhebliches Lächeln sagte: Mich kannst du nicht täuschen!

Das also war die allgemeine Meinung? Sunday war wütend, und ihr Entschluß, daß sich ihre Beziehung zu Steve Magnum auf das Berufliche beschränken mußte, festigte sich immer mehr. Alle sollten merken, wie unrecht sie hatten.

## 16

Herbert urinierte im hohen Bogen in Cy Hamiltons hufeisenförmigen Swimmingpool. Triumphierend zog er den Reißverschluß an seinem Hosenschlitz hoch. Er setzte sich wirklich für die ärmeren Schichten der Bevölkerung ein. Wieder ein Prominentenpool mehr in Hollywood, der jetzt auch sein Wasser enthielt.

Herbert hatte es sich in den zwei Jahren, seit er für die Supreme Chauffeur Company arbeitete, angewöhnt, sich in die besten Pools von Hollywood zu erleichtern. Solche Gelegenheiten durfte man nicht verpassen, und wenn keine neugierigen Dienstboten in seiner Nähe herumlungerten, schaffte er es immer wieder, während er auf seine Fahrgäste wartete. Sie ließen ihn immer warten, und wenn sie dann kamen und aufgetakelt in seinen Wagen stiegen, fühlte er eine prickelnde Erregung bei dem Gedanken, daß sie am nächsten Tag in seiner Pisse schwimmen würden.

Er hatte die Hamiltons schon früher gefahren, und er verabscheute sie – die stets betrunkene Frau, die ihn beim Einsteigen absichtlich ihre intimsten Körperteile sehen ließ, und der Mann, der, offensichtlich reich und mächtig, einfach dasaß und stumm das Nörgeln, das Jammern und die Bosheiten seiner Frau über sich ergehen ließ. Egal, wohin sie fuhren, sie hörte während der ganzen Fahrt nicht auf.

Heute wollten sie auf eine Party. Die Frau trug hautenge Chiffonhosen mit Leopardenmuster und war oben herum praktisch nackt.

Wirklich abscheulich, dachte Herbert, wie manche Männer ihre Frauen herumlaufen lassen. Tatsächlich machte er sich in letzter Zeit Sorgen um Marge – die liebe, fette alte Marge, die so viele Jahre damit zufrieden gewesen war, vor dem Fernseher zu hocken und zu essen. Seit ihrem ersten Ausgang mit Louelle Crisp, der neuen Nachbarin, hatte sie sich völlig verändert. Dauernd lief sie ins Nachbarhaus hinüber, und ihre Kleider waren tatsächlich sauber. Sie schminkte sich und war im Schönheitssalon gewesen und hatte sich das dünne Haar schneiden und fönen lassen.

Herbert war erstaunt, aber nicht erfreut.

Und dann war es ihm eines Abends endgültig zuviel geworden.

»Louella gibt nächste Woche eine kleine Party«, hatte Marge verkündet. »Sie möchte wissen, ob du auch kommen kannst. Es soll ein riesiger Spaß werden, wir sollen Spiele spielen und so. Ihr Mann wird auch da sein. Kannst du kommen, Schatz? Ich kaufe mir ein hübsches Kleid und mache eine Diät.«

Herbert musterte kalt die Elefantenfigur seiner Frau. »Du gehst mir zu keiner Party«, sagte er.

Marge begann zu weinen, und die Tränen liefen ihr, mit Wimperntusche vermischt, die Wangen hinunter. »Aber Herbie, Schatz, sie ist meine Freundin, meine einzige Freundin . . .«

»Sie hat einen schlechten Einfluß auf dich. Ich will nicht, daß du dich noch einmal mit ihr triffst. Schau dich doch an – geschminkt wie eine Hure.«

Marge kaute an ihrer Unterlippe, die Tränen versiegten, und ein hinterhältiger Ausdruck erschien auf ihrem fetten Gesicht.

»Wenn du mich nicht gehen läßt, werde ich verraten, daß du diese dreckigen Briefe schreibst. Ich werde es der Polizei sagen, sie werden dich ins Gefängnis stecken, weil du . . .«

Sie verstummte, als Herbert sie ansah. Noch nie hatte sie so gemeine Augen gesehen.

»Was für Briefe?« Seine Stimme klang völlig beherrscht, doch innerlich zitterte er vor Wut. Niemand wußte von diesen Briefen. Er schrieb sie oben und schloß sich dazu in dem kleinen Abstellraum ein. Marge saß immer vor dem Fernseher. »Was für Briefe?« wiederholte er und packte ihren fleischigen Arm.

Marge hatte Angst. Herbert benahm sich manchmal so seltsam. Sie wünschte, sie hätte die Briefe nicht erwähnt. Schließlich hatte sie nur zwei gefunden, und sie hatte bestimmt nichts dagegen, wenn er an Filmstars schrieb.

»Angel Carter.« Sie schluckte trocken. »Der Brief war zerrissen, und ich habe ihn zusammengesetzt. Es ist ja schon gut, Herbie, ich habe nur Spaß gemacht. Herbie, du tust mir weh . . . Mein Arm! Herbie . . .« Sie schrie auf, als seine Fingernägel sich ihr tief ins Fleisch gruben und ihr drei tiefe Wunden rissen, die heftig bluteten. Dann schluchzte sie leise vor sich hin, während er, außer sich vor Zorn, im Zimmer hin und her lief.

Wie hatte er nur so unachtsam sein können? Gewöhnlich zerriß er seine unbefriedigenden Entwürfe und spülte sie die Toilette hinunter.

»Hol sie mir!« befahl er.

Hastig trampelte sie hinaus und brachte ihm die beiden Briefe, die sie sorgfältig unter ihrer Matratze versteckt hatte. Sie trennte sich ungern von ihnen. Sie hatten ihr in vielen langen und einsamen Nächten Gesellschaft geleistet. Sie reichte sie Herbert.

»Ich wünschte, du würdest ein paar von den Dingen, über die du da schreibst, mit mir tun«, jammerte sie. »Aber mit mir tust du nie mehr etwas.«

Sie rieb ihren riesigen Busen an ihm. »Ich möchte diese Dinge so gern wieder tun, Herbie. Können wir nicht wieder damit anfangen?«

Er stieß sie weg. »Du bist zu fett«, sagte er. Wie konnte er je wieder diesen unmäßig fetten Körper anfassen, wenn er eine Frau wie Sunday Simmons hatte?

»Aber Herbie . . .« In ihrer Verzweiflung öffnete Marge die Knöpfe ihrer Bluse und befreite ihre Mammutbrüste aus dem schmutzigen weißen BH. »Schau, was ich habe. Ich habe wunderschöne Brüste, früher hast du meine Brüste doch geliebt.«

Er sah sie angeekelt an. Große, fette, schlaffe Brüste. Er wandte sich ab. »Zieh dich an, du Hure. Und bleib heute abend ja daheim!«

Dann packte er seine Jacke und marschierte hinaus.

Ja, diese ganze Episode mit Marge war sehr beunruhigend. Besonders der sexuelle Teil, dieses Sich-vor-ihm-zur-Schau-Stellen. War ihr nicht klar, daß dieser Teil ihres Lebens zu Ende war? Schon wenn er daran dachte, fühlte er sich unsauber und abgestoßen.

»He, Fahrer!« Die Frau im Fond beugte sich zu ihm vor. Sie war sehr betrunken, und zwischen ihren scharlachrot gefärbten Lippen hing eine Zigarette. »Haben Sie Feuer?«

»Emerald, setz dich bitte«, sagte Cy gepreßt. »Ich zünde dir die Zigarette an.«

»Ich würde nicht einmal im Traum daran denken, dich zu behelligen, mein Süßer. Du willst doch nicht, daß ich rauche. Du hältst es nicht für schicklich, wenn eine Dame mit der Zigarette im Mund bei einer Party erscheint. Scher dich zum Teufel!«

»Emerald, bitte!«

Sie wackelte Herbert mit der Zigarette vor der Nase herum. »Geben Sie mir Feuer, Sam.«

Wütend auf den Mann im Fond, der sich von dieser Frau alles gefallen ließ, reichte Herbert ihr den Zigarettenanzünder.

Als ihre Zigarette brannte, warf sie den Anzünder auf den Beifahrersitz, und Herbert verbrannte sich die Finger, als er ihn in die Öffnung am Armaturenbrett zurückschob. Dann drückte der Mann im Fond auf den entsprechenden Knopf, und die gläserne Trennwand zwischen Vorder- und Rücksitzen schloß sich, so daß er nicht mehr hören konnte, was sie sprachen.

Herbert beschloß, wenn er die beiden zurückgebracht hatte, wieder in den Swimmingpool zu pinkeln. Er würde eine Menge Bier trinken und wieder einen vollendeten Bogen fertigbringen.

## 17

Charlie wußte nicht genau, wann er merkte, daß er einen schrecklichen Fehler begangen hatte. War es am Tag nach der Hochzeit in Las Vegas oder noch einen Tag später?

Wenn er die Dinge jetzt im kalten Licht der Realität betrachtete, konnte er sich nicht mehr vorstellen, wie er so etwas fertiggebracht hatte.

Dindi war noch genauso hübsch wie vorher, aber eine Idiotin, eine hübsche, unintelligente kleine Idiotin. Jedesmal, wenn sie ihren Schmollmund aufmachte, wollte sie etwas von ihm.

Es machte Charlie schon nach zwei Tagen verrückt.

»Schätzchen, kann ich noch Geld fürs Roulette haben?« – »Süßer, kaufst du mir diese herrlichen Diamant- und Türkisohrringe?« – »Katerchen, wie wäre es mit einem kleinen Nerzcape, damit ich in der kühlen Abendluft nicht frieren muß.«

Er schenkte ihr alles, was sie wollte. Schließlich waren das ihre Flitterwochen.

Die Öffentlichkeit hatte auf die Heirat sehr unterschiedlich reagiert. Die Zeitungen schlachteten sie weidlich aus. »Schönes Starlet heiratet Charlie Brick.« Solche und ähnliche Schlagzeilen in der gesamten Weltpresse.

Bei Freunden und Bekannten klangen die Kommentare ein bißchen anders. George kam mit dem Flugzeug nach, und er und Dindi schienen sich von Anfang an nicht ausstehen zu können. Als Marshall anrief, war er nur grob und verletzend. Er sprach über den Film und ignorierte die Heirat. Erst gegen Ende des Gesprächs murmelte er etwas wie: »Viel Glück, du wirst es brauchen.«

Aus England kam ein langes Telegramm von seiner Mutter: »Sohn, was hast du getan? Hättest du nicht warten können? Treffe bald ein. Serafina, deine dich liebende Mutter.«

Es ärgerte Charlie, daß die Leute nicht zueinander sagten: »Jetzt schaut euch doch diesen alten Charlie Brick an! Der hat sich ja was ganz Knackiges, Junges ins Bett geholt.« Tatsächlich sagten in London viele Freunde, die noch nie etwas von Dindi gehört hatten, haargenau das. Er war auch verärgert, weil Lorna sich nicht gemeldet hatte.

Serafina hatte sich nur so aufgeregt, weil sie nicht dabeisein konnte. Sie haßte es, etwas zu verpassen, und freute sich schon auf die Reise nach Hollywood. Eine neue Schwiegertochter hatte sie allerdings nicht erwartet.

Dindi war auf George sofort eifersüchtig. Er kam, von Charlie herbeizitiert, nach der Hochzeit und hielt sich, wie gewohnt, immer in seiner Nähe auf, um dazusein, falls er etwas brauchte.

»Muß er denn immer dabeisein?« fragte Dindi, leicht aus

der Fassung gebracht, nachdem George am Swimmingpool den ganzen Tag in ihrer Nähe geblieben war und jetzt im Wohnraum der Suite eine neue Stereoanlage installierte.

»Er stört dich doch nicht, oder, Liebling?« fragte Charlie sanft.

»O nein.« Dindi zuckte mit den Schultern. »Ich glaube, ich geh jetzt mal runter und mach 'ne Sause durch die Läden. Kann ich ein bißchen Knete haben?«

Charlie reagierte allmählich gereizt auf Dindis läppische Sprache, die sie für modern und schick hielt – ›hip‹ in ihrer Ausdrucksweise.

Er gab ihr ein weiteres Dollarbündel. Sie schien mit dem Geld um sich zu werfen wie mit Konfettis. Als sie fort war, ging Charlie zu George hinüber und sah ihm bei der Arbeit zu.

»Wie lange bleiben wir hier?« fragte George.

Er hatte diese Ehe schon als totale Pleite eingestuft und begriff nicht, wie Charlie etwas so Unsinniges tun konnte.

»Ein paar Tage, vielleicht länger. Ich habe mir überlegt, daß es vielleicht am besten ist, wenn Sie den Maserati zurückfahren und uns mit dem Mercedes abholen. Sie können sich inzwischen auch ein oder zwei Häuser für mich ansehen. Ich muß irgendwo eine feste Bleibe haben, bevor die Kinder kommen.«

Dindi kaufte drei neue Bikinis und einen großen Sonnenhut aus Stroh. Mit dem Rest des Geldes ging sie zum Roulettetisch und setzte alles auf die Zwanzig. Sie biß sich vor Aufregung auf die Lippen, während das Rad sich drehte. Und tatsächlich, die Zwanzig kam. Sie quietschte vor Freude auf, und dann stand der Manager neben ihr und sagte leise: »Lassen Sie alles stehen.«

Sie sah ihn an. Er duftete nach einem sehr guten Rasierwasser und sah genauso aus wie Tony Curtis. Sie ließ Einsatz und Gewinn stehen, und die Zwanzig kam wieder. Sie hatte einen Haufen Geld gewonnen.

Lachend nahm er ihren Arm. »Ziehen Sie alles ab!«

»Das Geld?« fragte sie lächelnd und blinzelte ihm zu.

»Natürlich. Sonst hätte ich doch wohl ›aus‹ gesagt.«

Sie verstanden sich. Dindi fühlte prickelnde Erregung. Mit Charlie machte es keinen Spaß. Bei ihm traute sie sich nicht, sie selbst zu sein, da sie ihm noch immer das kleine Mädchen vorspielte.

»Hören Sie, wenn Sie Ihr Geld zählen wollen, kann ich Ihnen mein Apartment im achtzehnten Stockwerk zur Verfügung stellen. Apartment E.« Er drückte leicht ihren Arm und ging davon.

Der Kerl war ja geradezu unverschämt von sich selbst überzeugt. Aber wenn schon? Was hatte sie zu verlieren? Sie war verheiratet, und Spaß blieb Spaß. Sie raffte ihre Chips zusammen und wechselte sie. Dann fuhr sie mit dem Lift ins achtzehnte Stockwerk.

Sie blieben fünf Tage in Vegas, und am Ende langweilte Charlie sich zu Tode und konnte es nicht erwarten, wieder an die Arbeit zu kommen. Angel Carter hatte den Vertrag für ›Karussell‹ unterschrieben, und das neue Drehbuch war fertig. Da Sunday Simmons nicht greifbar war, suchte man noch nach einem Mädchen für die kleinere weibliche Rolle, die ziemlich unbedeutend und nicht schwer zu spielen war.

Ohne daß Charlie eine Ahnung davon hatte, plante Dindi, sich diese Rolle zu kapern. Ein kleiner Schwatz mit Marshall, ein paar Andeutungen zu Charlie, und die Sache müßte klappen.

George hatte ein Haus in Bel Air entdeckt, das Charlie seiner Meinung nach gefallen würde. Es war ein einstöckiges Ranchhaus mit einem Swimmingpool im Haus und einem zweiten im Freien, mit Tennisplatz, Gästehaus, mehreren Schlafzimmern und Gesellschaftsräumen.

Er hatte die Wahl zwischen diesem und einer modernen Glas- und Stahlkonstruktion in den Hollywood Hills gehabt. Instinktiv hatte er gewußt, daß Dindi das modernistische Haus lieber gewesen wäre, deshalb hatte er das andere ausgesucht.

Charlie war entzückt. Das Haus war so groß, daß er für seine Stereoanlagen, Platten, Bänder, Kameras und all die anderen

Spielsachen, die ihn begeisterten, mehr als ausreichend Platz hatte. Charlie war ein großer Sammler, war monatelang total verrückt mit irgendeiner neuen Errungenschaft, ließ sie dann jedoch plötzlich völlig links liegen und wandte sein Interesse einer anderen Sache zu. Im Augenblick waren es noch Stereoanlagen und Autos, doch er wechselte allmählich in eine Fotophase über.

Dindi war von dem Haus sehr beeindruckt. Sie hatte sich in Las Vegas großartig amüsiert und war mit Kleidern, Schmuck und einem leibhaftigen Filmstar als Ehemann nach Hollywood zurückgekommen. Was konnte ein Mädchen sich noch mehr wünschen? Sie machte sich nicht einmal die Mühe, ihre Sachen aus der alten Wohnung zu holen. Sie rief ihre ehemalige Wirtin nur an und bat sie, ihr per Post ihren Paß zu schicken. Wer brauchte denn noch altes Zeug, wenn er sich alles neu kaufen konnte?

Sie eröffnete überall Kreditkonten und begann wie verrückt einzukaufen.

Clay und Natalie Allen trafen in Hollywood ein.

»Geben wir doch eine kleine Dinnerparty, ein Fest«, sagte Charlie. »Du kannst ein paar von deinen Freunden einladen, so viele du willst. Wir lassen es von Trader Vic's Partydienst ausrichten.« Charlie hatte beschlossen, sich mit seinem Irrtum so gut wie möglich abzufinden. Schließlich war Dindi noch sehr jung, und es sollte nicht schwer sein, sie zu dem Mädchen zu erziehen, für das er sie gehalten hatte und das er zu heiraten glaubte. Sie war bestimmt gern bereit, sich zu fügen und lenken zu lassen.

»Ja.« Dindi nickte nachdenklich. Wen von ihren sogenannten Freunden konnte sie einladen? Mit den Männern hatte sie ausnahmslos geschlafen, und ihre Freundinnen? Wer konnte mit diesen geschwätzigen Elstern schon etwas anfangen? Die einzige, die ihr einfiel, war Sunday Simmons.

»Ich habe wirklich nicht viele Freunde hier«, sagte sie. »Die meisten meiner engsten Freunde und meine Familie leben in Philadelphia.« Dindi war in ihrem ganzen Leben noch nie in Philadelphia gewesen, doch sie war der Ansicht, daß die Stadt als Heimatort recht respektabel klang. Tatsächlich stammte sie aus Arizona und war nicht mehr zu Hause gewesen, seit sie mit fünfzehn mit einem durchreisenden Handelsvertreter durchgebrannt war.

»Es muß ja keine große Party sein«, sagte Charlie. Er wollte den Allens seine neue Frau nicht allein präsentieren. Sie wirkte intelligenter, wenn sie unter Leuten war. »Machen wir's eben nur im engsten Kreis – nur Marshall, Cy und Emerald Hamilton, Clay und Natalie und ein paar andere.«

»Meine beste Freundin hier ist Sunday Simmons«, sagte Dindi. »Ich möchte, daß sie auch kommt.«

»Fein. Stell eine Liste auf, und wir versuchen, die Sache für dieses Wochenende zu arrangieren.«

Charlie wanderte mit seinem neuen Drehbuch in sein Arbeitszimmer. Es würde schon alles gutgehen. Wenigstens mußte er nicht hinter kleinen Abenteuern herrennen. Er würde sich auf seine Arbeit konzentrieren, und Dindi hatte bald Gelegenheit, sich mit den Kindern zu beschäftigen. Da hatte sie genug zu tun. Vielleicht freundete sie sich auch mit Natalie an. Von Natalie konnte sie viel lernen. Er mußte nur immer daran denken, daß sie siebzehn Jahre jünger war als er und noch nicht viel herumgekommen war. Es würde schon gutgehen.

## 18

Sunday war häufig mit Branch zusammen. Er war unbeschwert und ein angenehmer Begleiter. Sexuell ließ er sie kalt. Für sie war er so etwas wie ein großer Bruder, und sie hoffte, daß er auch geschwisterlich für sie empfand. Sie hatte nicht vergessen, daß Dindi und Carey gesagt hatten, er sei homosexuell, und da er keine Annäherungsversuche machte, war sie jetzt auch bereit, es zu glauben. Er war in mancher Beziehung ein merkwürdiger Junge, der es haßte, über sich selbst oder über seine Vergangenheit zu sprechen. Mit großer Nervosität wartete er auf das Ergebnis seiner Probeaufnahmen. Ihm graute bei dem Gedanken, nach New York zurückkehren zu müssen, wenn sie schlecht ausfielen.

Für Sunday war es gut, einen männlichen Begleiter zu haben. Wenn sie abends mit Carey ausgegangen war, waren sie ständig von Männern belästigt worden. War sie mit Branch unterwegs, ließ man sie in Ruhe.

Carey behagte die Entwicklung der Dinge ganz und gar nicht.

»Wenn man deinen Namen schon mit jemandem in Verbindung bringen muß, dann sollte es wenigstens Steve Magnum sein, kein kleiner, unbekannter Schwuli.«

Sunday lachte nur, und bald erschienen über sie und Branch Notizen in mehreren Zeitungen.

Steve Magnum reagierte verärgert. Es war ihm noch nie passiert, daß man ihn wegen eines muskelbepackten Niemand abwies. Warte nur, bis ich dich in Acapulco habe, meine liebe Sunday Simmons, dachte er grimmig.

Branchs Probeaufnahmen gefielen. Er bekam einen Vertrag für einen Cowboyfilm. Die Dreharbeiten sollten beinahe sofort in Mexiko beginnen. Er war außer sich vor Freude.

Am Abend vor seiner Abreise nahm Sunday ihn zu Charlies und Dindis Party mit. Sie freute sich, Dindi wiederzusehen und alles über die Hochzeit zu erfahren. Sie fand es auch aufregend, Charlie Brick kennenzulernen, da sie ein großer Fan von ihm war und ihn für einen brillanten Komiker hielt. Es tat ihr leid, daß sie die Rolle in ›Karussell‹ nicht übernehmen konnte, aber Carey hatte gesagt, es sei nur eine kleine Rolle gewesen und sie müsse jetzt vor allem daran denken, Geld zu verdienen.

Dindi spielte die Hollywoodgastgeberin bis zum äußersten aus. Das blonde Haar hing ihr in Löckchen weit in den Rücken, und sie trug ein bodenlanges, grünes Chiffonkleid, das vorn bis zur Taille wie eine römische Toga verziert war. Außerdem hatte sie sich mit allen Schmuckstücken behängt, die Charlie ihr geschenkt hatte.

»Liebling«, begrüßte sie Sunday mit gekünstelter, unnatürlich hoher Stimme, »wie wunderbar, dich zu sehen.« Sie ließ den großen Diamantring unter Sundays Nase blitzen, beugte sich vor, um sie auf die Wange zu küssen, und flüsterte ihr dabei in ihrem ganz normalen Tonfall zu: »Dem Himmel Dank, daß du hier bist. Das ist der langweiligste Haufen, der mir je untergekommen ist.«

»Was für ein wunderbares Haus«, sagte Sunday. Sie sah sich in dem riesigen Wohnraum um, dessen Wände mit sehr interessanten Gemälden bedeckt waren. Etwa zwölf Leute standen herum, tranken und unterhielten sich.

»Du erinnerst dich doch noch an Branch Strong, nicht wahr?« sagte Sunday.

»Aber natürlich.« Dindi lächelte ihn strahlend an. »Ich habe gelesen, daß deine Probeaufnahmen fantastisch waren.«

Branch machte ein verlegenes Gesicht.

»Kommt, holt euch was zu trinken. Sunday, du siehst fantastisch aus. Wann fängst du an, mit Steve Magnum zu drehen? Ich bin grün und gelb vor Neid. Ich habe gehört, er ist einer der großen Hengste von Hollywood.«

Dindi hat sich nicht geändert, dachte Sunday und sah sich nach Charlie um. Es interessierte sie, was für ein Mann er war. Branch wurde von Emerald Hamilton verschleppt und in einer Ecke festgehalten. Marshall war mit Carey gekommen, und Sunday schloß sich ihnen an und unterhielt sich mit ihnen. Sie war überrascht, Carey zu sehen, die nicht erwähnt hatte, daß sie auch zu der Party kam.

»Es hat sich im letzten Augenblick ergeben«, erklärte ihr Carey. »Marsh rief mich an und sagte, er habe ein paar wichtige Sachen mit mir zu besprechen, also sagte ich meine Verabredung ab, und hier bin ich. Geschäft geht vor Vergnügen, nicht wahr? Außerdem war ich neugierig auf Charlies junges Eheglück.«

Carey sah unglaublich anziehend aus, fand Sunday. Ihre dunkle Haut hob sich von dem weißen Spitzenkleid geradezu perfekt ab.

Charlie kam zu ihnen und begrüßte sie. Er war dünner, als Sunday erwartet hatte, machte ein langes, trauriges Gesicht und trug eine Hornbrille. Er lächelte Sunday zu, ein bißchen schief, fast jungenhaft. Er hatte eine sehr warme Stimme, und

Sunday mochte ihn sofort. Sie hätte gern gewußt, warum die Augen hinter den Brillengläsern so traurig waren.

»Dindi hat oft von Ihnen gesprochen«, sagte er und fühlte sich sofort von ihren braungoldenen Augen und dem großzügigen, sinnlichen Mund angezogen. Sie war viel schöner, als sie ihm in dem kurzen Filmausschnitt vorgekommen war.

»Tatsächlich?« sagte sie lächelnd.

»Sie kennen Carey noch nicht, Charlie, oder?« fragte Marshall. »Meine ehemalige rechte Hand. Hat sich inzwischen selbständig gemacht.«

»Das war sehr gescheit«, lobte Charlie. »Jeder, der sich selbständig macht, tut das Richtige. Besonders, wenn er dadurch unserem alten Marsh entkommt. Er muß der reinste Sklaventreiber sein.«

Carey lachte. »Genau das ist er.«

Charlies Augen schweiften zu Sunday zurück, sie begegnete seinem Blick und hielt ihm stand. Er hätte gern gewußt, ob der Klatsch über sie und Steve Magnum zutraf. Wahrscheinlich. Die Schauspielerinnen waren fast alle gleich. Da brauchte man nur eine Filmrolle zu erwähnen, und sie waren bereit, ihre Mutter zu verkaufen.

Er ist kein glücklicher Mensch, dachte Sunday.

»Ich bin von Ihrem Haus begeistert«, sagte sie, um dem gegenseitigen Anstarren ein Ende zu machen.

»Wirklich? Vielen Dank. Es ist natürlich nur gemietet, aber mir gefällt es auch sehr gut.«

Dindi tauchte auf und hängte sich bei ihm ein. »Schatz, der Ober dreht schon fast durch, weil er das Essen servieren möchte«, sagte sie. »Gibst du ihm Bescheid, daß er anfangen kann?«

»Natürlich, Liebes.« Er küßte sie zerstreut auf die Wange und ging, um alles in die Hand zu nehmen.

Dindi blinzelte Marshall zu. »Das ist doch was, wie? Die liebe kleine Dindi hat es endlich geschafft. He, Mädchen, hättet ihr was dagegen, wenn ich Marshall zu einem Tête-à-Tête unter vier Augen entführe?«

»Bedienen Sie sich«, sagte Carey, nahm ihr Martiniglas und trank einen Schluck.

Dindi zog mit Marshall ab.
»Nun?« sagte Carey. »Was hältst du davon?«
»Wovon?« fragte Sunday.
»Von der Atmosphäre hier? Glaubst du immer noch an Liebe auf den ersten Blick?«
»Ich weiß es nicht. Wie kann irgend jemand es wissen? Dindi scheint recht glücklich zu sein.«
»Und Charlie?«
»Ich kenne Charlie nicht.«
»Nein, aber er würde dich gern kennenlernen.«
»Wie meinst du das?« Sunday wurde ein bißchen rot.
»Du weißt, wie ich das meine. Zwischen euch beiden hat es ganz schön gefunkt.«
»Carey, manchmal glaube ich wirklich, du spinnst.« Aber Sunday wußte genau, was Carey meinte.
»Hallo, Carey!« Cy kam auf sie zugeschlendert. »Willst du mich nicht deinem Schützling vorstellen?«
»Klar doch. Sunday, das ist Cy Hamilton jun., mein Lieblingsproduzent.«
»Hallo«, sagte Sunday.
»Hallo, wie geht's.« Cy umschloß mit seiner feuchten, klebrigen Hand die ihre und ließ sie nicht mehr los. Seine Augen rutschten zu ihrem Ausschnitt und blieben auf ihrem nackten Busen haften.
Sunday befreite ihre Hand.
»Ich bin sehr enttäuscht, daß Sie nicht frei waren, um ›Karussell‹ für mich zu machen«, sagte Cy. »Aber wir finden ganz bestimmt bald etwas anderes für Sie.« Er sah Carey an. »Ich denke, Sunday und ich sollten uns bald zusammensetzen, um künftige Projekte zu besprechen. Wie wäre es am Montag mit einem netten Lunch?«
Carey zuckte mit den Schultern, und Sunday sagte: »Carey erledigt alles für mich, ich tu' nur, wozu sie mir rät. Sie ist diejenige, mit der Sie zum Lunch gehen müssen. Carey, wer ist eigentlich die Frau, die den armen Branch dort in der Ecke festhält?«
»Das ist Cys Frau.«
»Oh!«

Cy lachte. »Eifersüchtig?«

»Natürlich nicht. Ich wollte nur wissen, wer sie ist.«

»Nun, jetzt wissen Sie's. Und zu Ihrer Information, es ist Ihr muskelbepackter Freund, der meine Frau festhält. Wissen Sie was, Sie sind eine freche Rotznase.«

Und damit marschierte Cy davon.

»Also wirklich!« rief Sunday perplex.

»Mach dir nichts draus«, sagte Carey. »Er ist nur wütend, weil du seine Einladung zum Lunch abgelehnt hast. Es passiert ihm nicht oft, daß jemand nein sagt. Er hat praktisch jede Schauspielerin gebumst, die je in einem seiner Filme gespielt hat. Seine Frau säuft, und er schläft mit allem, was er zwischen die Finger kriegt. Sie sind ein entzückendes Paar.«

## 19

Natalie und Clay waren von Charlies Haus beeindruckt. Sie hatten sich auch eins gemietet, aber es war wesentlich bescheidener. Sie kamen eine Stunde früher als die anderen Gäste, und Charlie setzte sich mit ihnen in sein Arbeitszimmer und erfuhr den neuesten Klatsch aus London. Er hatte Natalie seit jenem Tag in seinem Hotel nicht mehr gesehen und rechnete es ihr hoch an, daß ihr Verhalten ihm gegenüber unverändert war. Er war erleichtert und hoffte, daß sie sich ihn aus dem Kopf geschlagen hatte, schließlich war er wieder verheiratet.

»Wo ist deine Frau?« fragte sie. »Ich kann es kaum erwarten, sie kennenzulernen. Hat Clay dir gesagt, daß er sie kennt?«

»Er kennt sie?« fragte Charlie ungläubig.

»Nur flüchtig«, antwortete Clay und warf Natalie einen Blick zu, der sagte: Warum kannst du deinen großen Mund nicht halten? »Ich bin ihr vor ungefähr einem Jahr in Rom begegnet. Sie wird sich kaum noch an mich erinnern.«

Clay rechnete damit, daß Dindi es vorziehen würde, sich nicht an ihn zu erinnern. Sie hatten sich auf einer Party kennengelernt, und er und ein italienischer Produzent hatten sie nacheinander gebumst, während sie vor Lachen kreischte und schrie: »Ich hoffe, das bringt mir die Rolle ein!«

Natürlich hatte Clay seiner Frau nicht die ganze Geschichte erzählt und wünschte jetzt, er hätte überhaupt nichts gesagt. Aber er war so überrascht gewesen, als er seinen *Daily Mirror* aufgeschlagen und auf der Titelseite das große Foto von Charlie und Dindi entdeckt hatte. »Du lieber Himmel!« hatte er ausgerufen. »Wo hat er denn dieses kleine Flittchen aufgegabelt?«

Natalie wollte natürlich sofort wissen, wie er dazukam, so etwas zu sagen, und Clay schwindelte ihr vor, er habe Dindi in Rom auf einer Party getroffen, und dort habe man sie ganz offen ein Flittchen genannt. Natalie, die nicht dumm war, zweifelte nicht daran, daß er das aus eigener Erfahrung bestätigen konnte. Sie wußte sehr gut, daß er mit jeder Frau ins Bett ging, die nicht nein sagte.

»Ja, Dindi war eine Zeitlang mit ihren Eltern in Rom«, sagte Charlie. »Sie zieht sich noch um, ist aber gleich fertig und kommt jeden Moment herunter.«

»Ich hoffe, du hast nichts dagegen, daß ich Max Thorpe eingeladen habe«, sagte Clay hastig, um das Thema zu wechseln. »Seine Fernsehshow ist hier ein großer Hit.«

»Warum sollte ich etwas dagegen haben?« antwortete Charlie. Tatsächlich konnte er Thorpe nicht ausstehen, einen halbidiotischen Hellseher, der den Leuten aus der Hand las und das Glück gehabt hatte, ein paar Ereignisse von weltweiter Bedeutung vorauszusagen, die so unvermeidlich gewesen waren, daß jeder Narr sie vorhersehen konnte. Doch er hatte eine eigene Show in Hollywood mit dem Titel ›Ich prophezeie‹ bekommen. Charlie kannte ihn noch aus der Zeit, als sie beide in zweit- und drittklassigen Varietés in Soho aufgetreten waren. Als er eines Abends betrunken war, las er auf einer Party Charlie eine Menge Dinge aus der Hand, die ihm ganz und gar nicht gefielen.

»Ich habe Max seit mindestens drei Jahren nicht mehr gesehen, weißt du?« sagte Clay. »Damals hat er mir gesagt, ich würde sehr viel reisen.«

»Hast du Lorna gesehen?« fragte Charlie, Gleichgültigkeit

heuchelnd, denn sogar noch jetzt fiel es ihm schwer, ihren Namen auszusprechen, ohne das Gefühl zu haben, sie sei seine Frau.

»Ja, wir sind uns ganz zufällig in einem kleinen Restaurant in Hampstead über den Weg gelaufen«, antwortete Natalie. »Sie behauptet zwar, sie sei erst im sechsten Monat, aber sie sieht einfach gewaltig aus. Meiner Meinung nach müßte es jetzt eigentlich jeden Tag soweit sein. Ich denke, sie heiratet diese Woche.«

»Wie nett für sie«, sagte Charlie und bemühte sich um Gelassenheit. »Hat sie mich erwähnt?«

Natalie und Clay antworteten gleichzeitig. Natalie sagte ja, Clay sagte nein.

Charlie lachte nervös. »Schon gut, ich bin gegen ihre Kommentare jetzt immun.« Er schenkte sich mit zitternder Hand einen zweiten Scotch ein.

»Sie sagte, sie freue sich, daß du so bald wieder geheiratet hast.« Natalie lächelte und genoß die Vorfreude auf die nächste Bemerkung. »Und sie hat gemeint, es geschehe dir recht, daß du ein so viel jüngeres Mädchen geheiratet hast.«

»Was soll denn das heißen, zum Teufel?«

»Du kennst doch Lorna. Immer voller geheimnisvoller Anspielungen.«

Dindi kam herein, küßte Charlie und sah die Allens strahlend an. Das Lächeln gefror auf ihrem Gesicht, als sie Clay erkannte. Dindi hatte mit zweihundertdreiundzwanzig Männern geschlafen und erinnerte sich zwar nicht mehr an alle Namen, aber an jedes einzelne Gesicht.

Clay überbrückte die Situation schnell und geschickt, aber Natalie hatte natürlich gemerkt, wie sehr das Mädchen erschrocken war.

»Wir sind uns in Rom begegnet, erinnern Sie sich?« sagte Clay. »Bei Claudio Fincas Party. Ich habe Sie noch geneckt, weil Sie mit Ihrer Mutter gekommen waren.«

»O ja.« Dindis Lächeln taute wieder auf. Der Kerl war spitze. »Mami ist jetzt wieder in Philadelphia.«

»Das ist Natalie, Liebling«, sagte Charlie. »Clay und Natalie sind zwei meiner ältesten Freunde.«

»Aber, aber«, warf Natalie mit sanftem Vorwurf ein, »geh mit dem Wort ›ältesten‹ vorsichtig um. Ich bin sehr empfindlich. Wie geht es Ihnen, Dindi? Ich habe mich sehr darauf gefreut, Sie kennenzulernen.«

Die beiden Frauen schätzten einander ab.

Natalie sah ein hübsches blondes Mädchen mit zuviel Haar und zuviel aufreizend zur Schau gestelltem Busen. Sie merkte, daß die babyblauen Augen scharf und gewitzt blickten, und sie unterschätzte Dindi von Anfang an nicht.

Dindi hingegen fiel auf, daß die dunkelhaarige, überaus selbstsichere Frau Ende der Zwanzig Charlie behandelte, als sei er ihr Eigentum. Es war durchaus möglich, daß die beiden miteinander geschlafen hatten.

»Charlie hat oft von Ihnen gesprochen«, sagte sie. »Ich habe das Gefühl, Sie sehr gut zu kennen.«

»Das ist schön.« Natalie lächelte dünn. Das Mädchen glaubte, Charlie und sie hätten eine Affäre gehabt.

»Du siehst bezaubernd aus«, sagte Charlie und gab Dindi einen Klaps auf den Po. »Ist sie nicht süß?«

»Anbetungswürdig«, sagte Natalie.

»Ja«, sagte Clay, der sich erinnerte, wie ›süß‹ Dindi ohne einen Faden am Leib gewesen war. Vielleicht, dachte er, hätte ich Charlie gegenüber aufrichtig sein müssen, schließlich sind wir schon so viele Jahre eng befreundet. Aber er hat das Mädchen geheiratet, was hätte es also für einen Sinn?

Später machte Marshall K. Marshall sich dieselben Gedanken. Er fühlte sich verantwortlich, weil er Dindi zu Charlie geschickt hatte. Doch wie hatte er ahnen können, daß der Idiot den Verstand verlieren und das Mädchen heiraten würde? Doch jetzt, da er mit ihr verheiratet war, war es wohl witzlos, ihm zu sagen, daß seine Frau eine Halbprofessionelle war, die zwar kein Geld nahm, sich aber mit Filmrollen bezahlen ließ. Einmal hatte er ihr jedoch auch fünfhundert Dollar bezahlt, damit sie mit einem deutschen Zwerg, der einen Filmpreis für die beste Nebenrolle erhalten sollte, ein Wochenende in Palm Springs verbrachte. Doch es würde ohnehin nicht lange dauern, bis Charlie selbst herausfand, daß man Dindi nicht ändern konnte.

Im Lauf des Abends kam sie zu Marshall und erklärte, sie wolle die weibliche Nebenrolle in ›Karussell‹ spielen.

»Sie können Charlie überzeugen, daß ich geeignet bin«, sagte sie. »Es wäre gute Publicity für den Film, und ich weiß, ich wäre gut in der Rolle. Alles, was ich brauche, ist eine reelle Chance.«

»Sprich doch – oh, Verzeihung –, sprechen Sie doch selber mit Charlie«, antwortete Marshall. »Sie haben ihn dazu gekriegt, Sie zu heiraten, da sollte es für Sie doch wirklich kein Problem sein, die Rolle zu bekommen.«

»O Marsh, der Vorschlag muß von Ihnen kommen. Ich möchte nicht, daß Charlie denkt, ich hätte ihn geheiratet, damit er mir Filmrollen verschafft. Bitte geben Sie mir eine Chance! Ich habe mich geändert, seit ich Mrs. Brick bin, und ich wäre wirklich die richtige Besetzung für die Rolle.«

Marshall hatte Dindi gern, trotz allem, und es konnte wirklich ein guter Publicity-Gag sein, sie in dem Film spielen zu lassen. Und sie war für die Rolle wirklich die Richtige. Es war ein Part, in dem sie nur hübsch und sexy auszusehen brauchte, und das fiel ihr bestimmt nicht schwer.

»Ich spreche mit Charlie«, sagte er.

Sie gab ihm einen Kuß auf die Wange. »Sie sind spitze. Es wird Ihnen nicht leid tun. Ich werde ein großer Star, und Sie werden ein Vermögen an mir verdienen. Und, Marsh« – sie blinzelte ihm zu –, »wann immer ich Ihnen einen Gefallen tun kann . . . Ich meine, Sie brauchen es mir nur zu sagen.«

Max Thorpe war ein plumper Mann in Charlies Alter. Er hatte eine rötlichbraune Gesichtsfarbe und seit neuestem leuchtendgelbe Strähnchen im glanzlosen mausbraunen Haar. Er trug einen seiner Meinung nach modischen kalifornischen Anzug – Baumwolle, schwarz und weiß gestreift mit passendem Hemd und passender Krawatte.

»Ihm fehlt nur noch ein Strohhut mit ›Küß mich schnell‹ auf dem Hutband, dann wäre er der typische Stammtischbruder auf einem Ausflug nach Brighton«, sagte Charlie zu Natalie.

Trotzdem war Max Thorpe der Hit dieser Party. Niemand konnte der Verlockung widerstehen zu erfahren, was die

Zukunft an guten Dingen für ihn bereithielt, und es war Max' Grundsatz, nur gute Dinge vorherzusagen. Bald war er von eifrig ausgestreckten Händen umringt, doch die Hand, die ihn einzig und allein interessierte, gehörte Branch Strong.

Wie bei Charlie hatte Max' Karriere von den Kneipen in Soho, in denen er ursprünglich aufgetreten war, steil hinaufgeführt. Und auf diesem Weg hatte sein Geschmack eine entscheidende Wandlung durchgemacht. War er früher hinter flachbrüstigen, langbeinigen Mädchen hergewesen, zog er jetzt schöne junge Männer vor. Branch war ein perfektes Exemplar.

Max' Herz hämmerte, wie es nicht mehr gehämmert hatte, seit er in Disneyland dem falschen Indianer begegnet war. Er erkannte in Branch sofort die verwandte Seele, hielt seine Hand ganz fest und prophezeite ihm große Erfolge, viel Geld und daß jemand mit dem Anfangsbuchstaben ›M‹ in seinem Leben eine wichtige Rolle spielen werde. Er riet dem jungen Mann, seinen natürlichen Neigungen zu folgen, und fragte ihn, ob er gern in seiner Show ›Ich prophezeie‹ auftreten würde.

Branch hörte aufmerksam zu, und auf seinen vollkommenen Zügen erschien ein breites Lächeln. Ruhm, Geld und Erfolg waren genau die Dinge, die er sich wünschte, und dann konnte er vielleicht all die perversen Kerle abschütteln, die ihn umschwärmten.

Das ›M‹ mußte Mutter bedeuten. Zwei Jahre lang war er nicht mehr zu Hause gewesen, um sie zu besuchen – er hatte sich zu sehr geschämt. Daß er seinen natürlichen Neigungen folgen solle, konnte nur heißen, er solle sich die schwulen Jungs vom Leib halten. Und sobald er Erfolg hatte, konnte er das auch. Und er würde sich auch einen anderen Agenten suchen, denn der stellte die allergrößten Ansprüche an ihn. Vielleicht konnte er dann eine echte Beziehung zu Sunday aufbauen. Er hatte das Gefühl, daß er sie nicht anrühren durfte, solange er nicht alles andere abgeschlossen und abgeschüttelt hatte.

»Nun, wie ist es?« fragte Max. »Wollen Sie in meiner Show auftreten?«

»Tja, ich weiß nicht recht ... Morgen heißt es für mich nämlich: ab nach Mexiko. Ich habe eine großartige kleine Rolle in einem Cowboyfilm bekommen. Aber sobald ich wieder da bin – sehr gern, natürlich.«

»Und wann sind Sie wieder hier?«

»Die Dreharbeiten sollen sechs oder sieben Wochen dauern.« Branch strich sich eine blonde Locke zurück, die ihm in die Stirn gefallen war.

»Wir könnten vereinbaren, daß Sie das Honorar im vorhinein bekommen.« Max senkte die Stimme und sagte hastig: »Ich könnte es Ihnen sogar schon heute abend geben, wenn Sie mit mir nach Hause kämen, um es abzuholen. Fünfzehnhundert Dollar.«

»Ach ja?« Allmählich dämmerte es Branch, worauf Max Thorpe hinauswollte. Wäre ich berühmt, reich und erfolgreich, würde ich ihm jetzt eins auf die sonnenverbrannte rote Nase geben, dachte er. Da ich aber nichts von alledem bin ... Fünfzehnhundert Dollar waren eine Menge Geld für Branch. »Ach, wirklich?« sagte er. »Ich kann natürlich später vorbeikommen. Zuerst muß ich jedoch eine junge Dame nach Hause bringen.«

»Fein, fein. Mir ist jede Zeit recht.« Max fühlte, wie sein ganzer Körper erschlaffte, so erleichtert war er. »Ich gebe Ihnen meine Adresse.«

Irgendwann im Lauf des Abends wandte Max sein Interesse auch Charlie zu. »Weißt du noch, alter Junge, was ich dir damals vorausgesagt habe? Es hat dir damals ganz und gar nicht gefallen, aber es hat sich alles erfüllt.«

»Nicht alles«, gab Charlie widerwillig zu.

»Ich war sogar ziemlich genau.« Max lachte leise in sich hinein, weil er sich auf seine Klugheit allerhand einbildete, aber auch, weil er wußte, daß er Charlie, den er nicht mochte, damit ärgern konnte. »Scheidung, neue Heirat auf der anderen Seite eines Wassers. Die Anfangsbuchstaben ›R‹ und ›S‹. ›S‹ ist doch das Initial deiner zweiten Frau, nicht wahr? Noch zwei Kinder ...«

»Ja, ja«, unterbrach ihn Charlie. »Aber was ist mit den

Prophezeiungen, die nicht eingetroffen sind? Ein Unfall oder eine Krankheit, hast du damals gesagt. Ein Skandal. Die Initialen ›H. S.‹. Was ist damit?«

»Nur keine Sorge«, antwortete Max bissig, »sie werden schon kommen, haben ja noch viel Zeit. Soweit ich mich erinnere, hast du eine gute Lebenslinie. Soll ich's noch einmal versuchen?«

»Nein, vielen Dank«, sagte Charlie hastig.

Nach dem Dinner sagte Carey zu Marsh: »Und was wolltest du mit mir besprechen?«

Er rauchte eine kurze, dicke Zigarre und antwortete nicht.

»He, hör mal, du, ich habe deinetwegen heute abend eine Verabredung sausen lassen. Mich kannst du mit diesem vernichtenden Agentenblick nicht abschrecken.«

Marshall nahm die Zigarre aus dem Mund und studierte sie eingehend. Dann sagte er plötzlich: »Ich bin fünfundsechzig, ein Krüppel – und verschon mich jetzt bitte mit dem Scheiß, daß ein Klumpfuß einen noch lange nicht zum Krüppel macht. Versuch mal, ihn ein paar Tage mit dir herumzuschleppen. Und ich habe ein Gesicht wie der Mann im Mond. Ich war einmal verheiratet, und die Ehe ist gescheitert. Durch meine Schuld. Jetzt die Haben-Seite: Ich bin reich, auf meine bescheidene Weise mächtig. Ich spiele nicht, trinke nicht zuviel, und ich bumse auch nicht jedes gutaussehende Ding, das mir über den Weg läuft. Ich bin freundlich, großzügig, sauber, und die sogenannten Rassenprobleme mit den Schwarzen kümmern mich einen Dreck. Ich möchte dich heiraten.«

Carey sah ihn erstaunt an. »Was?«

»Du hast schon richtig gehört. Ich möchte dich heiraten. Du bist ein sehr kluges Mädchen und müßtest die Gelegenheit eigentlich beim Schopf packen.« Marshall versuchte die Sache von der heiteren Seite anzugehen, doch an der Art, wie er die Tabakblätter seiner Zigarre zerrupfte, merkte man ihm an, daß es ihm sehr ernst war.

Carey gewann ihre Fassung wieder. Marshall als möglichen Liebespartner in Betracht zu ziehen, wäre ihr nie im Traum eingefallen. Sieben Jahre lang war er der Chef gewesen, und in dieser Zeit hatte sie von ihm gelernt, ihn beobachtet und sich aus der kleinen unwissenden Sekretärin in die verwandelt, die sie heute war.

»Du mußt mir nicht sofort antworten«, sagte Marshall. »Denk ein bißchen darüber nach. Ich weiß, es ist ein Schock für dich, aber ich habe schon ein ganzes Jahr mit dem Gedanken zugebracht. Wir würden gut zusammenpassen, weißt du. Wenn du willst, kannst du auch ein bißchen Romantik haben. Ich führe dich zum Essen aus, schicke dir Blumen – und so weiter. Obwohl ich dazu, weiß der Himmel, vielleicht schon ein bißchen zu alt bin. Aber für dich will ich's gern tun.«

Carey legte die schmale Hand auf die seine. »Ich fühle mich sehr geschmeichelt, Marsh, aber ich bin auch ein bißchen sprachlos. Ich meine, ich dachte nie – nun ja, ich meine, was ich sagen möchte – nun . . . O Gott, ich hab' dir ja erklärt, daß es mir die Rede verschlagen hat.«

Er stand auf. »Überleg es dir. Wir sprechen später darüber. Oder überhaupt nicht. Es liegt ganz bei dir.«

Er hinkte davon und blieb bei der Gruppe stehen, die sich um Max Thorpe scharte.

»Ich«, sagte Max zu Natalie Allen, »prophezeie Ihnen noch zwei bildhübsche Babys – eventuell sogar Zwillinge – und viele, viele Reisen. Es sieht so aus, als würden Sie ständig unterwegs sein, als würden Sie und Clay ein langes, glückliches Leben miteinander führen.«

Natalie entzog ihm die Hand und bemäntelte ihre Gereiztheit mit einem charmanten Lächeln. Genau das hatte sie nämlich nicht hören wollen.

»Wer ist der nächste?« fragte Max, der sich ausgezeichnet amüsierte. »Wie wäre es mit Ihnen?« wandte er sich an Sunday. Sie wollte ablehnen, aber die begeisterte Dindi stieß sie nach vorn.

»Sie haben eine sehr zarte Hand«, sagte Max und fuhr dann fort: »Sie sind nicht verheiratet, waren es aber möglicherweise. Ja, hier sehe ich einen deutlichen Hinweis darauf, daß Sie es waren. Es war keine glückliche Ehe. Da sind Anzeichen schwerer seelischer Belastungen. Ja, sehr schwerer Belastungen. Ihre Eltern sind tot – ein Unfall . . . Mit dem Flugzeug vielleicht? Sie sind allein, sie sind ein sehr ruhiger Mensch. Ich sehe viele Liebhaber, eine zweite Ehe.«

Sunday saß ganz still und hörte aufmerksam zu. Der Mann war unheimlich. Er wußte alles. Sie vergaß, daß noch andere Leute zuhörten.

»Sie haben recht«, flüsterte sie. »Was sehen Sie noch? Werde ich glücklich sein?«

Eine merkwürdige Frage, dachte Max. Sonst wollen sie wissen, ob sie reich, berühmt und erfolgreich sein werden.

Er sagte: »Ich müßte ein genaues Diagramm zeichnen, um das zu erkennen. Sie haben eine ungewöhnlich starke Berufslinie, Sie werden fantastischen Erfolg haben. Ich sehe einen Brief, einen Brief . . . Sie müssen den Brief ignorieren. Ihre Lebenslinie ist unterbrochen – nein, nein, ich meine, wegen einer neuen Ehe.« Er unterbrach sich unvermittelt. »Mehr kann ich nicht sehen.«

»O bitte!« Sunday fragte sich, ob Paulo ihr einen Brief hinterlassen hatte, der ihr entgangen war. Sie streckte Max die Hand entgegen. »Bitte sagen Sie mir mehr!«

Seine Augen blickten trüb, und der Kopf tat ihm weh. Manchmal geschah es ihm, daß er sich mit fortreißen ließ und zu weit ging. Bei diesem Mädchen war er zu weit gegangen. Er hätte die unterbrochene Lebenslinie nicht erwähnen dürfen. Es war eine so merkwürdige Kraft, die er besaß. »Tut mir leid, meine Liebe. Mehr gibt es nicht zu sagen, ich sehe nichts.«

Charlie merkte, wie erregt Sunday war, und begann eine heitere Geschichte zu erzählen, damit Max mit seinen Hexenkünsten aufhörte. Als sich alle wieder mit ihren Drinks beschäftigten, machte er sich auf die Suche nach Sunday, die auf den Patio hinausgeschlüpft war.

Sie stand am Swimmingpool. Doch als er auf sie zuging, tauchte Branch aus dem Schatten auf. Charlie beobachtete die beiden eine Weile, die freundschaftlich miteinander schwatzten und dann auf das Haus zukamen. Charlie ging rasch hinein.

Als Max Thorpe wieder zu Hause war, schlüpfte er in einen seidenen Morgenmantel, der von Hand mit den zwölf Tierkreiszeichen bestickt war. Zuerst duschte er und besprühte dann seinen rundlichen, rosigen Körper reichlich mit einem nach Moschus duftenden Parfüm. Er legte japanische Musik auf, die er unendlich beruhigend fand, und öffnete eine Flasche vom besten Champagner.

Nachdem er alle Vorbereitungen für Branchs Besuch getroffen hatte, setzte er sich auf einen Kissenberg und ließ in der Erinnerung noch einmal den Abend an sich vorüberziehen, der wieder zu einem Triumph für ihn geworden war. Praktisch jede Party, zu der er jetzt ging, unterlag seinem Bann. Max Thorpe, der Große, hielt Hof, und die wichtigsten Leute versammelten sich um ihn. Er hatte es sich zur festen Regel gemacht, ihnen nie etwas Schlechtes vorauszusagen. Sie waren nur daran interessiert, Gutes zu hören. Manchmal war es jedoch schwierig. Manchmal, wenn ihre Gesichter zu Schatten wurden und Worte aus seinem Mund flossen, die er nur schwer zu kontrollieren vermochte. Vor einem Jahr hatte ein sehr berühmter Schauspieler neben ihm gesessen, und er hatte in der Hand des Mannes nicht das geringste gesehen – nur Leere. Er hatte sehr schnell über die Geschäfte, Triumphe und über den Erfolg des Mannes gesprochen, der hochzufrieden gewesen war. Zwei Tage später kam er bei einem Flugzeugunglück über Spanien ums Leben. Er hätte den Mann nicht glücklicher gemacht, wenn er ihm gesagt hätte, er habe keine Zukunft. Bei dem Mädchen heute abend hatte er merkwürdige Dinge gesehen, nicht unbedingt Tod, aber etwas Merkwürdiges.

Es klingelte, und Max stand rasch auf. Was für einen wunderbaren Körper dieser Branch Strong hatte. Was für eine wunderbare Nacht er vor sich hatte.

Er drehte die japanische Musik lauter und öffnete die Tür. Branch trat verlegen von einem Fuß auf den anderen und machte keine Anstalten hereinzukommen.

»Hallo«, sagte er unsicher.

»Herein mit dir, lieber Junge, nur herein!«

Sie gingen zusammen ins Wohnzimmer, und Max zeigte

auf die Kissen. »Setz dich«, sagte er. Dann schenkte er ihm ein Glas Champagner ein und wackelte ihm mit dem kurzen, rosigen Zeigefinger vor der Nase herum. »Ich prophezeie dir, daß du heute nacht gebumst wirst.«

## 20

Die nächsten beiden Wochen vergingen für Sunday sehr schnell. Sie war mit Anproben, Interviews und Fototerminen völlig ausgelastet. Von Steve Magnum hörte sie nur einmal. Er rief sie an und fragte, ob sie mit seinem Privatflugzeug nach Acapulco fliegen wolle. Sie lehnte höflich ab.

Carey hatte ein paar Häuser gefunden, die sie sich ansehen mußte, und sie mietete sich einen Wagen, damit sie nicht auf Carey oder Taxis angewiesen war.

Die Häuser gefielen ihr allesamt nicht – entweder zu groß und zu aufwendig oder nicht nahe genug am Meer. Endlich fand sie ein Strandhaus in Malibu, das für ein Jahr zu haben war.

Es lag direkt am Strand an einer Privatstraße und war zwar klein, aber genau das, was sie sich wünschte. Sie liebte den kleinen Patio an der Rückseite, von dem eine hölzerne Treppe praktisch ins Meer führte. Wenn sie aus Acapulco zurückkam, würde es beziehbar sein, und sie mietete es auf der Stelle.

Branch hatte ihr einen langen Brief geschrieben. Sie vermißte ihn und ihre gemeinsamen Abendessen in seinem Lieblingsrestaurant, in dem es nur Bio-Kost gab.

Seit der Party bei Dindi hatte sie vergeblich versucht, sich mit Max Thorpe in Verbindung zu setzen. Es schien ihr ungeheuer wichtig, daß sie ihn jetzt sah und mit ihm sprach. Vielleicht konnte er ihr jetzt mehr sagen. Der Wunsch, ihn wenigstens einmal zu treffen, wurde bei ihr zur Besessenheit.

Er schien jedoch unerreichbar zu sein. Seine Sekretärin erklärte ihr am Telefon, er nehme privat keine Klienten mehr an. Sunday bemühte sich, ihn über seine Fernsehgesellschaft zu erreichen, aber es gelang ihr nicht. Sie schrieb ihm und bekam keine Antwort. Endlich fragte sie Carey um Rat. »Vergiß ihn«, sagte Carey, »er ist ein alter schwuler Quatschkopf. Aber wenn du wirklich mit ihm sprechen willst, bitte deinen Freund Branch, die Sache in die Hand zu nehmen. Für ihn ist es bestimmt kein Problem.«

Sunday rief Branch in Mexiko an. Es dauerte drei Tage, bis sie ihn erreichte, und er versprach ihr, wenn auch nicht sonderlich begeistert, zu sehen, was er tun könne.

Am nächsten Tag rief Max Thorpes Sekretärin an und sagte ihr, sie habe Samstag um zwölf einen Termin. Die Beratung koste tausend Dollar. Sie solle das Geld in bar mitbringen. Und dann bat die Sekretärin sie um ein paar persönliche Daten – Geburtstag und -zeit vor allem.

Max Thorpe rechnete nur noch sehr selten persönliche Horoskope aus. Es war zu zeitraubend, und er hatte anderes zu tun. Seine Fernsehshow beanspruchte fast seine ganze Zeit, und außerdem schrieb er jede Woche eine Horoskop-Kolumne, die von einundvierzig Zeitungen veröffentlicht wurde. Er war auch noch anderweitig beschäftigt. Mit ›Ich prophezeie‹-T-Shirts, -Abzeichen und -Postern. Im Augenblick führte er Verhandlungen wegen der Eröffnung einer ›Ich prophezeie‹-Ladenkette im ganzen Land.

Max Thorpes Erfolge konnten sich wirklich sehen lassen.

Er hatte nur eingewilligt, mit Sunday zu sprechen, weil Branch ihn angerufen hatte. Seit Tagen hatte er versucht, den Jungen zu erreichen. Er hatte Telegramme und Briefe geschickt, hatte versucht, ihn telefonisch zu erreichen, doch alles war vergeblich gewesen. Nach der gemeinsam in seinem Haus verbrachten Nacht hatte Branch seine fünfzehnhundert Dollar kassiert und war nach Mexiko verschwunden. Er hatte nicht einmal auf die Telegramme reagiert. Dann hatte er aus heiterem Himmel angerufen. Max war entzückt gewesen und hatte ihn gefragt, ob er ihn mal am Wochenende besuchen dürfe.

»Klar«, hatte Branch genäselt, »wir dürfen uns nur nicht am Drehort treffen, und du mußt mir einen Gefallen tun.«

»Jeden«, erklärte Max. Branch hatte den falschen Indianer aus Disneyland weit übertroffen.

Auf diese Weise kam Sunday zu ihrem Termin.

Sie kam pünktlich um zwölf. Die tausend Dollar Bargeld waren ein ziemlicher Schock für sie gewesen, aber sie wollte mit Max Thorpe sprechen, und wenn das tausend Dollar kostete, dann würde sie eben zahlen.

Er ließ sie zwanzig Minuten in einem merkwürdig dunklen Zimmer bei geschlossenen Vorhängen warten. Kein Sonnenstrahl drang herein.

Dann kam er endlich. Er trug ein Hemd mit Tierkreiszeichen und eine schwarze Lederhose, die seine Plumpheit noch betonten. Mindestens eine halbe Stunde redete er über sich selbst, seine Show, sein Talent.

Sunday begann sich schon verzweifelt zu fragen, wann er sich endlich mit ihr beschäftigen würde.

Endlich sagte er: »Ich denke, wir fangen am besten mit den Karten an. Ich habe ein Diagramm für Sie, aber vielleicht wollen Sie sich auch ein paar Notizen machen.« Er reichte ihr einen Notizblock mit dem hohlgeprägten Kopf ›Max Thorpe – ich prophezeie‹.

Er begann sehr schnell zu sprechen, in kurzen Sätzen, die er meist nicht beendete, und er sagte ihr Dinge über sie, die er von keinem Menschen erfahren haben konnte. Es war unglaublich.

Er streifte kurz ihre Vergangenheit, bis er zu ihrer Ehe kam. Dann sprach er eine Zeitlang darüber, daß sie sich keine Schuld an dem geben sollte, was geschehen war, da es auf jeden Fall so gekommen wäre.

Er sah sie aus wäßrigen Augen eindringlich an. »Sie müssen diese Zeit vergessen. Sie ist vorbei, ein Abschnitt Ihres Lebens, der endgültig abgeschlossen ist. Er ist Vergangenheit. Sie sind nicht schuld. Sie dürfen nicht mehr daran denken. Schauen Sie nach vorn, schauen Sie leichten Herzens in die Zukunft, denn ich sehe großen Erfolg für Sie voraus.«

Er nannte ihr die Initialen von Menschen, die einmal für sie sehr wichtig sein würden, er sprach über Verträge und sagte, sie solle auf den Rat eines älteren Mannes hören. Dann hielt er inne. Er konnte nicht fortfahren. Da war etwas Merkwürdiges, etwas, das er nicht ergründen konnte – nicht Tod, einfach irgend etwas ...

Er stand auf. »Sunday, Sie haben wirklich Glück. Sie werden nicht nur mittelmäßigen Erfolg haben. Passen Sie gut auf sich auf, und handeln Sie stets mit Vorsicht und Überlegung. Aber glauben Sie mir, Sie müssen die Vergangenheit vergessen.«

Er hatte länger als eine Stunde mit ihr gesprochen.

»Danke, Mr. Thorpe«, sagte sie, »ich weiß es wirklich zu schätzen, daß Sie mich empfangen haben.« Sie fühlte sich ungeheuer erleichtert. Er hatte in allen anderen Dingen recht gehabt, vielleicht hatte er also auch recht, wenn er sagte, die Sache mit Paulo sei nicht ihre Schuld. Sie griff in ihre weiße Umhängetasche. »Ich habe das Geld in bar mitgebracht.«

Max hob die Hand. »Nein. Ich habe es mir anders überlegt. Ich will ihr Geld nicht. Kommen Sie, wann immer Sie mögen. Wir wollen Freunde sein.« Er hatte sich gesagt, das Geld zu verlangen wäre eine kleinliche Geste, die Branch vielleicht stören würde. Schließlich brauchte er das Geld wirklich nicht, und außerdem mochte er das Mädchen, er wollte wirklich, daß sie Freunde wurden. Und wenn er mit ihrer Zukunft recht behielt, dann würde es sich lohnen, sie zur Freundin zu haben.

Als Sunday nach Acapulco flog, fühlte sie sich viel besser. Irgendwie hatte die Sitzung mit Max Thorpe sie unglaublich erleichtert. Daß er ihr gesagt hatte, sie müsse die Vergangenheit vergessen, schien alles zu ändern. Sie wollte Rom und Paulo vergessen und neu anfangen. Sie würde ausgehen, Leute kennenlernen, sich verabreden und all das tun, wozu Carey sie ständig gedrängt hatte.

Acapulco und der neue Film sollten die Wende sein, und nach ihrer Rückkehr wollte sie in ihr Strandhaus ziehen, auf das sie sich jetzt schon freute.

Carey war über die Veränderung entzückt, die mit ihr vorgegangen war. »Dieser Maxie muß ja ein verteufelter

Analytiker sein. Vielleicht sollte ich selber mal zu ihm gehen.« Seit der Party und Marshalls Antrag war sie völlig durcheinander. Sie hatte in Marshall nie einen eventuellen Freund, geschweige denn einen Liebhaber gesehen. Ihr Leben war gut organisiert – mehrere Freunde gleichzeitig, und mit einem von ihnen schlief sie auch. Wenn es aussah, als werde die Sache zu ernst, kam der nächste an die Reihe. Sie hatte zu lange und zu hart gearbeitet, um ihren Beruf jetzt aus irgendeinem Grund an die zweite Stelle zu setzen.

Mit Marshall war das jedoch etwas anderes. Sie hatte immer zu ihm aufgesehen, ihn bewundert, ihn kopiert, ihn sogar ein bißchen mit Ehrfurcht betrachtet. Sein Antrag war für sie ein großer Schock gewesen.

Sie beschloß, mit Sunday nach Acapulco zu fliegen und ein paar Tage zu bleiben.

Sie saßen in dem schwarzen Cadillac, der sie vom Flughafen abgeholt hatte, die Klimaanlage lief auf Hochtouren, und eine Glasscheibe trennte sie von dem jungen mexikanischen Fahrer, den man Sunday zugeteilt hatte.

»Was soll ich nur tun?« fragte Carey zum fünfzehntenmal.

»Das ist doch ganz einfach«, antwortete Sunday geduldig. »Wenn du ihn liebst, heirate ihn, und wenn du ihn nicht liebst, dann heirate ihn nicht.«

»Aber Schätzchen, was hat denn Liebe damit zu tun? Die Sache ist viel komplizierter. Vielleicht ist er mir im Bett zuwider, vielleicht wird er mich hassen, wenn wir schwarze Kinder bekommen, ich könnte . . .«

»Nun, das ist ein gutes Zeichen, du ziehst wenigstens in Betracht, Kinder zu bekommen.«

»Ich liebe Kinder.« Careys Augen trübten sich. »Nur könnten es kleine schwarze Krüppel werden.«

»Sei still, Carey. Ist das dein Problem? Machst du dir wegen seines Beines Sorgen?«

»Eigentlich nicht. Ich weiß nicht. Ich weiß, daß ich einfach Angst habe. Ich hatte noch nie eine Beziehung mit einem Mann wie ihm.«

»Nun, dann schlaf eben mal mit ihm. Vielleicht hilft es dir, dir über deine Gefühle klarzuwerden.«

»Hört, hört, Miß Anti-Sex hat gesprochen.«

Sunday lachte. »Ich habe nie behauptet, gegen Sex zu sein. In letzter Zeit war ich ein bißchen gegen alles, glaube ich.«

»Es wird interessant sein, die neue Sunday mit Steve Magnum zu beobachten. In deinem augenblicklichen geistigen und seelischen Zustand vernascht er dich zum Frühstück.«

»Also, nur weil ich nichts gegen Sex habe, heißt das noch lange nicht, daß ich zu Steve ins Bett hüpfen werde. Ich mag mich verändert haben, aber so sehr auch wieder nicht.«

Carey grinste. »Es heißt, er sei der Beste.«

Im selben Moment drückte der Fahrer auf einen Knopf, und die gläserne Trennscheibe glitt nach unten. »Das ist Ihr Hotel, Miß Simmons. Sehr schön, nicht wahr?«

»Ja.« Es erinnerte sie an Rio. Zartrosa Bungalows, die an einem Hügel lehnten, und jeder hatte seinen eigenen Swimmingpool. »Hier wird es mir gefallen«, sagte sie zu Carey.

Carey nickte. »Wem nicht?« meinte sie.

## 21

Kein anständiger Auftrag. Nicht ein einziges Mal hatte er Gelegenheit zu beobachten, wie's zwei miteinander trieben. Und zu Hause schlurfte Marge nörgelnd und wachsam herum.

Herbert war durch und durch frustriert. Er hatte seinem ersten herrlichen Brief an Sunday Simmons nicht einmal einen zweiten folgen lassen können. Fragte sie sich schon, was wohl aus ihm geworden sei?

Für heute abend hatte er seinen Auftrag erledigt, nachdem er einen Horror-Altstar zu einem persönlichen Auftritt in einen Supermarkt gefahren hatte. Da kein Mensch erschienen war, war Herbert drei Stunden früher mit der Arbeit fertig, als er gedacht hatte. Er beschloß, die drei Stunden für sich zu nutzen. Die Supreme Chauffeur Company würde nie davon erfahren.

Es war neun Uhr, als er das Gebiet von Beverly Hills verließ.

Langsam fuhr er den Strip entlang. Der große schwarze Cadillac war wunderbar leicht zu lenken, er reagierte auf jede Berührung.

Die Hippies lungerten vor ihren Stammkneipen herum, saßen zusammengekauert auf den Gehsteigen oder wanderten ziellos umher.

Herbert spuckte aus dem Fenster. Er würde den kleinen langhaarigen Idioten schon Disziplin beibringen. Die Mädchen waren alle Huren, vierzehn-, fünfzehnjährige Huren mit Blumen im Haar und verrückter Kleidung.

Als er an der Ampel wartete, kam ein Mädchen an den Wagen.

»Ich steige zu dir ein und mach's dir für zehn Dollar«, sagte es leise.

Herbert musterte sie von oben bis unten. Ungefähr achtzehn, mager, häßlich, mit einer flippigen Fransenfrisur. Sie trug ein schäbiges, bodenlanges Kleid in allen Farben und viele schwarze Perlenketten um den Hals.

Herbert begann zu schwitzen. Es war schon sehr lange her. »Steig ein«, sagte er schroff.

Sie lief um den Wagen herum und stieg ein. Dann begann sie an ihren Fingernägeln zu kauen und betrachtete Herbert aus leeren, rotgeränderten Augen. »Fahr nicht zu weit«, sagte sie. »Höchstens zwei Block hinauf in die Hügel. Einmal ganz normal bumsen kostet fünfzehn. Sonderwünsche extra.«

Herbert sagte kein Wort. Er bog mit dem großen Cadillac in den Miller Drive ein und fuhr weiter.

»Nicht zu weit«, sagte sie scharf.

Herbert schwieg.

»Ach, du meine Güte! Bist du vielleicht taub und stumm?«

Herbert hatte eine passende Abzweigung entdeckt und hielt an. Es war dunkel, und außer dem Zirpen der Grillen war weit und breit nichts zu hören.

Das Mädchen begann sich auszuziehen.

Herbert beobachtete es. Es war flachbrüstig wie ein Junge.

»Okay. Gib die Knete her, und bringen wir's hinter uns.«

Huren, sie waren alle Huren. Sie wollten alle Geld und Sex, in dieser Reihenfolge. Manchmal auch umgekehrt. Alle.

»Komm schon«, winselte das Mädchen, »ich habe nicht die ganze Nacht Zeit.« Er griff nach seinem Hosenschlitz und öffnete den Reißverschluß. »Du kannst mich hinterher bezahlen. Ich gebe dir einen ›Spezial‹ für zwanzig Piepen. Du siehst aus, als wärst du ein netter Kerl. Du wirst dir vorkommen wie auf der Achterbahn, Baby.« Während sie sprach, manipulierte sie, während er reglos am Steuer saß und vor hin starrte, in seiner Hose herum. Als sie sich vorbeugte, um sein schlaffes Glied in den Mund zu nehmen, stiegen ihm diverse Körpergerüche in die Nase.

»Hör auf!« schrie er sie an und schlug ihr mit der Hand auf den Kopf. »Nimm deinen dreckigen Mund weg, du Hure! Hör auf – hör auf, sag' ich!«

Er schlug sie noch einmal und schlug so lange zu, bis sie auf dem Boden des Wagens zusammenfiel und liegenblieb.

Herbert schluchzte vor Wut. Dieses Miststück. Warum hatte sie ihn belästigt?

Er riß die Tür auf, beförderte das Mädchen mit einem Fußtritt aus dem Wagen und schmiß ihm das Kleid nach.

Das Mädchen lag sehr still da.

Er brachte seine Kleidung in Ordnung und beruhigte sich. Dann dachte er an Sunday Simmons, und plötzlich wurde es in seiner Hose hart und lebendig – wie bei einem richtigen Mann. Wenn er ihr nur jetzt schreiben und seine kostbare Gabe beilegen könnte. Das war für ihn die einzige Möglichkeit, Befriedigung zu erlangen. Es gab für ihn keine andere, nicht mit Marge, mit niemandem. Höchste Ekstase erlebte er nur mit der Feder in der Hand.

Herbert ließ das Mädchen liegen und fuhr weg. Zum Teufel mit der ewig herumschnüffelnden Marge! Er würde sich einsperren und sein Meisterstück schreiben. Dann würde er sich lange und ausgiebig duschen. Wenn er später den Wagen zurückbrachte, wollte er den Brief aufgeben.

Marge war nicht zu Hause.

»Miststück!« brummte Herbert. Er hatte ihr doch sehr deutlich gesagt, daß sie abends daheim zu sein hatte. Wahrscheinlich war sie bei der Nachbarin. Nun, dem Treiben wollte er bald ein Ende setzen. Sobald er den Brief fertig hätte, würde er hinübergehen und sie nach Hause zerren, und er würde der Nachbarin, dieser Kuh, sehr deutlich sagen, was er von ihr hielt.

Er ging in die Küche und schenkte sich ein Glas Milch ein. Ein großer Nachtfalter flatterte im Licht umher. Herbert fing ihn und riß ihm beide Flügel aus, bevor er ihn in den Mülleimer warf. Dann ging er hinauf in den Abstellraum und griff zur Feder . . .

Es war ein wunderbarer Brief. So ausführlich und deutlich, und der Plastikbeutel floß über, so voll war er.

Herbert war sehr zufrieden. Vielleicht würden Sunday und er eines Tages seine Briefe gemeinsam lesen und alles tun, was er beschrieben hatte. Sie hob sie bestimmt auf, vielleicht sogar mit einer roten Schleife verschnürt. Schließlich waren es Liebesbriefe.

Er sang unter der Dusche mit seiner eintönigen, unmelodischen Stimme, von der er glaubte, sie klinge wie die von Perry Como.

Dann zog er sich sorgfältig an, legte den Brief in das Handschuhfach des Cadillac und schloß ab. Er machte sich auf die Suche nach Marge.

Der Vorgarten war ein Dickicht aus wild wucherndem Gras und Unkraut. Die Crisps hatten hier, seit sie eingezogen waren, keinen Handgriff getan.

Herbert konnte sich nicht genau vorstellen, was das für Leute waren – Schlampen, wie Marge. Ungebildete, primitive Schlampen. Nun, seine Frau sollten sie jedenfalls nicht in ihre dreckigen Pfoten kriegen.

Sie waren zu Hause, denn in allen Räumen brannte Licht. Die Vorhänge waren allerdings geschlossen.

Sehr vorsichtig näherte er sich dem Haus. Er wollte sie überraschen.

An einem seitlichen Fenster war der Vorhang nicht ganz zugezogen. Herbert bückte sich und versuchte durch die Lücke zu spähen, die aber so klein war, daß er nur mit einem Auge etwas sah.

Marge lag splitternackt auf einem Sofa, und um sie herum standen nackte Männer und Frauen, die allem Anschein nach etwas sangen. Auch Marge stimmte in den Gesang mit ein, und sie lächelte. Ihre Brüste waren mit Farbe beschmiert – oder war es Blut?

Herbert erstarrte. Einer der Männer, fett und glatzköpfig, trat auf Marge zu. Er trug eine schwarze Gesichtslarve. Eine Frau reichte schwarze Kerzen herum, und als sie angezündet waren, wurden die Lichter gelöscht, und der fette Mann ließ sich auf Marge fallen, rutschte auf ihr hin und her, und die anderen knieten nieder und sahen zu.

Herbert traute seinen Augen nicht, er konnte nicht glauben, was er sah. Es war widerlich. Aber es erregte ihn, und er blieb, wo er war.

Ein Mann nach dem anderen fiel über Marge her, und erst, nachdem alle durch waren, wurden die Kerzen gelöscht und das Licht wieder eingeschaltet.

Marge stand glücklich auf, und eine hochgewachsene, weißhaarige Frau mit schlaffen Brüsten drückte ihr ein Glas in die Hand und gab ihr einen liebevollen Klaps auf den Rücken.

Herbert stand wie angefroren da. Die Augen schmerzten ihn, und er hatte einen ganz trockenen Mund. Schließlich ging er in sein Haus zurück. Dort sorgte er dafür, daß Marge, wenn sie nach Hause kam, von seiner verfrühten Rückkehr nichts merkte. Dann stieg er in den Cadillac und fuhr leise und schnell davon.

## 22

Serafina war von Hollywood hingerissen. Sie stieg, von Kopf bis Fuß in Karmesinrot und mit einem Silberfuchspelz mit ausgestopftem Kopf um die Schultern, aus dem Flugzeug.

Charlie war stolz auf sie. Sie war eine unglaubliche Mutter und benahm sich wie eine Frau, die halb so alt war wie sie.

Seine beiden Kinder waren ernst und respektvoll, fast als habe Lorna ihnen eingeschärft, sich tadellos zu benehmen.

»Daddy, wir müssen zu deiner neuen Frau aber nicht Mami sagen, nicht wahr?« fragte Sean, als sie im Wagen saßen.

»Nein, ihr könnt sie nennen, wie ihr wollt«, antwortete Charlie. Es gab ein paar Namen, die er ihr am liebsten selbst gern gegeben hätte. Sie hatte sich geweigert, ihn zum Flughafen zu begleiten, und hatte behauptet, sie habe Kopfweh. Kopfweh, daß er nicht lachte. Eher Bauchweh, weil er nicht wollte, daß sie die zweite weibliche Rolle in ›Karussell‹ spielte. Er sah jedoch ein, daß er ihr wohl nachgeben und sie den Part spielen lassen mußte, wenn er wollte, daß Serafina und die Kinder einigermaßen nette Ferien hatten. Es war ihm jedoch ein Greuel, mit einer ehrgeizigen Schauspielerin verheiratet zu sein. Das war das letzte, was er sich wünschte.

»Es ist herrlich hier, einfach herrlich, Charlie«, sagte Serafina. »Wo ist deine Frau?« Ihr heller, scharfer und wissender Blick ließ ihn nicht los.

»Sie dachte, es sei besser, euch im Haus zu erwarten, sie dachte . . .«

»Ach, tatsächlich, dachte sie das? Hübsches kleines Ding. Klug, wette ich. Schlau. Ich begreife nicht, warum du dich so schnell wieder gebunden hast. Du hättest sie dir der Reihe nach aussuchen, ein bißchen Spaß haben können. Ist sie – du weißt schon?«

Charlie lachte. Natürlich nahm Serafina immer das Schlimmste an. »Nein, sie ist nicht. Du wirst sie mögen.«

»Ich hoffe es.« Serafina stopfte eine Strähne leuchtendroten Haares unter das karmesinrote Barett zurück.

»Ich wäre bei der Hochzeit gern dabeigewesen. Ich liebe Hochzeiten. Und ich hätte dieses Lost Vega gern gesehen.«

»Las Vegas«, korrigierte Charlie. »Wir fahren mal hin, vielleicht schon nächstes Wochenende. Natalie und Clay haben erwähnt, daß sie vielleicht auch mit von der Partie sein werden.«

»Dürfen wir nach Disneyland, Daddy?« fragte Cindy. Sie sah zu Charlies großem Ärger genauso aus wie Lorna.

»Wir fahren überallhin, ganz gleich, wohin ihr wollt.«

»Mami hat gesagt, wir sollen nach Disneyland fahren«, unterstützte Sean seine Schwester. »Sie sagt, es sei super.«

»Mami war noch nie dort«, erwiderte Charlie.

»Nein, aber Onkel Jim, und er hat uns erzählt, daß es fantastisch ist, mit richtigen Indianern und Cowboys und einem Showboat und Planwagen und . . .«

»Ich habe gesagt, wir fahren hin«, unterbrach ihn Charlie, wütend, weil der Junge ›Onkel Jim‹ erwähnt hatte.

Als sie zu Hause ankamen, war Dindi nirgends zu sehen. Charlie schickte George auf die Suche nach ihr.

»Eine schöne Tasse Tee hätte ich jetzt gern«, sagte Serafina. »Es geht nichts über eine Tasse Tee. Zeig mir die Küche. Ich habe mir sechs Päckchen Lyons ›Quick Brew‹ mitgebracht.«

Sie griff in ihre Handtasche und holte ein Päckchen heraus.

»Du kannst hier nicht anfangen, in der Küche zu arbeiten, das Mädchen macht dir deinen Tee«, sagte Charlie. Wann, in aller Welt, würde seine Mutter endlich begreifen, daß ein großer Star sein Personal hatte und selber keinen Finger rühren mußte.

»Ich würde es keiner Amerikanerin überlassen, meinen Tee aufzubrühen«, antwortete Serafina hochmütig. »Zeig mir die Küche!«

Dindi kaufte ein. Sie hatte bisher zweieinhalbtausend Dollar ausgegeben, und noch war kein Ende abzusehen. Sie probierte ein sehr knappes, orangefarbenes Kleid aus Seidenjersey und stolzierte vor dem Spiegel hin und her. »Wie finden Sie es?« fragte sie.

Die Verkäuferin, die ein ähnliches Kleid trug, unterdrückte ein Gähnen und sagte: »Spitze.« Sie hatte es satt, Mrs. Charlie Brick zuzusehen, die alles zusammenkaufte, was sie sah.

»Okay, ich nehm's. In welchen Farben gibt es das Kleid noch?«

»In Schwarz und Pflaumenblau.«

»Okay, ich nehm's in allen Farben.«

»Dindi?«

»Ja. Oh, hallo, Natalie!«

»Hallo, man hat mir gesagt, das sei das einzige Geschäft, in dem man anständige Fummel bekommt. Was für ein hinreißendes Kleid.«

Dindi wünschte, sie wäre im Probierzimmer geblieben, statt in den Hauptraum herauszukommen, um sich zu begutachten.

»Ich dachte, Charlies Mutter und Kinder seien heute gekommen?«

»Ja, ich vermute, sie sind schon da. Ich dachte, sie wollten bestimmt ein bißchen allein sein, wissen Sie?«

»Oh.« Natalie lächelte leicht. »Sehr rücksichtsvoll von Ihnen. Sie kennen Serafina natürlich noch nicht?«

»Nö.« Dindi schüttelte den Kopf und zog sich langsam in den Probierraum zurück.

Natalie folgte ihr. »Sie ist eine Persönlichkeit, betet Charlie natürlich an, und er liebt sie über alles. Ich hoffe nur, daß Sie gut mit ihr auskommen.«

»Warum nicht?« Dindi zog das Kleid aus. Darunter trug sie nur ein rotes Bikinihöschen, sonst nichts.

Natalies eifersüchtiger Blick wurde von Dindis spitzen jungen Brüsten angezogen.

»Nun, es gibt eigentlich keinen besonderen Grund, aber sie ist schwierig. Sie ist ziemlich alt und steht noch immer auf Männer . . .«

Dindi kicherte. »Das klingt ja, als sei sie eine muntere Person. Ich nehme an, daß ich, wenn ich alt bin, auch noch auf Männer stehe. Sie nicht?«

Natalie wurde rot. »Ich wollte Sie ja nur ein bißchen warnen.« Du lieber Himmel, Charlie hatte ein richtiges kleines Miststück geheiratet. Sie mußte schnell etwas unternehmen, um Dindi loszuwerden.

»Besten Dank für die Warnung. Ich besorge Charlies Mami einen Kerl, dann ist sie beschäftigt. Ach, wie geht es übrigens Clay?«

»Gut, danke«, antwortete Natalie steif. »Haben Sie ihn in Rom lange gekannt?«

Dindi zwinkerte ihr zu. »Lang genug jedenfalls.« Sie kicherte wieder, als Natalie den Mund aufmachte, um etwas zu sagen. »Ich mache nur Spaß. Sind Sie eifersüchtig?«

»Aber gar nicht. Ich bin daran gewöhnt, daß Clay mit jedem kleinen Flittchen ins Bett geht, das ihm grünes Licht gibt.«

Dindis Augen wurden schmal.

»Tja, ich muß weiter. Auf Wiedersehen, Dindi, meine Liebe. Ich hoffe, wir kommen recht bald wieder zusammen.«

»Tschüs, Natalie, meine Liebe.« Wütend zog Dindi sich an und rief der Verkäuferin zu: »Beeilen Sie sich gefälligst ein bißchen, ich hab' nicht den ganzen Tag Zeit!«

»Wo warst du?« Es machte Charlie keinen Spaß, den eifersüchtigen Ehemann zu spielen, aber da er für Serafina den ganzen Tag eine Ausrede nach der anderen erfinden mußte, war er ziemlich wütend.

»Einkaufen. Es hat mich gelangweilt, nur herumzusitzen und nichts zu tun zu haben.«

»Aber du wußtest doch, daß meine Mutter heute kommt. Du wußtest, daß ich nur zum Flughafen gefahren war.«

Dindi machte ein verdrossenes Gesicht. »Das habe ich ganz vergessen.«

»Ja, das hast du wahrscheinlich.« Zornig marschierte Charlie zum Fenster und sah hinaus. Cindy und Sean planschten im Pool. Serafina war oben und hatte sich ein bißchen hingelegt. »Hör zu«, sagte er, »wenn du die Rolle unbedingt willst, dann gehört sie dir.«

Dindis Gesicht leuchtete auf. »Wirklich? Wirklich, Baby? Oh, das ist einfach irre! Ich werde großartig sein, wart's nur ab. Es wird dir nicht leid tun.« Sie stürzte auf ihn zu, umarmte ihn von hinten und rieb sich an ihm.

Er drehte sich um, und sie schob ihm die Hände unter das Hemd.

»Ich wollte keine Schauspielerin heiraten«, sagte er. Ihre Hände schlängelten sich durch seinen Hosenbund und griffen nach seinem Piepmatz. Sie fühlte, daß er hart wurde, und sank auf die Knie.

»Nicht hier, Dindi«, murmelte er.

»Warum nicht? Wir sind doch verheiratet, oder?«

»Das Geheimnis ewiger Jugend, meine Liebe, ist Beschäftigung. Man muß immer etwas tun.« Serafina hielt beim Dinner ihre berühmte kleine Rede. »Ich war nie müßig.«

»Das glaube ich dir aufs Wort«, sagte Dindi, die schon vom Zusehen erschöpft war, während Serafina alle fünf Minuten aufsprang und zwischen Speisezimmer und Küche hin und her wieselte.

»Als ich noch beim Theater war, nannte man mich hinter der Bühne liebevoll ›Miß Vitalität‹.«

»Tatsächlich?« Dindi sah sehr interessiert aus.

Seit Charlie ihr gesagt hatte, sie könne die Rolle in ›Karussell‹ haben, hatte sie sich größte Mühe gegeben, Serafina und seine verdammten Kinder zu umschmeicheln.

»Ja, Miß Vitalität. Ach, du meine Güte, das waren noch Zeiten! Ich erinnere mich noch an all die Herren, die scharenweise vor dem Bühneneingang auf mich warteten, alle gut betucht und gut aussehend, und dann lernte ich Charlies Vater kennen – er ruhe in Frieden. Er war ein feiner Mann, und wir hatten ein wunderbares Leben.«

Charlie sah die Mutter überrascht an. Anscheinend wurde sie allmählich alt. Sein alter Herr war ein durch und durch mieser Typ gewesen, der sie sitzengelassen hatte. Ein wunderbares Leben, in der Tat.

»Hat Charlie dir etwas aus seiner Kindheit erzählt?«

»Nö.« Dindi schüttelte den Kopf. »Ich schätze, er dachte, das würdest du tun.« Sie unterdrückte ein Gähnen und lächelte strahlend. Wie sehnte sie sich danach, Serafina an den Kopf werfen zu können: ›Hat dir eigentlich noch keiner gesagt, daß du eine verdammt langweilige alte Ziege bist?‹

Das Telefon klingelte, und Charlie griff nach dem Hörer. Als er auflegte, sagte er: »Clay und Natalie kommen zum Kaffee.«

»Das ist nett«, entgegnete Serafina. »Sonst noch jemand?«

Charlie wußte, daß sie sich fragte, ob er ein paar potentielle ›Freunde‹ für sie eingeladen hatte. Als er sie gebeten hatte, ihm die Kinder nach Hollywood zu bringen, hatte sie ursprünglich Archie, ihren derzeitigen Beau, mitbringen wollen. Charlie konnte Archie jedoch nicht ausstehen und hatte Serafina daher erklärt, sie würde viele wesentlich interessantere Männer kennenlernen, wenn sie allein käme. Es war aber ein Problem, seine eigene Mutter zu verkuppeln. Zwar wollte sie keine jüngeren Männer, es war ihr viel lieber, wenn sie älter waren als sie, doch in Hollywood einen älteren Mann zu finden, der bereit war, sich mit einer sechzigjährigen Frau abzugeben, war äußerst schwierig. In Hollywood wimmelte es nur so von willigen jungen Mädchen. Charlie beschloß, das Problem zu ignorieren, und wenn Serafina allzu unruhig wurde, wollte er eben Archie kommen lassen.

»Eh – ich glaube nicht«, beantwortete er ihre Frage. »Übrigens dachte ich mir, daß wir nächstes Wochenende vielleicht nach Las Vegas fliegen könnten. Hast du Lust dazu?«

Serafina nickte. Sie hatte nicht die Absicht, ihren Urlaub in Charlies Haus eingesperrt zu verbringen. Sie war noch immer eine attraktive Frau, sie mußte ausgehen, wollte gesehen werden. Charlie war viel zu eifersüchtig, um ihr ein paar passende Männer vorzustellen. Es war schon sehr merkwürdig, daß ein Sohn so eifersüchtig auf seine Mutter sein konnte. Aber bei einer Frau wie ihr natürlich auch begreiflich.

»Ich bin dreiundsechzig«, verkündete sie Dindi und unterschlug dabei sechs Jahre, »und ich fühle mich noch immer wie ein junges Mädchen.«

»Du siehst wunderbar aus«, sagte Dindi und dachte, daß die liebe Schwiegermutter vielleicht ein bißchen besser aussähe, wenn sie sich dieses schreckliche Bühnen-Make-up abwische. Falsche Wimpern in ihrem Alter! Was es nicht alles gab.

»Ja. Die Leute wollen es mir nie glauben, aber es ist die Wahrheit. Und du, meine Liebe, wie alt bist du?« Serafina sah sie durchdringend an, als wollte sie sagen: Lüg mich ja nicht an!

»Zwanzig«, sagte Dindi und unterschlug drei Jahre. Wenn die alte Hexe schwindeln konnte, dann konnte sie es auch.

»Zwanzig?« wiederholte Serafina. »Oh – zwanzig. Zu meiner Zeit hatten zwanzigjährige Mädchen . . .«

»Ich habe ein paar Fotos von Serafina, auf denen sie zwanzig ist«, fiel Charlie der Mutter ins Wort. »Habe ich sie dir schon mal gezeigt?«

»Nein«, antwortete Dindi und dachte: So also verbringt man seine Abende, wenn man mit einem Filmstar verheiratet ist.

»Ich muß sie dir unbedingt zeigen. Sie war umwerfend,

wirklich umwerfend, nicht wahr, mein Schatz?« Charlie legte Serafina den Arm um die Schultern. Sie lächelte, und Charlie dachte: Ich muß sie zu einem guten Zahnarzt bringen, während sie hier ist.

»Erinnerst du dich noch an die guten alten Zeiten, Charlie, mein Sohn?«

Ja, er erinnerte sich – an die schäbigen alten Theater, die dumpfen Gerüche, Serafinas Freunde . . .

»Das waren Zeiten!« Tränen stiegen ihr in die Augen. »Wunderschöne Zeiten – nur dein Vater, du und ich.«

Was für schöne Zeiten? dachte Charlie. Mit einer Tüte Cracker und einer Limonade hatte er sich in irgendeiner miesen, kleinen Stadt vor schäbigen Pubs herumgetrieben, während Serafina und ihr neuester ›Beau‹ sich drinnen vergnügten. Aber was hatte es für einen Sinn, zurückzuschauen. Jeder Tag wurde zum Gestern. Er liebte Serafina. Sie war seine Mutter. Sie hatte ihn bei sich behalten, als er ein Junge gewesen war. Und nur darauf kam es an.

»Ich wußte schon immer, daß Charlie eines Tages ein Star sein würde«, sagte Serafina scharf zu Dindi. »Immer schon hab' ich's gewußt. Ich habe ihn ermutigt, ihm geholfen. Er hat meine Vitalität und meine Energie. Ich hätte selbst ein Star werden können, aber ich habe verzichtet, um mich um ihn kümmern zu können.«

Dindi gähnte ganz offen. Menschen, die von ihrer Vergangenheit erzählten, langweilten sie. Für sie war Charlie der große Filmstar, und was er früher erlebt hatte, interessierte sie nicht.

»Müde?« fragte Serafina.

»Ja«, antwortete Dindi, »ich hatte heute nachmittag viel zu erledigen.« Sie warf Charlie ein verstohlenes Lächeln zu.

Er erwiderte es. Sie sah so hübsch und so unschuldig aus. Kaum zu glauben, daß sie dasselbe Mädchen war, das kurz vorher seine Sexspielchen mit ihm getrieben hatte.

»Geh nur ins Bett, Schatz, wenn du willst«, sagte er. »Serafina hat bestimmt nichts dagegen, und bei den Allens entschuldige ich dich.«

»Macht es dir auch wirklich nichts aus, Liebling? Ich würde

es nämlich schrecklich gern tun.« Sie wollte hinauf, um ihre neuen Sachen zu probieren und das Drehbuch von ›Karussell‹ lesen, schließlich wollte sie ihre Rolle kennenlernen.

»Geh nur, Schatz, wir sehen uns später.« Er beobachtete sie, als sie Serafina gute Nacht sagte, dann gab sie ihm einen Kuß auf die Wange. Sie hatte einen so festen, aufreizenden Körper, richtig sexy. Es war angenehm zu denken, daß sie ganz ihm gehörte. Vielleicht war es gar keine so schlechte Idee, sie in den Film hineinzunehmen. Andere Männer durften sie ansehen, aber nicht anfassen. Die Welt sollte ruhig erfahren, was Charlie Brick hatte.

## 23

In Acapulco war es heiß. Nach dem ersten Drehtag in den Bergen fühlte Sunday sich wie ein Wrack. Die Szene hatte im Freien gespielt, aber die Hitze war trotz des vollklimatisierten Wohnwagens unerträglich gewesen. Sunday hatte hart gearbeitet. Das Team bestand hauptsächlich aus Mexikanern und nur drei Amerikanern – Woody, dem Regisseur, dem Kameramann Mike und Marisa, dem Mädchen, das die Texte umschrieb, wenn nötig.

Woody und Marisa hatten eine Affäre mitsammen. Er war ein netter Mann um die Dreißig, den Steve Magnum selbst ausgesucht hatte, obwohl er bisher nur im Fernsehen und noch nie bei einem Kinofilm Regie geführt hatte.

Sunday mochte die beiden gern. Als Regisseur war Woody ruhig, rücksichtsvoll und unglaublich aufbauend. Zwischen ihm und Abe Stein war ein Unterschied wie zwischen Tag und Nacht. Abe repräsentierte den alten Hollywoodstil, Woody den neuen.

Bei ihrer Ankunft hatte Sunday in ihrem Zimmer einen riesigen Blumenkorb von Steve vorgefunden. Auf der beiliegenden Karte nur ein einziges Wort: Willkommen. Darüber hinaus – nichts.

»Du hattest deine Chance und hast sie in den Wind geschlagen«, sagte Carey. »Wahrscheinlich hat er sich mit einer schönen Mexikanerin zusammengetan, die jetzt bei ihm lebt.«

»Hoffentlich«, antwortete Sunday, die insgeheim sehr froh darüber war. Zwar hatte sie inzwischen das Stadium erreicht, in dem sie zu einer Affäre mit ihm bereit gewesen wäre, doch jetzt war es gar nicht mehr nötig, den Entschluß in die Tat umzusetzen.

Sie war schon seit fast einer Woche in Acapulco, und bis jetzt waren Carey und sie nur herumgebummelt, geschwommen und an der Sonne gelegen.

Am Tag bevor Sunday mit der Arbeit begann, war Carey abgeflogen, nachdem sie erklärt hatte: »Jetzt werde ich mich wohl entscheiden müssen.« Sie wußte aber immer noch nicht, was sie Marshall sagen sollte. »Und wenn Steve wieder auftaucht, dann vergiß nicht – ach, ich weiß nicht. Spiel einfach nach dem Gefühl.«

Sunday fühlte sich einsam, als Carey fort war. Las Brisas Hilton war ein Hotel, das aus kleinen rosafarbenen Bungalows bestand, jeder sehr individuell gestaltet, von seinen Nachbarn getrennt, jeder mit eigenem Swimmingpool und einem rosa Jeep, damit die Gäste nicht zu Fuß gehen mußten. Es war sehr schön, aber Sunday hatte irgendwie das Gefühl, daß man an einem solchen Ort mit einem Mann zusammensein sollte.

Sie verbrachte den Abend allein, ließ sich das Essen bringen und studierte das Drehbuch.

Am nächsten Tag sollte in den Bergen eine Szene gedreht werden, in der Steve sie fand und rettete. Laut Drehbuch war sie vorher gekidnapt worden und ihren Entführern entkommen. Es war auch eine Liebesszene dabei, der sie gleichzeitig erwartungsvoll und unsicher entgegensah.

»Ha!« rief Marisa. »Was haben wir denn da für ein leckeres Bündel?« Sie stieß Sunday leicht an, die neben ihr auf einem Segeltuchstuhl saß und ein Buch las.

Steve Magnum kam mit einer sehr jungen Mexikanerin auf sie zu. Das Mädchen hatte eine hervorragende Figur, langes schwarzes Haar bis zur Taille und hungrige grüne Augen.

»Hallo, meine Damen!« Steve winkte Sunday und Marisa

aus einiger Entfernung zu, gab dem jungen Mädchen einen Klaps auf das wohlgerundete Hinterteil und schob es auf Marisa zu. »Hüten Sie Enchilada für mich, Baby!« rief er und ging zu Woody hinüber.

»Dieser Mann!« sagte Marisa und schüttelte lachend den Kopf. »Er hat es wirklich faustdick hinter den Ohren.«

Das Mädchen mit dem Spitznamen Enchilada kam mürrisch und mit mißtrauischen Blicken näher.

»Hallo«, sagte Marisa, »nimm dir einen Stuhl und mach es dir bequem. Wir haben einen langen, schweren Tag vor uns. Ich bin Marisa, und das ist Sunday Simmons.«

Das Mädchen nickte kurz und ließ sich auf einem Stuhl nieder, der ein paar Meter entfernt stand. Dann drehte sie sich um und blickte zu Steve und Woody hinüber.

»Ein freundliches Ding«, stellte Marisa fest. »Sunday, ich glaube, sie sind gleich soweit. Sie werden sich umziehen wollen. Ich schicke Ihnen die Garderobiere.«

»Gute Idee.« Es war elf Uhr vormittags, und Sunday fand es allmählich langweilig, nur herumzusitzen. Die Mexikaner brauchten zu allem viel länger als die Amerikaner. Sie war um acht Uhr gekommen, hatte zwei Stunden beim Schminken und beim Friseur verbracht, und dann hatte das lange Warten begonnen. Steve war jetzt im Wagen des Maskenbildners verschwunden, vielleicht ging es jetzt bald los.

In dieser Szene trug sie eine weiße Hose und ein knappes weißes Oberteil. Über die Schultern hatte sie eine passende Jacke hängen. Sie sollte völlig aufgelöst, aufgeregt und verängstigt wirken.

»Sie sehen großartig aus«, sagte Steve, als sie vor der Kamera standen. »Wie gefällt Ihnen Acapulco?«

»Es ist hübsch.« Sie lächelte ihn mit den Augen an. »Danke für die Blumen.«

»Sie bedanken sich bei mir ständig für Blumen. Wie wäre es, wenn Sie mir mal welche schickten?«

Sie lachten beide, und Enchilada warf ihnen finstere Blicke zu.

»Ich habe mir eine kleine Versicherung mitgebracht«, sagte Steve.

»Eine Versicherung?«

»Gegen Sie, Baby, gegen Sie. Diese kleine mexikanische Tomate ist erst sechzehn, ich müßte es also schaffen, meine gierigen Hände im Zaum zu halten und Sie in Ruhe zu lassen. So wollen Sie es doch haben, nicht wahr?«

Sunday lächelte nur. Sie war durchaus nicht sicher, ob sie es so wollte. Steve hatte eine geradezu magnetische Anziehungskraft, und Sunday war schon so lange allein.

Woody kam zu ihnen herüber und besprach mit ihnen die Szene.

Der restliche Vormittag verging schnell. Steve und Sunday arbeiteten sehr harmonisch miteinander, und sie drehten drei kurze Szenen ab, ohne sie allzuoft wiederholen zu müssen.

In der Lunchpause packte Steve die kleine Enchilada und flog mit ihr in seinem Hubschrauber davon. Sunday aß mit dem übrigen Team in der mobilen Kantine. Sie saß mit Woody und Marisa zusammen. Allmählich fing sie an, sich über Steves offensichtliche Gleichgültigkeit zu ärgern.

Die erste Szene nach dem Lunch war die Liebesszene. Sie begann damit, daß Steve ihr die Jacke auszog, sie auf den Boden legte und Sunday darauf niederstieß. Laut Drehbuch mußte sie sich wehren, um sich schlagen und dann nachgeben.

»Hören Sie«, erklärte ihr Woody, »wenn Sie auf dem Boden liegen, möchte ich, daß er Ihnen die Bluse auszieht. Sie sollen dabei ganz still liegen und ihn nur mit Ihren großen Augen ansehen.«

»Wie weit ausziehen?« fragte Sunday mißtrauisch.

»Nun, eben aus, Schätzchen. Die Kamera wird es nicht sehen, weil Steve Sie verdeckt.«

»Dann braucht er mir die Bluse auch nicht ganz auszuziehen.«

Woody lachte. »Ich bin zwar nicht auf eine kostenlose Schau aus, aber selbstverständlich muß er Ihnen die Bluse ganz ausziehen. Wenn ich sage, daß die Kamera nichts sehen wird, dann meine ich damit, daß wir Ihren Busen nicht in Großaufnahme bringen wollen. Aber es ist doch ganz offensichtlich, daß die Bluse ganz runter muß, sonst sieht das stümperhaft und unbeholfen aus. Er muß sie Ihnen abstreifen und in einem hohen Bogen wegwerfen. Dann umarmen Sie ihn, und alles, was wir zu sehen bekommen, sind Ihre Arme und so.«

»Woody, ich habe in meinem Vertrag eine Klausel, in der steht, daß ich keine Nacktszenen spiele. Wußten Sie das nicht?«

»Nein, das wußte ich nicht«, fauchte er. »Himmel, Sunday, ich komme mir vor wie ein Schuljunge, der ganz wild darauf ist, die Brüste einer Frau zu sehen. Ich bin Regisseur, und ein guter, wie ich hoffe, und Sie werden sich lächerlich machen, wenn Sie sich an eine Bluse klammern, nur um sich einen Rest von altmodischer Sittsamkeit zu bewahren.« Sein Tonfall veränderte sich, wurde weich, überredend. »Vertrauen Sie mir, Schätzchen. Ich weiß, wie man so was macht.«

Sunday seufzte. »Ich begreife wirklich nicht, was es für einen Unterschied macht, ob ich die Bluse anbehalte oder nicht.«

»Da haben Sie's!« rief Woody triumphierend. »Sie sehen den Unterschied nicht, aber ich sehe ihn. Also glauben Sie mir bitte, daß ich recht habe.«

»Ich hatte ein scheußliches Erlebnis mit Abe Stein bei . . .«

»Sunday, ich bin nicht Abe Stein. Wir schicken alle nach Hause, die hier nicht gebraucht werden. Okay, Schätzchen, okay?«

»Nun ja, wenn Sie glauben, daß es wirklich nötig ist.«

»Ja, ich glaube es.«

Sunday wünschte sich, Carey wäre noch da. Warum eigentlich diese Besessenheit im Hinblick auf Nacktszenen? Warum hatte sie nicht die Kraft, bei ihrem Entschluß zu bleiben? Vielleicht deshalb, weil sie Woody mochte und ihm vertraute? Oder weil sie selbst wußte, daß die Szene so realistischer würde.

Steve landete mit seinem Hubschrauber. Enchilada saß mürrisch neben ihm. Woody schickte inzwischen die Mitglieder des Teams weg, die bei der Szene nicht gebraucht wurden.

Marisa kam zu Sunday in den Wohnwagen und bot ihr einen Streifen Kaugummi an. »Glauben Sie mir«, sagte sie, »ich wäre die erste, die protestieren würde, wenn die Sache mit der Bluse überflüssig wäre. Glauben Sie denn, ich bin scharf drauf, daß mein Freund einen ganz bestimmt prachtvollen fremden

Busen bewundert? Woody läßt übrigens fragen, ob Sie unbedingt einen BH tragen müssen oder ob es auch ohne geht?«

»Es geht auch ohne«, sagte Sunday resigniert.

Sie probten die Szene zuerst.

Steve packte sie von hinten, riß ihr die Jacke herunter, zwang sie zu Boden, hielt ihre Arme fest und küßte sie.

»Die Sache sieht gut aus«, sagte Woody, als sie soweit gekommen waren.

»Ja, das glaub' ich auch«, pflichtete Steve ihm bei. Er lag schräg über Sunday, sie fühlte seinen mageren, harten Körper, und ein Frösteln durchrieselte sie. Sein Kuß war hingebungsvoll und fordernd zugleich gewesen.

»Jetzt«, sagte Woody, »möchte ich, daß Sie Sunday mit einer Hand festhalten und ihr mit der anderen die Bluse abstreifen. Schaffen Sie das? Ich denke, wir fangen von vorn an und drehen gleich.«

Steve lächelte Sunday an, als er aufstand. »Nur einen Take, ja?«

Sie erwiderte sein Lächeln. »Ich will's versuchen.« Ganz gegen ihren Willen war sie aufgeregt und in Hochstimmung. Sie wußte, daß sie mit ihrem Körper auf Steve Eindruck machen würde.

Sie vergaß das Team, Woody, alle anderen und dachte nur noch an Steve.

Die Szene lief zuerst glatt, doch dann vergaß Steve eine Textzeile, und Woody rief: »Aus!«

Sie begannen von neuem, und der kleine mexikanische Klappenjunge sagte in seinem gebrochenen Englisch: »›Nur gegen Barzahlung‹, Szene 31, Take 2.«

Alles ging gut, und Steve begann sie zu küssen und ihr die Bluse abzustreifen. »Mamma mia!« murmelte er leise, als er sie kurz ansah und dann fest umarmte. Sein Hemd stand offen, und sie fühlte einen kühlen Schweißfilm zwischen ihm und sich.

Ihre Fingernägel zerkratzten ihm den Rücken.

»Aus!« rief Woody, und als sie sich nicht rührten und einander nicht losließen, noch einmal: »Aus!«

Langsam gab Steve sie frei. Sie atmete schwer und starrte ihn an.

»Ich glaube«, sagte er, »ich habe eben meine Versicherung verfallen lassen.«

## 24

Bei den Dreharbeiten zu ›Karussell‹ ging alles glatt.

Das neue Drehbuch stellte Charlie absolut in den Mittelpunkt der Handlung, und sogar Angel Carters Rolle war im Vergleich zu der seinen klein.

Er warf sich förmlich in seine Rolle hinein, er genoß sie. Er wußte, daß er gut war – die Ansichtskopien sagten es ihm jeden Tag, und eine weitere Bestätigung für ihn war, daß sogar das Team nach bestimmten Szenen herzlich lachte. Jeder in der Branche wußte, wie schwer es war, einem Filmteam eine Reaktion zu entlocken. Die Leute waren da, um zu arbeiten, und nichts konnte sie von ihren Aufgaben ablenken.

Angel und er waren unverbindlich freundlich zueinander. Nachdem Steve Magnum mit ihr gebrochen hatte, hatte sie eine Affäre mit Cy angefangen. Sie glaubte, beruflich von einer Verbindung mit Cy mehr erwarten zu können. Deshalb konzentrierte sie sich darauf, ihre Rolle in ›Karussell‹ so wirkungsvoll wie möglich zu gestalten und gleichzeitig darauf hinzuarbeiten, daß Cy Emerald den Laufpaß gab.

Daß Dindi mit von der Partie war, hatte dem Film sehr viel Publicity eingebracht. In der Presse wurde sie nur noch als der ›Filmstar Dindi Sydne‹ oder Mrs. Charlie Brick bezeichnet. Sie posierte für unzählige Standfotos und fühlte sich wie im siebten Himmel.

Auf den Ansichtskopien kam sie überraschend frisch und anziehend heraus, und Angel begann sich bei Cy zu beklagen, daß Dindis Rolle zu groß sei.

Charlie freute sich in gewisser Weise darüber, doch er freute sich nicht, wenn Reporter im Atelier erschienen und sich mehr für Dindi interessierten als für ihn.

Daher bestand er eines Tages darauf, daß alle Zeitungsleute

aus dem Studio verbannt wurden, und es kam zwischen ihm und der für die Werbung zuständigen Abteilung zu einer offenen Fehde. Dindi schlug sich natürlich auf die Seite der Werbeabteilung, und sie und Charlie hatten wegen seines Verhaltens ein paar schwere Auseinandersetzungen. Sie hatten auch ein paarmal Krach, weil sie soviel Geld ausgab, und außerdem stritten sie wegen Serafina und den Kindern, die jetzt fast einen Monat da waren. Charlie warf Dindi vor, daß sie sich überhaupt nicht mit ihnen abgab. Er hatte jeden Tag im Studio zu tun, sie wurde höchstens zweimal in der Woche gebraucht, hätte also genug Zeit für seine Familie erübrigen können. Wenn sie gewollt hätte.

Sie wollte aber nicht. Sie verabscheute Serafina, und die Kinder waren für sie zwei verzogene Bälger.

Charlie war wütend, besonders weil er ihr die Rolle in ›Karussell‹ schließlich nur zugeschanzt hatte, damit sie nett zu seiner Familie war.

Heimlich versuchte er darauf hinzuarbeiten, daß man ihr die Rolle wieder abnahm, doch diese Bitte wurde ihm nicht erfüllt. Es war zu spät.

Ihm war völlig klar, daß er eine skrupellose, geldgierige Frau geheiratet hatte – eine Frau von der Sorte, vor der er bisher geflohen war.

Bei einem gemeinsamen Lunch gestand er Clay eines Tages seinen Irrtum ein.

»Ich weiß nicht, was ich machen soll. Keine Ahnung, was damals über mich gekommen ist. Ich muß total den Verstand verloren haben. Sie reizt mich nicht einmal mehr im Bett.« Er sagte Clay nicht, daß sie ihn nicht mehr reizte, weil sie ihm vor kurzem während eines Streites ins Gesicht gesagt hatte, er sei vielleicht ein guter Schauspieler, aber ein lausiger Liebhaber.

Er konnte die Bemerkung nicht vergessen, sie nagte an ihm. Wenn es um seine sexuellen Fähigkeiten ging, war er äußerst empfindlich. War er ein lausiger Liebhaber? Michelle Lomas war anderer Meinung gewesen. Er brütete darüber nach und ging schließlich mit einer hübschen Statistin ins Bett, die ihm versicherte, er sei ›fantastisch‹.

Charlies Geständnis war Clay sehr peinlich. Er fragte sich,

ob er Charlie von Rom erzählen sollte, und entschloß sich schließlich, es nicht zu tun. Die Ehe würde über kurz oder lang ohnehin scheitern, und Charlie wäre vielleicht verärgert, weil er die Sache nicht schon früher erwähnt hatte.

Serafina hatte zum Glück einen Freund gefunden. Er war Gärtner, ein ehemaliger Charakterdarsteller, ungefähr so alt wie sie und sehr charmant. Sie waren ein bemerkenswertes Paar.

Charlie schlug vor, endlich die schon seit langem geplante Wochenendreise nach Las Vegas zu unternehmen, zu der sie sich bisher noch nicht aufgerafft hatten. Da Serafina und die Kinder jedoch in zwei Wochen nach London zurückkehren sollten, wollte er ihr noch etwas Besonderes bieten.

Er mietete für den kurzen Flug einen privaten Jet. Dindi war nicht sehr begeistert, doch für sie hieß es, entweder mitkommen oder in Los Angeles bei den Kindern bleiben, und da zog sie Las Vegas natürlich vor. Sie wollten schließlich nur zwei Tage bleiben, und vielleicht blieb ihr ein bißchen Zeit, um mit dem Tony-Curtis-Typ ins Bett zu gehen.

Clay und Natalie schlossen sich ihnen an und natürlich auch Serafinas Freund, der Leichmann hieß und dem Dindi den grausamen Spitznamen ›Leichnam‹ gegeben hatte. Sie war außer sich vor Zorn, weil er zu der Wochenendgesellschaft gehörte. »Ein verdammter Gärtner! Ausgerechnet ein Gärtner! Sich mit so etwas abzugeben, dazu ist nur deine Mutter fähig!«

»Er kommt mit, und damit basta«, hatte Charlie erwidert. »Und behalte deine Bemerkungen über meine Mutter gefälligst für dich.«

Sie stiegen im Forum Hotel ab.

Clay, Natalie und Charlie sonnten sich am Swimmingpool, während Serafina mit Freund und sechshundert Dollar, die Charlie ihnen gegeben hatte, ihr Glück an den Spieltischen versuchte.

Dindi behauptete, müde zu sein, und blieb im Zimmer. Angeblich wollte sie schlafen.

»Das nenne ich Leben!« rief Clay, als ihm ein in eine Toga

gehüllter Rotschopf einen riesigen Planters-Punsch servierte. »Hier ist es fantastisch, absolut fantastisch.«

»Dir würde es überall gefallen, wo Mädchen dicht vor deinen Augen mit den Hintern wackeln«, sagte Natalie bissig. Sie lächelte Charlie zu. »Ich gehe schwimmen. Kommst du mit?«

»Nein, mein Herz, ich will einfach nur faulenzen.«

In der Nähe unterhielten sich zwei Frauen mit buntgeblümten Bademützen. »Er ist es, Ethel«, sagte die eine. »Ich weiß, daß er es ist.«

»Er ist es nicht. Er ist nämlich viel dicker.«

»Und ich sage dir, er ist es, Ethel.«

Sie starrten Charlie an, bis plötzlich die ungläubige Ethel auf ihn zukam und laut sagte: »Sind Sie Charlie Brick?«

Charlie verstellte die Stimme und erwiderte: »Zu meinem Bedauern muß ich Ihnen sagen, daß ich es nicht bin, Madam.«

»Das ist der berühmte Suaheli-Dichter Señor Charles Bleakworth«, sagte Clay.

»Oh!« Der Frau blieb einen Augenblick der Mund offen stehen. »Ich habe«, meinte sie schließlich, »meiner Freundin ja gesagt, daß Sie niemand sind.«

Die Frauen entfernten sich, während Charlie und Clay sich vor Lachen krümmten. Es war ein Spiel, das sie seit Jahren spielten – sie erfanden Namen, Charaktere, brachten die Leute in Verwirrung. Für einen so bekannten Filmstar wurde Charlie verhältnismäßig selten erkannt – eine Tatsache, die ihn gleichzeitig beunruhigte und freute. Er vertiefte sich so in jede Rolle, daß er auf der Leinwand ganz zu dem Menschen wurde, den er darstellte. Und da jede Rolle anders war, war es sehr schwer, den echten Charlie Brick zu erkennen.

Als sie zum Lunch gehen wollten, fragte sich Charlie, ob er im Zimmer anrufen und Dindi wecken sollte.

»Ich hole sie«, sagte Natalie. »Ich muß sowieso hinauf.«

»Wir suchen Serafina und warten dann im Orgiensaal auf euch«, sagte Charlie.

»Wo wartet ihr?« fragte Natalie.

»Das ist ein Restaurant. Wunderbares Essen und fast nackte Kellnerinnen.«

»Da wird Clay ja begeistert sein. Ich bin in ungefähr zwanzig Minuten dort.«

»Sie ist ein großartiges Mädchen«, sagte Charlie, der Natalies schlanker Gestalt nachsah, bis sie verschwunden war. »Du bist wirklich ein Glückspilz.«

Clay lachte. »Das bin ich tatsächlich. Weißt du, daß es in diesem Monat sieben Jahre werden. Sieben Jahre!«

»Lorna und ich wären in diesem Winter dreizehn Jahre verheiratet gewesen. Im Dezember. Am fünften Dezember.« Charlie seufzte. »Weißt du, trotz allem, was ich heute besitze – trotz Geld und Ruhm und allem anderen wünsche ich mir nur eines: daß Lorna wieder zu mir zurückkäme.«

»Ach, komm schon, Charlie, das ist vorbei. Zu Ende. Sie ist mit einem anderen verheiratet und du mit einer anderen. Hör, um Himmels willen, endlich auf, an sie zu denken. Die Welt liegt dir zu Füßen.«

»Ist das alles, woran du denkst?«

Clay lachte. »Gibt es etwas Besseres? Ich habe, seit ich hier bin, zwei bildhübsche kleine Dinger umgelegt.«

Es irritierte Charlie, wenn Clay sich über sein Sexualleben ausließ. Daß er körperlich ungewöhnlich gut ausgestattet war, wußte Charlie, und er wurde deshalb von schrecklicher Eifersucht geplagt. Er hatte daher auch immer sehr sorgfältig darauf geachtet, nie mit einem Mädchen ins Bett zu gehen, mit dem Clay geschlafen hatte.

»Leidet Natalie denn nicht darunter?« fragte Charlie und dachte an die peinliche Szene, die er in London mit ihr erlebt hatte.

»Sie weiß nichts davon«, erwiderte Charlie. »Vermutet nur manchmal etwas. Sie hat mich bisher nur einmal erwischt, mit unserem deutschen Au-pair-Mädchen. Es gab einen furchtbaren Krach. Ich habe dir davon erzählt, oder? Als sie mich splitternackt in den Garten jagte und ich in den Teich fiel.«

»Ja.« Charlie, der sich an die Geschichte sehr gut erinnerte, mußte wieder lachen.

»Dieses deutsche Mädchen hatte die größten Dinger, die ich je gesehen habe. Prachtvoll. Es war Natalies Schuld, sie hatte das Mädchen eingestellt. Sie weiß, wie verrückt ich auf Titten bin. Übrigens, diese Freundin von Dindi – Sunday Simmons. Was gäbe ich drum, die mal umlegen zu können.«

»Hm . . .« Charlie hatte seit der Party schon ein paarmal an Sunday gedacht und war zu dem Schluß gekommen, daß sie eine der schönsten Frauen war, die er kannte. Am deutlichsten erinnerte er sich an ihre Augen, merkwürdige braungoldene Tigeraugen.

»Ob sie's wohl mit jemandem treibt?« sagte Clay.

»Das tun sie doch alle«, antwortete Charlie kurz. »Biete ihnen eine Rolle an, und schon tun sie es.«

Natalie ging hinauf und zog sich um. Nach dem Lunch wollte sie versuchen, einen Termin beim Friseur zu bekommen. Sie wollte heute abend besonders gut aussehen.

Die beiden Suiten lagen nebeneinander, und sie klopfte bei Dindi, bekam jedoch keine Antwort.

Zum Teufel mit dem kleinen Flittchen! Sie hatte keine Lust, das ganze Hotel nach ihr abzusuchen. Sollte sie doch den Lunch versäumen.

Langsam ging Natalie zum Lift. Zwischen ihr und Charlie lief alles bestens. Sie hatte die verstohlenen intimen Blicke, die er ihr zuwarf, natürlich bemerkt. Sie lächelte vor sich hin. Jetzt dauerte es nicht mehr lange.

Der Lift kam, und Natalie stieg ein. Doch die Kabine schwebte nach oben, anstatt nach unten. Eine hochgewachsene Brünette in einer kurzen Toga sagte: »Sie müssen auf den falschen Knopf gedrückt haben. Das passiert immer wieder. Jetzt müssen Sie bis zur achtzehnten Etage mitfahren und werden auf dem Weg nach unten wahrscheinlich in jeder Etage anhalten.«

Lautlos hielt der Lift im achtzehnten Stockwerk. Das Mädchen in der Toga stieg aus, zwei andere Mädchen stiegen ein und drückten auf ›Stop‹, damit ein drittes Mädchen zusteigen konnte, das ihnen nachgelaufen kam.

Natalie, die im Hintergrund der Kabine stand, sah Dindi mit einem gutaussehenden dunkelhaarigen Mann aus einem Zimmer kommen. Dann schloß sich die Lifttür.

Die Mädchen unterhielten sich. »Packt mich doch der Kerl beim Oberschenkel und sagt zu mir: ›Zieh dich aus, Flittchen!‹«

»Die Kerle sind manchmal wirklich unglaublich unverschämt.«

»Hier kriegst du schon schwarze und blaue Flecken, wenn du nur herumgehst.«

»Entschuldigen Sie«, sagte Natalie, »was ist eigentlich im achtzehnten Stockwerk? Gehört es auch zum Hotel?«

Die drei Mädchen sahen sie erstaunt an. »Büros«, sagte das eine.

»Dampfbäder, Personalunterkünfte, die Suiten der leitenden Angestellten. Sind Sie Engländerin?«

»Ja«, sagte Natalie.

»Charlie Brick wohnt zur Zeit bei uns, wissen Sie. Und auch Tom Jones hat schon bei uns übernachtet. Ich habe übrigens eine Kusine in einem Ort, der Leeds heißt. Vielleicht kennen Sie sie sogar. Sie heißt Myrtle Long und ist Modell.«

Natalie schüttelte den Kopf. »Nein, ich kenne sie nicht, leider.«

»Ich steh' auf englische Schauspieler«, sagte das zweite Mädchen. »Roger Moore, Peter Sellers, Omar Sharif. Spitze!«

»Omar Sharif ist kein Engländer«, sagte das Mädchen mit der englischen Kusine. »Er ist Araber.«

»Nun, dann steh' ich eben auch auf Araber.«

Natalie lächelte. Dampfbäder, Büros, Personalunterkünfte, die Suiten der leitenden Angestellten – in einem dieser Räume mußte Dindi gewesen sein. Natalie fragte sich, mit wem. Doch wer immer es gewesen war, sie würde es herausfinden.

»Ich glaube, Dindi schläft noch«, sagte Natalie, als sie zum Lunch herunterkam.

Serafina machte ein finsteres Gesicht, sie war empört, daß man sie vom Roulette weggeholt hatte. »Das Mädchen verschläft noch sein Leben. Ein wirklich gesunder Mensch braucht nicht mehr als sechs Stunden pro Nacht.«

Morton Leichmann gähnte, als wolle er bestätigen, daß Serafina nur sechs Stunden Schlaf brauchte.

Clay grinste zu einer statuenhaften Dame hinauf, die mit gezücktem Bleistift darauf wartete, die Bestellung aufzunehmen.

Charlie wünschte sich, zu Hause in Los Angeles zu sein und in aller Ruhe high zu werden. Ihm war gar nicht nach Gesellschaft zumute. Es war nicht richtig, daß er gezwungen war, während der anstrengenden Dreharbeiten ein aktives Wochenende zu verbringen. Er sollte sich ausruhen, das Drehbuch studieren. Er wünschte, er hätte George mitgenommen, statt ihn bei den Kindern zu lassen.

»Was haben wir heute nachmittag vor?« fragte Clay.

»Ich gehe zum Friseur«, verkündete Natalie.

»Morton und ich gehen wieder ins Kasino«, erklärte Serafina. »Die Sonne saugt einem alle Energie aus den Knochen und ruiniert die Haut.«

»Ich glaube, ich werde schlafen«, sagte Charlie.

In diesem Augenblick erschien Dindi, mit rosigen Wangen, noch hübscher als sonst. »Hallo, Leute! Dacht' ich mir's doch, daß ich euch hier finden würde. Charlie, Schätzchen, ich habe heute nachmittag einen Fototermin. Kann ich ein bißchen Kohle haben? Ich habe ein paar Supersachen gesehen, die ich mir kaufen möchte.«

»Einen Fototermin? Wofür?« fragte Charlie, dem nicht bekannt war, daß das Studio an diesem Wochenende etwas für Dindi vereinbart hatte.

Dindi zog einen Schmollmund. »Für eine Illustrierte.«

»Für was für eine Illustrierte?«

»Ach, irgendeine. Ich weiß es doch nicht.«

»Du solltest es aber wissen, sonst kannst du den Termin vergessen.«

»Vergessen?« Dindis babyblaue Augen wurden schmal. »Vergessen? Wie meinst du das?«

Charlie merkte, daß der ganze Tisch aufmerksam zuhörte – Clay verlegen, Serafina boshaft, Natalie mitfühlend, Morton uninteressiert.

Charlie lächelte kalt. »Dindi, Schatz, sei lieb, lauf zu und stell fest, was das für eine Illustrierte ist. Da du jetzt eine so ehrgeizige Schauspielerin bist, die am Anfang einer gewiß beachtlichen Karriere steht, wäre es nicht gut für dich, wenn Bilder von dir in falschen Publikationen erschienen.« Charlies Stimme klang sanft, aber Dindi begriff, daß sie zu weit gegangen war.

»Okay, mein Schatz«, sagte sie und warf die blonden Locken zurück. »Wir sehen uns später, ihr Bande.« Und sie marschierte hüftschwenkend ab.

Charlie seufzte. Er wollte sie nicht mehr, und er brauchte sie nicht mehr. Sobald der Film abgedreht war, war Dindi ›out‹.

Nach dem Lunch ging er hinauf und rief George an.

»Schicken Sie mir sofort ein Telegramm mit folgendem Text«, sagte er. »›Dringende Besprechung wegen *Karussell* unbedingt erforderlich. Erwarte Sie umgehend hier.‹ Unterscheiben Sie mit ›Cy Hamilton‹.«

Etwa eine Stunde später traf das Telegramm ein, und Charlie zeigte es Serafina, die jetzt Blackjack spielte.

Sie sah ihn bestürzt an. »Heißt das, daß wir auch abreisen müssen?«

»Aber nein, meine Liebe, aber nein. Ich sorge dafür, daß du einen ausreichenden Kredit bekommst, und du kannst bleiben, wie ursprünglich geplant. Dindi, Clay und Natalie bleiben auch. Es wird dir an nichts fehlen.«

Serafina widersprach nicht.

Als nächsten suchte Charlie Clay auf, der sich am Pool aalte und versuchte, eine Tänzerin aus einer der unzähligen Shows aufzureißen, die allabendlich über die Bühnen von Las Vegas gingen. Charlie zeigte ihm das Telegramm. »Tut mir leid, Freund, es ist einfach gräßlich, aber nicht zu ändern. Paßt du ein bißchen auf Serafina auf? Ich habe ihr ausreichend Kredit eingeräumt, aber falls sie noch Geld brauchen sollte, gib es ihr, ja?«

Clay nickte. »Und was ist mit Dindi?«

»Sie bleibt auch hier. Ich weiß nicht, wo sie steckt, aber ich habe ihr eine Nachricht hinterlassen. Sorg nur dafür, daß sie bleibt und nett zu Serafina ist.«

»Jawohl, Boß.«

»Tut mir leid. Ich weiß gar nicht, was ich ohne dich und Nat täte.«

Clay grinste. »Du kämst schon über die Runden, mein Alter.«

Eine halbe Stunde später flog Charlie nach Los Angeles zurück.

## 25

Die Schlagzeile lautete: ›Steve Magnum und die hinreißende, atemberaubende Sunday Simmons scheinen sich am sonnigen Strand von Acapulco gefunden zu haben, wo sie *Nur gegen Barzahlung* drehen. Hören wir Hochzeitsglocken läuten?‹

Die Schlagzeile lautete: ›Sexationelle Sunday Simmons und der vielfach verheiratet gewesene Steve Magnum am Drehort von *Nur gegen Barzahlung* ständig beisammen.‹

Die Schlagzeile lautete: ›Steve Magnum scheint die hübsche Neuerscheinung Sunday Simmons verhext zu haben. Freunde sagen, sie seien unzertrennlich. Sie arbeiten zusammen in *Nur gegen Barzahlung*.‹

Die Kolumnisten und Klatschtanten von Hollywood hatten ausnahmsweise recht. Sunday und Steve waren ununterbrochen zusammen.

Sie fand ihn durch und durch charmant, unkompliziert und sehr attraktiv. Er war ganz anders als die Männer, denen sie bisher begegnet war. Er stand über jeder Situation, lachte immer und war nie schlechter Laune. Sie wußte jedoch nicht, ob sie in ihn verliebt war, deshalb weigerte sie sich, mit ihm zu schlafen.

Er konnte es einfach nicht glauben. »Herzchen, du bist doch keine Jungfrau mehr. Wie lange warst du schon mit keinem Mann mehr im Bett?«

Sie lächelte. »Lange genug. Aber ich möchte für Steve Magnum nicht nur eins seiner zahllosen Techtelmechtel sein. Ich muß erst selbst wissen, was ich will.«

Also wartete sie.

»Ich habe einen Schock«, gestand Steve seinen Freunden. »Dieses Mädchen hat mich in einen Schockzustand versetzt.« Aber er lachte, als er es sagte, und er respektierte sie und stellte ihr kein Ultimatum. Er brachte Enchilada in einem nahen Hotel unter, und sie besuchte ihn abends, wenn Sunday ins La Brisas Hotel zurückgefahren war.

Das schien ihm ein faires Arrangement. Was Sunday nicht wußte, konnte sie nicht verletzen, und sobald Sunday ihren natürlichen Widerstand aufgab, würde er Enchilada ein paar tausend Dollar als Trostpflaster in die Hand drücken und sie nach Hause schicken. Im Grunde freute Steve sich sogar darüber, daß Sunday nicht sofort bereit gewesen war, mit ihm in die Buntkarierten zu steigen. Daran merkte er zumindest, daß er keine unendliche Reihe von Vorgängern hatte. Sie hatte es ihm gesagt, und er glaubte es ihr, daß es nach ihrem Mann keinen anderen gegeben hatte. Wie angenehm nach der üblichen Hollywoodszene mit ihrem bizarren Bäumchen-wechsle-dich-Spiel.

›Nur gegen Bargeld‹ war beinahe abgedreht.

Der Film, den Sunday mit Jack Milan gemacht hatte, kam in die Kinos, und obwohl sie nur eine kleine Rolle hatte, wurde sie in den Kritiken sehr lobend erwähnt, und eine ganze Lawine an Fanpost brach über sie herein.

Carey rief jeden Tag an und berichtete ihr von den Angeboten, die für sie eingingen. Eins für einen Film in Europa, eins für einen Film vom Typ ›Bonnie and Clyde‹, der in Texas gedreht werden sollte, und eins für eine Komödie in Hollywood.

Steve riet ihr, keines dieser Angebote anzunehmen.

»Laß alles ein bißchen abkühlen. Wenn du sie warten läßt, wird dein Preis wie eine Rakete in die Höhe schießen. Wenn sie dich erst mal in unserem Film gesehen haben, wirst du die Bedingungen stellen, unter denen du zu haben bist.«

Sunday war nicht so sicher. Es würde Monate dauern, bis ›Nur gegen Barzahlung‹ aufgeführt wurde, und so lange wollte sie nicht warten. Das Risiko war beim heutigen Stand der Filmwirtschaft zu groß.

Carey ließ sich überreden. »Okay, schmieden wir das Eisen, solange es heiß ist.«

Sunday unterschrieb den Vertrag für die Komödie.

Steve war gekränkt. »Wolltest also nicht auf mich hören, wie?« beklagte er sich. »Fünf Minuten in der Branche, und schon weißt du alles besser.«

Sie saßen hinter Steves Haus am Swimmingpool. Es war früher Abend, und sie waren eben von den Dreharbeiten zurückgekommen.

»Ich gehe schwimmen«, erklärte Sunday.

Sie verschwand in einer Kabine und zog einen weißen Bikini an.

»Hör mal, tu einem alten Mann wenigstens einen kleinen Gefallen und schwimm ganz ohne.«

»Was?« fragte Sunday lachend. »Du bist genauso schlimm wie alle Regisseure.«

»Hör zu, Baby, es ist schlimm genug, daß ich dich noch nicht haben kann. Wenn das die Leute wüßten, wäre mein Ruf zum Teufel. Also mach mir doch diese gewiß nicht kostspielige Freude, hm? Einfach so zum Spaß.«

»Steve, ich kann nicht. Dein Haus ist voller Dienstboten. Außerdem denke ich nicht . . .«

»Okay.« Er zuckte mit den Schultern. »Okay, wenn ich dir nicht einmal soviel wert bin. Du weißt, daß wir hier vom Haus völlig abgesondert sind.«

Er wandte sich ab, starrte die unebene rosa Mauer an, die den Swimmingpool einfriedete, und fragte sich, was ihn an diesem Mädchen so faszinierte.

Er hörte Sunday ins Wasser springen, und dann rief sie ihn.

Sie ließ sich im Pool treiben, das nasse Haar wie dunkles Gold um den Kopf gebreitet und ihre nackten Brüste im durchsichtig klaren Wasser deutlich sichtbar.

Er freute sich. »He, Baby, also das ist wirklich etwas.«

Sie wartete darauf, daß er ihr nachsprang, aber er zeigte ihr nur sein berühmtes Lächeln und sagte: »Baby, du bist schön.« Er war schon so darauf eingestellt, sie nicht zu besitzen, daß ihm nicht einmal der Gedanke kam, sie könnte endlich für ihn bereit sein. Außerdem war er am Abend vorher drei Stunden mit Enchilada im Bett gewesen, und das war in seinem Alter ein bißchen ermüdend.

Sunday schwamm langsam um den Pool herum. Der Film war bald abgedreht. Sie mußte jetzt bald entscheiden, was aus Steve und ihr werden sollte.

»Hör zu, Baby«, sagte er, »wir sind heute abend auf eine Party eingeladen. Ich habe zugesagt. Ist es dir recht?«

Sunday kletterte aus dem Pool und bedeckte ihre Brüste mit den Händen. »Aber ja«, sagte sie.

In Acapulco fanden Filmfestspiele statt, und Sunday und Steve hatten zusammen schon eine ganze Reihe von Partys besucht.

Sunday machte es Spaß, ausländische Kollegen kennenzulernen, und sie hatte auch schon zwei oder drei Leute getroffen, mit denen sie in Rom gearbeitet hatte.

»Du bist ja eine Berühmtheit«, sagte Steve mit einer Mischung aus Eifersucht und Stolz, als ein großer italienischer Regisseur sie begrüßte und voll des Lobes über den Film war, den er mit ihr gedreht hatte.

»Ich habe auch schon vor Hollywood existiert«, antwortete sie lächelnd.

»Darauf könnte ich wetten, aber ich will nichts davon hören.«

Ein eifriger Publicity-Mann stellte ihr Claude Hussan, den französischen Regisseur, vor.

Er war ein großer, eckiger Mann mit dunklen, abgezehrten Zügen, schwarzen Augen und langem, glattem schwarzem Haar. Er war in französischen Filmkreisen im Augenblick ›das Genie‹. Seine Frau, ebenfalls Französin, hatte in seinem letzten Film die Hauptrolle gespielt. Der Film sammelte Preise, und von Hussans Frau sagte man, sie sei eine junge Garbo.

Sunday hatte es kaum erwarten können, ihn kennenzulernen, doch er begrüßte sie nur mit einem gelangweilten Blick und völlig uninteressiert und unterhielt sich ausschließlich mit Steve. Das verwirrte Sunday. Sie verstand nicht, warum er so unhöflich war. Sie hatte seinen neuen Film gesehen und war begeistert gewesen. Insgeheim hatte sie den Wunsch gehegt, vielleicht einmal mit ihm arbeiten zu können. Sie wußte, daß er seinen ersten amerikanischen Film vorbereitete, über den allerdings kaum etwas zu erfahren war.

»Was hältst du von Claude?« fragte Steve später, als er sie nach Hause fuhr.

Sunday zuckte mit den Schultern. »Er nimmt sich sehr wichtig.«

»Ja, er ist ein kalter Fisch. Wie ich höre, benimmt er sich gegen die holde Weiblichkeit abscheulich.«

»Na ja, aber du bist auch nicht gerade ein Unschuldslämmchen.«

Steve wies den Chauffeur an, an die Seite zu fahren und zu halten. »Hör zu, Kleines, du brauchst dich nicht zu beklagen. Ich sag' dir, was mir die ganze Zeit im Kopf herumgeht. Hättest du Lust, es mit mir zu versuchen?«

»Wie meinst du das?«

»Ich rede vom Heiraten, Baby. Von der guten alten Ehe. Kapiert? Vielleicht kann ich dann ein bißchen Sex bekommen.«

Als er sich erinnerte, wie Sunday heute halb nackt in seinem Pool geschwommen war, bekam er seit gestern nacht zum erstenmal wieder eine Erektion.

»Das ist doch nicht dein Ernst, Steve, oder?«

»Selbstverständlich ist es mein Ernst. Wann soll das große Ereignis stattfinden? Du meine Güte, ich dachte, die Tage wären endgültig vorbei, da ein Mädchen mit einem Mann erst ins Bett geht, nachdem er ihr den Ring an den Finger gesteckt hat. Ich scheine mich geirrt zu haben. Also, sag, wann, Baby, du kannst den Tag bestimmen.«

»Ich – ich weiß nicht.« Ein Heiratsantrag war das letzte, was Sunday erwartet hatte. »Ich meine, passen wir überhaupt zusammen, werden wir uns vertragen? Mögen wir dieselben Dinge?«

»Zieh dich aus, Herzchen, dann werden wir es sehr bald wissen.«

»Mach keine dummen Witze, Steve. Ich muß darüber nachdenken.«

»Du mußt darüber nachdenken?« fragte er ungläubig. »Was

gibt es da nachzudenken? Mein Gott, mir sind schon schwierige Mädchen begegnet, aber du bist wirklich der Gipfel.«

»Ich kann doch eine solche Entscheidung nicht überstürzen und einfach ja sagen. Die Sache ist doch wohl ein bißchen komplizierter.«

»Du lieber Himmel, Sunday, kann ich denn noch immer kein normales Sexualleben führen, obwohl wir praktisch schon verheiratet sind? Ich warte schon so lange auf dich, daß ich mir langsam wie ein Mönch vorkomme.«

»Ist das der einzige Grund, warum du mich heiraten willst? Nur wegen Sex?«

»Rede nicht wie eine Idiotin daher.«

»Ich sag' dir was. Wir gehen zusammen ins Bett, und dann sehen wir weiter.«

»Was sehen wir dann weiter?«

»Dann sehen wir, ob wir heiraten wollen.«

Steve schüttelte den Kopf. »Du bist total verrückt, weißt du das? Ein total verrücktes Frauenzimmer.«

»Ich bin kein Frauenzimmer.«

»Nein, das bist du wirklich nicht.« Er zündete sich eine Zigarette an. »Und wann wirst du mich beglücken?«

Sie lächelte. »Bald, das verspreche ich dir.«

Am nächsten Tag gab Steve, ohne Sunday zu fragen, ihre bevorstehende Heirat bekannt. Journalisten aus aller Welt rasten nach Acapulco.

›Nur gegen Barzahlung‹ bekam eine kostenlose Publicity, die mindestens eine Million Dollar wert war. Der Name Sunday Simmons hielt in jedes Wohnzimmer Einzug.

Sunday war verärgert. »Du hättest warten müssen«, sagte sie zu Steve. »Das war nicht fair.«

Er sah sie mit seinem berühmten Lächeln an und überreichte ihr einen Ring mit einem lupenreinen, rechteckig geschliffenen Diamanten. Es war schwer, ihm böse zu sein. Er war so entwaffnend, und er freute sich so.

Sunday rief zuallererst Carey an, die begeistert war. »Genieß es«, sagte sie. »Amüsier dich. Denk an den Haupttreffer, den du da gemacht hast.«

Anschließend telefonierte Sunday mit Max Thorpe. Er hatte

ihr keine unmittelbar bevorstehende Heirat vorausgesagt. »Ich würde Sie gern sehen«, bat sie ihn. »Wir geben morgen abend eine Party zu unserer Verlobung. Können Sie vielleicht kommen?«

»Gern«, sagte Max. »Wird Branch auch dasein?«

»Ich hoffe es.«

»Ich hoffe es auch, meine Liebe, ich hoffe es auch.« Max lachte leise vor sich hin. Er würde in seinem rosa Hemd mit den vielen Rüschen und Volants bestimmt unwiderstehlich aussehen.

Es schien, als sei ganz Acapulco gekommen, außerdem ein bestimmter Teil von Hollywood und die nichtseßhaften Jetsetter.

Sunday staunte über den riesigen Freundeskreis, den Steve hatte. Sie hatte nur ein paar Gäste einladen können – Carey, die über das ganze Gesicht strahlte und Sunday zuflüsterte: »Ich will aber die ganze Geschichte hören!« –, Marshall, Branch, merkwürdig schweigsam und mürrisch. Max Thorpe, der sich eifrig als Wahrsager betätigte und sich ganz besonders intensiv mit der Zukunft eines achtzehnjährigen Pop-Idols beschäftigte. Und Dindi. Allein und in dem knappsten und durchsichtigsten Kleid, das Sunday je gesehen hatte und das keinen Zentimeter von Dindi verbarg.

»Wo ist Charlie?« fragte Sunday, leicht enttäuscht, weil er nicht gekommen war.

»Der Mann ist ein solcher Langweiler«, antwortete Dindi. »Er hat nur seine Arbeit im Kopf. Ich denke ernsthaft daran, ihn gegen ein neueres Modell einzutauschen, nachdem ich jetzt meinen Weg allein mache. Weißt du, daß ich die Hauptrolle in ›Die ganze Welt liebt Striptease‹ spiele. Eine fantastische Sache. Viele Nacktszenen, aber alles sehr künstlerisch und für den Film unbedingt erforderlich.«

»Das ist ja großartig, Dindi. Ich bin nur ein bißchen traurig, weil es zwischen dir und Charlie nicht mehr klappt.«

»Ah – bah, wem macht das schon was aus?« Dindi faßte Sunday genauer ins Auge. »Sag mal, stimmt das eigentlich oder was?«

»Was soll stimmen?«

»Nun ja, ist der sexy Mr. Magnum wirklich so super oder nicht? Ich meine, bringt er im Bett wirklich so viel, wie alle Welt behauptet? Ist er so toll?«

»Eh – entschuldige, Dindi, ich bin gleich wieder hier. Da drüben sind ein paar Leute, die ich begrüßen muß.« Hastig machte Sunday sich aus dem Staub.

»Für ein so klasse aussehendes Mädchen ist sie wirklich langweilig«, murmelte Dindi vor sich hin. »Aber woher soll sie auch unterscheiden können, ob einer gut ist oder nicht. Sie hat ja keine Ahnung.«

Die Nachricht von dieser Verlobung hatte Dindi besonders hart getroffen. Sie hatte einen launischen englischen Schauspieler am Hals, und ausgerechnet Sunday holte sich den Hauptpreis – Mr. Steve Magnum persönlich.

Steve unterhielt sich mit einem bekannten Senator, als Dindi sich vor ihm in Positur stellte. »Hallo«, sagte sie. »Ich bin Dindi Sydne – Mrs. Charlie Brick. Ich bin Sundays beste Freundin. Ich nehme an, sie hat Ihnen von mir erzählt.«

»Wenn Sie noch mehr Werbung für sich machen, brauchen Sie keinen Pressechef«, sagte Steve lachend.

Dindi mußte ebenfalls lachen, und der Senator schmunzelte vergnügt und sagte: »Meine Frau ist ein großer Fan Ihres Mannes.«

»Was Sie nicht sagen«, meinte Dindi. »Wie nett. Ich werde es Charlie erzählen. – Ein irres Haus haben Sie da, Steve.«

»Danke, Dindi.« Wo hatte Sunday nur dieses Flittchen aufgegabelt? Falls die beiden tatsächlich befreundet waren. Sunday hatte Dindi jedenfalls nie erwähnt.

»Vielleicht kann ich Charlie dazu überreden, hier auch ein Haus zu kaufen? Wär' doch schön, wenn wir Nachbarn würden?« Sie sah Steve mit ihren babyblauen Augen groß an.

Er musterte sie von Kopf bis Fuß und sagte: »Sie würden bestimmt verdammt viel munteres Leben in die Landschaft bringen.«

Carey entschuldigte sich bei der Frau des Senators und machte sich auf die Suche nach Sunday.

»Ich weiß, daß wir jetzt keine langen Gespräche führen können«, sagte sie, nachdem sie Sunday gefunden hatte. »Ich möchte nur eins von dir wissen: Bist du glücklich?«

»Glücklich?« fragte Sunday zurück. »Weiß man das eigentlich je in dem Augenblick, in dem man gefragt wird? Ich glaube, ich bin es. Ich weiß, daß Steve es ist.«

»Du hast uns wirklich alle überrascht. Ich meine, alle dachten, er sei viel zu glatt und gewitzt, um sich je wieder einfangen zu lassen.«

»Ich habe ihn nicht eingefangen. Ich habe keine Fallen aufgestellt. Er möchte mich heiraten.«

»Natürlich möchte er das. Ich sage doch nur, daß du klug gespielt hast. Cool und schlau.«

»Carey, ich habe nicht gespielt. Ich habe noch nicht einmal mit ihm geschlafen.«

»Was?«

»Oh, nur keine Sorge, morgen ist der große Tag. Ich bin schließlich kein Narr, einen Mann zu heiraten, den ich sexuell nicht kenne.«

»Du warst zwei Monate mit ihm zusammen, hast nicht mit ihm geschlafen, und das nennst du nicht spielen. Wau! Du mußt aus Stein sein.« Carey begann zu lachen. »Ich muß es dir lassen! Das muß ich dir wirklich lassen, du bist unglaublich.«

»Wage ja nicht, irgendeiner Menschenseele ein Sterbenswörtchen zu sagen. Zu niemandem, hörst du? Steve würde mich umbringen, wenn er wüßte, daß ich das erwähnt habe.«

»Okay. Du weißt, du kannst mir vertrauen. Wie hat er sich denn verhalten? Hat er dich denn nicht gedrängt? Überrumpelt?«

»Jetzt redest du schon daher wie Dindi. Er hat nichts von alledem getan. Gar nichts. Er war bereit zu warten.«

»Ach, komm schon! Doch nicht Steve Magnum.«

»O doch. Steve Magnum.«

»Wenn du es sagst.« Carey war aber trotzdem nicht bereit, es zu glauben. Bestimmt hatte er irgendwo ein Betthäschen sitzen.

»Und wie steht es eigentlich mit dir?« fragte Sunday. »Hast du dich schon wegen Marshall entschieden?«

Carey wurde schrecklich verlegen. »Meine Güte, Sunday, ich weiß wirklich nicht, was ich machen soll. Es ist so schwierig. Er ist so lieb und nett, wenn man ihn besser kennt, aber ihn heiraten? Ich weiß es einfach nicht. Ich meine, es kämen eine Menge Probleme auf uns zu, die andere Leute nicht haben.«

»Ich hoffe, ihr findet eine Lösung. Vielleicht wäre die Heirat die beste. Ich finde, am besten aufgehoben ist man in einer guten Ehe, und zwar in einer, die noch andere Grundlagen hat als Sex.«

Später nahm Max Sunday beiseite, sie setzten sich in einen stillen Winkel, und er betrachtete ihre Hand. »Es ist alles da, wissen Sie«, sagte er. »Ein sehr starker Mann, eine starke Persönlichkeit. Ich habe die Beziehung nur nicht als Ehe erkannt. Aber sie ist es natürlich.«

»Sehen Sie auch Kinder?« fragte Sunday besorgt.

»Nach einer Weile, vielleicht.« Sundays Hand verwirrte ihn. Da war dieser merkwürdige Bruch, irgend etwas . . . »Ja, ich sehe später auch Kinder, zwei.«

»Wunderbar.« Sie lächelte. »Wissen Sie, Max, seit ich bei Ihnen war, fühle ich mich wie neugeboren.«

Er nickte. Er wußte, daß er die Macht hatte, den Menschen Zuversicht zu geben, sie selbstsicher zu machen. Es machte ihm Freude. »Sagen Sie, meine Liebe, kennen Sie den Senator? Ich wäre Ihnen dankbar, wenn Sie mich vorstellen wollten.«

Max hatte das Gefühl, den Senator kennenlernen zu müssen. Er ›sammelte‹ Menschen und beobachtete von sich selbst hingerissen, wie sie in seinen Bann gerieten, während er ihnen sagte, was er über sie wußte. Den Senator betrachtete er als wichtige ›Neuerwerbung‹.

Max war ziemlich beunruhigt über die Art, wie Branch ihn behandelte. Er hatte sich für später mit ihm verabreden wollen, doch der Junge hatte ihn schroff abgewiesen. Daß er das getan hatte, machte ihn für Max nur noch interessanter. »Er ist aber auch zu sexy«, murmelte Max leise vor sich hin. »Diese Muskeln!« Wie schade, dachte er, daß ich mir selbst nicht die Zukunft voraussagen kann.

Branch hielt sich von Max Thorpe fern. Dreckiger alter Schwuler, dachte er. Die Welt war voll von ihnen. Sie schienen überall auf ihn zu lauern, egal, wohin er sich wandte. Sogar der Regisseur seines Films war schwul, obwohl er irgendwo eine Frau und drei Kinder hatte.

Es widerte Branch an. Er tat es nur für seine Karriere. War er erst einmal ein Star, sollten sie ihm lieber vom Leib bleiben und aufhören, um ihn herumzuschnüffeln.

Er beobachtete Sunday mit liebeskranken Augen. Warum hatte sie nicht auf ihn gewartet?

Dindi folgte Steve sehr vorsichtig, mischte sich unter Gruppen von Gästen, die sich in seiner Nähe aufhielten, und behielt ihn immer im Auge. Als er in das obere Stockwerk ging, ging sie leise und in sicherem Abstand hinter ihm her. Er betrat ein Zimmer und schloß die Tür hinter sich. Ein paar Minuten später ging Dindi hinein.

Es war ein großes, in schwarzem Leder gehaltenes Arbeitszimmer mit anschließendem Bad.

Steve war im Badezimmer.

»Oh, ich bitte vielmals um Entschuldigung«, sagte Dindi. »Ich suche den Waschraum.«

Gelassen beendete er seine augenblickliche Tätigkeit und zog dann den Reißverschluß zu. »Ja?«

»Also, eigentlich bin ich Ihnen nachgegangen«, sagte sie kichernd.

Er ignorierte sie, musterte sich im Spiegel, kämmte sich und überlegte, ob er sich schnell die Augen baden sollte, da sie tränten und blutunterlaufen waren von dem vielen Alkohol, den er sich einverleibt hatte.

»Ich bin Ihnen nachgegangen, weil ich auf Sie steh und weil ich mir dachte, daß Sie jetzt nicht mehr lange Junggeselle sind und – na ja, Sie wissen doch, daß Sie einen irren Ruf haben. Und es würde wahrscheinlich Spaß machen – Ihnen und mir –, so quasi ein Steve-Magnum-Junggesellenabschiedsbumsen.«

Er begann zu lachen. »Sie sind wirklich eine verdammt gute Freundin.«

»Ach, ich bin eigentlich gar nicht mit Sunday befreundet.

Tatsache ist, ich kenne sie nicht einmal. Ich bin mit einem Kerl hier. Sie würde nie was davon erfahren.«

»Vergiß es, Baby!« Er wandte sich wieder dem Spiegel zu.

Dindi verließ das Bad und sperrte die Tür des schwarzen Arbeitszimmers ab. Dann zog sie sich ganz aus und behielt nur die langen Goldketten an, die sie um den Hals trug. Sie ging ins Badezimmer zurück und sagte: »Ich habe gehört, du bist ganz wild darauf, daß man dich auspeitscht.«

## 26

Herbert Lincoln Jefferson brauchte einige Zeit, um sich zurechtzufinden. Daß seine Frau Marge an schwarzen Messen mit Sexualriten teilnahm, war schlimm genug. Doch noch ehe er dazu kam, sich richtig zu überlegen, wie er dagegen einschreiten konnte, erfuhr er, daß am Miller Drive ein junges Mädchen ermordet worden war. Der Beschreibung nach jenes Mädchen, das er am Abend vorher aufgelesen hatte. Herbert war von der Nachricht wie betäubt.

Er konnte das Mädchen nicht getötet haben. Das war unmöglich. Er hatte sie nur ein bißchen verprügelt, sie behandelt, wie sie es verdiente. Sie war nicht die erste Frau, die er geschlagen hatte, und den anderen war nie etwas passiert. Jemand anders mußte über sie hergefallen sein, nachdem er weggefahren war.

In der Zeitung war ein Foto von zwei Polizisten, die an der Stelle standen, wo das Mädchen gefunden worden war. Achtzehn oder neunzehn Jahre alt und heroinsüchtig, war es an brutalen Schlägen gestorben. Es war nackt aufgefunden, aber nicht sexuell mißbraucht worden. Zumindest gab es keinerlei Anzeichen dafür. Die Identität des Opfers war nicht bekannt. Die Polizei behauptete, mehrere Spuren zu verfolgen.

Herbert wurde es eiskalt vor Angst, als er das las. Wenn die Polizei ihn überführte, würde er es nicht ertragen. Das hieße Gefängnis und Schmutz. Er hatte gehört, was in Gefängnissen so vor sich ging, daß Männer Männer vergewaltigten.

Konnte man ihn irgendwie mit dem Mädchen in Verbindung bringen? Hatte jemand gesehen, daß sie in seinen Wagen einstieg? Hatte sich jemand die Nummer gemerkt?

Er hatte den Wagen in der Supreme-Chauffeur-Garage abgeliefert. Die Fingerabdrücke des Mädchens . . . Der Innenraum des Wagens mußte mit ihnen übersät sein. Wie, wenn die Polizei ihn untersuchte?

Vor Angst zitternd, lief er hinauf und zog sich an. Marge schlief noch, sie schnarchte und schien im Schlaf zu lächeln.

Er schüttelte sie wach. »Wenn jemand herkommt und dich fragt, wo ich gestern abend war, dann war ich von neun bis zwölf Uhr hier mit dir zusammen. Um zwölf habe ich den Wagen zurückgebracht. Hast du verstanden?«

»Was is los?« Schlaftrunken öffnete sie die Augen.

»Ich war mit dir zu Hause!« brüllte er. »Die ganze Nacht.«

»Aber du hast heute nacht gearbeitet«, jammerte sie.

Mühsam beherrschte er den Impuls, sie aus dem Bett zu zerren und zu schütteln. »Marge, wir waren beide zu Hause. Das wirst du ihnen sagen. Egal, was kommt, egal, was sie fragen. Okay?«

»Bist du in Schwierigkeiten?« fragte sie mißtrauisch.

»Vielleicht«, murmelte er, »vielleicht. Aber sag du ihnen nur, was ich dir aufgetragen habe, sonst wird es dir ewig leid tun.«

»Schon gut. Wohin gehst du?«

»Ich muß in die Garage. Sie haben einen Auftrag für mich.«

»Aber du hast doch Nachtschicht.«

»Also denk dran: Ich bin um neun Uhr nach Hause gekommen, weil ich früher Schluß gemacht hatte. Um zwölf habe ich den Wagen zurückgebracht und bin anschließend sofort wieder heimgegangen.«

»Okay.« Sie hievte ihren massigen Körper aus dem Bett und griff nach einem Schokoladeriegel, der auf dem Nachttisch lag. Als er gegangen war, stand sie auf. Herbert war in Schwierigkeiten, das stand fest. Aber wie konnte sie sein Alibi sein, wenn sie den ganzen Abend nebenan gewesen war? Sie mußte das mit Louella Crisp besprechen. Was für eine wunderbare Nachbarin sie war. So freundlich und verständnisvoll. Marge war dem Schicksal sehr dankbar, daß es Louella ins Nachbarhaus geführt und sie vor einem Leben gerettet hatte, das nur aus Essen und Fernsehen und daraus bestand, Herbie zu beobachten.

Marge schlurfte die Treppe hinunter, um sich ihr übliches Frühstück zuzubereiten – Eier, getoastete Semmeln und ein kalorienarmes Schokomalzgetränk. Sie versuchte weniger zu essen. Sie hatte es Louella versprochen. Es war so wundervoll von Louella, daß sie sie in ihren ›Kreis der Freunde‹ aufgenommen hatte. Gestern abend war sie eingeführt worden, und zum Einführungszeremoniell hatte Sex mit jedem der fünf anwesenden Männer gehört. Aber Marge hatte das nichts ausgemacht. Louella hatte ihr erklärt, sie müsse sich unterwerfen, um ein Teil der Gruppe zu werden. Jedes neue Mitglied mußte dasselbe tun.

»Es ist eine große Ehre«, hatte Louella ihr erklärt. »Wir wählen unsere Mitglieder sehr sorgfältig aus. Die Männer, die bei dir sein werden, sind hochgeachtete Mitglieder der Gemeinde.«

Erwartungsvoll und aufgeregt hatte Marge sie verstohlen gemustert, weil sie hoffte, wenigstens einen Filmstar zu entdecken, und war ein bißchen enttäuscht gewesen, weil sie nicht besonders bedeutend ausgesehen hatten. Ältlich und unscheinbar. Da Herbert sie aber schon so lange nicht mehr angerührt hatte, war es ihr egal, wie sie aussahen.

Sie hob die Zeitung vom Küchenfußboden auf, wo Herbert sie liegengelassen hatte, und las ein Inserat, in dem ein Hut aus falschem Nerz angepriesen wurde. Dann las sie den Artikel über den Mord an einem Hippiemädchen und schlug dabei die Zähne gierig in einen großen, saftigen Pfirsich.

Herbert legte den Weg zur Supreme Chauffeur Company in Rekordzeit zurück.

»Was wollen Sie denn hier, Jefferson?« fragte ihn der Mann am Schreibtisch. »Sie machen doch nicht Tag und Nacht Dienst, oder?«

Herbert schüttelte den Kopf und blickte voller Unbehagen an dem anderen vorbei. »Nein, natürlich nicht. Hab' mein

Feuerzeug verloren. Teures Stück. Dachte mir, ich sehe lieber gleich nach, wo es steckt. Ist der Caddy noch da, den ich gestern gefahren habe?«

Der Mann schaute in einem Buch nach. »Nein. Er mußte heute morgen zum Kundendienst. Ist um sechs wieder da.«

Herbert fühlte, wie ihm am ganzen Körper der Schweiß ausbrach.

»Wohin hat man ihn gebracht?«

»In die Werkstatt nach La Cieniga, wie üblich.«

Herbert machte kehrt und ging wieder. Wenn der Wagen beim Kundendienst war, war es durchaus möglich, daß er auch außen und innen gewaschen und poliert wurde. Doch Herbert wollte kein Risiko eingehen. Er mußte in die Kundendienst-Werkstatt, um sich den Wagen genau anzusehen. Vielleicht hatte das Mädchen nicht nur seine Fingerabdrücke, sondern auch noch etwas anderes darin zurückgelassen, vielleicht war ihm etwas heruntergefallen, und sie hatten es beide nicht gemerkt.

Er ging sehr rasch zur Bushaltestelle und verwünschte die Tatsache, daß er noch immer keinen eigenen Wagen hatte. Ohne Wagen war man in Los Angeles tot. Die öffentlichen Verkehrsmittel taugten nichts.

Der Morgen war heiß, und Smog machte die Straßen stickig. Herbert hatte das Gefühl, daß er dringend eine Dusche brauchte. Wenn er sich unsauber vorkam, war das für ihn das allerschlimmste – war es seit jeher gewesen. Als seine Mutter noch lebte, hatte sie ihn windelweich geprügelt, wenn er versucht hatte, sich um das allabendliche Bad zu drücken. »Du kleiner dreckiger Mistfink!« hatte sie geschrien. »Du bist genauso dreckig wie dein Vater!« Wie würde sie sich jetzt freuen, wenn sie sehen könnte, daß er sich zwei- oder dreimal täglich duschte.

Im Bus achtete er darauf, allein zu sitzen. Mit finsterer Miene starrte er aus dem Fenster. Daß die Menschen draußen fröhlich waren, Spaß hatten, war ihm in tiefster Seele verhaßt.

Er dachte an den Brief für Sunday Simmons, den er zur Post gebracht hatte, und fühlte sich sofort wohl. Dann fiel ihm ihre angebliche Verlobung mit Steve Magnum ein, über die alle Zeitungen berichtet hatten. Natürlich stimmte die Nachricht nicht – war nur ein Publicity-Gag, weil die beiden den Film zusammen drehten. Herbert glaubte, Hollywood und seine Mätzchen längst durchschaut zu haben. Ihn, davon war er fest überzeugt, konnte niemand täuschen.

Er dachte an Marge und an die merkwürdige Szene, deren Zeuge er gestern abend geworden war. Die Sache widerte ihn an. Sobald ihn dieser Mord nicht mehr belastete, mußte er etwas gegen Marges Freundschaft mit dieser Nachbarin tun. Er ließ auf keinen Fall zu, daß seine Frau sich mit einem so perversen Haufen abgab. Inzwischen wollte er jedoch so tun, als wisse er nichts.

Der Wagen stand auf der Hebebühne, und ein Mechaniker fummelte an der Unterseite herum.

»Ich muß hinein«, sagte Herbert schroff.

»Ja?« Der Mechaniker musterte ihn von oben bis unten.

»Ich bin von der Supreme Chauffeur Company. Ein Kunde hat gestern etwas im Wagen vergessen, und ich soll danach suchen.«

Die Augen des Mechanikers wurden schmal. »Ich habe nichts genommen.«

Herbert nickte ungeduldig. »Das weiß ich, ich soll nur mal nachsehen. Vielleicht ist es gar nicht im Wagen, aber nachsehen muß ich. Sofort.«

Vor sich hinschimpfend, ließ der Mechaniker den Wagen herunter, und Herbert stieg ein. Er setzte sich hinter das Steuer, umklammerte es mit beiden Händen und zwang sich dann, sich ganz langsam umzusehen. Nachdem er das getan hatte, stieg er aus, kippte die Sitze nach vorn, bückte sich und betrachtete Zentimeter für Zentimeter den Bodenteppich.

Er suchte sehr sorgfältig und wollte sich schon zufrieden wieder aufrichten, als er in einer Ritze am Rand des Teppichs etwas blitzen sah. Er hob es auf. Es war ein feines Goldkettchen, an dem eine kleine Scheibe hing. Die Scheibe war mit drei Diamantsplittern verziert, und darüber war das Wort DAD eingraviert.

Herbert steckte das Kettchen unauffällig ein und entfernte sich vom Wagen. Der Mechaniker unterhielt sich lebhaft mit einem Kollegen, und Herbert verschwand unbemerkt.

Louella Crisp, eine magere Frau, die große Ähnlichkeit mit einem Vogel hatte, sah Marge durchdringend an. »Du mußt unbedingt herausfinden, was er getan hat«, sagte sie zum drittenmal.

»Aber wie soll ich das denn anstellen?« jammerte Marge. »Er sagt mir nie etwas, wenn er keine Lust dazu hat.«

»Trotzdem mußt du es herausfinden. Begreifst du nicht, daß er es dir sagen muß, wenn du den Leuten erzählen sollst, daß er bei dir war.«

»Ich will's versuchen«, meinte Marge widerstrebend.

»Bemüh dich.« Louella legte die Hände zusammen. »Nächsten Samstag haben wir wieder eine Zusammenkunft. Diesmal wirst du von anderen Männern die Weihen bekommen, und bald wirst du ganz zu uns gehören. Leider muß ich dich noch einmal um die fünfhundert Dollar Mitgliedsbeitrag bitten. Hast du sie?«

Marge rutschte unbehaglich auf ihrem Stuhl hin und her. »Du bekommst sie bald, wirklich. Natürlich habe ich sie, aber Herbert hat mein Sparbuch in Verwahrung. Bis zum Samstag muß er es mir geben.«

»Ich hoffe, daß er es dir gibt, sonst kannst du nicht mehr zu unseren kleinen Partys kommen.« Louella legte Marge ihre magere Hand auf die Schulter. »Ich habe dich sehr gern, meine liebe Marge, aber wenn die anderen Mitglieder herausbekommen, daß du nicht bezahlt hast, nun ja . . . Ich fürchte, sie werden dich dann nicht mehr haben wollen.«

»Ich bekomme es, das schwöre ich dir! Er muß es mir geben.« Marge hatte furchtbare Angst, Louella und den ›Kreis der Freunde‹ wieder zu verlieren. Sie hatte fünfzehnhundert Dollar auf dem Sparkonto, Geld, das sie sich erspart hatte, als sie Herbie noch nicht kannte. Er hatte sie schon oft überreden wollen, das Geld abzuheben, doch sie hatte sich geweigert. Es war alles, was sie hatte. Einmal war er so wütend geworden, daß er das Buch gepackt und sie angeschrien hatte, wenn er das Geld nicht haben könne, bekomme sie es auch nicht. Er hatte das Buch versteckt, aber sie mußte es finden, um Louella das Geld geben zu können.

## 27

›Karussell‹ war abgedreht.

Serafina und die Kinder waren nach London zurückgekehrt.

In dem großen Haus lebten nur noch Charlie, Dindi, George und das Hauspersonal.

In der Garage stand ein neuer weißer Lamborghini Muira.

Im Arbeitszimmer türmten sich die modernsten Fotoausrüstungen; ein paar Schachteln, die Leicas und Apparate der Marke Rolleiflex enthielten, waren noch ungeöffnet.

Charlie war niedergeschlagen. Das Ende der Dreharbeiten ließ immer eine merkwürdige Melancholie und Leere in ihm zurück, und er fühlte sich sehr einsam. Er brauchte Tage, manchmal sogar Wochen, um sich zurechtzufinden, den Menschen abzuschütteln, den er gespielt hatte, und wieder er selbst zu sein. Zum Glück hatte er in ›Karussell‹ keinen allzu komplizierten Charakter darstellen müssen. Mr. Jedermann, der in ungewöhnliche Situationen verwickelt wurde.

Charlie hatte ihn hervorragend gespielt. Der ›Mann auf der Straße‹ war eine seiner komischen Glanzrollen.

Im Studio waren sich alle einig gewesen, daß ›Karussell‹ vielleicht sein bisher bester Film war, ein Streifen, der ungeheure Summen einspielen mußte.

Angel Carter hatte ihre Sache brav gemacht, die große Überraschung aber war Dindi. Sie war hübsch, frisch und rührend, das kleine Mädchen, das sie Charlie vorgespielt hatte, als sie sich das erstemal trafen.

Sie hatte Glück, daß Marshall ihr Agent war.

»Ich bin erstaunt«, sagte er zu Carey. »Sie wirkt auf der Leinwand wirklich süß. Sogar den Frauen gefällt sie. Cy möchte sofort einen zweiten Film mit ihr machen.«

»Also ich sehe nicht, was ihr an ihr findet«, antwortete Carey trocken.

Seit Las Vegas waren die Beziehungen zwischen Dindi und Charlie äußerst gespannt. Sie lebten zwar zusammen, doch Feindseligkeit knisterte in der Luft wie elektrischer Strom.

Dindi beklagte sich immer wieder darüber, daß er sie mit den Allens, seiner Mutter und diesem Gärtner in Las Vegas zurückgelassen hatte.

»Du bist alt genug, um auf eigenen Beinen zu stehen«, hatte Charlie ihr gesagt, als sie ihn wütend angerufen und sich beschwert hatte.

»Darauf kannst du deinen Arsch verwetten«, war ihre rüde Antwort gewesen. »Du wirst schon sehen.«

Serafina und Natalie berichteten ihm nach ihrer Rückkehr von Dindis Affäre mit dem Hotelmanager.

»Es war widerwärtig und demütigend«, jammerte Serafina. »Deine Frau, Charlie, die Frau meines Sohnes, war ständig mit einem anderen zusammen.«

Natalie sagte es ihm weniger direkt. »Ich glaube, ich darf es dir nicht verschweigen, Charlie, schließlich bist du mein Freund. Ich weiß, sie ist sehr jung, aber sie ist praktisch in aller Öffentlichkeit mit diesem drittklassigen Gangstertyp herumgezogen.« Natalie sah ihn mitleidig an und legte ihm voller Verständnis die Hand auf den Arm. »Du brauchst eine reifere Frau, Charlie, eine, die dich zu schätzen weiß.«

»Du hast recht, Schatz«, gestand er ihr. »Ich habe einen furchtbaren Fehler gemacht.«

Natalie lächelte. Jetzt dauerte es nicht mehr lange, und dann schlug ihre Stunde.

Bestürzt stellte sie bald darauf fest, daß sie schwanger war. Clay hatte ihre Pläne zunichte gemacht. Warum mußte ausgerechnet sie zu den wenigen Frauen gehören, bei denen die Pille nicht wirkte?

Clay war entzückt und verbot ihr strikt, die Schwangerschaft abbrechen zu lassen. »Der alte Max Thorpe, dieser Halunke, hat recht gehabt«, jubelte er. »Weißt du nicht mehr, was er dir auf Charlies Party prophezeit hat? Er hat gesagt, daß du wieder schwanger wirst.«

Die Lippen zusammenpressend, rechnete Natalie nach, wie lange es dauern würde, bis sie wieder einigermaßen in Form war. Mindestens ein Jahr. Würde Charlie so lange warten? Ein ganzes Jahr! Sie seufzte. Was für ein scheußlicher Schicksalsschlag! Und gerade jetzt, da auch diese lächerliche Ehe mit Dindi bald ausgestanden war.

Kurz nach ihrer Rückkehr aus Hollywood erkrankte Serafina.

Charlie wußte nicht, was er tun sollte.

»Wie schlimm ist es?« fragte er Serafinas Freund Archie, der ihn angerufen hatte.

»Ziemlich schlimm«, antwortete Archie betrübt. »Sie wurde heute ins Krankenhaus eingeliefert. Sie hat nach dir gefragt.«

»In welches Krankenhaus? Gib mir die Telefonnummer ihres Arztes. Liegt sie in einem Privatzimmer?«

Charlie rief den Arzt an und erfuhr, daß Serafina einen leichten Herzinfarkt erlitten hatte. »Soll ich hinüberkommen?« fragte er.

»Ich glaube nicht, daß es nötig ist«, entgegnete der Arzt. »Aber sie ist natürlich nicht mehr die Jüngste, und man kann nie wissen.«

Mutlos und verzagt legte Charlie auf. Hätte er keine so entsetzliche Flugangst gehabt, hätte er ohne zu zögern die nächste Maschine genommen. Aber der Gedanke, in einem Flugzeug gefangen zu sein, in einem Stück Mechanik, das – seiner Vorstellung nach – jeden Augenblick explodieren konnte, war einfach zu furchtbar.

Er hatte schon beschlossen, daß er, falls er je nach London zurückkehrte, mit der Bahn und dem Schiff reisen wollte. Aber er hatte auch die Worte des Arztes noch in den Ohren: »Sie ist nicht mehr die Jüngste. Man kann nie wissen.« Charlie wand sich in den Qualen der Unentschlossenheit.

Am Nachmittag kam Dindi aus Acapulco zurück. Lachend und schwatzend brach sie in das Haus ein.

»Acapulco ist einfach irre, du hättest mitkommen sollen. Die Party war sehr schön, ich habe alle möglichen Leute kennengelernt . . .«

»Serafina ist schwer krank«, sagte Charlie ernst.

»Oh, tatsächlich? Was hältst du übrigens von dieser Idee: Du sollst in ›Die ganze Welt liebt Striptease‹ als Gast eine kleine Rolle übernehmen. Nur ein paar Szenen, die an einem Tag abgedreht werden könnten. Ist das kein Gag? Jerry hat es vorgeschlagen. Ich finde, er ist der großartigste Publicity-Fritze, den es gibt. Er weiß, wo's lang geht. Weißt du . . .«

»Hast du nicht gehört, Dindi? Ich sagte, Serafina ist schwer krank.« Bleich vor Zorn starrte Charlie sie an.

»Ich hab's gehört, na klar. Was soll ich deiner Meinung nach jetzt tun? Trauergesänge anstimmen? Sie hat zuviel gebumst, in ihrem Alter ist das . . .«

Charlie holte aus und schlug ihr hart ins Gesicht. Der Hut fiel ihr vom Kopf, und auf ihrer Haut zeichnete sich feuerrot der Abdruck seiner Hand ab.

»Du Mistkerl!« stieß sie schluchzend hervor. Der Schlag hatte weh getan. »Du lausiger englischer Mistkerl! Warum hast du das getan?«

»Wegen Mutter. Es ist nämlich meine Mutter, von der du sprichst.« Er fing an zu brüllen. »Meine Mutter ist eine wunderbare Frau, und du bist es nicht einmal wert, ihren Namen auszusprechen! Du bist ein Flittchen, Dindi, ein ganz gewöhnliches Flittchen! Glaub ja nicht, ich wüßte nicht, wie du dich in Las Vegas aufgeführt hast! Serafina hat sich für dich geschämt. Geschämt, daß du's nur weißt.«

»Diese alte Fledermaus hat sich für *mich* geschämt? Dazu kann ich dir nur sagen, mir war es sogar peinlich, nur in der Gesellschaft dieser aufgetakelten Krähe gesehen zu werden. Wie wagst du es, über mich zu reden, wenn sie einen verdammten Gärtner gebumst hat! Auf *die* Mutter kannst du stolz sein! Ein Prachtstück ist sie! Ein wahres Prachtstück . . .«

»Raus!« sagte Charlie. »Pack deine Sachen und verschwinde aus meinem Haus!«

»Soll das ein Witz sein? Wir sind in Kalifornien, Baby, und du verschwindest jetzt gefälligst aus *meinem* Haus!«

Angewidert wandte Charlie sich ab und ging zur Tür. Dindi packte das silbern gerahmte Foto von Serafina, das auf dem Klavier stand, und schleuderte es ihm nach. »So viel halte ich von deiner dämlichen Mutter!« kreischte sie.

Der Rahmen und das Glas zerbrachen beim Aufprall auf dem Fußboden, und Charlie bückte sich, um Serafinas Bild aufzuheben.

Außer sich vor Wut, riß Dindi es ihm aus der Hand und zerriß es. Er schlug sie wieder, sie spuckte ihn an, und Tränen liefen ihr über die Wangen. »Ich weiß, daß du versucht hast, mich aus dem Film hinauszudrängen! Ich weiß, daß du auf meinen Erfolg neidisch bist! Du bist alt und abgewrackt, kein Hahn kräht mehr nach dir, und du hast keine Freunde. Bei den Dreharbeiten von ›Karussell‹ haben dich alle gehaßt. Keinen einzigen Freund hast du.«

Bedächtig hob Charlie das zerrissene Foto auf. »Weißt du«, sagte er mit erzwungener Ruhe, »ich habe großes Glück. Wirklich großes Glück, weil ich nicht sehr lange gebraucht habe, um zu erkennen, was für ein mieses Dreckstück ich geheiratet habe.« Damit verließ er das Haus, ging in die Garage, stieg in den Lamborghini Muira und fuhr weg.

Dindi rannte hinter ihm her und schrie und fluchte, bis der Wagen nicht mehr zu sehen war. »Bastard! Mistkerl!« stieß sie unablässig hervor, bis ihre Tränen allmählich versiegten und ihr Verstand wieder zu funktionieren begann. Es war nicht schlecht, es war gar nicht so schlecht. Und außerdem eine großartige Publicity. Sie konnte sich schon jetzt sehr gut vorstellen, wie sie vor Gericht auftreten würde: große, unschuldige babyblaue Augen, ein ganz einfaches rosa Kleidchen. ›Ja, und er hat mich blau und grün geschlagen, sooft er konnte. Ich weiß natürlich, daß er mir meinen Erfolg neidete, und irgendwie verstehe ich das ja auch ... Ich habe es ausgehalten, solange ich konnte.‹ Sie konnte ihre Aussage auch unterbrechen und erstickt aufschluchzen. Das würde sich an dieser Stelle besonders gut machen. »Ich zahl's ihm heim, diesem englischen Mistkerl«, murmelte sie vor sich hin. »Ich zahl's ihm richtig heim.«

Charlie fuhr ins Beverly Hills Hotel. Er war sehr ruhig, sein Geist arbeitete völlig klar. Er rief George an, der noch im Haus war, und sagte ihm, er solle einen Koffer für London packen. Dann ließ er sich im Abend-Jet, der die Polarroute flog, einen

Platz reservieren. Als nächstes rief er Marshall K. Marshall an und ließ sich von ihm den Namen des besten Anwalts in L. A. geben.

Er bekam sogar noch am selben Nachmittag einen Termin.

»Ich will die Scheidung«, sagte er. »Es ist mir egal, was es kostet. Ich möchte das Geld in Form einer einmaligen Abfindung bezahlen und die Frau dann für immer vom Hals haben.«

Da er wußte, wie sehr Dindi das Geld liebte, war er überzeugt, daß ihre Habgier sie dazu treiben würde, eine einmalige Abfindung zu akzeptieren. Auf Dauer gesehen war das für ihn billiger, und außerdem wollte er mit Dindi nie wieder etwas zu tun haben. Die Vorstellung, ihr jeden Monat Alimente zahlen zu müssen, widerte ihn an.

»Das wird aber mächtig teuer«, sagte der Anwalt.

»Ich weiß«, antwortete Charlie. »Trotzdem – tun Sie's.«

Serafinas Gesicht war die langen Stunden der Todesangst wert, die er, auf seinem Sitz festgeschnallt, hoch über dem Atlantik verbracht hatte.

»Du bist ein guter Junge«, sagte sie.

Es war ein Schock für ihn, sie ungeschminkt zu sehen. Seit er denken konnte, hatte sie ihr Gesicht mit blauen Lidschatten, dickem Make-up und leuchtend scharlachrotem Lippenstift ›verschönt‹.

Jetzt, in diesem Krankenhausbett, war ihre Haut fleckig, schimmerte grün, die Augen lagen tief in den Höhlen und waren völlig leblos. Zum erstenmal wurde ihm klar, wie alt seine Mutter war.

»Ich werde wieder gesund, Sohn«, sagte sie. »Archie kümmert sich um mich.«

Archie, ein schäbiger kleiner Mann, der zusammengekauert in einer Ecke saß, nickte eifrig. »Ich kümmere mich um sie, Charlie, mein Junge, mach dir nur keine Sorgen.«

Charlie wußte, daß sie sterben würde. Ihr müdes, grünes Gesicht sagte es ihm. Aber er lächelte und sagte: »Wo sind denn das Leben und die Vitalität, von denen früher immer die Rede war? Ich dachte, du würdest schon eifrig herumspringen und Tee kochen.«

Es gelang ihr, die Lippen so weit zu verziehen, daß ihre abgebrochenen, fauligen Zähne sichtbar wurden. »Bald, Charlie, bald«, antwortete sie, und dann schien sie einzuschlafen.

Sie starb noch in dieser Nacht.

Charlie fuhr nach Richmond und wanderte rastlos durch das große Haus.

Im Erdgeschoß herrschte wunderbare Ordnung, dort standen auch die schicken modernen Möbel, mit denen der von ihm beauftragte Innenarchitekt das Haus eingerichtet hatte.

Im ersten Stock schienen nur zwei Räume benutzt worden zu sein – Serafinas Schlafzimmer und das angrenzende Ankleidezimmer, in dem Archie schlief.

Ihr Schlafzimmer war übersät mit ihren persönlichen Gegenständen. Überall standen Fotos von Charlie. Fotos von ihm als Junge bei seinem ersten Bühnenauftritt, weitere Fotos von dem jungen erwachsenen Charlie, der fett geworden war. Hochzeitsfotos von Lorna und ihm, zwei leere, völlig unerfahrene Gesichter, die ins Leben aufbrachen. Eines der wenigen noch existierenden Fotos von seinem Vater, der sehr streng dreinsah. Serafina mit sechzehn Jahren, ein schmales, hübsches Mädchen mit üppigen roten Locken.

Dann kamen die Fotos von Charlie Brick – dem Star: mit der Königin; einen Filmpreis entgegennehmend; unterwegs zu einer Premiere . . . Sie waren alle da. Sein Leben in Bildern.

Im Schrank hingen ihre alten Bühnenkleider. Sie rochen muffig, ihre Farben waren verblaßt, doch sie hatten auch noch jenen besonderen Duft von früher – den Duft von Theater und Bühnenschminke.

Charlie vergrub das Gesicht darin und wurde von so vielen Erinnerungen überwältigt, daß ihm die Kehle eng wurde.

Es war schwer zu glauben, daß Serafina tot war. Seine Serafina. Seine Mutter.

Er schlief in dieser Nacht in dem großen Himmelbett, erledigte am nächsten Tag alle Formalitäten für die Beerdigung und tröstete Archie, der völlig gebrochen war.

Charlie bedauerte, daß er ihm nicht erlaubt hatte, mit Serafina nach Hollywood zu reisen. Doch er hatte keine

Ahnung gehabt, wie sehr der komische kleine Mann sie geliebt hatte.

Lorna rief ihn sofort an, als sie es erfuhr.

»Soll ich dir die Kinder bringen?« fragte sie.

»Nein, ich glaube nicht. Aber ich hätte es gern, wenn du sie auf die Beerdigung mitnähmst. Sie findet morgen statt. Wenn du um zehn hier wärst, könnten wir vielleicht gemeinsam zum Friedhof fahren.«

»Ja, natürlich. Und, Charlie – es tut mir leid, wirklich, wirklich sehr leid. Serafina und ich waren nie die besten Freundinnen, aber sie war eine wunderbare alte Dame. Und die Kinder haben sie angebetet.«

»Ich danke dir«, sagte Charlie und legte auf. Er weinte beinahe.

Lorna kam am nächsten Tag ganz pünktlich. Er hatte sie schon sehr lange nicht mehr gesehen, und sie hatte sich verändert. Sie trug das Haar länger, es fiel lockerer, und sie hatte zugenommen. Doch das kam wohl daher, daß sie erst vor kurzem ein Baby bekommen hatte.

Sie küßte ihn auf die Wange, und der Duft ihres alten, vertrauten Parfüms ließ ihn einen Moment denken, zwischen ihnen habe sich nichts verändert.

»Mein Gott, bist du dünn geworden!« rief sie.

Er umarmte die Kinder. Die kleine Cindy weinte. »Ich möchte Serry wiederhaben, Daddy«, sagte sie. Sean und Cindy hatten Serafina nie Großmutter nennen dürfen. »Sehe ich denn wie eine Großmutter aus?« pflegte sie zu fragen.

George war auch noch rechtzeitig zur Beerdigung eingetroffen. Er war in Hollywood geblieben, um Charlies Sachen aus dem Haus in Bel Air ins Beverly Hills Hotel transportieren zu lassen, und hatte dann die nächste Maschine nach England genommen. Er beschloß, nicht zu erwähnen, daß Dindi noch am Abend desselben Tages offenbar für alle Stromer und Nichtstuer von L. A. eine Riesenparty gegeben hatte. Er war nur erleichtert, daß sein Boß sie ziemlich schnell durchschaut hatte.

»Wie lange willst du hierbleiben?« fragte Lorna auf der Fahrt zum Friedhof.

Er zuckte mit den Schultern. »Ich schätze, ich fliege sofort zurück. Am Dreißigsten fange ich einen neuen Film an, muß also zurück. Außerdem gibt es hier nichts, das mich hält.«

»Ich – ich habe mit Jim gesprochen, und er hat gesagt, er würde sich freuen, wenn du vor deiner Abreise zum Abendessen zu uns kämst.«

Charlie unterdrückte eine scharfe Antwort. Schließlich gab sie sich Mühe und versuchte, nett zu ihm zu sein. »Nein, Schatz, tut mir leid, aber ich glaube nicht, daß das gutginge.«

»Wenn du es dir anders überlegen solltest – es ist ein altes Haus in Islington. Wir müssen eine Menge daran tun, aber es wird wunderschön.« Sie drückte impulsiv seinen Arm. Seine kalte, lieblose Lorna drückte ihm tatsächlich den Arm. »Ich bin froh, daß wir Freunde sein können, Charlie. Ich möchte, daß wir es bleiben. Jim und ich sind sehr glücklich, und ich bin so froh, daß du wieder geheiratet hast. Natalie hat mir geschrieben, sie sei sehr hübsch.« Lorna lachte ganz ohne Bitterkeit. »Für dich war ich nie hübsch genug, Charlie.« Er wollte sie unterbrechen, aber sie fuhr fort: »Nein, lüg mir bitte nichts vor. Als du Charlie Brick, der große Star wurdest, sah ich förmlich, wie die Leute mich kritisch musterten und dachten: Mit der ist es wirklich nicht weit her. Er könnte eine viel schönere Frau bekommen.«

»Das ist nicht wahr«, protestierte Charlie.

»O doch, es ist wahr. Du weißt, wie gehässig die Leute im Showgeschäft sind. Einmal waren wir auf einer Party, und auf der Toilette unterhielten sich zwei Mädchen über dich. ›Dieser Charlie Brick ist wirklich sexy‹, sagte die eine – natürlich wußten die beiden nicht, wer ich war. ›Ja‹, antwortete die andere, ›und er ist auch zu haben. Seine Frau muß gräßlich sein, deswegen zeigt er sich wahrscheinlich nie mit ihr. Ich habe sie nie gesehen, aber man erzählt sich, daß sie das absolut Letzte sein soll.‹«

»Das glaube ich dir nicht.«

»Wie du meinst. Es ist ja jetzt überhaupt nicht mehr wichtig, aber es ist wahr.«

Sie wechselten auf der ganzen restlichen Fahrt zum Friedhof kein Wort mehr, und auch die Kinder, die vorn saßen, waren ungewöhnlich still.

Es stimmt wahrscheinlich, dachte Charlie. Die Leute neigen zur Gehässigkeit, wenn man nicht mit einer hinreißenden Schönheit verheiratet ist. Mit Bedauern erinnerte er sich daran, daß er sogar selbst schon manchmal gedacht hatte: Nun, Staat kann man mit dieser Frau wirklich nicht machen. Warum nahmen die Menschen körperliche Attribute nur so wichtig? Er tat es selbst. Deshalb hielt er eine so strenge Diät ein, ging nur mit Starlets und Modellen aus und hatte am Ende eins geheiratet. Die bezaubernde Dindi, die außer ihrem Aussehen absolut nichts zu bieten hatte. Vielleicht sehnte er sich immer noch nach Lorna, weil sie ein ganz durchschnittlicher Mensch war. Und weil sie ihn gekannt hatte, als er noch als absoluter Niemand von Stadt zu Stadt tingelte. Er begehrte sie nicht, es gab keinerlei sexuelle Spannung zwischen ihnen, aber er wollte noch immer mit ihr leben.

Die Beerdigung war deprimierend. Aus dem ganzen Land waren Verwandte angereist, von deren Existenz Charlie nicht einmal etwas geahnt hatte.

Serafinas ältere Schwester Lily fiel ihm weinend und wehklagend um den Hals. Er wußte, daß die beiden nie miteinander ausgekommen waren und sich seit fünf Jahren nicht mehr gesehen hatten.

»Sie sind alle nur neidisch«, hatte Serafina einmal gesagt. »Furchtbar neidisch auf meine Jugend, meine Vitalität und auf meinen berühmten Sohn. Ich war in unserer Familie immer die Fröhliche, immer die Königin.«

Serafina hatte sieben Schwestern und drei Brüder, und sie alle schienen mit Söhnen, Töchtern, Schwiegersöhnen, Schwiegertöchtern und Enkelkindern gekommen zu sein. Charlie kannte sie alle miteinander nicht.

Der Gottesdienst war kurz. Serafina war nie sehr religiös gewesen.

Dann wanderten alle zum Grab und sahen den Sarg in der Erde verschwinden.

Charlie biß die Zähne zusammen. Er kam zu dem Schluß, daß Beerdigungen unnötig waren. Man sollte den Menschen erlauben, allein und in Frieden zu sterben, dann bliebe die Würde des Todes viel eher gewahrt. Er wollte in seinem Testament bestimmen, daß man ihn sofort nach seinem Tod einäschern und daß es keine Beerdigung geben sollte.

Lorna blieb an seiner Seite – in der Kirche und später am Grab. Sie hielten beide ein Kind an der Hand. Einmal drückte sie Charlie den Arm, und er erwiderte den Druck. Er hatte sich noch nie einem Menschen so nahe gefühlt.

Nach der Beerdigung sah er sich gezwungen, alle Verwandten in Serafinas Haus zu bewirten.

Sie kamen in ihren Morris Oxfords, Mini Minors und alten, verbeulten Fords und stürzten sich wie Heuschrecken auf die Tische mit den Erfrischungen.

Sie riefen »Oh!« und »Ah!«, und ihre Kinder fielen in den Swimmingpool. Einer von Serafinas Brüder begann schmutzige Witze zu erzählen. Lily fragte Charlie, was mit Serafinas Sachen geschehen solle. Familienklatsch wurde ausgetauscht. Serafina war vergessen.

Um fünf Uhr rollte endlich der letzte Mini Minor die Zufahrt hinunter und zum Tor hinaus.

»Was für eine Farce!« rief Charlie. »Was für eine gräßliche Farce! Serafina hätte Krämpfe bekommen, wenn sie dabeigewesen wäre.«

»Was wirst du jetzt tun?« fragte Lorna, nachdem sie die Mäntel der Kinder geholt hatte und sich anschickte zu gehen.

»Mach dir meinetwegen keine Sorgen, Schatz. Archie und ich werden eine Kleinigkeit zusammen essen.«

»Willst du wirklich nicht zum Abendessen zu uns kommen?« Scheu fügte Lorna hinzu: »Ich möchte, daß du das Baby siehst. Sie ist ein süßes kleines Ding. Wir haben sie Gemma getauft.«

»Entschuldige. Ich habe dich nicht einmal nach dem Baby gefragt.«

»Es gibt auch nichts Besonderes zu fragen. Ein Baby ist ein Baby, und jeder denkt, seins sei das allerschönste auf der Welt. Sie sieht Cindy ein bißchen ähnlich.«

Charlie fragte sich, ob sie mit dieser Bemerkung etwas Besonderes bezweckte, sagte sich dann aber, daß es bestimmt nicht der Fall war. Und weil er ihr eine Freude machen wollte, sagte er: »Ich fliege morgen nach Hollywood zurück, aber wenn ich wiederkomme, schau' ich vielleicht einmal bei euch rein.«

»Du meine Güte, heutzutage fliegst du wirklich in der Welt herum, ohne dir etwas dabei zu denken.«

»Ich glaube, irgendwann kommt man über alles weg, Schatz, sogar über die Flugangst.«

George bereitete für Charlie und Archie Eier mit Schinken zu. Sie saßen in der Küche, und Charlie fiel auf, daß Archie seit Serafinas Tod völlig zusammengeschrumpft war. Ein schäbiger, kleiner, abgewrackter Komiker, dem, wie Charlie jetzt erst sah, Serafina sehr viel bedeutet hatte.

»Bevor du morgen abreist, bin ich verschwunden«, sagte Archie.

»Und wohin willst du?«

»Das weiß ich noch nicht. Ich werde ein bißchen reisen. Ein Club in Manchester möchte mich engagieren.«

»Hör zu, Archie«, sagte Charlie impulsiv, »du brauchst nicht zu gehen, du warst so gut zu meiner Mutter. Ich möchte, daß du das Haus behältst. Sie hätte auch gewollt, daß du es bekommst.«

»Nein, Charlie, nein.« Archie schüttelte langsam den Kopf. »Du brauchst mir kein Haus zu schenken, weil ich mich um Serafina gekümmert habe. Außerdem könnte ich hier ohne sie nicht leben.«

»Aber ich will, daß du es bekommst. Verkauf es, tu damit, was du willst. Es gehört dir.«

Würdevoll stand Archie vom Küchentisch auf. »Nein, Charlie, ich habe nein gesagt, und es ist mir ernst damit. Ich gehe jetzt ins Bett. Wir sehen uns morgen.«

Der kleine Mann ging und ließ Charlie allein. Niedergeschlagen stieg er in den ersten Stock hinauf und legte sich ins Bett – in Serafinas Bett. Er schlief schlecht und träumte von Flugzeugabstürzen. Um vier Uhr morgens wachte er, in kalten Schweiß gebadet, auf und konnte nicht mehr einschlafen.

Als er aufstand, war Archie verschwunden. Er hatte keine Nachsendeadresse hinterlassen, nichts – er hatte nur seinen Koffer gepackt und still das Haus verlassen.

Charlie war sehr betroffen. Er hatte ihm wenigstens etwas Geld geben wollen.

George half ihm, Serafinas persönliche Dinge einzupacken, und brachte sie dann in ein Lagerhaus. Dann rief Charlie einen Makler an und beauftragte ihn, das Haus zu verkaufen.

Um vier Uhr nachmittags saß Charlie, mit mexikanischem Gold – einer besonders potenten Haschischsorte – gestärkt und von George gegen neugierige Reporter abgeschirmt, in der Maschine nach L. A.

## 28

Am Morgen nach der Verlobungsparty wurde Sunday vom Klingeln des Telefons wach. Es war Carey, die vom Flughafen anrief. »Tut mir leid, daß ich schon weg muß, aber ich bin überzeugt, daß du und Steve mich sowieso nicht braucht, und ich erwarte ein paar wichtige Verträge.«

»Schade, daß du nicht wenigstens ein paar Tage bleiben kannst, Carey. Ich habe dich kaum zu sehen bekommen.«

»Ich weiß, aber die Pflicht ruft. Und wann ist eigentlich der große Tag? Wißt ihr das schon? Vergiß nicht, daß ich es als erste erfahren möchte. Dein lieber Steve hat mich ganz schön auflaufen lassen, als er eure Verlobung bekanntgab. Die gesamte Presse rief bei mir an, und ich war genauso überrascht wie sie.«

»Nur keine Sorge, ich rufe dich sofort an – falls wir uns überhaupt vor unserer Rückkehr nach Hollywood entscheiden. Wir bleiben nur noch zwei Wochen hier. Übrigens – wenn heute nacht alles klappt, werde ich wohl zu Steve ins Haus ziehen.«

Carey lachte leise. »Mit Steve Magnum am Steuer und mit dir auf dem Fahrersitz, gehe ich jede Wette ein, daß alles klappt.«

Sunday lächelte. Sie hoffte es sehr. Sie brauchte jetzt dringend einen Mann. Sie brauchte Steve.

Es war ein schöner Morgen. Ein klarer, heißer Tag, und die Luft war wie Balsam. Steve hatte versprochen, sie anzurufen, sobald er aufwachte. Aber damit konnte sie wohl noch lange nicht rechnen, denn als sie mit Marisa und Woody gegen vier Uhr ging, hatte noch eine Bombenstimmung geherrscht, und es war kein Ende abzusehen gewesen.

Es waren so viele Leute dagewesen. Steve hatte so viele Freunde. Als sie sich von ihm verabschiedete, hatte er mit ein paar Männern um hohe Einsätze gewürfelt, und sie hatte ihn geküßt und ihm zugeflüstert: »Ich möchte, daß wir morgen bei dir zu Abend essen – nur wir beide.«

Er war betrunken, lachte und rief: »Sagt meiner Prinzessin gute Nacht!« Dann fummelte er in seiner Tasche herum und brachte ein kleines Päckchen zum Vorschein. »Mach es erst auf, wenn du im Bett liegst.«

Sie hatte es getan. Das Päckchen enthielt die ungefähr fünf Zentimeter großen Figürchen eines Mannes und einer Frau, die sich bei den Händen hielten. Sie waren aus Gold, wunderschön gearbeitet, und hatten eine verblüffende Ähnlichkeit mit Sunday und Steve. Die Brüste der weiblichen Figur bestanden aus zwei funkelnden Brillanten, und an der anatomisch richtigen Stelle saß ein dritter, birnenförmiger Brillant. Die männliche Figur bestand praktisch nur aus Brillanten.

Ein Zettel lag bei. Darauf stand nichts weiter als: »Ich will ja nicht prahlen, aber . . .«

Sunday lachte. Sie hatte noch nie ein so vulgäres Geschenk bekommen.

Ihr Frühstück bestand aus einer Mangofrucht und ein paar Pfirsichen, und sie nahm es an ihrem kleinen privaten Swimmingpool ein. Dann schwamm sie und befreite sich von dem leichten Kater, den sie hatte, und schließlich machte sie noch ihre täglichen Übungen unter Wasser.

»Du liebe Güte, wie strotzen wir doch vor Energie!« Es war Dindi, die sich gegen die Welt mit einem riesigen Cowboyhut, gelber Sonnenbrille und einem Hosenanzug tarnte. »Ich hab' ja gewußt, daß du schon auf bist, also dachte ich, ich schaue schnell bei dir rein, bevor ich fliege.«

Sunday kletterte aus dem Pool, schüttelte sich das Wasser aus dem Haar und zog sich die Bikinihose hoch. »Mußt du auch schon weg? Das ist aber schade. Carey hat mich eben vom Flughafen angerufen. Du mußt wahrscheinlich zu Charlie zurück.«

Dindi schrie vor Lachen. »Soll das ein Witz sein? Ich muß zur Arbeit zurück, Liebling, zu harter Arbeit. Habe ich dir erzählt, daß ich die Hauptrolle in ›Die ganze Welt liebt Striptease‹ spiele? Die Mundpropaganda über ›Karussell‹ behauptet, ich hätte alle anderen an die Wand gespielt.«

»Das ist fantastisch, Dindi. Ich kann es kaum erwarten, den Film zu sehen.«

»Ich laß ihn eigens für dich vorführen«, antwortete Dindi großspurig. »Wann kommst du übrigens zurück?«

Sunday zuckte mit den Schultern. »Keine Ahnung. Ich richte mich nach Steve.«

Dindi nahm den Hut ab und legte den Kopf zurück, um Sonne ins Gesicht zu bekommen. »Ich glaube, ich sollte es dir erzählen«, sagte sie. »Schließlich sind wir befreundet, und ich kann keine Geheimnisse für mich behalten. Wenn ich an deiner Stelle wäre – ich würde es wissen wollen.«

»Was?«

»Na, na, es war nicht zuletzt meine Schuld«, gestand Dindi, »aber ich war ziemlich blau, und du weißt ja, wie ich bin, wenn ein Mann mich richtig reizt. Und ich war neugierig.«

»Wovon redest du?«

»Sunday, ich möchte dir nicht weh tun. Ich weiß ja, wie empfindlich und verkrampft du in bezug auf Sex bist, und der Himmel weiß, daß du's mit deinem drogensüchtigen ersten Mann schwer genug hattest, aber ich muß wirklich ehrlich zu dir sein, und ich glaube wirklich, es ist für dich besser, wenn du es weißt.«

»Bitte sprich nicht so über meinen ersten Mann«, entgegnete Sunday kalt. »Er war krank, das ist alles. Krank. Außerdem hast du ihn schließlich kaum gekannt.«

Dindi seufzte. »Ich hätte es dir wahrscheinlich längst erzählen sollen. Ich kannte ihn sehr gut. Wir haben es sogar sehr oft zu dritt miteinander getrieben, Benno, dein Mann und ich. Ich war verrückt nach Benno, ich bildete mir ein, eine römische Prinzessin zu sein. Aber er war ein erstklassiger Scheißkerl, wie alle Männer, und nach Paulos Tod war er so unglücklich, daß er mich hinausschmiß. Du weißt natürlich, daß Benno und Paulo es miteinander trieben?«

»Du mußt den Verstand verloren haben«, sagte Sunday, die totenblaß geworden war.

Dindi zuckte mit den Schultern. »Glaub's oder glaub's nicht, das ist doch mir egal. Flieg ins schöne Rom, und frag Benno selbst. Ich dachte, du müßtest es wissen. Alle wußten es. All diese großen, blonden römischen Grafen und Prinzen sind bi. Es liegt ihnen im Blut, Baby. Hör zu, nur eine Woche vor Paulos Tod waren wir drei Tage lang in einem Hotelzimmer zusammen – Benno, Paulo und ich.«

»Ich glaube, du gehst jetzt lieber«, sagte Sunday sehr ruhig.

»Ach, Scheiße!« rief Dindi. »Ich tu' dir einen Gefallen damit, daß ich dir die Wahrheit sage. Du lebst nämlich in einem kleinen Elfenbeinturm oder so. Aber ich bin ja gar nicht wegen Paulo zu dir gekommen, ich dachte, das wenigstens wüßtest du. Ich wollte wegen deines neuen Freundes mit dir reden – wegen Stevie.«

»Was immer du mir sagen willst, ich will es nicht hören, Dindi. Verstehst du denn nicht, daß ich . . .«

»Ja, ich verstehe, daß du versuchst, dich vom Leben abzuschließen, der Wahrheit nicht ins Gesicht zu sehen. Also, ob du es hören willst oder nicht: Tatsache ist, daß ich heute nacht deinen großen Filmstar gebumst habe. Es sind alles Mistkerle, Baby, und Steve Magnum ist keine Ausnahme. Er hat mich auf deiner Party vernascht, während du höflich mit seinen Gästen Konversation machtest.« Dindi seufzte. »In diesem Leben mußt du dich immer zuallererst um dich selber kümmern, mußt für dich die Nummer eins sein und bleiben, denn wenn's darauf ankommt, interessiert sich keiner für dich. Am Ende stehst du immer allein da. Du hältst mich jetzt für ein Miststück, ich weiß, aber ich mag dich, und meiner Meinung nach ist es besser für dich, wenn du weißt, von welcher Sorte der Typ ist, den du heiraten willst.« Dindi stand auf. »So, das war's. Tut mir leid, wenn du dich aufgeregt hast, aber so ist das Showgeschäft nun mal.« Sie setzte den Hut auf. »Er ist übrigens irre gut, dein Steve.«

Schweigend ließ Sunday Dindi gehen. Instinktiv wußte sie, daß die andere die Wahrheit gesagt hatte.

Vielleicht bin ich dumm, dachte sie. Vielleicht bin ich altmodisch, vielleicht sollte ich hierbleiben und mir seine Entschuldigungen und Lügen anhören . . .

Denn leugnen würde er es, auch das wußte sie.

Sie drängte das, was sie über Paulo erfahren hatte, in den Hintergrund ihres Bewußtseins. Sie würde noch viel Zeit haben, darüber nachzudenken. Sie ging in ihren Bungalow und rief den Empfang im Hauptgebäude an. Sie bestellte einen Wagen und meldete ein Gespräch mit Carey an. Sie zog sich rasch an, packte und war fertig, als der Wagen kam.

Sie wurde mit Careys Büro verbunden, aber Carey war noch nicht zurück. Deshalb diktierte sie der Sekretärin eine kurze Erklärung, die Carey an die Presse weitergeben sollte.

»Ich fahre für ungefähr eine Woche weg«, sagte sie der Sekretärin. »Richten Sie Miß St. Martin aus, daß es mir gutgeht, daß ich nicht gestört werden möchte und daß ich sie in ein paar Tagen anrufe.«

Sie legte die beiden Figürchen, die Steve ihr geschenkt hatte, in das Etui zurück. Dazu legte sie einen Zettel, auf dem nur ein einziger Satz stand: »Ich habe eben erfahren, daß Du ›irre gut‹ bist.« Er würde schon verstehen, was damit gemeint war. Ihren Verlobungsring packte sie auch mit ein.

Der mexikanische Fahrer lud ihre Koffer in den Wagen. Sie gab ihm das Päckchen und den Briefumschlag. »Würden Sie das bitte zu Señor Steve Magnum bringen, nachdem Sie mich zum Flughafen gebracht haben?« sagte sie.

Der mexikanische Fahrer nickte, ohne den Blick auch nur für eine Sekunde von Sundays Busen abzuwenden.

29

»Du bist wirklich ein verdammt guter Freund!« sagte Charlie heftig. »Wer Freunde wie dich hat, braucht wirklich keine Feinde mehr.«

Er saß mit Clay in seinem Bungalow im Beverly Hills Hotel und sah den Freund so vernichtend an, daß der die Augen niederschlagen mußte.

»Ich meine, wie konntest du mir weismachen, du hättest sie mit ihrer Mutter kennengelernt, zum Teufel? Du hast sie gebumst, nicht wahr? Ihre Mutter – was für ein Haufen Scheiße! Und das Schrecklichste daran ist, daß ich wie ein Idiot dagesessen bin und dir geglaubt habe.« Charlie schüttelte den Kopf. »Besten Dank dafür, *Freund*!«

Mit ein paar großen Schlucken leerte Clay sein Whiskyglas. »Was sollte ich dir denn sagen, Charlie, um Himmels willen? ›O ja, ich kenne deine Frau. Ich habe sie in Rom zusammen mit einem betrunkenen Italiener gebumst.‹ Schließlich war sie, als ich sie wiedersah, mit dir verheiratet.«

»Scheiße. Wir sind schon so lange befreundet, du hättest es mir sagen können.«

»Und was hätte es genützt? Ich dachte, vielleicht hat sie sich geändert. Du weißt schon – es wäre ja immerhin möglich gewesen, daß sie dich geheiratet und sich vorgenommen hatte, in Zukunft anständig zu sein. Vielleicht hättest du angefangen, mich zu hassen, wenn ich es dir damals erzählt hätte.«

»Na, großartig! Daß ich mich zum Narren gemacht hatte, indem ich ein Flittchen heiratete, kümmerte dich nicht. Dir war es nur um dich zu tun. Du bist ein selbstsüchtiger Schuft.«

Clay schenkte sich aus der Flasche auf dem Tisch noch einen Scotch ein.

»Ach, komm schon, Charlie. Vergessen wir's. Einen Fehler darf sich im Leben jeder erlauben. Warum hast du sie eigentlich so überstürzt geheiratet?«

Charlie zuckte mit den Schultern. »Was weiß ich? Ich war high, versuchte mit Pot über Lorna hinwegzukommen. Dindi sah wie ein unschuldiger kleiner Engel aus, und sie verstand es, einen Mann zu befriedigen.«

»Auf die unschuldige Tour reist die Hälfte aller Nutten in Hollywood«, erklärte Clay weise.

Es war zehn Uhr abends. Charlie war seit einer Woche wieder in Hollywood, und Clay war herübergekommen, um sich einen besonderen Rohschnitt von ›Karussell‹ anzusehen.

Natalie war zu Hause geblieben. »Ihr war die ganze Nacht und den ganzen Tag furchtbar übel«, sagte Clay lachend. »Diesmal wird es ein Junge, das spür' ich in den Eiern.«

Nachdem sie sich den Film angesehen hatten, waren sie zu Charlie gegangen, hatten getrunken und geredet. Charlie war seit seiner Rückkehr zum erstenmal ausgegangen. Er hatte sich im Hotel verkrochen, sich mit seiner neuen Rolle beschäftigt und mit seinen Kassettenrecordern und Kameras gespielt.

Dindi hatte aus der bevorstehenden Scheidung ein Maximum an Publicity gezogen, hatte so viele widersprüchliche Erklärungen für die Presse abgegeben und für unzählige Aufnahmen posiert, bis ihr Anwalt schließlich ein kategorisches Veto einlegte und ihr verbot, ihre Trennung von Charlie weiterhin auf diese Weise auszuschlachten.

Charlie hatte sich lediglich mit dem schon überstrapazierten ›Kein Kommentar‹ geäußert.

Zusammen mit der in die Brüche gegangenen Verlobung von Sunday Simmons und Steve Magnum waren Dindi und Charlie bei den Leuten vom Showgeschäft das Thema der Woche.

»Wie wäre es, wenn wir noch ein bißchen ausgingen, um uns zu amüsieren?« meinte Clay. »Ich kann nicht sehr oft die ganze Nacht wegbleiben.«

»Wohin möchtest du?« fragte Charlie.

»Nur herumfahren. Wir könnten ein bißchen rumfahren und uns zwei appetitliche Happen anlachen.«

Charlie schüttelte den Kopf. »Du hast dich nicht sehr geändert, nicht wahr? Erinnerst du dich noch an unsere erste Begegnung?«

»Als könnte ich es je vergessen!« rief Clay. »In den Vietary Studios. Ich bumste gerade eine wirklich süße Kleine in der Garderobe, und da kamst du reingeplatzt. Sie zog so schnell ihren Schlüpfer hoch, daß ich dachte, sie hätte meinen Schwanz mitgenommen.«

»Du warst schon immer eine scharfe Nummer«, sagte Charlie mit einem bewundernden Lachen.

»Du bist ganz gelassen reingekommen und hast mit der Schwulenstimme, die du damals manchmal benutzt hast, gefragt: ›Oh, störe ich?‹ Ich hätte dich umbringen können. Das Mädchen verschwand, und ich saß da und hatte rein nichts davon gehabt.«

»Doch. Den Beginn einer sehr guten Freundschaft.«

»Das stimmt. Wir haben beide seither einen sehr langen Weg zurückgelegt, nicht wahr? Wir haben es weit gebracht. Du bist natürlich in der allerbesten Position. Ein berühmter Filmstar. Du kannst dir mehr oder weniger jedes Mädchen an Land ziehen, das du haben möchtest. Ich will dir gern gestehen, daß ich grün und gelb war vor Neid, als du die Affäre mit Michelle Lomas hattest.«

Charlie lachte bescheiden. »Michelle war eine fantastische Frau.«

»Komm, trinken wir noch ein Glas auf Serafina, sie war einem Tropfen Scotch nie abgeneigt. Mir wird die großartige alte Dame fehlen.«

Mit ernster Miene füllte Charlie die Gläser, und sie tranken einen Toast auf Serafina.

»Hättest du Lust, in eine Diskothek zu gehen?«

Charlie schüttelte den Kopf. »Geh du nur.«

»Ach komm doch mit, es wird dir guttun. Außerdem freu' ich mich auf eine Fahrt in deinem Superauto.«

Die Diskothek war überfüllt – wie gewöhnlich. Charlie war bisher nur einmal mit Dindi dagewesen, und er fühlte sich in dem Lokal nicht wohl. Hier drängten sich Starlets, Arbeitslose, junge Schauspieler und Nutten, junge Berühmtheiten und ein paar alte Berühmtheiten, die sich einbildeten, noch jung zu sein. Jeder war so auffallend wie nur möglich angezogen. Hier gab es den winzigsten Mini, den längsten Maxi, die verschiedensten Hosen, durchsichtige Blusen, Hemden und Kleider, indianische Trachten und Zigeunerlook.

Clay arbeitete sich durch die Menge und ergatterte für sich und Charlie einen Platz an der viel zu kleinen Bar. Er begann sich sofort mit einer Blondine in einem goldenen Anzug mit Leopardenmuster zu unterhalten, die aussah, als sei sie total high.

Charlie wünschte, er wäre nicht gekommen. Clay meinte es gut, aber das war nun einmal nicht seine Szene.

»Sie sind Charlie Brick, nicht wahr?« fragte ihn eine kleinere, weniger hübsche Ausgabe von Dindi. Sie hatte dasselbe flachsblonde Haar und babyblaue Augen. »Ich bin mit meinem Freund hier, aber ich wollte Ihnen sagen, daß ich ganz toll auf sie steh, Sie machen mich richtig wild.« Sie fummelte an ihrem durchsichtigen Minikleid herum und streichelte zerstreut ihre kleinen Brüste. »Ihre Brille ist so sexy. Ich stehe auf Brillen. Was für ein Sternzeichen sind Sie?«

»Jungfrau«, antwortete Charlie, der fasziniert zuschaute, wie ihre Brustwarzen unter ihrer eigenen Berührung hart wurde.

»Hm.« Sie schlug die Augen zum Himmel auf. »Das dachte ich mir. Ich bin Wassermann, wissen Sie. Ich bin Schauspielerin.«

Als ob ich das nicht wüßte, dachte er.

»Tja, ich geh' jetzt wohl lieber zu meinem Freund zurück. Soll ich Sie anrufen?«

»Rufen Sie nicht mich an, ich rufe Sie an.«

»Wie?«

»Nichts. Das ist nur ein Witz. Ich wohne im Hilton.«

»Schick.«

Sie flitzte davon, und Charlie drehte sich um, weil er sehen wollte, wie Clay vorankam. Offenbar gut, denn er flüsterte der Blonden, die sehr aufmerksam zuhörte, gerade etwas ins Ohr.

»Ich glaube, mir langst es«, sagte Charlie. »Gehen wir?«

Widerstrebend erklärte sich Clay einverstanden, notierte sich vorher aber noch die Telefonnummer der Blonden.

Clay schlug vor, langsam den Strip entlangzufahren, um zu sehen, was dort los war. »Wenn ich Glück habe«, sagte er, »kann ich eine Vierzehnjährige aufreißen.«

Charlie hatte inzwischen alle Lust an einem solchen Unternehmen verloren. Genausogut hätten sie sich telefonisch zwei

Nutten ins Haus bestellen können, denn ein weibliches Wesen, das um diese Zeit allein durch die Straßen lief, gehörte sowieso zu dieser Zunft. Außerdem wußte er nicht einmal, ob er überhaupt Lust auf Sex hatte.

»Fahr langsamer und halt am Bordstein«, sagte Clay. »Da haben wir ja zwei kleine Schätzchen.«

Zwei Mädchen kamen ihnen entgegen. Sie trugen knapp sitzende Mao-Hosen und Sweatshirts mit aufgedruckten Riesensandwiches, schwenkten Wildledertaschen mit Fransen und kauten Kaugummi. Als der Wagen hielt, schoben sie sich unauffällig näher, aber erst nachdem sie sich gründlich umgesehen hatten, ob keine Polizeistreife in der Nähe war.

»Sucht ihr vielleicht 'n bißchen Spaß?« Eines der Mädchen bückte sich zum offenen Fenster hinunter und musterte Clay interessiert.

Clay wollte antworten, aber Charlie gab plötzlich Gas, und der Wagen machte einen Sprung nach vorn.

»He, was ist los?« fragte Clay empört.

»Um Himmels willen, die beiden haben gestunken wie die Pest. Und außerdem waren sie bis unter die Haarwurzeln mit Drogen vollgepumpt.«

»Ich wußte ja nicht, daß du auf der Suche nach Miß ›Sauberfrau‹ Amerika bist.«

»Hol dich der Teufel!«

»Also, was willst du eigentlich?« fragte Clay schließlich.

Charlie zuckte mit den Schultern. Er war müde. Eigentlich wollte er nur nach Hause und ins Bett. Doch er wollte nicht, daß Clay glaubte, er wolle kneifen.

Sie kamen an einem Striptease-Schuppen vorbei. »Schauen wir doch mal da rein«, sagte Charlie und bog mit dem Lamborghini auf den benachbarten Parkplatz ein. Das war bestimmt besser, als den Strip rauf und runter zu fahren wie zwei Typen vom Land.

»Gute Idee«, sagte Clay, sofort wieder guter Laune.

Was ist eigentlich los? dachte Charlie. Was suchen wir, zum Teufel? Einen kurzen verstohlenen Blick auf Titten, wie zwei Schuljungen? Er war über sich selbst verärgert und ärgerte sich genauso über Clay.

Das Lokal war schmierig. Um eine L-förmige Bühne standen einfache Holztische herum. Eine Kellnerin in schwarzer Strumpfhose und einem schlaffen roten BH nahm ihre Bestellung entgegen.

Auf der Bühne zog ein Mädchen seine Routine-Show ab. Sie trug einen Badeanzug und eine Schärpe mit der Aufschrift ›Hitzige Miß Amerika‹. Sie hatte flammendrotes Haar und einen Riesenbusen. In Kalifornien gab es dank der Ärzte, die hier mehr Silikon spritzten als in anderen Staaten, auch entsprechend mehr riesige Busen.

Die Stripperin bewegte sich mit großer Energie, schlängelte sich im Handumdrehen aus dem Badeanzug und trug jetzt nur noch die Schärpe und einen rot-weiß-blauen Tanga.

»Mensch, so eine Ladung mal in der Hand haben!« rief Clay glücklich.

Charlie seufzte. Das Mädchen sah völlig unwirklich aus, schien nur aus zwei Kugeln aufrecht stehenden Fleisches zu bestehen.

Er bestellte eine Flasche Scotch und trank gemächlich vor sich hin.

Die nächste Tänzerin hatte Massen hochgetürmten schwarzen Haares und trug ein tief ausgeschnittenes, mit purpurnen Glasperlen verziertes Abendkleid. Sie wurde als ›Crazy Harold‹ angekündigt, und die Musik plärrte ›Big Spender‹. ›Crazy Harold‹ sprang und stampfte wie wild auf der Bühne herum.

Charlie fand die ganze Vorführung zum Abgewöhnen, aber Clay benahm sich so aufgeregt wie ein Schuljunge, der zum erstenmal auf einer Frau lag.

Zwischen den Auftritten der einzelnen Stripperinnen erzählte ein Komiker in einem fürchterlichen Vorstadtakzent schlechte und fade Witze. Charlie konzentrierte sich auf seine Stimme. Er fand sie viel interessanter als die Mädchen. Der Mann sprach genau in dem näselnden Tonfall, den Charlie in seinem nächsten Film verwenden wollte.

»Und jetzt lasse ich zwei wilde Mustangs auf euch los«, verkündete der Komiker. »Little Skinny Sackcloth und Fantastic Fat Fanny!«

Wie er das Wort ›Mustang‹ aussprach, das war für Charlie eine Offenbarung. Er murmelte es unaufhörlich vor sich hin, um den Tonfall im Ohr zu behalten.

Clay und das übrige Publikum brachen in brüllendes Gelächter aus, als die beiden Stripperinnen auf die Bühne kamen.

›Little Skinny Sackcloth‹ war ein Twiggy-Typ, ungewöhnlich hübsch, und sie trug ein rosafarbenes Minikleid.

›Fantastic Fat Fanny‹ war weniger hübsch, dafür originell: ein Berg von einem Mädchen, angefangen von dem wabbelnden Mehrfachkinn bis hin zu den Beinen, die aus weich gewordenem Gelee gemacht zu sein schienen. Auch sie trug ein rosafarbenes Minikleid.

Zu den Klängen von ›Hallo, Dolly‹ paradierten sie auf der Bühne.

»Du meine Güte«, stieß Clay hervor, »ich steh' schon von jeher auf fette Mädchen.«

Charlie trank seinen Scotch, und es ging ihm gut, aber selbst im Zustand absoluter Volltrunkenheit hätte er sich mit diesem weiblich Fettkloß nicht einlassen können. Mit der Kleinen, Mageren war das etwas anderes. Sie wirkte irgendwie rührend mit dem wuscheligen Blondhaar und den rehbraunen Augen.

Die Mädchen zogen sich gleichzeitig aus. Zuerst die sack artigen Minikleider. Darunter trugen sie BH, Schlüpfer und an altmodischen Strumpfbandgürteln befestigte Strümpfe.

Fat Fanny wirkte grotesk: Wulst um Wulst schlaffen, wabbeligen Fleisches wurde freigelegt, das im Takt mit der Musik zitterte und bebte. Im Vergleich zu ihr war Skinny Sackcloth ein Skelett, aus dessen ausgemergeltem Brustkorb die Rippen hervorstachen.

Die Kombination dieser beiden weiblichen Gestalten auf der Bühne wirkte fast obszön. Die BH ließen sich vorn öffnen, und im Rhythmus eines Honky-tonk-Arrangements von ›Hart-Hearted-Hannah‹ streiften sie langsam die Träger ab.

»Ich muß die Fette haben!« stöhnte Clay.

Wenn Natalie ihn jetzt sehen könnte, dachte Charlie, den Clays Begeisterung amüsierte. Fat Fanny sah wie ein ungeheuer fettes Tier aus. Riesige Brüste, die auf und ab wippten, mit Brustwarzen, die so groß waren wie die Brüste des dünnen Mädchens.

Sie waren die letzte Nummer der Show. Der Komiker hüpfte auf die Bühne, beglückte das Publikum noch mit zwei Uralt-Witzen und versprach allen eine neue brillante Show in genau einer Stunde.

Clay schnappte sich den Mann, als er unterwegs zur Bar war. Charlie rief nach der Rechnung und bezahlte. Er wollte Clay bei seinem Wagen absetzen und ins Bett gehen. Wenn Clay noch länger umherfahren wollte, dann sollte er es allein tun.

Clay kramte in seiner Tasche und gab dem Komiker Geld. Charlie stand auf. Er hatte die Brille abgenommen, denn ohne Brille erkannte ihn niemand. Und wer wollte schon in einer solchen Spelunke erkannt werden?

»Komm, Clay«, sagte er geduldig. »Gehen wir.«

»Es ist alles arrangiert«, sagte Clay aufgeregt. »Alles geritzt.«

»Was ist arrangiert?«

»Fantastic Fat Fanny und das magere Ding. Ich habe dem Kerl zweihundert Dollar gegeben, und wir sollen in ihr Apartment rübergehen. Es liegt auf der anderen Straßenseite. Sie haben nur eine Stunde Zeit. Wie findest du meine Organisation?«

»Zweihundert Dollar für diese beiden Freaks! Du mußt den Verstand verloren haben.«

»O nein, den habe ich noch ganz beisammen. Gehen wir.«

Widerstrebend trottete Charlie hinter ihm her. Natalie hatte immer behauptet, Clay treibe es mit jeder. Aber das hier war lächerlich.

Little Skinny Sackcloth öffnete ihnen die Tür. Sie trug ein mit Straußenfedern verbrämtes Negligé aus schwarzem Chiffon und lächelte ausdruckslos.

Das Apartment bestand aus einem einzigen Raum und erinnerte Charlie an sein erstes Sex-Erlebnis vor vielen Jahren in einer schmuddeligen Garderobe mit einer Schwesternnummer. Dort hatte es genauso nach billigem Parfüm und altem Schweiß gerochen.

Clay trat siegessicher ein. »Habt ihr Schnaps da?« fragte er.

Skinny sah ihn erstaunt an. »Jake hat nix davon gesagt, daß ihr auch für 'n Schnaps geblecht habt.«

Eine Toilettenspülung rauschte, und Fat Fanny tauchte aus dem Badezimmer auf. Sie trug dasselbe Negligé wie Skinny. Sofort übernahm sie das Kommando. »Ihr wollt Scotch? Kostet zehn Dollar das Glas. Zieht die Hosen aus und macht es euch bequem. Aber nicht zu bequem, wir haben nur eine Stunde. Sonderwünsche müssen extra bezahlt werden. Kapiert? Extra. Und wenn ihr's beide zugleich mit mir machen wollt, kostet das auch extra.« Sie sprach sehr schnell, mit einer weichen, hellen Stimme, die überhaupt nicht zu ihrer Erscheinung paßte.

Clay sah Charlie an und Charlie Clay, und dann brachen beide in lautes Gelächter aus.

»Also du kannst ja versuchen, ihn hochzukriegen«, sagte Charlie. »Ich kann es bestimmt nicht.«

»Für zweihundert Dollar will ich's immerhin versuchen«, erwiderte Clay, öffnete den Reißverschluß seiner Hose und zog sie aus.

»Ich glaube, ich möchte nur zusehen«, sagte Charlie höflich, als das magere Mädchen auf ihn zukam.

Die Fette schlüpfte aus dem Negligé, legte sich aufs Bett. Ein törichtes Grinsen im Gesicht, machte Clay sich daran, sie zu besteigen.

»Sag meinem Freund, ich warte im Wagen auf ihn«, sagte Charlie zu der Mageren und machte sich leise davon.

## 30

Sunday nahm die erste Maschine, die von Acapulco abflog. Es war ein Linienflug nach Mexico City.

Mit straff zurückgekämmtem Haar, einem strengen Knoten und dunkler Brille blieb Sunday unerkannt. Das Ticket hatte sie unter dem Namen ›Sands‹ gebucht. Sie wußte noch nicht, wohin sie wollte, war jedoch entschlossen, unbemerkt zu verschwinden, bevor der Sturm losbrach, den das Scheitern ihrer Verlobung in der Öffentlichkeit entfesseln würde.

Daß sie sich mit Steve Magnum verlobt hatte, hatte sie mit einem Schlag in den Mittelpunkt des öffentlichen Interesses gerückt.

Sie wollte auch fort von Steve. Wenn sie in seiner Nähe blieb und er sie fand, würde er sich herausreden wollen, sie um Verzeihung bitten und schließlich beleidigen und beschimpfen. Dem wollte sie entgehen.

Sie las die Anzeigetafel, auf der in Leuchtschrift die nächsten Flüge angekündigt wurden. Allzuweit weg wollte sie nicht. Dann fiel ihr Rio ein. Warum eigentlich nicht Rio? Sie war nach dem Tod ihrer Eltern nie wieder dort gewesen. Jetzt hätte sie eine ausgezeichnete Gelegenheit dazu. In einer Stunde ging eine Maschine, die direkten Anschluß nach Rio hatte.

Der kleine Junge stand neben dem Eingang zum Flugsteig und schaute sich mit großen Augen um. Sunday hatte ihn sofort bemerkt, denn er schien ihr viel zu klein, um allein reisen zu können – höchstens fünf oder sechs Jahre alt. Außerdem war er das schönste Kind, das sie je gesehen hatte. Langes, dunkles Haar umgab sein Gesicht wie eine Wolke, er hatte eine olivfarbene Haut und riesige schwarze Augen.

Wenn ich je ein Kind habe, dachte Sunday, dann soll es so aussehen wie dieser Junge. Er stand sehr still, nur hin und wieder flogen seine Blicke ängstlich umher, als erwarte er jemanden.

Der Flug wurde aufgerufen, und er begann zu weinen, nicht schluchzend und schnüffelnd, die Tränen sammelten sich einfach in den großen Augen und liefen ihm über die Wangen.

Sunday ging zu ihm. »Wartest du auf deine Mutter?«

Er schüttelte den Kopf.

»Kommt dich jemand abholen?«

Er nickte. »Oui, Papa.«

»Bist du Franzose?«

»Ja, er ist Franzose«, sagte eine gelangweilt klingende Männerstimme hinter Sunday. »Und es geht ihm gut, vielen Dank. Sie können ihn also in Ruhe lassen.«

Sie folgte den beiden und holte sie an der Einstiegstreppe des

Flugzeugs ein. »Es tut mir leid«, sagte sie. »Ich dachte, er sei allein. Ich wollte nur feststellen, ob er Hilfe brauchte. Er hat geweint.«

»Geweint?« fragte der Mann belustigt. »Jean-Pierre weint nie.«

»Sie sind Claude Hussan, nicht wahr?« entfuhr es Sunday, die sich schon im nächsten Moment am liebsten die Zunge abgebissen hätte. Das hatte ja genauso geklungen, als sei sie ein Fan, der sich ihm aufdrängen wollte.

Er ignorierte sie jedoch, ging an Bord der Maschine und setzte sich, ohne sie noch einmal anzusehen.

Er erkannte sie nicht, das war offensichtlich. Als sie sich in Acapulco auf der Party kennengelernt hatten, war sie elegant angezogen und sorgfältig zurechtgemacht gewesen, strahlend und schön, während sie jetzt aussah wie Aschenputtel. Trotzdem war er ein Flegel, und der kleine Junge hatte geweint. »Jean-Pierre weint nie«, eine typisch männliche Erklärung im Zusammenhang mit einem fünfjährigen Kind.

Die Maschine raste über die Startbahn und war plötzlich in der Luft. Sunday liebte das Fliegen. Es gab ihr ein übersteigertes Lebensgefühl und war ein Symbol der Kraft.

Merkwürdigerweise war Sunday völlig entspannt und fast erleichtert. Steve Magnum wäre nicht der richtige Mann für sie gewesen. Sie hatte ihn akzeptiert, weil sie für eine neue Beziehung bereit war. Sie schaute durch den Mittelgang nach vorn, wo Claude Hussan sich mit einer Stewardeß unterhielt, die beim Lächeln ihre weißen Zähne blitzen ließ. Ihr gegenüber benahm er sich nicht flegelhaft.

Der Flug verging sehr schnell. Bei der Zwischenlandung kaufte Sunday sich ein paar Zeitungen, aber über sie und Steve Magnum stand noch nichts drin. Sie trank einen Kaffee, ging in die Damentoilette und sah den kleinen Jean-Pierre wieder allein herumstehen. Sie lächelte ihm zu, und er grinste zurück. Im Oberkiefer fehlten ihm zwei Schneidezähne, und er sah wie ein kleiner Kobold aus.

Sie fragte sich, wo sein Vater sein mochte. Saß wahrscheinlich in einer Bar und ließ sich vollaufen.

Sunday ging an Bord der Maschine, und kurz vor dem Start

erschien Claude Hussan mit Jean-Pierre. Sie wandte den Kopf ab, als sie vorbeigingen.

Carey fuhr direkt vom Flughafen ins Büro. Sie war müde und verschwitzt, und ihr teures Ungarro-Kostüm hatte den Strapazen der Reise nicht standgehalten und hing an ihr herunter wie ein Lappen.

Marshall, der dieselbe Maschine genommen hatte wie sie, hatte seine ganze Redegewandtheit aufgebracht, um sie davon zu überzeugen, daß sie sofort heiraten sollten. Nachdem sie nach Sundays und Steves Party zum erstenmal mit ihm geschlafen hatte, hatte er aus einem ihr unerklärlichen Grund seine ganze bisher zur Schau getragene Gelassenheit abgelegt.

Anstatt wie bisher zu sagen: »Denk darüber nach. Laß dir Zeit. Ich weiß, ich bin viel älter als du«, erklärte er jetzt kategorisch: »Sag mir wann, Carey, du bestimmst den Tag. Aber schieb ihn nicht zu lange hinaus. Nächste Woche wäre ein guter Termin.«

Sie saß an ihrem Schreibtisch und kaute an einem Bleistift. Vor ihr türmte sich ein Stapel von Notizen, doch sie verschwendete keinen Blick darauf.

Marshall war im Bett großartig gewesen, erstaunlich gut für einen fünfundsechzigjährigen Mann. Sogar besser als der dreiundzwanzigjährige Schauspieler, mit dem sie zuletzt zusammengewesen war.

Es war ihr so merkwürdig vorgekommen, mit Marshall ins Bett zu gehen – dem guten alten Marshall, bei dem sie sieben Jahre lang angestellt gewesen war. Fast hatte sie das Gefühl gehabt, sich auf eine inzestuöse Beziehung einzulassen, und sie hatte sich, bevor sie in ihr Hotel zurückging, gründlich betrinken müssen.

Sie hatte jedoch festgestellt, daß die Technik des älteren Mannes viel für sich hatte und sogar der Ausdauer und dem – Stehvermögen vorzuziehen war.

Sie lachte leise in sich hinein. Was hinderte sie eigentlich noch daran, jetzt zu heiraten? Sie war achtundzwanzig, hatte sich in der Welt umgesehen und war bereit, mit einem Mann seßhaft zu werden. Außerdem hatte Marshall ihr gesagt, sie könne ihre Agentur weiterführen.

Ihre Mutter, die mit Careys verheiratetem Bruder und seiner Frau in einem hübschen Haus in Pasadena lebte, würde natürlich einen Anfall bekommen. Wann immer Carey sie zu irgendwelchen Feiertagen besuchte, versuchten sie, sie mit einem aufstrebenden Anwalt oder Steuerberater zu verkuppeln. Wenn sie einen Weißen heiratete, würde sie zum Schandfleck der Familie. Aber – na und?

Sie drückte auf den Knopf der Gegensprechanlage. Was sollte sie noch lange zögern? Wenn sie den Sprung jetzt nicht wagte, dann wagte sie ihn nie.

»Sue, verbinden Sie mich mit Sunday Simmons in Acapulco.« Sunday sollte es als erste erfahren.

»Sie ist doch bestimmt nicht mehr dort, oder?« entgegnete Sue rätselhaft. »Aber Steve Magnum möchte mit Ihnen sprechen.«

»Stellen Sie durch, Sue.«

Es folgte eine kurze Pause, und dann kam Steves Stimme krächzend durch die Leitung. »Wo ist sie, zum Teufel, Carey?«

»Wer soll zum Teufel wo sein?«

»Also bitte, spielen Sie jetzt nicht die Ahnungslose! Wo ist sie?«

»Steve, ich bin eben erst zurückgekommen. Der Flug war lausig, und ich fühle mich nicht besonders, also hören Sie auf, mich anzubrüllen. Wenn Sie Sunday suchen – ich habe kurz vor dem Abflug mit ihr telefoniert, und da lag sie noch im Bett. Warum zieht ihr beiden nicht zusammen, dann werden Sie nicht immer vor Angst halb ausflippen, wenn sie mal einkaufen geht oder so.«

»Hören Sie auf, Mist zu quatschen«, antwortete Steve kalt.

Sue, die die üble Gewohnheit hatte, alle Gespräche mitzuhören, kam plötzlich ins Büro gestürmt, riß das oberste Blatt von Careys Notizblock und wedelte ihr damit vor der Nase herum. Carey überflog rasch die Nachricht.

»Was geht da vor, zum Kuckuck?« fragte Steve. »Wollen Sie mir jetzt sagen, wo sie ist, oder nicht?«

»Was ist passiert?« Carey stotterte fast. »Was ist passiert?

Als ich abflog, war alles in Ordnung, aber meine idiotische Sekretärin hat mir eben erst eine Nachricht von Sunday gezeigt.«

»Was für eine Nachricht?«

»Es scheint eine Erklärung für die Presse zu sein, die ich herausgeben soll. Außerdem steht da, es gehe ihr gut und sie werde mich in ein paar Tagen anrufen.«

»Wie lautet die Erklärung für die Presse?«

»Sie ist sehr kurz. ›Sunday Simmons und Steve Magnum haben in gegenseitigem Einvernehmen beschlossen, ihre Verlobung zu lösen.‹«

»In gegenseitigem Einvernehmen, Scheiße!« fauchte Steve. »Haben Sie die Erklärung schon herausgegeben?«

»Ich sagte Ihnen doch, daß ich sie erst in dieser Sekunde zu sehen bekam.«

»Gut. Ich möchte nicht, daß diese Erklärung herausgeht.«

»Sie sind nicht mein Klient, Steve.«

»O doch, von jetzt an. Ich überweise Ihnen sofort einen großen Vorschuß, Schätzchen.«

»Tut mir leid, Steve. Wenn Sunday will, daß ich die Erklärung an die Presse weitergebe, dann gebe ich sie weiter.«

»Also, wenn ich eins nicht ausstehen kann, dann ist das ein Nigger mit Integrität.«

Es folgte ein kurzes Schweigen. Carey überlegte, ob sie auflegen solle.

»Oh – eh – tut mir leid«, sagte Steve. »Wissen Sie was, ich möchte, daß Sie auf jeden Fall für mich arbeiten.«

»Was ist passiert?« fragte Carey.

»Was passiert ist? Wer weiß das schon? Ich war heute nacht total blau und habe anscheinend etwas getan, was ich – ihren ein bißchen wirren Maßstäben zufolge – anscheinend nicht hätte tun dürfen.«

»Und was haben Sie getan?«

»Ach, wirklich nicht viel.« Steve zögerte. »Jede andere hätte darüber gelacht.«

»Was war's denn, um Himmels willen? Es muß schon mehr als nicht viel gewesen sein, sonst hätte Sunday wohl kaum Schluß gemacht.«

»Ich hatte was mit irgendeinem Flittchen, einem Niemand – die Sache hat nicht länger als fünf Minuten gedauert. Es war nichts.«

»Und das haben Sie Sunday erzählt?«

»Sind Sie verrückt? Natürlich habe ich ihr nichts gesagt, aber sie muß es irgendwie erfahren haben. Sie hat mir den Ring zurückgeschickt und ist einfach abgehauen. Als ich heute aufstand, war sie nicht mehr da.«

»Dindi?«

»Wie bitte?«

»Es war Dindi Sydne, nicht wahr?«

»Keine Ahnung, wer es war. Für mich sehen diese Flittchen alle gleich aus. Es war eine kleine Blonde, und sie ist mit diesem englischen Schauspieler – wie heißt er noch? – ach ja, Charlie Brick verheiratet. Ein ausgeflipptes Ding.«

»Ja, das war Dindi. Ich wette, sie konnte es kaum erwarten, Sunday alles brühwarm zu erzählen. Ehrlich, Steve, wie konnten Sie nur so etwas tun? Warum haben Sie's getan?«

»Weil ich einen Steifen hatte, Schätzchen, einen guten altmodischen Steifen. Meine Güte, Carey, keine Moralpredigten bitte! Tun Sie mir nur einen großen Gefallen: Warten Sie noch vierundzwanzig Stunden, bevor Sie die Erklärung an die Presse weitergeben. Sobald ich Sunday gefunden habe, kann ich sie umstimmen, das weiß ich.«

»Ich weiß nicht, Steve, ich sollte wirklich . . .«

»Vierundzwanzig Stunden, um Himmels willen! Ich verlange ja nichts Unmögliches. Ich liebe das Mädchen wirklich. Geben Sie mir eine Chance.«

»Nun gut, Steve. Aber nur vierundzwanzig Stunden, und wenn ich bis dahin nichts gehört habe, geht die Erklärung hinaus.«

»Sie werden es nicht bereuen, wenn Sie bei unserer Hochzeit Blumen streuen. Bleiben Sie jetzt nur cool, und kein Wort zu irgend jemand. Ich lasse einen Detektiv aus L. A. einfliegen, und der findet sie sofort.«

»Ich halte selbstverständlich den Mund, aber für Dindi Sydne kann ich mich nicht verbürgen.«

»Zerbrechen Sie sich ihretwegen nicht den Kopf, um sie

kümmere ich mich. Setzen Sie sich mit mir in Verbindung, wenn Sie erfahren, wo Sunday ist.«

Er legte auf.

Großartig, dachte Carey, eine wirklich fantastische Situation. Da sie Sunday kannte, wußte sie, daß Steve Magnum schon verloren hatte. Sie seufzte. Vom rein geschäftlichen Standpunkt aus gesehen, war die Publicity unbezahlbar.

## 31

Marge Lincoln Jefferson saß nervös im Büro des Bankdirektors. Ihre Handteller waren zum Auswringen naß, und sie wischte sie verstohlen an ihrem Baumwollkleid ab.

Louella hatte ihr immer und immer wieder eingeschärft, wie sie sich benehmen und was sie sagen sollte.

Sie hatte sich streng daran gehalten, und als sie zu Ende gesprochen hatte, stand der Mann hinter dem Schreibtisch auf.

»Sie haben also Ihr Sparbuch verloren, Mrs. Lincoln Jefferson«, sagte er. »Sie sollten vorsichtiger damit umgehen. Sparbücher sollten an einem sicheren Ort verwahrt werden, dann können wir Ihnen ganz ohne Schwierigkeiten unsere saftigen und fetten Zinsen gutschreiben.«

Als er saftig und fett sagte, musterte er ihre großen, schlaffen Brüste, die unter dem Baumwollkleid in einem schmutzigen, alten BH hingen. Den einzigen guten BH sparte sie sich für die Zusammenkunft am Samstag auf.

»Ja, ich weiß«, sagte sie, mutiger werdend. »Aber ich brauche ganz schnell fünfhundert Dollar. Ich brauche sie noch heute.«

»Heute? Also heute können Sie ganz bestimmt noch nichts abheben. Wir haben da eine Sperrfrist von sieben Tagen, wissen Sie? Aber wir können jetzt alle nötigen Details erledigen, und wenn Sie in einer Woche wiederkommen, geht alles klar.«

Was würde Louella wohl dazu sagen? Vielleicht erlaubte sie

ihr nicht einmal, an dem Treffen am Samstag abend teilzunehmen? Marge quetschte zwei große Tränen aus den Augen. »Ich muß das Geld heute haben. In einer Woche ist es vielleicht zu spät. Ich muß ins Krankenhaus – ein Frauenleiden, wissen Sie?«

Der Bankdirektor wurde rot. Er wollte nichts über die intimen Probleme dieser unglaublich fetten Person erfahren.

Marge fiel ein, daß Louella gesagt hatte: »Wenn es Schwierigkeiten gibt, fang an, dem Kerl zu schmeicheln.«

Sie stand auf, lehnte sich über den Schreibtisch und deponierte ihren riesigen Busen auf der Schreibtischplatte. »Sie müssen mir eine Chance geben«, sagte sie. Es war eine Zeile aus einem alten Mae-West-Film, der im Fernsehen schon sechsmal wiederholt worden war. »Wenn Sie – eh – gut zu mir sind, bin ich auch – eh – gut zu Ihnen. Sie verstehen doch, was ich meine?«

Der Bankdirektor verstand nur zu gut, was sie meinte. Er räusperte sich und hüstelte nervös. »Ich will sehen, ob wir eine Ausnahme machen können, Mrs. Lincoln Jefferson. Warten Sie bitte einen Augenblick.« Er hätte alles getan, um diese furchtbare Frau loszuwerden.

Marge setzte sich wieder und wartete. Wenn Herbie wüßte, was ich hier tue, würde er mich umbringen, dachte sie. Aber Louella hat gesagt, es sei in Ordnung . . . Louella hatte sie beschworen, sie müsse es tun, sonst gäbe es keinen ›Kreis der Freunde‹ mehr für sie, keine Zusammenkünfte, keine Partys und keinen Spaß.

Eine Sekretärin kam herein und sah Marge lächelnd an. »Unterschreiben Sie bitte hier – und hier«, sagte sie. »Mr. Marvin mußte schnell weg, aber er hat mich ermächtigt, Ihnen fünfhundert Dollar von Ihrem Konto auszuzahlen.«

Zwei Tage vergingen, und nichts geschah. Herbert ging wie gewöhnlich seiner Arbeit nach.

Jeden Tag suchte er in den Zeitungen nach weiteren Neuigkeiten über den Mord, aber nach dem ersten Artikel kam nichts mehr. Morde waren in Los Angeles etwas Alltägliches, man regte sich nicht weiter darüber auf, es sei denn, Täter oder Opfer waren berühmt oder die Tat besonders abscheulich.

Marge fragte ihn ununterbrochen mit ihrer weinerlichen, näselnd klingenden Stimme: »Was hast du getan, Herbie? Warum soll ich der Polizei sagen, daß du hier warst?«

Herbert ignorierte sie. Er duschte häufiger als sonst und träumte davon, was er getan hätte, wäre Sunday Simmons bei ihm gewesen und nicht dieses dreckige Hippiemädchen. Sunday Simmons, die ihr Kleid auszog und sich ihm anbot . . .

Er fuhr wie üblich mit dem Bus zur Arbeit, bemühte sich um einen Platz, auf dem er mit den anderen Passagieren nicht in Berührung kam, und beschloß, daß er vom nächsten Gehalt eine Anzahlung für ein Auto abzweigen würde. Er hielt diese Busfahrten nicht mehr aus, nicht den Geruch und nicht die Menschen. Eigentlich sollte er die Miete für sein Haus bezahlen, mit der er zwei Monate im Rückstand war, und die Raten für den Fernseher und den Kühlschrank waren auch fällig. Aber ein Auto war wichtiger, war eine unabdingbare Notwendigkeit.

Es war ein Jammer, daß Marge nicht mehr mitarbeitete, aber Kellnerin in einem Oben-ohne-Restaurant konnte sie ja wirklich nicht mehr sein. Herbert hustete angeekelt. Er wollte sie nicht mehr. Sie war ganz nützlich gewesen, um für ihn zu kochen und ihm die Wäsche zu waschen, doch das konnte auch ein Hausmädchen erledigen, das tagsüber kam. Nein, nach dem, was er vor ein paar Tagen beobachtet hatte, wollte er die dreckige Hure nicht mehr um sich haben.

Scheidung war eine kostspielige Sache. Er dachte sehr eingehend über andere Möglichkeiten nach, um Marge loszuwerden . . .

»Ich habe das Geld!« verkündete Marge triumphierend.

Louella, die mit zusammengepreßten Lippen in ihrem alten grünen Chevy saß, nahm das Geld aus Marges ausgestreckter Hand und zählte es. Dann legte sie es in ihre Brieftasche und lächelte Marge an. »Du bist wirklich ein kluges Ding. Jetzt bist du wirklich und wahrhaftig eine von uns.«

Sie fuhren zu Louellas Haus zurück. Louella kochte Kräutertee und ging dann mit Marge die Zeitungen der letzten zwei, drei Tage durch. Sie hatte mehrere Artikel angestrichen – sechs Einbrüche, zwei Überfälle, einen Bankraub, drei Vergewaltigungen und zwei Morde.

»Eins davon muß es sein«, sagte Louella. »Ich möchte, daß du sie dir alle sehr sorgfältig durchliest, bis du ganz genau weißt, was drinsteht.«

»Muß ich das wirklich, Louey? Ich kann nicht besonders gut lesen.«

»Wenn wir herausbringen wollen, was dein Mann angestellt hat, dann mußt du es tun. Wenn wir zum Beispiel feststellen, daß er es war, der die alleinstehende Frau in ihrem Haus vergewaltigt hat, dann kann er dich nie wieder herumstoßen. Dann haben wir ihn in der Hand.«

Marge kicherte. »Da hast du wahrscheinlich recht, aber Herbie würde nie eine Frau vergewaltigen.«

»Woher willst du das wissen? Du mußt dich mit den einzelnen Fällen vertraut machen und sie Herbie gegenüber erwähnen. Wenn du auf den richtigen stößt, wirst du es sofort an seiner Reaktion merken.«

»Und wenn es keiner dieser Fälle ist?«

Louella zuckte mit den Schultern. »Dann müssen wir einen anderen Weg finden, um zu erfahren, was er getan hat.«

»Okay, Louey. Ich weiß wirklich nicht, was ich getan hätte, wenn du nicht ins Nebenhaus gezogen wärst. Du bist so wunderbar zu mir, läßt mich in deinen ›Kreis der Freunde‹ eintreten und alles.« Marge griff mit ihrer warmen, plumpen Hand nach Louellas Arm. »Du hast mein ganzes Leben verändert, und das meine ich ganz ernst.«

Louella lächelte, aber das Lächeln erreichte ihre kleinen violetten Augen nicht. Für sie war Marge genau dasselbe wie für Herbert – eine schwerfällige, hirnlose Idiotin. Aber es waren dumme Frauen wie Marge, die ihren Lebensunterhalt bestritten.

Was würde Marge tun, wenn sie wüßte, daß der ›Kreis der Freunde‹ hauptsächlich aus perversen Geschäftsleuten bestand, die nur Befriedigung fanden, wenn sie so taten, als handle es sich um eine Orgie mit Schwarzer Magie.

Einsame Frauen waren in Los Angeles so leicht zu finden – Witwen, Geschiedene, Schauspielerinnen, die nie weitergekommen waren als bis ans Tor eines Filmstudios.

Praktisch ausnahmslos waren sie, nachdem Louella sie gefunden hatte, bereit, ihrem ›Kreis der Freunde‹ beizutreten, und keine einzige hatte etwas gegen die sogenannten ›sexuellen Weihen‹ einzuwenden.

Es lief darauf hinaus, daß sie alle Sex wollten. Daß Louella der Sache einen respektablen Namen gab und daß sie fünfhundert Dollar ›Mitgliedsbeitrag‹ kassierte, machte sie in den Augen der Frauen zu etwas Seriösem. Louella fand die Frauen, freundete sich mit ihnen an, und ihr Mann sammelte die männlichen Außenseiter, die fünfzig Dollar bezahlen mußten und nur an einem einzigen Treffen teilnehmen durften. Hätte man ihnen Marge für fünfzig Dollar als Prostituierte angeboten, wären wohl alle davor zurückgeschreckt, aber die bizarre Atmosphäre dieser Treffen machte alle glücklich.

Nach ungefähr zwei Monaten, in denen Marge von mehr als fünfzig Männern ›die Weihen erhalten‹ haben würde, würden sich Louella und ihr Mann mit fast fünftausend Dollar in der Tasche aus dem Staub machen und Marge verstört und plötzlich wieder ohne Freunde zurücklassen.

In vier Jahren hatten sie fast vierzig Frauen so behandelt, und die Zukunft sah hell und vielversprechend aus, denn sie hatten noch nicht einmal die Hälfte des Staates Kalifornien abgegrast. Noch keine der Frauen hatte Anzeige erstattet. Was hätten sie auch vorbringen können?

So einfach war die Sache.

Als lukratives Nebengeschäft, das Louella entdeckt hatte, erwies sich Erpressung. Einen dunklen Punkt in der Vergangenheit ihrer Opfer zu finden, brachte oft noch ein paar hundert Dollar extra ein.

Wenn es ihr gelang, etwas Derartiges über Marges Mann zu erfahren, konnte sie ihr bestimmt auch noch den Rest ihrer Ersparnisse abluchsen, das wußte Louella. Und dieser Herbert Lincoln Jefferson hatte bestimmt etwas zu verbergen, das war ein ganz schräger Kunde.

Als Herbert sich Samstag abend zum Dienst meldete, sagte der Mann am Schreibtisch: »Jefferson, man wünscht Sie im Hauptbüro zu sehen.«

»Mich?« fragte Herbert dümmlich.

»Ja, Sie. Es handelt sich um eine Beschwerde oder etwas Ähnliches.«

Herbert brach am ganzen Körper der kalte Schweiß aus. Eine Beschwerde?

Er versuchte zu überlegen, was er tun sollte. Bestimmt war es die Polizei, die ihn sprechen wollte. Sie mußten die Sache mit dem Mädchen herausgefunden haben. Sollte er fliehen? Aber wohin? Er hatte nur ein paar Dollar in der Tasche und keinen Wagen und würde nicht sehr weit kommen.

Nein, das beste war, er blieb und leugnete alles. Marge würde sein Alibi bestätigen. Wenigstens hoffte er es.

Das einzige, das ihn mit dem Mädchen in Verbindung bringen konnte, war das Halskettchen, das er im Wagen gefunden hatte, doch das hatte er sehr sorgfältig unter der Matratze seines Bettes versteckt. Marge machte die Betten nur sehr selten, es bestand daher kaum die Gefahr, daß sie sich einmal dazu aufschwang, die Matratzen umzudrehen. Die Kette lag dort ganz sicher. Er wußte ja nicht einmal, ob sie tatsächlich dem Mädchen gehört hatte. Jeder seiner Passagiere konnte sie verloren haben. Es war jedoch am sichersten, sie gut zu verstecken.

Im Hauptbüro lag Mr. Snake, der Manager, lässig in einem schwarzen Ledersessel, die Füße vor sich auf dem Schreibtisch. Er telefonierte und ignorierte Herbert, als er von einer blonden Sekretärin hereingeführt wurde.

Herbert blieb verkrampft vor dem Schreibtisch stehen und hätte sich gern hingesetzt, aber Mr. Snake hatte ihn nicht dazu aufgefordert, und Arbeitgebern gegenüber benahm Herbert sich gern, wie es sich gehörte. Die Polizei war wenigstens nicht hier, und dafür war Herbert dankbar.

Mr. Snake beendete sein Telefongespräch, warf den Hörer auf die Gabel, zündete sich eine Zigarette an und fauchte: »Haben Sie in die Swimmingpools unserer Kunden gepißt, Jefferson?«

»Was?« fragte Herbert, und seine fahle Haut rötete sich.

»Sie haben mich gehört. Stimmt es, oder stimmt es nicht?«

»Es stimmt nicht«, sagte Herbert rasch. Das war etwas, das ihm niemand beweisen konnte.

»Sie sind entlassen. Ich habe Ihnen die Chance gegeben, die Wahrheit zu sagen. Sie haben sie verpaßt. Ein Kind hat seine Mutter gefilmt, bevor sie ausging, und durch die Glastür sieht man Sie ganz ruhig und gelassen in den Swimmingpool pissen. Ich habe mir den Film heute nachmittag selbst angeschaut. Packen Sie Ihre Sachen, und verschwinden Sie. Der Kassierer hat Ihren Gehaltsscheck bis einschließlich heute bereit.«

Mr. Snake nahm den Telefonhörer wieder auf, und als Herbert das Büro verließ, war er schon wieder in ein Gespräch vertieft.

## 32

Nach dem Erlebnis mit Clay und den beiden Stripperinnen versank Charlie in einer tiefen Depression. Er schloß sich mit dem treuen George in seinen Hotel-Bungalow ein und weigerte sich, irgend jemanden zu sehen, es sei denn, es handelte sich um seinen neuen Film, eine Komödie mit dem Titel ›Fred‹.

Die weibliche Hauptrolle spielte Laurel Jones, ein häßlich-hübsches Mädchen, das im vergangenen Jahr für den ›Oscar‹ für die beste Darstellung einer Nebenrolle nominiert gewesen war, ihn aber nicht gewonnen hatte.

Charlie lud sie zum Abendessen ins Hotel ein, und sie brachte ihren Mann mit, das langhaarige Mitglied einer im Moment sehr erfolgreichen Popgruppe, die sich ›Die Söhne‹ nannte. Die beiden waren seit zwei Monaten verheiratet. Charlie hatte beide gern. Sie redeten über Politik, Drop-outs, Luftverschmutzung, Hungersnöte – für Charlie eine erfreuliche Abwechslung, denn es gab sonst nur zwei Themen in der Branche: die Filmindustrie und wer mit wem schlief.

Laurel und ihr Mann Floss waren Vegetarier und planten, sechs Monate Urlaub zu machen, um sich einer Welt-Hunger-Initiative in Indien anzuschließen.

»Das ist das Wahre, Mann«, sagte Floss. »Menschen zu helfen, die sich nicht selbst helfen können.«

Laurel nickte, und ihre Augen glänzten, so sehr war sie mit dem einverstanden, was ihr Mann sagte.

»Ja, aber was soll aus euren Karrieren werden?« fragte Charlie. »Ihr steht beide noch am Anfang. Ich meine, ich weiß, daß es sehr gut für euch läuft, aber jetzt alles hinzuwerfen . . .«

»Wir haben alles genau überlegt«, sagte Floss.

»Ja«, stimmte Laurel ihm zu. »Floss und die Jungs werden genug Bandaufnahmen machen, daß sie sechs Monate ohne ihn auskommen, und ich habe nach ›Fred‹ noch einen weiteren Film auf meinem Programm.«

»Mann, wenn Sie nicht mal sechs Monate Ihres Lebens dafür erübrigen können, anderen Menschen zu helfen, na ja, dann weiß ich einfach nicht . . .« Floss schüttelte bekümmert den Kopf.

Charlie versuchte sich zu erinnern, was er getan hatte, um anderen zu helfen. Er überließ George immer seine alten Anzüge, und er hatte in den letzten Jahren über fünfzehntausend Dollar an Wohltätigkeitsorganisationen gespendet. Was natürlich steuerabzugsfähig war. Vor einigen Monaten war man an ihn herangetreten und hatte ihn gebeten, sich mit einem Aufruf für die Obdachlosen einzusetzen, doch er hatte abgelehnt. Nicht, weil er sich nicht engagieren wollte, sondern weil er zu scheu war, um vor der Öffentlichkeit aufzutreten, wenn er sich nicht hinter einer Rolle verstecken konnte. Er hatte mit einer ganzen Reihe anderer sehr prominenter Leute ein Gesuch für die Legalisierung von Pot unterschrieben. Laurel und Floss, beide neunzehn, gaben ihm das Gefühl, steinalt zu sein.

Nach dem Abendessen schlug er vor, ein bißchen zu ›rauchen‹ und Musik zu hören.

Laurel und Floss sahen sich lächelnd an. »Wir haben es aufgegeben«, sagte Laurel.

»Ja, entweder braucht man's, oder man braucht es nicht,

und wir haben festgestellt, daß wir einen Punkt erreicht haben, an dem wir es nicht mehr brauchen.« Floss fuhr sich mit der Hand durch das lange blonde Haar. »Rauchen Sie ruhig«, fügte er hinzu.

Verlegen steckte Charlie den Joint wieder ein, den er herausgeholt hatte. »Nein, ich brauche es nicht«, sagte er. »Ich dachte nur, daß ihr beide – eh . . .«

»Alle Leute glauben, wir stehen nur auf Drogen, Ehe auf Probe und lauter so'n Scheiß. Laurel und ich wollen den Menschen zeigen, daß unsere Hauptsorge der Zukunft der Welt gilt, in der wir leben. Wir meditieren jeden Tag eine Stunde. Das ist das Größte. Wirf deine Kleider ab und meditiere, Mann, das ist besser als jede Droge.«

Als sie fort waren, zog Charlie den schwarzen Rollkragenpullover und die Hose aus. Wie meditierte man?

Er setzte sich mit untergeschlagenen Beinen in der Mitte des Zimmers auf den Fußboden und dachte nach. Nach fünf Minuten sagte er: »Scheiße!«, steckte sich einen Joint an, legte Musik auf und ging ins Bett.

Abgesehen von Laurel Jones sollten in ›Fred‹ noch sechs bildschöne Mädchen spielen. Charlie, der ein Mitspracherecht bei der Besetzung der Rollen hatte, sagte Cy Hamilton, er solle engagieren, wen er wolle. Es waren nur kleine Rollen, und Charlie hatte keine Lust, reihenweise Starlets an sich vorbeidefilieren zu lassen.

»Kommen Sie ins Büro«, sagte Cy am Telefon zu ihm, »ich habe ganze Scharen appetitlicher Miezen hier.«

Charlie fragte sich, was verheiratete Männer wie Clay und Cy davon hatten, ständig auf der Jagd nach willigen Mädchen zu sein. Sie waren verheiratet, also was sollte das? Wie viele Mädchen konnte man schon gleichzeitig bumsen? Solange er mit Lorna verheiratet gewesen war, hatte er weder nach links noch nach rechts geschaut, es hatte einzig und allein Michelle gegeben. Aber wenn er es recht überlegte, mußte er zugeben, daß er vor Dindi genauso gewesen war – ständig nach dem hübschesten Gesicht, den größten Busen, den längsten Beinen gesucht hatte. Es war ihm völlig gleichgültig gewesen, ob es

Vollidiotinnen waren, interessiert hatte ihn nur ihr Äußeres. Hatten Sie unter ihren Löwenmähnen und hinter den falschen Wimpern überhaupt ein Gehirn gehabt?

»Ich habe meine Lektion endgültig gelernt«, vertraute er George an, der daran gewöhnt war, daß der Boß ihm sein Herz ausschüttete. »Keine Flittchen mehr.«

George nickte weise. Er hätte nichts dagegen gehabt, ein paar von Charlies ›Abgelegten‹ zu übernehmen.

Am ersten Drehtag arbeitete Charlie mit einem zwei Meter langen Rotschopf namens Thames Mason.

Sie lächelte ihn von oben herab an, und ihre haselnußfarbenen Augen wurden riesengroß. »Mr. Brick, ich finde es herrlich, mit Ihnen zu drehen. Ich liebe Ihre Filme. Sie wissen gar nicht, was der heutige Tag für mich bedeutet.« Sie sprach mit starkem Südstaatenakzent.

Charlie versteckte sich hinter der Rolle, die er zu spielen hatte, und verwandelte sich in Fred. Obwohl ihr Akzent ihn faszinierte, hatte er nicht die Absicht, sich mit jemandem vom Team anzufreunden. Sie sollten ihn als Fred kennenlernen, und dabei würde es bleiben. Eine Ausnahme war nur Laurel. Sie und Floss waren häufig mit Charlie zusammen, dem es Freude machte, ihnen zuzuhören.

Er besuchte sie zu Hause und lernte ihre Freunde kennen. Sie waren ganz anders als die Leute vom Film – junge Plattenproduzenten, Sänger, Musiker. Die meisten zogen sich wie Hippies an und nahmen Charlie ganz ungezwungen auf. Ihm gefiel, daß niemand sonderlich davon beeindruckt schien, daß er Charlie Brick war. Vielleicht wußten sie es gar nicht, oder es interessierte sie nicht. Er war einfach ein Freund von Laurel und Floss.

Er gewöhnte es sich an, fast jeden Abend nach der Arbeit zu ihnen zu gehen. Sie führten für ihre Freunde ein offenes Haus.

Ein mexikanisches Ehepaar versorgte das Haus, und es war immer reichlich zu essen da.

Charlie brachte seinen Vorrat an Pot mit, denn obwohl Laurel und Charlie nicht rauchten, hatten sie nichts dagegen, wenn ihre Freunde es taten.

Charlie besorgte sich ein paar lange, lose Hemden, weite Schlabberhosen und ein paar lange Ketten. Er trug auch nicht mehr seine dicke Hornbrille, sondern kaufte sich eine runde Nickelbrille aus Omas Zeiten. Das Haar konnte er sich wegen des Films nicht wachsen lassen, er beschloß jedoch, es hinterher zu tun.

»Du siehst großartig aus, Mann«, sagte Floss. »Du paßt wirklich in unsere Szene.«

Charlie lächelte. Er saß in ihrem Wohnzimmer auf dem Boden, betrachtete Dias mit Schmetterlingsmotiven, die an die Wand projiziert wurden, und hörte ein neues Album. Er reichte seinen Joint an den blonden Jungen neben sich, der ihn dann an ein Mädchen weitergab.

»Du solltest wirklich anfangen zu meditieren«, sagte Floss. »Laurel war total neurotisch, bevor ich sie zur Meditation bekehrte.«

Charlie nickte. »Ja, ich will's versuchen.« Er kam jetzt seit zehn Tagen regelmäßig zu ihnen, und Floss drängte ihn immer wieder zu meditieren. Jeden Abend gegen elf entledigten sich Floss und Laurel – und wer sonst noch Lust dazu hatte – mit ernsten Mienen ihrer Kleidung und saßen in Lotusstellung mindestens eine halbe Stunde schweigend in der Mitte des Zimmer auf dem Boden.

Charlie begriff den Sinn des Ganzen nicht, und er war von der Idee, sich vor allen anderen ausziehen zu müssen, ganz und gar nicht angetan.

Laurel hatte einen vollkommenen Körper. Alles an ihr war sehr zierlich und fest. Floss war muskulös und geschmeidig.

Sex schien in Laurels und Floss' Haus eine sehr zwanglose Sache zu sein. Es gab zwei Schlafzimmer, die ihre Freunde benutzen durften, und oft verschwand ein Paar für eine Stunde und tauchte dann wieder auf.

Charlie interessierte sich für ein Mädchen. Sie war Engländerin, und er hatte sie bisher nur einmal im Haus gesehen. Sie war nicht hübsch. Sie hatte ein mürrisches Frettchengesicht mit mißtrauischen Augen, aber bei Diskussionen sagte sie immer sehr intelligente Dinge.

Charlie hatte noch nie mit ihr gesprochen, sie nahm aber

einen Joint von ihm an und ertappte ihn dabei, daß er sie anstarrte, als sie sich auszog, um zu meditieren. Sie war jung, sehr mager und hatte langes, derbes, hellbraunes Haar. Sie war so dünn, daß man buchstäblich ihre Rippen zählen konnte. Die Warzen ihrer kleinen, spitzen Brüste sahen irgendwie zusammengedrückt aus.

Als sie sich anzog, ging Charlie zu ihr. »Du bist Engländerin«, sagte er.

»Ich dachte nicht, daß man das so deutlich merkt«, antwortete sie und musterte ihn mißtrauisch.

»Aber natürlich merkt man es. London, mit einer Spur Norden.«

»Das stimmt. Warum hast du nicht meditiert? Und warum starrst du meinen Körper an? Ich bin nicht schön.«

»Eh – nun ja, Schatz, du bist – eh – nun ja, ganz bestimmt nicht häßlich.«

Plötzlich mußte sie lachen. Sie hatte Kleinmädchenzähne. »Ich hätte gern etwas Süßes. Glaubst du, sie haben ein Stück Schokoladentorte im Haus?«

»Holen wir doch eine.«

»Okay.«

Sie verschwanden unauffällig. Sie sagte kein Wort, als sie seinen Wagen sah, und benahm sich so, als sei sie ihr Leben lang nur in Lamborghini Muiras gefahren.

»Fahr zum Markt auf der Doheny Road«, sagte sie.

Sie kauften Schokoladentorten, Kekse, Pecannüsse, verschiedene Eiscremes und ein paar Schokoladeriegel.

»Das ist ja ein wahres Fest«, rief sie.

Armes Kind, dachte er, sie hat wahrscheinlich nichts gegessen. Es war mehr als wahrscheinlich, daß sie in irgendeiner baufälligen Bude auf dem Strip ihr Leben fristete. »Sollen wir zu Laurel und Floss zurückfahren?« fragte er.

»Wie du willst.«

Er hatte Lust, mit ihr zu schlafen. Seit Dindi hatte er keine Frau mehr gehabt. Aber zur Hölle damit. Er wollte mehr als nur eine rasche Nummer, er wollte eine Beziehung mit einem Mädchen, mit dem er wirklich reden konnte.

An nächsten Abend erfuhr er von Laurel, daß das Mädchen

Lady Phillipa Longmead war und Mutter und Stiefvater besuchte, die ein Haus auf dem Beverly Drive bewohnten.

Während er sich mit Laurel unterhielt, die er kurz vor der Meditationsstunde abgefangen hatte, saß Phillipa auf dem Boden und fütterte einen mädchenhaft aussehenden Jungen mit Schokoladentorte.

Charlie ging zu ihr hinüber und sagte: »Wirst du meditieren?«

Sie zuckte mit den Schultern. »Vielleicht, wenn nichts anderes läuft. Wirst du?«

Charlie schüttelte rasch den Kopf.

»Warum nicht?« fragte sie lässig. »Schämst du dich deines Körpers?«

»Natürlich nicht.«

»Laß alles raushängen«, sang der weibische Junge.

»Ich könnte dich nach Hause bringen«, schlug Charlie vor.

»Wen, mich?« fragte der Junge.

Phillipa schob ihm das letzte Stück Schokoladentorte in den Mund. »Ich gehe gewöhnlich noch nicht zu früh nach Hause. Aber wenn du anständiges Gras hast, komme ich mit zu dir.«

Auf der Fahrt zum Hotel diskutierten sie über die letzten Studentenunruhen. »Es ist so traurig, wie man diesen jungen Leuten die Köpfe einschlägt.« Dann sprachen sie über ein großes Open-air-Pop-Festival, das am nächsten Wochenende in der Nähe von San Francisco stattfand. »Laurel und Floss fahren hin. Vielleicht begleite ich sie.«

Seine Plattensammlung fand nicht ihren Beifall. »Hast du denn gar nichts Neues? Nein, wahrscheinlich nicht.«

Sie wählte schließlich ein Album der Rolling Stones, das ihr gefiel, dann legte sie die schmutzigen Füße auf einen Tisch und rauchte den Joint, den er ihr gab. Sie nahm sehr kräftige und tiefe Züge und ließ den Rauch ganz langsam durch die Nase entweichen.

Charlie saß ihr gegenüber. Er hatte das Gefühl, es sei für ihn ungeheuer wichtig, von diesem Mädchen anerkannt zu werden. Sie sollte ruhig wissen, daß er zwar über dreißig war, aber nicht zur gefürchteten älteren Generation gehörte. Er war noch jung, noch immer hip.

Sie schwiegen, während die Platte der Stones lief. Als das Album zu Ende war, sagte sie: »Wenn dir nach Sex zumute ist, frag ruhig. Ich selbst mache mir zwar nicht besonders viel daraus, aber ich habe auch nichts dagegen.«

Charlie wurde sofort erregt. »Nein, nein«, antwortete er. »Nur keine Sorge, das ist wirklich das letzte, woran ich dachte.«

»Ja, wahrscheinlich findest du mich nicht sehr begehrenswert nach all den großbusigen Freaks, mit denen du ständig zu tun hast. Ich persönlich bin der Meinung, daß Sex eine rein geistige Sache ist.«

Charlie nickte. »Du hast recht, das finde ich nämlich auch.«

»Tatsächlich?« Sie war überrascht. »Findest du das wirklich?«

»Nun ja, ich könnte nie mit einem Mädchen ins Bett gehen, mit dem ich nicht sprechen kann. Sex nur um seiner selbst willen ist nur . . .« Seine Stimme erstarb, er suchte nach den richtigen Worten. Wenn Clay mich jetzt hören könnte! dachte er.

»Also das find' ich einfach großartig von dir, wirklich«, sagte sie. »Die meisten alten Männer denken anders. Die Freunde meines Stiefvaters wollen mich immer befummeln. Mir wird übel dabei.«

Die meisten alten Männer! Charlie war schockiert. Fand sie ihn alt? Er war erst neununddreißig, dünn wie eine Bohnenstange, seine Kondition war hervorragend, und er war nach dem letzten Schrei angezogen.

»Für wie alt hältst du mich?« fragte er.

Sie zuckte mit den Schultern – es war ihre Lieblingsgeste. »Keine Ahnung. Wie alt bist du?«

»Komm schon, jetzt mal ernsthaft, rate doch. Wie alt bin ich deiner Meinung nach?«

»Wenn ich dich zu alt schätze, wirst du wütend sein, und wenn ich dich zu jung schätze, wird es dir schmeicheln.«

»Wie alt?«

Sie musterte ihn mit zusammengekniffenen Augen. »Neununddreißig«, sagte sie endlich.

»Machst du Witze?«

»Nein, warum? Bist du jünger oder älter?«

»Weder – noch. Du hast den Nagel auf den Kopf getroffen. Woher hast du es gewußt?«

Sie zuckte mit den Schultern. »Weil du wie neununddreißig aussiehst.«

»Ich sehe wie neununddreißig aus?«

Sie lächelte – ein besonders bösartiges Lächeln. »Ich habe doch gesagt, daß du dich ärgern wirst.«

»Ich ärgere mich nicht«, sagte Charlie rasch. »Warum sollte ich?«

Sie stand auf und kaute eine Weile an den Nägeln. »Ich bin achtzehn und fühle mich furchtbar alt. Ich kann deshalb verstehen, daß es ziemlich gräßlich sein muß, so alt zu sein wie du.«

»Ich fahre dich nach Hause«, sagte Charlie schroff. Das Mädchen war eine Idiotin.

»Du brauchst dich nicht zu bemühen. Ich gehe ohnehin noch nicht nach Hause, ich treffe noch ein paar Freunde auf dem Strip.«

Sie war mit ihrer überheblichen Art schlimmer als die Starlets, die sich ständig an ihn ranschmissen.

»Fein«, sagte er kalt. »Der Portier wird dir ein Taxi besorgen.«

»Bis dann«, sagte sie. »Danke für das Pot.«

Charlie rief Thames Mason an, deren Nummer er sich für alle Fälle aufgeschrieben hatte. Sie war in einer knappen halben Stunde bei ihm. Ihr Zwei-Meter-Körper steckte in einem geblümten Hausanzug.

Sie redete zehn Minuten lang unverdrossen über ihre Karriere, schlug vor, ihre Rolle in ›Fred‹ ein bißchen auszubauen, zog sich aus und enthüllte den Körper einer Amazone.

Charlie schlief mit ihr, schnell, lustlos und unbefriedigend und schickte sie dann mit dem Versprechen nach Hause, ihr eine zusätzliche Szene in ›Fred‹ zu verschaffen.

Als sie weg war, fühlte er sich einsamer denn je. Wenn er nicht wäre, was er nun einmal war, wäre sie ihm auch nicht so bereitwillig zugelaufen.

Diese sogenannten Schauspielerinnen taugten alle einen Dreck.

## 33

Sunday fuhr vom Flugplatz sofort in ein Hotel.

Sie war müde und zornig. Sie mußte verrückt gewesen sein, einem Mann wie Steve Magnum zu vertrauen. Es beunruhigte sie, daß sie die Absicht gehabt hatte, ihn zu heiraten. Was für eine Beziehung konnte man schon mit einem mehrfach verheirateten Filmstar aufbauen? Was hatte ein Mädchen von ihm zu erwarten?

Das Problem war, daß sie kein normales Leben geführt hatte. Sie war kaputt und niedergeschlagen in Hollywood eingetroffen, hatte sich verkrochen, in rascher Folge zwei Filme gedreht, und Steve Magnum war genau zur richtigen Zeit auf der Bildfläche erschienen.

Sie zog sich aus und bestellte sich einen Hamburger und einen Milchshake aufs Zimmer. Sie ließ sich auch Zeitungen heraufschicken, doch über sie und Steve stand noch immer nichts drin. Wenn ihre Erklärung auch morgen noch nicht erschienen war, mußte sie Carey anrufen, um festzustellen, warum sie die Notiz nicht an die Presse weitergab.

Sie stand am Fenster, bürstete sich das Haar und bewunderte die Aussicht. Sollte sie nach Rom fliegen, um von Benno die Wahrheit zu erfahren? War es die Sache wert? Nein, natürlich nicht, denn Dindi hatte die Wahrheit gesagt, und irgendwie fügte sich durch das, was sie erfahren hatte, alles zu einem kompletten Bild zusammen. Sie hatte immer das Gefühl gehabt, daß Paulo keine besonders große Lust hatte, mit ihr zu schlafen. Er schien immer ein bißchen zerstreut, manchmal gelangweilt. Wirklich leidenschaftlich war er nur gewesen, wenn er sie überreden konnte, sich vor ihm niederzuknien, und er seinen langen, schönen, blond behaarten Körper im Spiegel bewundern konnte.

Die beiden Männer, die es bisher in ihrem Leben gegeben hatte, hatten ihr nie echte körperliche Befriedigung verschafft.

Während sie darüber nachdachte, fühlte sie, wie sich Wärme in ihrem Körper ausbreitete. Verärgert ging sie ins Bett. Sie wußte nur allzugut, was es hieß, frustriert zu sein. Sobald die Steve-Magnum-Affäre abgeschlossen war, wollte sie ausgehen wie andere Mädchen und mit dem ersten Mann schlafen, den sie gern hatte und mit dem sie sich gut verstand.

Sie konnte nicht schlafen, unzählige Gedanken drangen auf sie ein, und nachdem sie sich eine Stunde von einer Seite auf die andere gedreht hatte, nahm sie zwei von den Schlaftabletten, die ihr in Rom nach Paulos Tod verschrieben worden waren. Es war seit damals das erstemal, daß sie zu den Tabletten griff. Sie hatte eine Abneigung gegen Medikamente, seit sie an Paulo erlebt hatte, wohin Drogenkonsum unweigerlich führte. Sie kam lieber ohne Tabletten aus.

Endlich schlief sie ein, es war ein tiefer, schwerer Schlaf, denn das Mittel war stark, und Sunday war nicht daran gewöhnt.

Sie träumte von Steve. Er lag mit ihr im Bett, zog ihr das Nachthemd aus und knetete mit rauhen Händen ihre Brüste. Sie stöhnte im Schlaf, er hielt ihre Arme fest und drang rücksichtslos in sie ein. Sie stöhnte, umschlang ihn mit den Beinen und fuhr ihm mit den Fingernägeln den Rücken hinunter. Dann saß sie plötzlich auf einer Berg-und-Tal-Bahn der Gefühle, ihr ganzer Körper war gespannt wie eine Sehne, bis in die feinsten Nervenenden fühlte sie ihre Bereitschaft, in einem fantastischen Höhepunkt zu vergehen. Nichts mehr war wichtig, nur noch der Wille, den Gipfel des Berges zu erreichen, und als sie endlich oben war, begann sie zu lachen, so unvorstellbar waren das Glück und die Erleichterung, die sie empfand.

Dann schlug sie die Augen auf. Gerade rechtzeitig genug, um Claude Hussan zu sehen, der sich von ihr herunterrollen ließ.

Einen Augenblick lag sie reglos da, ihr Gehirn schien völlig vernebelt.

Gelassen zündete er eine Zigarette an, sog einmal daran und reichte sie dann Sunday.

Sie stieß seine Hand weg, denn allmählich begann ihr zu dämmern, was geschehen war.

Er war – wie, das ahnte sie nicht – in ihr Zimmer eingedrungen und hatte sie vergewaltigt. Und sie war nicht einmal aufgewacht – oder doch?

»Was tun Sie hier?« sagte sie leise. Es war eine lächerliche Frage, das war ihr schon klar, als sie kaum ausgesprochen war. »Wie sind Sie hereingekommen?«

»Ich habe so meine Methoden, und ich bin nur Ihrer Einladung gefolgt.«

»Ich hätte Sie eingeladen? Ja, wo denn?«

Er lachte. »Im Flugzeug. Ja, meine Liebe, ich wußte, was Sie wollten, auch wenn es Ihnen selbst vielleicht nicht klar war.«

Sie schämte sich entsetzlich. War es denn so offensichtlich gewesen, daß sie einen Mann brauchte?

Ihr Körper befand sich in einem Zustand angenehmer Schlaffheit, Willenlosigkeit und Erfüllung.

Seine Hände begannen sie wieder zu streicheln. »Wenn ich mich geirrt habe, gehe ich sofort«, sagte er.

Sie richtete sich rasch auf. »Ja, ich glaube, das wäre besser.«

Er verflocht die Hand mit ihrem Haar und zog sie wieder zu sich hinunter. Dann küßte er sie lange und intensiv. »Es ist besser so«, sagte er. »Auf diese Weise können wir eine ehrliche Beziehung haben, ohne den ganzen Mist von Rendezvous und ähnlich kindischem Schnickschnack.«

»In Ordnung«, erwiderte Sunday, und niemand war darüber mehr erstaunt als sie. Doch was hatte sie zu verlieren? Für Entrüstung und Hilfeschreie war es zu spät, und sie hatte sich seit ihrer ersten Begegnung in Acapulco zu ihm hingezogen gefühlt.

»Du bist eine kluge Frau, Sunday«, sagte er, ohne die geringste Spur eines französischen Akzents. »Und jetzt werde ich dich lieben, während du wach bist. Morgen können wir uns dann kennenlernen.«

Als Steve Magnums Detektiv Sunday aufspürte, waren sie und Claude Hussan bereits unzertrennlich.

Steve war außer sich vor Zorn. Er war überzeugt, daß sie ihn nur wegen des französischen Regisseurs verlassen hatte. Er fauchte Carey an, sie solle die Erklärung an die Presse weitergeben, was sie sofort tat. Die Veröffentlichung löste eine Menge Klatsch und unzählige Spekulationen aus.

Steve begann sofort mit jedem Mädchen in der Stadt auszugehen, dessen er habhaft werden konnte. Er hörte sogar auf, Dindi die Schuld zu geben, und traf sich auch mit ihr. Sie klammerte sich wie ein Blutegel an ihn, schaltete eine Rivalin nach der anderen aus und wurde zu seiner ständigen Begleiterin.

Carey schauderte, als sie erfuhr, mit wem Sunday zusammen war. Claude Hussan hatte den Ruf, ein gemeiner, zynischer Lump zu sein, der bei den Frauen viel Erfolg hatte. Seine Frau war Lesbierin, und er hatte zwei Geliebte in Paris, die ihm Kinder geboren hatten. Er war ein brillanter Regisseur, aber es mußte der reinste Mord sein, mit ihm zu arbeiten, und auf die Gefühle anderer nahm er überhaupt keine Rücksicht.

Man erzählte sich auch, daß er jede Art von sexueller Perversion und vor allem Orgien liebte.

Carey schüttelte den Kopf. Ein Mann wie er paßte überhaupt nicht zu Sunday. Wenn Sunday sie wenigstens angerufen hätte! Sie hatte kein Wort von ihr gehört, und obwohl sie wiederholt in ihrem Hotel eine telefonische Nachricht hinterlassen und um Rückruf gebeten hatte, meldete sie sich nicht.

»Mach dir keine Sorgen«, sagte Marshall. »Wenn sie nur rechtzeitig zu den Dreharbeiten für ihren nächsten Film wieder das ist, alles andere geht dich nichts an. Sie ist nur deine Klientin, sonst nichts.«

»Sie ist auch meine Freundin«, antwortete Carey und machte sich weiterhin Sorgen.

Claude Hussan war in Rio, um zwei Schauspieler zu interviewen, die er in seinem Film einsetzen wollte. Da es der erste Streifen war, den er in Amerika drehte, wollte er für jede Rolle die bestmögliche Besetzung.

Er gab Sunday das Drehbuch zu lesen. Sie war begeistert. Wenn er sie nur für die weibliche Hauptrolle in Betracht ziehen wollte. Es war eine wunderbare Rolle.

»Wer soll die Stefanie spielen?« fragte sie ihn eines Abends ganz beiläufig.

»Eine Schauspielerin von großer Ausdruckskraft«, antwortete Claude. »Die Bancroft oder die Woodward, eine amerikanische Jeanne Moreau.«

Sunday schwieg. Er würde ganz offensichtlich nie auch nur

einen Gedanken an sie verschwenden, obwohl sie überzeugt war, die Stefanie spielen zu können – eine reiche Frau aus Beverly Hills, die mit ihrem Mann, einem alternden Bankier mit den Neigungen eines Voyeurs, in einem großen Landhaus lebt. Eines Tages brechen zwei Jugendliche in das Haus ein, die Stefanie vergewaltigen und ihren Mann zwingen, dabei zuzusehen. Sie nisten sich im Haus ein und nehmen das Ehepaar gefangen. Mit der Zeit jedoch verändert sich Stefanie, schlägt sich auf die Seite der Jungen und ist am Ende nicht anders als sie.

»Ich muß jetzt bald nach L. A. zurück«, sagte Sunday im Lauf des Abends. »Ich sollte Carey wirklich Bescheid geben, daß ich rechtzeitig da sein werde.«

»Ich halte dich nicht auf«, sagte Claude schroff. »Wir sind übereingekommen, daß jeder tun kann, was er will und wann er es will.«

»Aber ich will ja gar nicht. Ich muß. Die Dreharbeiten für meinen nächsten Film beginnen bald.«

»Dein nächster Film? Nennst du den seichten Mist, den du machst, wirklich Film?«

Sie waren jetzt zwei Wochen zusammen. Sunday wußte, daß sie ihn liebte, denn es schien überhaupt nicht wichtig zu sein, was er tat, wenn sie nur bei ihm sein konnte. Er war unglaublich grob zu anderen Leuten – zu Kellnern, Zimmermädchen, Hotelportiers, er behandelte alle wie Dreck. Er zeigte allen, wie sehr er sie verachtete.

»Wie kannst du nur so mit den Menschen reden?« hatte Sunday ihn gefragt.

»Wenn sie keinen anderen Ehrgeiz haben, als Dienstboten zu sein, dann verdienen sie keine andere Behandlung«, fuhr er sie an.

Sunday, die sich immer Mühe gegeben hatte, nett zu den Menschen zu sein, war sein Benehmen entsetzlich peinlich. Sie lächelte den Kellner an, den er angebrüllt hatte, gab dem Mädchen, das er aus dem Zimmer geworfen hatte, ein Trinkgeld, unterhielt sich freundlich mit dem Kindermädchen, das er für seinen Sohn angestellt hatte.

Jean-Pierre war ein liebenswerter Junge, wenn auch für

einen Fünfjährigen viel zu still. Claude schien seine Existenz kaum wahrzunehmen, aber Sunday verbrachte viel Zeit mit ihm. Sie ging mit ihm an den Strand, wo er spielen konnte, und fing an, ihm Englisch beizubringen.

»Warum hast du ihn eigentlich mitgenommen?« fragte sie Claude eines Tages. »Du beachtest ihn ja kaum. Wo ist seine Mutter?«

Claude ignorierte sie, wie es seine Gewohnheit war, wenn er eine Frage nicht beantworten wollte.

Sunday seufzte. Er war unmöglich, ein schwieriger, verwöhnter Mann. Aber wenn er sie nachts in die Arme nahm, war es so erregend und so schön, daß sie seine Fehler übersah.

Sie wußte, daß sie sich jetzt bald mit Carey in Verbindung setzen mußte. Sie hatte sie nicht anrufen wollen, weil Carey ihre Beziehung mit Claude bestimmt nicht gutheißen und sie kritisieren würde, aber sie konnte es nicht länger aufschieben, und sie mußte nach L. A. zurück. Das war nicht allzu schlimm. Claude flog für eine Woche nach Paris und kam hinterher auch nach Los Angeles.

»Bringst du Jean-Pierre wieder mit?« fragte sie ihn. »Oder bleibt er bei seiner Mutter in Paris?«

»Seine Mutter will ihn nicht bei sich haben«, antwortete Claude kurz. »Er lebt bei seiner Großmutter, aber sie ist krank, und ich nehme an, ich muß ihn bei mir behalten.«

»Die Art, wie du ihn behandelst, macht mich traurig«, sagte Sunday. »Du beachtest ihn überhaupt nicht. Liebst du ihn nicht?«

»Er ist bei mir, nicht wahr?« sagte Claude zornig. »Ich hätte ihn auch anderswo unterbringen können, aber ich nehme ihn mit.«

»Soll ich ihn morgen nach Los Angeles mitnehmen?« fragte Sunday impulsiv. »Dann brauchtest du ihn nicht nach Paris und wieder zurück nach Amerika zu schleppen. Wir kommen sehr gut miteinander aus. Ich denke, er mag mich, und du bist schließlich in einer Woche wieder bei uns.«

Claude wandte sich von ihr ab. Sie lagen im Bett, ruhten sich vor einer Verabredung zum Dinner aus.

Zärtlich berührte sie seinen Rücken. »Laß ihn bitte mit mir

fahren, Claude, dann hätte ich ein Stückchen von dir bei mir. Du wirst mir so fehlen. Wir könnten jetzt das Kindermädchen anrufen, damit es alles vorbereitet. Ich fliege erst morgen nachmittag, es ist also Zeit genug.«

Er warf die leichte Decke auf den Boden und legte sich auf den Rücken. »Lieb mich, wie ich es mag, und wenn du gut bist, wollen wir sehen . . .«

## 34

Der Anwalt, der Charlies Scheidung betrieb, rief ihn im Studio an. »Sie hat sich mit einer Abfindung einverstanden erklärt«, verkündete er. »Ihre Anwälte rieten ihr zwar, auf Alimenten zu bestehen, aber sie entschied sich, Ihr Angebot anzunehmen.«

»Ihre animalische Habgier hat gesiegt«, antwortete Charlie erleichtert. »Bringen Sie die Sache jetzt so schnell wie möglich über die Bühne.

Vergnügt legte er auf. Das Geld, das er zahlen mußte, war eine lohnende Ausgabe. Er hätte alles getan, um Dindi völlig aus seinem Leben streichen zu können.

Dindi war nicht weniger entzückt. Charlie Brick hatte seine Schuldigkeit getan. Ihn loszuwerden und dazu noch einen Haufen Geld einzustecken war mehr, als sie erhofft hatte.

Überhaupt klappte alles wie am Schnürchen für sie. ›Die ganze Welt liebt Striptease‹ war in Produktion, und sie bekam viel Publicity – nicht nur durch den Film. In den Klatschspalten wurde sie ständig als das Mädchen erwähnt, das Steve Magnum nach seiner gescheiterten Verlobung tröstete. Und es stimmte, daß sie ihn tröstete. Und es gab keinen besseren Trost als eine lange, leidenschaftliche Sitzung mit der Peitsche. Sie hatte ganz und gar nichts dagegen, es machte ihr sogar Spaß, und nebenbei bumste sie mit einem schönen hellblonden Jungen, der dreimal wöchtlich ins Haus kam und zuerst Dindi und dann ihren Swimmingpool versorgte.

Es lief, wie gesagt, alles ganz hervorragend für sie, und sie war mit der Entwicklung der Dinge sehr zufrieden. Besonders günstig war, daß Sunday sich mit Claude Hussan eingelassen hatte und Steve dem Franzosen die Schuld gab, daß sie ihm weggelaufen war. Natürlich war Dindi klug genug, um zu begreifen, daß Steve ganz besonders wütend war, weil er mit Sunday nicht geschlafen hatte. Das Geständnis war ihm eines Abends herausgerutscht, als er betrunken gewesen war.

Insgeheim bewunderte Dindi Sunday. Sie wußte, wie man einen Kerl bei den Eiern packte. Wie kam sie wohl mit Liebling Claude zurecht? Einmal, in Rom, hatte Dindi es mit seiner Frau getrieben, während er, völlig angekleidet, dabeigesessen war und zugesehen hatte. Er hatte kein Wort mit ihr gesprochen, ihr nur das Geld ausgehändigt, das ihr der Agent versprochen hatte, der sie mit Madame Hussan zusammengebracht hatte. Sunday gab sich wirklich immer wieder mit den exzentrischsten Typen ab.

Wenn ihr Film abgedreht war, plante Dindi, mit Steve nach Las Vegas zu fahren, wo er regelmäßig einmal im Jahr auftauchte, um wie verrückt zu spielen. Gleichzeitig konnte die Scheidung von Charlie ausgesprochen werden. Sie hatten beide darauf gedrängt, daß es schnell ging, denn sie wollte ihn genausogern los sein wie er sie. Und wenn sie ihre Karten richtig ausspielte, dann gab es möglicherweise eine Chance, daß Dindi Brick – geborene Sydne – Mrs. Steve Magnum wurde.

»Wie ich höre, wollt ihr alle zu diesem Pop-Festival«, sagte Charlie ganz beiläufig zu Laurel.

»Ja«, antwortete sie, »es wird richtig klasse. Wir haben einen Bus gemietet und wollen in Zelten schlafen. Floss sagt, es wird ein richtig schönes Erlebnis. He, warum kommst du eigentlich nicht mit?«

»Weil ihr mich gar nicht dabeihaben wollt. Ihr seid doch nur junge Leute . . .«

»Charlie, bitte komm mit! Du weißt doch, wie gern wir dich bei uns haben – du weißt es. Floss wird ganz weg sein, wenn ich ihm sage, daß du mitkommst.«

»Nun ja, vielleicht ginge es. Ich könnte ja mit meinem Wagen hinter eurem Bus herfahren.«

Laurel schnitt eine Grimasse. »Das würde aber irgendwie komisch aussehen. Kannst du denn nicht auch den Bus nehmen? Mick kommt mit und Tina, Rex und Janie, Phillipa ...«

»Ja, wenn ihr noch Platz habt?«

»Aber natürlich haben wir noch Platz. Es wird richtig toll. Wir fahren Freitag gleich nach dem Drehen los.«

Charlie nickte. Warum eigentlich nicht? Er gehörte zu ihnen, sie hatten ihn akzeptiert. Außerdem wollte er Phillipa wiedersehen und ihr beweisen, daß er nicht so alt war, wie sie zu glauben schien.

Als sie am Abend das Studio verließen, ließ Charlie sich von George in den neuesten psychedelischen Laden fahren, wo er zwischen Ponchos, Armeejacken und T-Shirts mit den verrücktesten Aufdrucken wühlte. Am Ende kaufte er ein weißes Leinenhemd im indianischen Stil und eine Wildlederjacke mit Fransen, ähnlich jener, die Floss immer trug.

Draußen im Mercedes fragte sich George, wie lange diese Phase wohl dauern würde.

Charlie beschloß, an diesem Abend nicht zu Laurel und Floss zu gehen. Er ließ sich von George direkt ins Hotel fahren. Er mußte mehrere Drehbücher lesen, die man ihm geschickt hatte, und er wollte einfach einmal entspannen und allein sein.

Er fand eine ganze Reihe von Nachrichten von Leuten vor, mit denen er sich in Verbindung setzen sollte. Natalie hatte in der vergangenen Woche ein paarmal ihren Namen hinterlassen, und Marshall K. Marshall hatte gebeten, ihn so bald wie möglich zu Hause anzurufen. Das waren die beiden einzigen Rückrufe, zu denen Charlie sich verpflichtet fühlte.

Er wählte zuerst Natalies Nummer, weil er ein schlechtes Gewissen hatte. Seit der Nacht, in der er mit Clay herumgezogen war, hatte er mit keinem von beiden mehr gesprochen.

»Nun, Fremdling«, sagte Natalie, »was hast du die ganze Zeit gemacht? Seit Tagen versuche ich dich zu erreichen.«

»Tut mir leid, Schatz«, entschuldigte sich Charlie, »ich hatte mit dem Film so viel zu tun. Keine freie Minute.«

»Also für Clay hattest du da unlängst mehr als eine Minute Zeit. Er kam um vier Uhr morgens nach Hause getaumelt und hat wie ein ganzes Bierfaß gestunken. Was habt ihr beiden angestellt?«

Charlie wechselte das Thema. »Warum besuchst du mich nicht mal im Studio?« fragte er. »Wir können zusammen lunchen? Ich schicke dir George.«

»Ich käme gern, aber ich bin total erschöpft, ich kann mich einfach nicht dazu aufraffen, das Haus zu verlassen. Warum verabreden wir nicht etwas, solange ich dich noch an der Strippe habe? Wie wär's mit Abendessen? Und wie wär's mit morgen?«

Der nächste Tag war Donnerstag, und Charlie wollte alles für die Wochenendfahrt vorbereiten. »Geht leider nicht.«

»Dann Freitag. Oder noch besser, komm schon Samstag früh und bleib zum Abendessen.«

»Geht leider auch nicht. Ich fahre übers Wochenende weg.«

»Du fährst weg? Wohin denn?«

»Zu diesem großen – eh – Pop-Festival.«

Natalie lachte. »Wohin?«

»Es ist eine Open-Air-Veranstaltung und wird bestimmt großartig«, sagte Charlie gezwungen.

»Wer, um Himmels willen, hat dich denn zu so was überredet? Dort gibt es doch nur Freaks. Ich habe die Fernsehaufzeichnung des letzten gesehen, und es war unglaublich. Lauter schmutzig aussehende Halbwüchsige. Du wirst es abscheulich finden, Charlie.«

Woher, zum Teufel, wollte sie wissen, was er abscheulich fand und was nicht? Das Problem mit Natalie war, daß sie nicht mit der Zeit ging.

»Ist Clay da?« fragte er.

Noch immer lachend, sagte sie: »Einen Moment. Ich hole ihn.« Dann hörte er eine gedämpfte Unterhaltung und noch mehr Gelächter, als sie Clay berichtete, wohin er fuhr.

»Wie ich höre, mischst du dich unter die Blumenkinder«, sagte Clay. »Bring mir eine süße Dreizehnjährige mit, ja?«

»Aber gern. Wünschst du dir nicht, mit mir fahren zu können?«

»O doch. Und wie. Natalie möchte wissen, ob du am Montag abend zum Essen kommst?«

»Gern.«

»Dann flipp mal richtig aus. Bis dann.«

Als nächstes rief Charlie Marshall K. Marshall an.

»Ich möchte mich mit Ihnen treffen«, sagte Marshall. »Leider habe ich schlechte Nachrichten für Sie!«

»Schlechte Nachrichten? Was?«

»Ich möchte mich lieber mit Ihnen zusammensetzen und alles richtig bereden, Charlie.«

»Um was geht es denn, um Himmels willen? Machen Sie's nicht so spannend. Ich kann Ungewißheit nicht ausstehen.«

»Wenn Sie morgen noch nicht zum Lunch verabredet sind, komme ich zu Ihnen ins Studio.«

»Wie wäre es mit jetzt? Können Sie nicht jetzt zu mir kommen?«

»Nein, das kann ich nicht«, fauchte Marshall. »Ich habe einen schweren Tag hinter mir, und ich liege im Bett.«

»Kann ich zu Ihnen kommen? Ich meine, wenn es so wichtig ist?«

»Na ja, es nicht gerade eine Sache auf Leben und Tod, nur ein geschäftliches Gespräch, das wir führen sollten, und das je eher, desto besser.«

Charlie konnte nicht warten, wie alle Schauspieler. Wenn es um seine Karriere ging, war er überempfindlich. »Wenn Sie nichts dagegen haben, bin ich in einer halben Stunde bei Ihnen.«

»Na schön, Sie sind der Klient.«

Marshall legte auf und betrachtete die schlafende Carey, die neben ihm lag. Sie hatte die herrlichste Haut, die er je gesehen hatte, ein sattes, warmes Milchschokoladebraun. Er schüttelte sie wach. Sie waren um fünf ins Bett gefallen, und jetzt war es fast acht.

Carey erwachte lächelnd. »Du hast nie genug, wie? Du bist schlimmer als ein neunzehnjähriger Schuljunge. Wenn ich dich heirate, wirst du mich im Handumdrehen zu einem an chronischen Erschöpfungszuständen leidenden Wrack gemacht haben.«

Er strich ihr mit den kurzen, nikotinfleckigen Fingern über die straffen Brüste. »Entspann dich, Charlie Brick kommt herüber, also beweg deinen bezaubernden Hintern und geh heim. Und denk darüber nach, welcher Tag es nächste Woche sein soll. Und ich meine – nächste Woche. Jetzt wird nicht mehr gezögert und gefackelt. Verstanden?«

Carey lächelte. »Was ich an dir so besonders liebe ist, daß du mit mir noch immer so redest wie mit der kleinen Sekretärin, die du vor so vielen Jahren eingestellt hast.«

Jetzt lächelte auch Marshall. »Was ist seither an dir so anders geworden?«

»Ich treibe es mit dem Boß – Verzeihung, dem Ex-Boß.«

Sie schlüpfte in das pinkfarbene Cardin-Kostüm, das sie heute ins Büro angezogen hatte. »Ich hole Sunday morgen früh vom Flugplatz ab und rufe dich an, sobald ich zurück bin.«

Unten ließ das Hausmädchen eben Charlie ein, als Carey gehen wollte. Marshall war in einem einfachen dunkelbraunen Morgenrock heruntergekommen. Carey warf ihm liebevoll einen Handkuß zu.

»Das ist ein fantastisches Mädchen«, sagte Marshall.

»Sie ist sehr attraktiv«, pflichtete Charlie ihm bei. Er hatte Gerüchte gehört, daß Marshall Carey heiraten wollte.

Sie gingen ins Wohnzimmer, und Charlie bat um einen Brandy.

»Also, reden Sie«, sagte er und konnte kaum seinen Ärger unterdrücken. »Was ist das für eine schlechte Nachricht?«

»Ich wollte nicht am Telefon mit Ihnen darüber sprechen«, entgegnete Marshall. »Man weiß nie, wer mithört, und in dieser Stadt verbreiten sich Nachrichten schnell genug, ohne daß man ihnen mit dem Stiefel in den Hintern treten muß. Es handelt sich darum, Charlie, daß Ihr nächster Film abgesagt wurde.«

»Was?«

»Ja, ich weiß, das ist total verrückt. ›Karussell‹ wird viel Geld einspielen, und soviel ich gehört habe, könnte es mit ›Fred‹ gar nicht besser laufen, aber Sie wissen ja, wie es im Moment um die Filmindustrie steht, und alle haben Angst. Geld ist immer noch sehr, sehr knapp. Sie kriegen das Kapital einfach nicht zusammen, und ganz offen gesagt, ich war von dem Drehbuch nie sehr begeistert.«

»Aber das ist doch unsinnig. Meine Filme spielen immer eine Menge Geld ein, ich hatte bisher noch nie einen Flop. Ich gehöre noch immer zu den Top-ten-Stars, bei denen die Kasse klingelt. Es ist einfach lächerlich.«

»Klar, ist es lächerlich, und das werden sie auch sehr bald merken. Hören Sie, es macht Ihnen doch nicht so viel aus. Ihr Terminplan für Europa ist so voll, daß ich dachte, ein bißchen freie Zeit würde Sie nur freuen.«

»Ich mag aber keine freie Zeit, ich will arbeiten«, entgegnete Charlie steif. »Ich sitze nicht gern faul auf dem Hintern herum, während andere, jüngere Schauspieler sich nach vorn drängen. Finden Sie was anderes für mich – einen Film mit einem kleinen Budget, einen künstlerischen Film. Ich hätte nichts dagegen, einmal etwas anderes zu machen. Wenn es etwas ist, das mir wirklich gefällt, gehe ich auch mit meiner Gage runter. Beteilige mich so an den Kosten.«

»Okay, Charlie.«

»Ich wäre vielleicht sogar bereit, etwas selbst zu finanzieren.«

Marshall schüttelte ungläubig den Kopf. »Ihr Schauspieler seid alle gleich. Ihr seid sogar bereit, dafür zu bezahlen, daß ihr euch auf der Leinwand bewundern könnt.«

## 35

»Was ist das für ein Kind?« fragte Carey, und der Mund blieb ihr vor Staunen fast offenstehen.

Sunday, die in einem gelben Kleid, das Haar wie eine wilde Mähne um das sonnengebräunte Gesicht, unglaublich schön aussah – Sunday lächelte. »Jean-Pierre, das ist Carey. Carey, darf ich dir Jean-Pierre Hussan vorstellen?«

Der kleine Junge blickte sehr ernst auf Carey auf und reichte ihr die Hand.

»Wau!« Carey seufzte. »Wenn der Vater auch nur annähernd so aussieht wie der Sohn, dann kann ich dich verstehen.«

»Der Vater ist genauso schön«, sagte Sunday lachend. »Oh, Carey, ich bin so glücklich.«

»So siehst du auch aus – fantastisch siehst du aus. Du mußt mir alles erzählen, aber machen wir zuerst, daß wir in den Wagen kommen, sonst entdeckt dich noch ein Fotoreporter und stürzt sich auf dich. Warum wolltest du übrigens keine Presse auf dem Flughafen haben?«

Sunday zeigte mit einer Kopfbewegung auf den Jungen. »Claude bestand darauf. Außerdem hätten sie mir ohnehin nur dämliche Fragen nach Steve Magnum gestellt.«

»Wir müssen sofort zum Anprobieren fahren. Sie hätten dich schon vor zwei Wochen gebraucht.«

»Tut mir leid, aber alles war so wunderbar, daß ich einfach nicht früher kommen konnte.«

Carey nickte. »Ich verstehe.«

Nach der Kostümprobe fuhren sie ins Château Marmont, wo Sunday ihr restliches Gepäck abholte. Es hatte sich auch eine Menge Post angesammelt.

»Ich begreife nicht, warum du sie dir nicht nach Acapulco nachsenden ließest«, sagte Carey. »Es ist lächerlich. Vielleicht ist etwas Wichtiges dabei.«

Sunday schüttelte den Kopf. »Der einzige Brief, der auch nur annähernd wichtig sein könnte, wäre der von meiner Tante in England, und sie schreibt höchstens zweimal im Jahr. Ich kann mir überhaupt nicht vorstellen, von wem diese vielen Briefe sind.«

»Du wirst staunen, wer dir alles schreibt, wenn du berühmt bist. Wahrscheinlich alle anderen Agenten, die dich mir gern wegstehlen würden.«

Sunday lachte. »Ich mache sie in meinem neuen Haus auf. Ich bin schon ganz aufgeregt. Jean-Pierre wird es dort gefallen, direkt am Meer, nicht wahr, mein Spatz?«

Sie drückte den kleinen Jungen an sich, und er lächelte – und das hatte er erst vor kurzem gelernt.

»Ich habe das Haus gestern noch einmal besichtigt«, sagte Carey, »es ist alles in Ordnung. Ich habe auch ein paar Lebensmittel besorgt. Trotzdem verstehe ich nicht, warum du dich in Malibu verkriechst.«

»Ich verkrieche mich doch nicht in Malibu. Ich werde in einem großartigen kleinen Haus mit Blicks aufs Meer wohnen, weit weg vom Smog und dem gesellschaftlichen Rummel. Ich glaube, Claude wird begeistert sein.«

»Wird Claude zu dir ziehen?«

»Das hoffe ich. Ich weiß, du wirst ihn mögen. Ich kann es kaum erwarten, daß ihr euch kennenlernt. Wenn er ankommt, möchte ich ein kleines Barbecue-Dinner geben – nur mit dir und Marshall, mit Branch, wenn er schon zurück ist, und vielleicht noch mit Max Thorpe.«

»Das ist eine reichlich komische Gästeliste, die du da aufstellst. Warum bittest du nicht auch Steve und Dindi, damit es richtig lustig wird?«

»Gehen die beiden jetzt miteinander?«

»Der Klatsch und seine Tante Joyce Haber behaupten es. Wie ich gehört habe, trinkt er so viel, daß er ihn kaum noch hochkriegt.«

»Carey, du bist unmöglich!« sagte Sunday, aber sie lachte dabei, und wieder staunte Carey darüber, wie sehr sie sich verändert hatte. Ob zu ihrem Vorteil oder nicht, Claude Hussan hatte jedenfalls eine neue Sunday geschaffen.

Sie fuhren bei Careys Apartment vorbei, um Limbo abzuholen, den sie inzwischen versorgt hatte. Dann wollte Sunday aber sofort in ihr Haus.

»Es ist wunderbar!« rief sie. »Viel schöner, als ich es in Erinnerung hatte. Soll ich dir einen Badeanzug leihen, Carey? Dann könnten wir alle schwimmen. Komm, Jean-Pierre, zieh dich um.«

Sie öffnete seinen Koffer und warf ihm eine kleine Badehose zu. Limbo rannte herum und gebärdete sich vor Aufregung wie verrückt.

»Ich kann nicht bleiben«, sagte Carey wehmütig, »aber es tut mir sehr leid. Ich war den ganzen Tag nicht im Büro und habe eine Menge zu erledigen. Deine Pressekonferenz ist morgen für zwei Uhr angesetzt. Ich schicke dir um ein Uhr einen Wagen. Ich glaube, es wäre besser, wenn du das Kind nicht mitnimmst. Das Hausmädchen kommt um zehn, vielleicht ist es bereit, sich um Jean-Pierre zu kümmern. Ich habe mehrere interessante Angebote für dich, über die wir sprechen müssen. Deshalb dachte ich, wir könnten morgen abend bei Marshall essen.«

»Du mußt mir unbedingt erzählen, wie es jetzt zwischen euch steht. Gibt es bald eine Hochzeit?«

»Hör zu, Mädchen, ich muß jetzt sausen. Ich rufe dich später an. In der Küche hängt ein Verzeichnis der Läden und Reparaturdienste, falls du irgend etwas brauchen solltest. Und ich bin immer telefonisch zu erreichen.«

»Wir brauchen nichts. Wir werden jetzt schwimmen, essen dann eine Kleinigkeit und gehen ins Bett.«

Das Meer war warm, warf aber große Wellen, die Jean-Pierre umstießen. Limbo, der sich ebenfalls ins Wasser gewagt hatte, schoß blitzschnell an den Strand zurück. Sunday setzte sich den kleinen Jungen auf die Schultern und watete hinein.

Später, als das Kind im Bett lag, packte sie ein paar Sachen aus, fütterte Limbo und wanderte im Haus umher, um es zu erforschen. Carey rief an, und sie schwatzten eine Weile. Von Claude hörte sie nichts, obwohl er versprochen hatte, sich zu melden.

Sunday fragte sich, wie ihm das Haus wohl gefallen würde. Jedenfalls war es ein Ort, an dem er sich wirklich entspannen konnte. Er ging völlig in seiner Arbeit auf, dachte unaufhörlich darüber nach, plante, diskutierte, hielt Konferenzen ab.

Für einen Mann ist das gut und richtig, dachte Sunday. Ein Mann muß sich seinem Beruf widmen.

Wenn sie ehrlich sein wollte, so mußte sie zugeben, daß es ihr egal gewesen wäre, wenn sie nie wieder einen Film gedreht hätte. Und vielleicht würde sie es auch nicht mehr tun – wenn mit Claude alles gutging. Vielleicht würde es ihr genügen, bei ihm zu sein, ihn zu versorgen, seine Kinder zu gebären – viele, sehr viele Kinder, die alle so aussahen wie Jean-Pierre.

Sie seufzte. Das war ein Traum. Er war noch verheiratet, und selbst wenn er frei gewesen wäre, schien er ihr im Grunde für eine Ehe untauglich zu sein. Aber das machte ihr nichts aus. Auch wenn sie nur zusammenlebten, konnte sie Kinder bekommen. Sie würde ihm keine Fesseln anlegen.

Woraus bestand denn eigentlich ihre Karriere? Sie als

Schauspielerin interessierte keinen Menschen. Sie waren nur daran interessiert, daß sie möglichst viel Busen und Bein zeigte und was sonst noch von Interesse war. Selbst wenn sie ein Star würde, man würde sie immer nur danach beurteilen.

Sie setzte sich und begann ihre Post zu öffnen.

Carey hatte recht gehabt: Zwei Briefe waren von Agenten, die ihr anboten, sie zu vertreten. Werbeprospekte für Autos, Fernseher und Haushaltsgeräte. Ein kurzer Brief von ihrer Tante mit einem kurzen Zeitungsausschnitt aus einem englischen Blatt. Die Tante machte ihr Vorwürfe, weil sie auf dem Foto nur sehr wenig anhatte.

»Sie bedauert es!« Sunday seufzte.

Drei dicke Briefumschläge waren mit derselben kritzeligen Handschrift adressiert. Sie besah sich die Stempel und öffnete den ältesten zuerst. Ein Plastikbeutel fiel heraus. »Sunday, wann wirst du . . .«

»O Gott!« stöhnte sie. Es war ein Brief voller Obszönitäten, und der Absender beschrieb sehr deutlich, was er in seiner Fantasie mit ihr tat und bald wirklich tun wollte.

Sie überflog ihn schnell mit einer Art faszinierten Entsetzens. »Ich verspreche Dir, Dich nicht mehr lange warten zu lassen, wir werden bald zusammen sein, um Deine schöne . . .«

Sie zerriß den Brief. Die beiden anderen waren ähnliche Ausgeburten eines kranken Gehirns.

Es war deprimierend, und weil der Mann so fest überzeugt schien, daß sie eines Tages zusammen sein würden, auch ein bißchen beängstigend. Sie war froh, daß der Schreiber nicht wußte, wo sie jetzt war. Wenigstens kannte er nur das Hotel, in dem sie bisher gewohnt hatte.

Von Panik gepackt, rief sie im Hotel an und gab den Auftrag, auf keinen Fall ihre neue Adresse preiszugeben. Niemandem.

Ich brauche keine Angst zu haben, dachte sie. Carey hat gesagt, alle Schauspielerinnen bekämen solche Briefe.

Als sie ins Bett ging, war ihr übel. Sie sehnte das Licht des neuen Tages herbei.

36

Herbert duschte an diesem Tag zum drittenmal, und das Wasser rieselte lauwarm an seinem haarlosen Körper hinunter.

Er hatte die Augen fest geschlossen, und er dachte über das nach, wobei er seine Frau, diese fette Hure, ertappt hatte. Mit gespreizten Beinen hatte sie im Nachbarhaus gelegen und es mit allen getrieben. Was ging dort vor? Sie hatten sich alle ausgezogen und schwarze Kerzen angezündet. Selbstverständlich hatte er durch die Lücke im Vorhang, vor der er gebückt gestanden hatte, nicht allzuviel gesehen. Aber es hatte ihm genügt. O ja, das hatte es.

Er hatte Marge nicht erzählt, daß man ihn bei der Supreme Chauffeur Company hinausgeworfen hatte. Auf diese Weise konnte er ihr ungehindert nachspionieren. Er konnte Tag und Nacht tun und lassen, was ihm gefiel.

Da er in Nachtschicht gearbeitet hatte, verließ er das Haus auch jetzt zur üblichen Zeit. Er verbrachte den Abend entweder in dem Filmtheater, in dem der Film mit Sunday Simmons und Jack Milan lief, oder er ging in eine Oben-ohne-Bar, um dort mit kalten, harten Augen das Treiben zu beobachten.

Er wußte genau, wann Marge plante auszugehen. Sie wurde nervös, sprang um ihn herum und versuchte ihn rasch aus dem Haus zu bekommen.

Er tat ihr den Willen und ging, kam später jedoch wieder zurück und beobachtete ihr widerliches Benehmen im Nachbarhaus durch das Fenster.

Das Geld wurde knapp. Er würde sich bald einen neuen Job suchen müssen. Er machte sich keine Sorgen, denn lange, bevor er entlassen worden war, hatte er in weiser Voraussicht mehrere Firmenbogen der Supreme Chauffeur Company gestohlen und sich selbst erstklassige Zeugnisse ausgestellt.

Sobald er eine neue Stellung hatte, wollte er Marge verlassen – einfach verschwinden und sie sitzenlassen. Warum sollte er schwer arbeiten, um eine so dreckige Hure zu füttern?

Vorher aber wollte er noch ihre Ersparnisse abheben und sich einen Wagen kaufen. Er würde sie durch einen Trick dazu bringen, etwas zu unterschreiben, wodurch er an das Geld herankommen konnte, oder er würde ihre Unterschrift fälschen. Das sollte nicht allzu schwierig sein.

»Bleibst du den ganzen Tag dort drin, Herbie?« winselte Marge vor der Tür. Sie winselte immer aus irgendeinem Grund, stellte ihm blöde Fragen über Banküberfälle oder vergewaltigte Frauen. Erst heute morgen hatte sie ihn gefragt: »Herbie, ist es nicht sehr schwer, eine Frau zu vergewaltigen, wenn sie wirklich nicht will und sich ernsthaft wehrt?«

»Du denkst auch an nichts anderes als an Sex«, hatte er angeekelt erwidert.

»Daran ist doch nichts Unrechtes, oder? Ich weiß noch, wie dir die Zunge heraushing, als ich mit blankem Busen in dem Lokal bediente. Damals hat es dir gefallen. Und wie!«

»Jetzt gefällt es mir nicht mehr, weil du so fett bist wie ein Schwein. Schämst du dich denn nicht für deinen Körper?«

Marge hämmerte laut an die Badezimmertür. »Herbie, ich mache mir in die Hose, wenn du mich nicht reinläßt!«

Widerwillig kam er unter der Dusche hervor, wickelte sich in ein Badetuch und öffnete die Tür.

Sie trampelte herein, er sah ihre ungeheuer dicken Schenkel blitzen, dann ließ sie sich krachend auf den Toilettensitz fallen.

»He, Herbie, erinnerst du dich noch an den Mord oben am Miller Drive – ganz in der Nähe vom Strip? Erinnerst du dich? Ein junges Mädchen wurde umgebracht . . .« Sie unterbrach sich. »Was hast du?«

Herbert war kreidebleich geworden. Das Badetuch war ihm aus den Händen gefallen, und er starrte Marge entsetzt an. Sie wußte es. Das Biest wußte es.

Mit einem Triumphgefühl erkannte Marge, daß sie ins Schwarze getroffen hatte. Louella hatte recht gehabt, ihr Plan funktionierte. Sie dachte nicht an das Verbrechen, das Herbert begangen hatte, sondern mit Vergnügen daran, wie stolz Louella auf sie sein würde, weil es ihr gelungen war, die Wahrheit herauszubringen. Es hatte sich gelohnt, daß sie die Zeitungen so gründlich studiert, sich Namen von Straßen, Banken und Opfern gemerkt hatte.

»Was weißt du?« fragte Herbert.

»Genug«, erwiderte Marge weise, weil ihr einfiel, daß Louella ihr geraten hatte, den Mund zu halten, wenn sie auf eine Spur stieß. »Genug, um dich ein Leben lang hinter Gitter zu bringen.« Sie fügte diese Bemerkung aus einem Impuls heraus hinzu, weil sie so gut klang. Lana Turner hatte sie vor ein paar Tagen im Spätfilm ihrem Partner an den Kopf geworfen, und der Kerl war zusammengebrochen, hatte das Gesicht in den Händen vergraben und um Gnade gebeten.

Herbert tat nichts dergleichen. Er stand nur in seiner unbehaarten Nacktheit da, kaute an der Unterlippe und kniff die kleinen, gemeinen Augen zusammen.

Marge fühlte sich großartig. Während ihrer ganzen Ehe hatte Herbert sie behandelt wie ein Möbelstück, sie herumkommandiert, ja sogar geschlagen. Kein Wunder, daß sie sich gehen ließ und fett geworden war. Bevor sie Louella kennengelernt hatte, war sie jahrelang kaum aus dem Haus gekommen – und wenn, dann höchstens bis zum Supermarkt. Und es hatte auch keinen Sex gegeben, überhaupt nie wieder, nachdem sie das Baby verloren hatte. Nicht, daß Herbert sich auf diesem Gebiet besonders ausgezeichnet hätte, und hinterher war er immer sofort unter die Dusche gerannt, aber es war besser gewesen als nichts. Später hatte Marge nur noch bitteren Groll gegen ihn empfunden, besonders nachdem sie entdeckt hatte, daß er an Filmschauspielerinnen schmutzige Briefe schrieb. Aber die Briefe hatten ihr geholfen. Sie nahm sie mit ins Bett und stellte sich vor, daß er so mit ihr sprach.

Herberts Gedanken rasten. Wie hatte das Miststück das herausgefunden? Redete er im Schlaf? Woher wußte es die Hure? Und – was wichtiger war – was wollte sie von ihm?

»Was wirst du jetzt tun?« fragte er, hob das Badetuch auf und wickelte sich wieder darin ein. Er bemühte sich, ruhig und kühl zu bleiben und das fette Miststück nicht zusammenzuschlagen. Es war immerhin möglich, daß sie es jemandem erzählt hatte. Vielleicht dieser widerlichen Nachbarin oder einem ihrer Sexpartner bei einer der abstoßenden Orgien.

»Nur keine Sorge.« Marge stand von der Toilette auf. »Warum sollte ich etwas tun? Du bist doch mein Mann, nicht wahr? Und Mann und Frau müssen zusammenhalten.« Sie legte die Arme um ihn und rieb sich ein bißchen an seinem Körper.

Voller Entsetzen begriff er, was sie wollte.

»Ja, du bist mein Mann, und ich bin deine Frau, und deshalb wäre es nicht richtig, wenn ich zu den Bullen ginge, selbst wenn ich es wollte, nicht wahr?«

Plötzlich zupfte sie an ihrem billigen Baumwollkleid und zerrte es sich ungeduldig über den Kopf. Dann befreite sie ihren Mammutbusen aus einem mit einem Drahtgestänge versehenen rosa BH und schwenkte ihn vor ihm. »Ich denke, wir sollten ein paar Dinge tun, die verheiratete Leute so gern miteinander machen, hm? Ich glaube, es wäre ein großer Spaß.«

Sie griff nach dem Badetuch, mit dem er sich bedeckt hatte, und er stand stocksteif da.

Wenn er tat, was sie wollte, konnte er sich etwas holen. Er hatte sie mit diesen anderen Männern gesehen. Sie mußte eine Brutstätte von Bakterien sein. Aber sie wollte nicht, daß er das mit ihr tat. Sie wollte etwas viel Intimeres, etwas, das sie auch nach der Hochzeit von ihm verlangt, das er aber strikt abgelehnt hatte. Jetzt konnte er sich nicht mehr weigern.

Später, als Marge lächelnd, triumphierend und ohne sich zu waschen hinausgegangen war, schrieb Herbert an Sunday Simmons, schilderte ihr seine Sehnsüchte und sein Begehren und füllte einen sauberen Plastikbeutel.

Sie war alles, was er im Leben hatte, das einzig Schöne, das ihm geblieben war. Er gab den Brief auf, ging ins Kino und sah sich den Jack-Milan-Film an, und zwar nicht weniger als viermal hintereinander.

Bevor er ging, schob er einer ahnungslosen Frau, die neben ihm saß, die Hand weit unter den Rock. Aber ehe sie etwas sagen konnte, war er verschwunden.

Er kaufte sich eine Zeitung, setzte sich in ein Café und studierte die Stellenangebote. Ein paar Inserate rahmte er ein. Morgen brauchte er einen Job. Er hatte kein Geld mehr, und da Marge jetzt alles wußte, konnte er auch nicht einfach verschwinden. Sie würde sofort die Bullen hinter ihm herhetzen.

Es gab nur eine Lösung für dieses Problem. Er mußte Marge loswerden – ein für allemal loswerden. Er mußte es sorgfältig planen, aber es war nicht unmöglich.

## 37

»Ich hätte gedacht, das sei überhaupt nicht dein Milieu«, sagte Phillipa, die im Bus neben Charlie saß, das ungeschminkte Gesicht von langen, krausen Haaren umrahmt. Sie trug ein purpurnes, gemustertes Maxikleid und keine Schuhe.

»Warum denn nicht?« fragte Charlie, der sich in seinen neuen Sachen ganz als Teil der Gruppe fühlte.

»Nun ja, weil du doch eigentlich zur Clique der Filmstars gehörst. Große Autos, große Häuser, von Besitztümern umgeben. Besitz ist für euch lebensnotwendig, wie? Wahrscheinlich betrachtet ihr Frauen auch nur als Besitz. Sag mal, eine Frau ist für dich doch nur Sexualobjekt, nicht wahr?«

»Nein, das ist sie nicht«, antwortete Charlie verärgert. Dieses mausgesichtige Mädchen hatte ein großes Talent, ihn wütend zu machen. »Und Besitz ist für mich auch nicht lebensnotwendig, wie du behauptest. Ich habe nicht einmal ein eigenes Haus.«

»So ein Jammer!« Phillipa begann zu lachen. »Hat nicht einmal ein einziges kleines Haus, das ihm gehört. Schlimm, wirklich schlimm.«

»Hast du eigentlich etwas gegen mich?« fragte Charlie gepreßt.

»Nichts gegen dich persönlich. Nur gegen dich im allgemeinen. Weil du zum Establishment gehörst. Du gehörst zu denen, nicht zu uns. Warum lungerst du eigentlich ständig bei uns rum?«

»Ich lungere nicht bei euch rum, ganz besonders nicht bei dir. Ich unternehme einen Wochenendausflug mit Freunden – Laurel, Floss und den anderen. Warum regt dich das auf?«

»Weil du zu einer anderen Generation gehörst – zur Generation meiner Mutter. Hierher gehörst du nicht.«

Die Bemerkung über die andere Generation verletzte Charlie. Er wandte sich ab, starrte aus dem Fenster und wünschte, er wäre nicht mitgefahren.

Nach einer Weile sagte Phillipa: »Ich wäre jetzt gern ein bißchen high. Hast du was?«

»Aha, ich bin also gut genug, um dich mit Pot zu versorgen, ja?«

»Wenn du willst, bezahle ich dich. Du kannst jederzeit mit mir schlafen.«

»Das ist das zweitemal, daß du mir Sex anbietest. Hast du kein Geld?«

Phillipa wurde rot. »Ich habe dir gesagt, daß ich mir aus Sex nicht besonders viel mache. Geld ist für mich wichtiger, also habe ich dir das Unwichtigere angeboten.«

»Eins zu null für dich.« Vielleicht war man mit einem großbusigen, dummen Mädchen doch besser dran. »Übrigens kenne ich deine Mutter nicht einmal.«

»Du brauchst sie nicht zu kennen. Du bist doch ein Teil der großen ›Show biz‹-Welt, oder?«

»Das sind Laurel und Floss auch«, gab ihr Charlie freundlich zu bedenken.

»Das ist etwas anderes.«

Charlie holte einen Joint heraus und fragte sich, ob es richtig war, im Bus zu rauchen. Ihm war eigentlich nicht danach, aber er wollte Phillipa Gesellschaft leisten.

Er zündete an, und nach kaum zwei Minuten war Floss neben ihm und flüsterte: »Bist du verrückt? Wenn die Bullen uns anhalten, gibt es keinen Trip nach San Francisco, noch sonstwohin.«

»Tut mir leid«, sagte Charlie und drückte die Zigarette rasch aus. Phillipa lachte. »Warum habt ihr alle nur so viel Schiß vor den Bullen? Entspann dich mit ein bißchen Hasch, und schon begehst du ein Verbrechen.«

»Ganz deiner Meinung«, sagte Charlie.

»Ja, aber den Rest deiner neurotischen Altersgruppe ist anderer Meinung.«

Da war es wieder, ein neuer Seitenhieb auf sein Alter.

»Sie wollen einfach nicht, daß die Jungen all das genießen,

was sie nicht hatten. Sie ertragen es nicht zu denken, daß wir tun, was wir wollen, anziehen, was wir wollen, Drogen nehmen und Sex praktizieren, ohne ein schlechtes Gewissen zu haben.«

»Du hast ein schlechtes Gewissen wegen Sex.«

»Das habe ich nicht.«

»O doch, sonst würde er dir Freude machen.«

»Sex macht mir keinen Spaß, weil ich keinen Orgasmus bekommen kann«, erklärte Phillipa ihm geduldig. »Ich bin so gebaut.«

»Woher weißt du das?«

»Ich weiß es einfach. Jetzt los, erzähl mir doch, daß du der eine und einzige bist, der mich zu einem fantastischen Höhepunkt führen kann.«

»Vielleicht könnte ich das.« Sie heizte ihm allmählich ganz schön ein. »Vielleicht könnte ich es wirklich.«

Sie lachte ganz ohne Fröhlichkeit. »Weiß du, wie viele alte Männer mir das schon gesagt haben?«

»Wie viele alte Männer hast du denn schon gehabt?«

»Vier – nein, fünf, wenn ich meinen Stiefvater mitrechne, und der war lausig. Interessant war an der Sache für mich nur, daß er mir erzählte, meine Mutter könne auch keinen Orgasmus bekommen. Wie findest du das? Und sie hat zweimal geheiratet und hatte unzählige Freunde.«

»Und ich dachte, du seist ein modernes Mädchen! Aber in Wirklichkeit bist du ganz bezaubernd altmodisch. Du hast sogar mit deinem Stiefvater gebumst. Also, hättest du's nicht wenigstens mit deinem Vater treiben können?«

Phillipa zuckte mit den Schultern. »Es ist mir wirklich egal, ob du mir glaubst oder nicht. Genauso egal ist es mir, was die Leute über mich denken. Über das Stadium bin ich hinaus.«

Charlie fragte sich, wie lange George wohl brauchen würde, um ihn abzuholen. Lady Phillipa Longmead war eine verklemmte Halbwüchsige, und so etwas konnte er in seinem Leben bestimmt nicht brauchen.

Laurel kam den Mittelgang entlang. »Das macht Spaß, wie?« sagte sie begeistert mit munterem, vor Freude geröteten Gesicht. »Noch drei Stunden Fahrt und dann eine wunderbare Nacht unter Sternen. Ich bin so froh, daß du mitgekommen bist, Charlie. Hast du auch daran gedacht, deinen Schlafsack mitzubringen?«

»Du hast mir nicht gesagt, daß ich einen mitnehmen soll.«

»Wirklich nicht? Manchmal bin ich auch zu vergeßlich. Philly, kann Charlie sich vielleicht noch bei dir hineinquetschen?«

»Ich denke, das hatte er ohnehin vor.«

Laurel lächelte. »Ich liebe euch beide. Ihr wißt doch, daß ich euch aufrichtig liebe?« Sie berührte beide an der Schulter, als sei sie ein Wunderheiler, und ging weiter.

»Wir sind in der Schweiz zusammen in die Schule gegangen«, sagte Phillipa. »Dort haben wir Französisch, Kochen und Masturbieren gelernt.«

»Was tust du jetzt?« fragte Charlie.

»Ich treibe mich einfach rum. Eigentlich studiere ich modernes Design, aber im Augenblick mache ich Ferien, um über die Abtreibung hinwegzukommen, die ich hinter mir habe. Ich habe eigentlich überhaupt nichts zu tun. Geld habe ich eine Menge – Treuhandfonds und so. Sobald ich nach Hause komme, kaufe ich ein Haus in Hampstead oder vielleicht auch auf dem Land und gründe eine Kommune. Die Leute können dann kommen und gehen, wann sie wollen, und sie können tun, was sie wollen. Keine Vorschriften, nur ein wunderschönes, unkompliziertes Leben.«

»Und du willst die Rechnungen bezahlen?«

»Warum nicht? Ich hab' das Geld doch. Warum sollte ich es nicht für andere Leute ausgeben? Was machst du mit deinem vielen Geld?«

»Ich bezahle Steuern, sorge für meine Kinder und bezahle Rechnungen. Manchmal kaufe ich mir einen Wagen oder eine Kamera oder sonst etwas, das mir Spaß macht.«

»Inklusive einer Frau, eines Sexualobjekts.«

»Für jemanden, der sich für Sex nicht interessiert, redest du aber sehr viel davon. Es scheint dein einziges Thema zu sein.«

»Meine Mutter weiß auch nicht, wo's langgeht. Sie ist wie du, bemüht sich immer, schlau zu sein. Sie schickt mich hier zu einem Psychoanalytiker. Also geh ich hin, sage guten Tag, und er sagt, ich soll mich ausziehen und auf eine Couch legen. Ganz ausziehen. Er sagt, nur so kann er die Spannungsfelder auf meinem Körper sehen. Wie findest du das? Er hat einen ziemlichen Schock gekriegt, als er mich das erstemal sah. Er ist die reichen Damen aus Beverly Hills gewohnt – große Brüste, flache Bäuche und sexy Oberschenkel. Und dann sah er mich – nichts, woran seine kleinen, gierigen Augen sich festhalten konnten.«

Charlie mußte lachen. Er konnte sich die Szene lebhaft vorstellen. »Warum gehst du überhaupt hin?«

»Meine Mutter ist die Treuhänderin meines Vermögens. Ich kriege mein Geld erst, wenn ich einundzwanzig bin, bis dahin bedenkt sie mich mit ihrer Meinung nach angemessenen Almosen. Eigentlich kann sie mich nicht ausstehen, aber das beruht auf Gegenseitigkeit. Würdest du sie gern kennenlernen? Sie wäre begeistert, wenn ich dich mitbrächte.«

»Ist das eine Einladung?«

Phillipa gähnte. »Langweile ich dich noch immer nicht? Gewöhnlich langweilen sich die Leute sehr bald mit mir.«

Nun, sie war wirklich anders.

Das Pop-Festival wurde auf dem Grund und Boden eines großen, alten Farmhauses abgehalten. Auf unzähligen Morgen grünen Landes wimmelte es von Tausenden junger Menschen, und es wurden von Stunde zu Stunde mehr.

Es war ein unglaublicher Anblick. Sie kamen zu Fuß, mit dem Wagen, mit dem Motorrad, mit dem Bus oder mit dem Zug. Eine farbenfrohe Prozession. Manche Mädchen trugen ein Baby, und ein paar Kleinkinder trippelten in der Menge mit. Fast alle hatten lange Haare und trugen wallende Gewänder. Normal gekleidete Leute dazwischen wirkten irgendwie verdächtig.

Ein paar Polizeibeamte waren auch zu sehen, sie gingen nur paarweise und wirkten in ihren schwarzen Uniformen grimmig und gefährlich.

Es wurde allmählich dunkel. Laurel und Floss machten sich mit ihrer ganzen Gruppe auf den Weg, um einen guten Lagerplatz zu finden.

Überall gab es Verkaufsstände mit Hot dogs, Hamburgers und Eiskrem. Zelte wurden aufgeschlagen, aber es gab auch Leute genug, die sich einfach in ihre Decken rollten.

Phillipa ging schweigend neben Charlie her, der ihren schweren Schlafsack trug. So hatte er sich die Sache nicht vorgestellt. Laurel hatte von Zelten gesprochen, und er hatte geglaubt, sie hätten bereits alles arrangiert. Er hatte sich luxuriöse Zelte vorgestellt, die auf einem Hügel standen und auf die Menge hinunterblickten. Ganz gewiß hatte er nicht damit gerechnet, im Schlafsack mitten unter den Horden zu nächtigen.

Er war müde von der Arbeit im Studio, der Fahrt in dem heißen und staubigen Bus und dieser langen Wanderschaft. Er war auch entsetzlich hungrig und mußte dringend pinkeln.

Ein verträumt aussehendes Mädchen saß im Gras und stillte ein schon ziemlich großes Baby. Zwei Teenys erkannten Floss und hüpften kichernd um ihn herum. Eine Gruppe mit Lederjacken bekleideter Jungen schwankte vorbei, ölige Haare und höhnisch grinsende Gesichter. Über allem hing der beißende, bittersüße Geruch von Marihuana.

Laurel und Floss entdeckten endlich den richtigen Platz, auf dem sie lagern wollten, und Laurel ging herum und fragte die Freunde einzeln: »Ist das okay für dich? Bist du auch sicher?«

Phillipa sagte zu Charlie: »Ich muß auf die Toilette.«

Ein gemeinsames Interesse – endlich! Sie machten sich zusammen auf die Suche nach den Zelten mit den Sanitäranlagen, die nicht weit weg sein konnten, wie Floss behauptete. Sie mußten aber zehn Minuten laufen, bevor sie sie fanden. Inzwischen war es dunkel geworden, und Charlie fragte sich, wie sie je zu den anderen zurückfinden sollten.

»Warte draußen auf mich«, befahl er Phillipa.

Sie lächelte, was sie nur selten tat. »Du bist eigentlich gar nicht so übel, weißt du. Ich könnte mir meine Mutter hier nicht vorstellen.«

Großartig, dachte er. Ich hätte mir die Mutter anlachen sollen.

In der übelriechenden Kabine der Männertoilette setzte sich ein bärtiger Junge gerade einen Schuß. Er hatte sich den Arm mit einem alten Gürtel abgebunden, dick und blau trat die Vene hervor. Zwei Kerle, die ebenfalls Bärte trugen, lungerten herum und sahen zu. Charlie machte, daß er so schnell wie möglich hinauskam.

Phillipa brauchte ziemlich lange und kam ganz entrüstet heraus. »Du kannst dir nicht vorstellen, was da drin los ist«, sagte sie. »Zwei Polizistinnen durchsuchen jeden, der reinkommt, nach LSD oder Pot oder ähnlich lächerlichem Zeug. Die haben Nerven!«

Charlie war froh, daß niemand auf dem Männerklo gewesen war. Er konnte sich die Schlagzeilen lebhaft vorstellen: »Schauspieler auf Pop-Festival mit Marihuana ertappt. Festgenommen.«

»Wir finden den Rückweg nie«, beklagte sich Phillipa.

Er nahm sie bei der Hand und führte sie durch die Menge. Er hatte schon immer einen guten Orientierungssinn gehabt.

Was würde sie sagen, wenn er ihr vorschlug, von hier zu verschwinden und nach Hause zu fahren?

Ein feiner Sprühregen fiel, ein leichter, warmer Regen, den man kaum spürte.

»Ich habe Hunger«, jammerte Phillipa.

Charlie versuchte sich vorzustellen, wie man sich bei Regen in einem Schlafsack unter freiem Himmel fühlte. Er kaufte zwei Hot dogs – was auf seine Diät eine verheerende Wirkung haben würde –, und dann machten sie sich wieder auf die Suche nach ihrer Gruppe.

»Dort sind sie!« schrie Phillipa endlich. »Wenigstens Janie und Rex. He, wo sind die anderen?«

Von der ganzen Busladung waren nur ein paar übriggeblieben.

Janie, ein dickes Mädchen, das wie eine Zigeunerin angezogen war, sagte: »Sie haben sich alle verdrückt. Die Szene hat ihnen nicht gefallen. Die Bullen patrouillieren mit Hunden, und es ist einfach nicht cool. Man kann nicht mal in Frieden high werden.«

»Wohin sind sie gegangen?« fragte Charlie, der wütend war, weil man ihn zurückgelassen hatte.

»Zu irgendeiner Party, die eine der Gruppen gibt. Morgen

zum Konzert kommen sie zurück. Wir sollen die Festung halten. Läßt du mich mal von deinem Hot dog beißen?«

»Haben Laurel oder Floss keine Nachricht für uns hinterlassen?« fragte Charlie.

Janie schüttelte den Kopf. »Nicht daß ich wüßte.«

»Komm!« Charlie drückte dem fetten Mädchen den Rest seines Hot dog in die Hand und packte Phillipas Arm. »Verschwinden wir von hier.«

## 38

Sundays Pressekonferenz verlief erfreulich glatt. Fragen über Steve Magnum und sie parierte sie mit Charme und Takt.

Carey war der Meinung gewesen, es sei am besten, die Pressekonferenz in Form einer Cocktailparty abzuhalten, damit Sunday sich ganz ungezwungen unter den Reportern bewegen konnte.

Sunday war ein ganz heißer Tip. Allein nach dem Film mit Jack Milan bekam sie eine Unmenge Fanpost.

Carey hatte ein paar sehr ernsthafte Angebote für sie, die sie mit ihr besprechen wollte. Es war sehr klug gewesen, sich mit Vertragsabschlüssen zurückzuhalten, bis sich ihr Erfolg herumgesprochen hatte. Jetzt konnte sie sich den Film aussuchen, den sie machen wollte.

»Wie steht es mit Ihnen und Claude Hussan?« fragte eine gewitzte Reporterin.

Sunday lächelte. Am liebsten hätte sie gesagt: »Wir lieben uns, und ich hoffe, daß wir für immer zusammenbleiben«, aber Carey hatte ihr eingeschärft, sie müsse sich auf die alte, abgedroschene Formel von der guten Freundschaft beschränken.

»Wir sind gute Freunde«, sagte Sunday lahm.

»Aber Sie waren doch mit ihm und mit seinem Sohn in Südamerika?« fragte die Reporterin hartnäckig weiter.

»Nun, ja . . .« Sunday war überrascht. Das wußte doch niemand?

»Stimmt es, daß er sich scheiden läßt?«

»Keine Ahnung. Läßt er sich denn scheiden?«

»Ich dachte, wenn es jemand weiß, dann Sie.« Die Stimme der Reporterin klang ein wenig sarkastisch. Sie mochte Schauspielerinnen nicht. Sie war selbst eine gewesen und hatte kläglich Schiffbruch erlitten.

»Entschuldigen Sie«, sagte Sunday höflich, »man braucht mich für ein Foto.«

»Nur noch eine Frage, bevor Sie gehen. Könnten Sie einen Mann wie Claude Hussan lieben? Ist er nicht nur ein Steve Magnum mit französischem Akzent?«

Sunday blinzelte. »Sie müssen mich wirklich entschuldigen«, sagte sie hastig und entfernte sich. Was für ein merkwürdiges Mädchen! Zum Glück hatte sie sich an Careys goldene Regel erinnert und die Presse nicht beleidigt.

Später aßen sie bei Marshall zu Abend und besprachen die verschiedenen Angebote. Sie waren nur zu dritt.

»Ich will mich erst entscheiden, nachdem ich mit Claude gesprochen habe«, erklärte Sunday.

Carey zuckte mit den Schultern. »In Ordnung. Aber meiner Meinung nach sollten wir den neuen Jack-Milan-Film akzeptieren. Schließlich ist deine Rolle der seinen gleichwertig, und das Drehbuch ist hervorragend.«

Sunday nickte. Sie fand keines der vorliegenden Angebote besonders aufregend. In jeder dieser Rollen sollte sie einfach nur fantastisch aussehen. Sie brachten zwar viel Geld ein, aber war es wirklich zuviel verlangt, wenn sie sich wünschte, auch als Schauspielerin gefordert zu werden?

»Sie wissen, wie es um die Filmindustrie steht«, sagte Marshall. »Kaum jemand arbeitet noch, die Zeiten sind schwer. Sie scheinen im Moment das Goldmädchen zu sein. Genießen Sie es, Schätzchen, genießen Sie es, solange es dauert.«

Sunday stand auf. Sie wollte nach Hause.

»Vergiß nicht, daß du morgen um zehn Anprobe und Make-up-Tests hast«, sagte Carey. »Ach, übrigens – wann kommt eigentlich Claude zurück?«

»Ende der Woche, glaube ich. Er wollte mich anrufen, hat aber zuviel zu tun, nehme ich an. Er arbeitet so hart, daß er manchmal das Essen vergißt.«

Carey und Marshall wechselten einen bedeutsamen Blick.

Am nächsten Tag schrieb die gewitzte Reporterin in ihrer weitverbreiteten Klatschspalte. »Sunday Simmons ist die neue, schöne Sexgöttin unserer unaufhörlich suchenden Flitter-Stadt. Ich habe gestern abend mit ihr gesprochen, und sie hat mir – mit ihren dreißig Zentimeter langen falschen Wimpern flatternd und die lohfarbene Mähne zurückwerfend – im Vertrauen gesagt, daß für sie die neue Liebe in ihrem Leben, der berüchtigte französische Filmregisseur Claude Hussan, nur ein zweiter Steve Magnum mit französischem Akzent ist. Unser Steve ist – wie Sie sich vielleicht erinnern – der letzte Verlobte der ehrgeizigen Miß Simmons. Dieses schöne Mädchen mit dem Körper einer Raquel Welsh und dem Sprachschatz einer Mickymaus wird es noch weit bringen.«

Sunday war bestürzt. Wie, wenn Claude das zu Gesicht bekam? Der Artikel stempelte sie zu einer hohlköpfigen Idiotin.

Wütend wandte sie sich an Carey. »Keine Pressepartys mehr. Mir ist es egal, wenn mein Name nie wieder in einer Klatschspalte erscheint. Ich spreche mit keinem dieser gehässigen und frustrierten Weiber mehr.«

»In Ordnung«, beschwichtigte Carey. »Aber sie sind nicht alle so, glaub mir. Außerdem, so schrecklich ist es nicht. Die Leute erinnern sich nur an deinen Namen, nicht an das, was über dich geschrieben wurde.«

»Das glaubst du«, antwortete Sunday kurz. »Ich erinnere mich immer an das, was ich gelesen habe. Und was wird Claude denken, wenn er das zu Gesicht bekommt? Was glaubst du?«

»Claude wird es nicht sehen, wenn du es ihm nicht zeigst. Er kommt ja erst in ein paar Tagen wieder.«

Am Abend ging Sunday mit Branch zum Essen. Sie gingen in das Restaurant, in dem sie auch früher immer gegessen hatten, und als sie beim Kaffee saßen, tauchte Max Thorpe auf, plump, mit rotem Gesicht und dem durch gebleichte Strähnchen aufgehellten Haar.

Er begrüßte Sunday herzlich und setzte sich zu ihnen.

»Ich habe dir doch gesagt, wir kommen später bei dir vorbei«, sagte Branch mürrisch.

»Ich weiß, ich weiß«, antwortete Max. »Aber ich konnte es nicht erwarten, die schöne Sunday Simmons zu sehen.« Seine wäßrigen Augen schweiften durch den Raum und blieben schließlich auf Branch haften. »Du hast doch nichts dagegen, oder?«

Mit sauertöpfischer Miene schüttelte Branch den Kopf.

»Er macht sich gut«, sagte Max und tätschelte Sunday die Hand.

»Ja, ich weiß«, sagte sie lächelnd. »Ich glaube, die Fernsehserie wird eine große Sache für ihn.«

»Hat er Ihnen erzählt, daß er zu mir zieht? Es ist doch albern, daß er das teure Hotelzimmer bezahlt, obwohl ich ein so großes Haus habe.« Max ließ Sundays Hand los und legte sie auf die von Branch. Und dort blieb sie. »Ich fühle mich manchmal darin recht einsam und freue mich darauf, Gesellschaft zu haben.«

Branch sah Sunday unglücklich an. Sie fühlte die Spannung zwischen den beiden Männern und tat so, als müsse sie gähnen. »Tut mir leid, ihr beiden, aber ich glaube, ich muß jetzt aufbrechen. Muß morgen sehr früh aufstehen.«

»Ich sehe es gar nicht gern, daß du allein zum Strand zurückfährst«, sagte Branch. »In der Stadt wimmelt es von Verrückten.«

»Sei nicht albern. Ich habe mir einen sehr verläßlichen Ford gemietet, der außerdem vollgetankt ist. Und ich werde alle Fenster schließen und alle Türen verriegeln.«

Branch brummte etwas und verlangte die Rechnung, die Max bezahlte. Zusammen schlenderten sie zu dem großen Parkplatz, wo Branch in Max' weißen Rolls-Royce und Sunday in ihren hellblauen Ford einstieg.

Sie fuhr schnell, hielt sich auf der mittleren Fahrspur und sah sich nicht um, wenn sie an einer Ampel halten mußte. Selbst ein Blick nach rechts oder nach links hätte von irgendeinem Mann für eine Aufforderung gehalten werden können. Los Angeles war eine Stadt, in der Frauen nachts nur selten allein umherfuhren, und ganz besonders keine Frauen, die aussahen wie Sunday.

Claude hatte nicht angerufen, und sie machte sich Sorgen um ihn.

Die Szene zwischen Branch und Max hatte sie beunruhigt. Sie hatte natürlich immer gewußt, daß Max schwul war, hatte es von Branch aber nie so recht glauben können. Jetzt stand fest, daß sie zusammen schliefen, auch wenn Branch sich noch so widerstrebend zeigte. Irgendwie fühlte sie sich abgestoßen. Auf perverse Weise erinnerte es sie an das, was Dindi ihr über Paulo und den Comte Benno erzählt hatte.

Wäre sie nicht so geistesabwesend gewesen, hätte sie vielleicht den alten grauen Buick bemerkt, der sie verfolgte. Das Nummernschild war mit Schmutz verschmiert, und der Fahrer versteckte sich hinter einer dicken, dunklen Brille.

Aber Sunday war zerstreut und merkte nichts. Auch dann nicht, als sie in die lange, einsame Uferstraße einbog.

## 39

»Wie lange sind Sie schon hier?« fragte Natalie, doch es gelang ihr nur sehr unvollkommen, ihren Widerwillen gegen das magere, barfüßige Mädchen, das Charlie mitgebracht hatte, hinter Höflichkeit zu verbergen.

Phillipa gähnte offen, ohne die Hand vor den weit aufgerissenen Mund zu halten. »Lange genug«, antwortete sie mit ihrer tonlosen Stimme. Charlie hatte ihr versprechen müssen, den Allens erst nach dem Essen zu sagen, wer sie war. Sie wollte ihm demonstrieren, wie entscheidend sich das Verhalten der Menschen ihr gegenüber änderte, sobald sie wußten, daß sie adelig war.

Natalie würgte an ihrem Krabbencocktail. Für wen hielt sich dieses kleine Miststück eigentlich? Charlie hatte es doch bestimmt bei diesem gräßlichen Pop-Festival aufgelesen.

»Mir gefällt Ihr Kleid«, sagte Clay. »Sehr hübsch und sehr ungewöhnlich.«

»Vielen Dank.« Phillipa bedachte ihn mit ihrem seltenen Lächeln. »Ich hab's in einem Trödelladen auf der Portobello Road gekauft.«

Sie trug ein knöchellanges, ziemlich billig aussehendes, fast durchsichtiges, aber langärmeliges Kleid. Es war mit Spitzen besetzt und stand bis zur Taille offen. Phillipas kleiner Busen wurde nur sichtbar, wenn sie die Hand nach dem Weinglas ausstreckte. Clay beobachtete sie fasziniert.

»Wie war das Konzert?« fragte Natalie. »Ich habe in den Nachrichten gesehen, daß ein Mädchen dort ein Kind bekam.« Sie klopfte beschützend auf die kleine Wölbung ihres Bauches. »Es muß schrecklich für sie gewesen sein.«

»Aber noch schlimmer für die Zuschauer, kann ich mir vorstellen«, sagte Phillipa, nahm eine Krabbe aus dem Mund und betrachtete sie genau, ehe sie sie auf dem Rand ihres Tellers deponierte.

»Stimmt etwas nicht damit?« fragte Natalie, als das mausgesichtige Mädchen mit der zweiten Krabbe dasselbe tat.

»Ich denke, sie sind nicht frisch«, antwortete Phillipa lässig.

Alle hörten auf zu essen, und Natalie starrte sie finster an. Sie konnte es auf den Tod nicht ausstehen, wenn man Nahrungsmittel verschwendete. »Sie müssen frisch sein«, sagte sie rasch. »Ich habe sie erst heute morgen auf dem Markt gekauft.«

Clay schob seinen Teller weg. »Wir wollen es lieber nicht riskieren, Liebling.«

Natalies Augen füllten sich mit Zornestränen.

»Was gibt es sonst noch?« fragte Clay.

»Lammbraten«, antwortete Natalie gepreßt.

»Also, ihr Lieben, die Allens tischen euch jetzt ranzigen Lammbraten auf.« Er brüllte vor Lachen.

»Ich finde das nicht sehr lustig«, sagte Natalie kalt, stellte die Schalen mit dem Krabbencocktail so heftig aufeinander, daß sie laut klirrten, und stapfte aus dem Zimmer.

»Ich weiß nicht, was mit ihr los ist«, sagte Clay. »Sie ist in letzter Zeit so verdammt überempfindlich.«

»Sie ist schwanger«, sagte Charlie ruhig. »Frauen sind immer empfindlich, wenn sie schwanger sind.« Einen Augenblick dachte er daran, wie Lorna gewesen war, als sie die Kinder erwartet hatte. Es war die glücklichste Zeit seines Lebens gewesen – Lorna so sanft, herzlich und liebevoll. Die Schwangerschaft machte Frauen schön. Er folgte Natalie in die Küche.

Phillipa zupfte an einem eingewachsenen Nagel, und Clay schenkte ihr Wein nach.

»Wo haben Sie Charlie eigentlich kennengelernt?« fragte er.

»Bei einer Orgie«, antwortete Phillipa und konzentrierte sich auf ihren Nagel.

Nach dem Essen tranken sie im Patio Kaffee, und Natalie war ruhig und glücklich. Charlie war ganz besonders nett zu ihr. Seine unmögliche Freundin sagte eine geschlagene Stunde lang kein Wort.

Es schien völlig sinnlos, den Allens zu sagen, daß diese unscheinbare Phillipa eigentlich Lady Phillipa Longmead war. Charlie war überzeugt, daß sich ihre Haltung ihr gegenüber nicht ändern würde.

»Ich habe heute einen Chauffeur eingestellt«, sagte Clay. »Einen ordentlichen, ruhigen Kerl. Er kann Natalie herumkutschieren. Der Doktor hat gesagt, sie soll nicht mehr fahren, wegen ihres Rückens und so.«

»Ich wünschte, ich hätte ihn mir vorher ansehen dürfen«, sagte Natalie. »Schließlich bin ich es, die mit ihm auskommen muß.«

»Du hast geschlafen, Liebling. Außerdem hatte ich Glück, ihn zu bekommen. Wir sind ja inzwischen so weit gekommen, daß die Leute uns auf Herz und Nieren prüfen. Er kommt morgen früh um zehn, also siehst du ihn bald genug. Er heißt Herbert Lincoln Jefferson. Wirst du dich an den Namen gewöhnen können?«

Sie saßen vor dem Haus von Phillipas Eltern in Charlies Lamborghini.

»Sie mochten mich nicht, aber das ist mir egal«, sagte Phillipa.

»Nun, du warst ja auch nicht gerade der personifizierte Charme, nicht wahr? Wie konntest du Natalie sagen, die Krabben seien nicht mehr frisch. Du hättest es für dich behalten sollen.«

»Warum?«

»Weil das höflicher gewesen wäre.«

»O Charlie, sei nicht so dämlich und antiquiert. Das ist der Jammer mit deiner dämlichen Generation, ihr seid alle so damit beschäftigt, höflich zu sein, daß ihr ganz überseht, was direkt vor eurer Nase passiert. Kriege und Gewalttaten, Menschen verhungern, halbe Kinder schickt man hinaus, damit ihnen das Hirn aus dem Schädel gepustet wird, und – was noch schlimmer ist – wenn sie einen Arm oder ein Bein verlieren, steckt man sie in ein verdammtes Armee-Hospital, und dort verfaulen sie wie Abfall.«

»Ich will keine von deinen Predigten hören. Ich weiß, was los ist. Mir gefällt es auch nicht besser als dir, aber so ist das Leben. Man muß es akzeptieren.«

»Akzeptieren?« Phillipa verzog spöttisch die Lippen. »Akzeptieren? Genau das werden wir nicht tun.« Sie stieg aus dem Wagen und verschwand, ohne sich ein einziges Mal umzusehen, im Haus.

Verdrossen sah Charlie ihr nach. Sie war ein merkwürdiges Mädchen. Sie gab ihm das Gefühl, schuldig zu sein. Sie gab ihm das Gefühl, sein Leben sei sehr eng und sinnlos und er leiste überhaupt nichts. Aber sie konnte wenigstens den Mund aufmachen und reden. Sie war nicht unwissend, und das war eine lobenswerte Eigenschaft.

Er startete den Wagen und fuhr niedergeschlagen ins Hotel zurück.

Charlie und Laurel redeten kaum noch miteinander. Er war noch sehr verärgert, weil sie und Floss auf dem Pop-Festival so sang- und klanglos verschwunden waren. Sie sprachen nicht darüber, aber zwischen ihnen herrschte eine Kälte, die alle bemerkten. Er besuchte sie auch nicht mehr und war eifriger denn je damit beschäftigt, Drehbücher zu lesen. Er suchte etwas, das die Lücke füllen konnte, die dadurch entstanden war, daß sein nächster Film ausfiel. Er hatte jedoch auch keinen Grund, vor Jahresende nach England zurückzukehren.

Er traf sich mit Phillipa. Sie kam fast jeden Abend zu ihm ins Hotel und saß herum, während er las. Manchmal las auch sie ein Drehbuch. Sie hatte ein erstaunlich gescheites Urteil, und als er sie näher kennenlernte, wurde sie ihm gegenüber viel ungezwungener und war eine wirklich angenehme Gesellschaft. Die Beziehung blieb rein platonisch. Sie reizte ihn sexuell überhaupt nicht, also drängte er nicht darauf. Natürlich glaubten alle, sie lägen Tag und Nacht zusammen im Bett. Abgesehen von Clay, der manchmal vorbeikam, sahen sie kaum jemanden.

Eines Tages sagte Phillipa: »Meine Mutter gibt eine Party und möchte, daß ich dich mitbringe.«

Charlie sah sie überrascht an. »Ich dachte, du verabscheust Partys.«

»Das tu ich auch, das weißt du genau. Aber sie hat mir ständig mit dir in den Ohren gelegen, und da habe ich in einer schwachen Minute eben ja gesagt.«

»Ich wußte nicht, daß du schwache Minuten hast.«

Sie wurde rot. »Natürlich habe ich die. Die Party ist morgen abend. Beginn acht Uhr dreißig. Kommst du?«

»Natürlich, wenn du es willst.«

Phillipas Mutter Jane war Anfang der Vierzig. Sie war schlank, hochgewachsen, gepflegt, perfekt frisiert und auf typisch englische Weise hübsch. Sie sah ihrer Tochter überhaupt nicht ähnlich. Sie trug ein langes, rotes Kleid und an jedem Handgelenk ein schmales Brillantarmband. Das Haar trug sie in einem Nackenknoten, und im Gegensatz zu ihrem Mann sah sie aus wie ein Muster guten Geschmacks.

Ehemann Sol, klein und beleibt, eine Riesenzigarre obszön zwischen die dicken Lippen geschoben, machte wegen der Party nicht die geringste Konzession und trug ein grell-buntes Palm-Beach-Hemd und ausgebeulte Hosen.

Jane streckte die schlanke, gepflegte Hand aus und sagte: »Ich freue mich unendlich, Sie kennenzulernen, Mr. Brick. Phillipa spricht ständig von Ihnen.«

Sol ließ die Zigarre in den Mundwinkel wandern und schnarrte: »He, Charlie-Baby, nett, Sie zu sehen. Was trinken Sie für ein Gift?«

Phillipa war noch nicht erschienen.

Charlie machte es sich an der Bar bequem und schwatzte mit Angel Carter und ihrem Begleiter.

Phillipa kam erst eine Stunde später. Er erkannte sie kaum. Ihr normalerweise lang herabhängendes Haar war frisiert, und statt eines ihrer üblichen zotteligen Gewänder trug sie ein langes, weißes viktorianisches Kleid und dazu passende Schuhe.

Ihr Gesicht war durch das schwache Make-up, das sie aufgelegt hatte, zwar weniger interessant, aber viel attraktiver.

»Du siehst großartig aus«, sagte Charlie lächelnd.

»Wirklich?« Plötzlich schien sie sich aus dem aggressiven, unabhängigen Hippiemädchen in eine scheue Achtzehnjährige zu verwandeln.

Ihre Mutter kam auf sie zu und warf entsetzt die Hände in die Höhe. »Phillipa, wie siehst du schon wieder aus! Ich weiß wirklich nicht, was ich mit ihr machen soll, Mr. Brick. Sie läuft immer so schlampig und ungepflegt rum.«

Ein Ausdruck des Schmerzes flog über Phillipas Gesicht, war aber ebensoschnell wieder verschwunden, wie er gekommen war. Trotzig zog sie die Schuhe aus. »Tut mir leid, Jane, ich weiß, du findest den Geruch meiner Füße abscheulich, aber barfuß ist nun mal viel gesünder.«

Jane lächelte. »Sie ist doch so jung, Mr. Brick . . . Oder darf ich Charlie sagen? Sie lernt es schon noch. Schließlich haben wir in ihrem Alter auch in Bohème gemacht. Es ist eine alberne Phase, aber entsetzlich lästig. Finden Sie nicht auch?«

Charlie stand zwischen den beiden Frauen. Auf einer Seite Phillipa, mürrisch und mit trotzigen Augen. Auf der anderen Jane, selbstsicher und ausgeglichen. Sie warteten darauf, wessen Partei er ergreifen würde.

Er wich einer Entscheidung aus und sagte: »Ihr Haus ist wirklich hübsch. Wohnen Sie schon lange hier?«

Als Jane weitergegangen war, um sich ihren anderen Gästen zu widmen, flüsterte Phillipa: »Verschwinden wir von hier, ich kann diese menschlichen Attrappen nicht ertragen.«

Charlie wollte schon ja sagen, als er Dindi an der Tür entdeckte. Sie trug einen Pyjamaanzug aus weißem Satin, bis zur Taille offen, den sonnengebräunten Busen fast völlig entblößt. Leicht und locker umrahmte das blonde Haar ihr hübsches Gesicht mit dem Schmollmund. Sie kam mit Steve Magnum und seinem Gefolge.

Empörung stieg in Charlie auf, als er sie sah. Nie würde er vergessen, wie sie über Serafina gesprochen hatte, kurz bevor sie starb. Er verabscheute sie, und es erbitterte ihn und nagte an ihm, daß sie Erfolg hatte. Sie hatte ihn ausgenutzt, eine Tatsache, die er ihr nie vergessen würde.

Hastig leerte er sein Glas und sagte zu Phillipa: »Noch einen Drink, und dann gehen wir, okay?« Er hatte nicht die Absicht, ausgerechnet in dem Augenblick zu verschwinden, in dem Dindi auftauchte.

Sie hatte ihn natürlich längst bemerkt und sagte sehr laut zu Steve: »Um Himmels willen, wen hat Charlie denn da an der Angel?«

»Was für'n Charlie?« fragte Steve, der leicht schwankte.

»Also er könnte doch wirklich noch was Besseres finden.« Dindi kicherte. »Aber wahrscheinlich sind die Zeiten schlecht. Ich habe erfahren, daß sie seinen nächsten Film abgesetzt haben.«

Steve hörte nicht zu. Er umarmte Jane, mit der er einmal eine Affäre gehabt hatte.

Dindi durchquerte das Zimmer und kam direkt auf Charlie zu. »Hallo!« sagte sie laut.

Er hätte sie am liebsten ignoriert, ahnte jedoch, daß ihr das eine größere Befriedigung verschaffen würde als eine kühle Begrüßung. Er nickte ihr eisig zu. »Dindi.«

»Hast ein bißchen zugenommen, wie ich sehe.« Sie kicherte auf die ihr eigene alberne Weise.

Er lächelte gequält. Sie hatte sorgfältig gezielt und sein Ego getroffen. Das tat weh.

Im selben Augenblick trat Jane zu ihnen, küßte Dindi auf beide Wangen und sagte überschwenglich: »Aber natürlich, ihr kennt euch ja! In dieser Stadt ist es wirklich kaum möglich, sich zu merken, wer schon mit wem verheiratet war.«

»Du schaffst das schon«, sagte Phillipa leise.

»Was, mein Liebes? O Dindi, Liebling, kennen Sie eigentlich schon mein kleines Mädchen? Ich komme mir immer gräßlich alt vor, wenn sie dabei ist. Phillipa, das ist Dindi Sydne.« Sie lächelte Charlie entwaffnend an. »Mr. Bricks Ex-Frau. Oder sind Sie noch gar nicht geschieden? So genau weiß man das nie.«

Schweigend betrachtete Charlie die drei Frauen. Jane, so selbstsicher, ein boshaftes Funkeln in den grauen Augen. Dindi, die aus ihrer Bluse quoll, nur blondes Haar und unschön aufgeworfene Lippen. Phillipa mit heißen Wangen und ein bißchen verängstigt.

Er faßte Phillipas knochigen Arm und sagte: »Mir ist eben eine sehr wichtige Verabredung eingefallen, besten Dank für die Einladung.« Dann steuerte er sie durch den Raum, hinaus in die Halle und durch die Haustür ins Freie.

»Gott sei Dank, daß du das getan hast!« rief Phillipa. »Ich glaube, ich hätte es keine Minute mehr dort drin ausgehalten. Warst du wirklich mit ihr verheiratet?«

»Das ist eine ganz kurze Geschichte«, antwortete Charlie. »Fahren wir ins Hotel und entspannen wir uns bei einem besonders dicken Joint. Ich muß den Geruch dieser Kuh aus meiner Nase herausbekommen.«

»Meinst du jetzt Jane oder Dindi?«

»Beide. Sie passen großartig zusammen.«

Später, als sie beide angenehm high waren und die Stimme von Nina Simone den Raum füllte, zog Charlie Phillipa langsam aus.

Es war Zeit. Sie waren seit Wochen zusammen, ohne je zusammengewesen zu sein, und Charlie hatte es satt, Mitternachtsnutten anzurufen.

Sie war entsetzlich dünn und lag ganz steif in seinen Armen, obwohl sie kein einziges Mal protestierte.

Sein Selbstvertrauen als Liebhaber hatte Dindi gründlich erschüttert, und Phillipa war nach ihr das erste Mädchen. Die Mitternachtsnutten zählten nicht, sie redeten nur im Jargon ihrer Zunft: »Mein Gott, ist der aber groß. Du bringst mich ja um mit diesem Ding.«

Phillipa war starr vor Widerwillen, verkrampft, trocken, abweisend. Er holte eine Dose mit Vaseline, und sie schrak angeekelt zurück.

Der Versuch war ein totaler Fehlschlag. Charlies Begehren verflog, und er sagte ihr, sie solle sich anziehen.

»Tut mir leid«, sagte sie leise. »Ich hab's dir gesagt, nicht wahr? Ich habe dich gewarnt.«

Er schloß sich im Badezimmer ein und betrachtete sein Spiegelbild. Langsam nahm er die moderne Brille ab, die er trug, und zerbrach sie. Was wollte er denn beweisen? Daß er jung und modern und vorurteilsfrei war? Wenn er ein junger Hengst gewesen wäre, hätte sie sich bestimmt nicht so angestellt.

Als er wieder aus dem Bad kam, war sie gegangen.

## 40

Claude Hussan traf ein und stieg im Beverly Hills Hotel ab.

Sunday erfuhr es aus dem *Hollywood Reporter*.

Sie war außer sich und rief Carey sofort aus dem Studio an. »Kannst du mit mir lunchen?« fragte sie. »Ich brauche deinen Rat.«

»Klar, ich bin um halb eins bei dir.« Nachdenklich legte Carey auf. Sie hatte die Notiz auch gelesen.

Der Regisseur mußte mit Sunday an diesem Vormittag sehr viel Geduld haben. Sie verwechselte den Text, hatte ein paar ›Hänger‹ und fiel den anderen Schauspielern ein paarmal ins Wort. Es sah ihr gar nicht ähnlich.

Carey war noch vor Sunday im Studio-Restaurant, rauchte eine Zigarette und überlegte, was sie sagen würde.

Sunday stürmte mit einer Viertelstunde Verspätung herein. Sie trug einen Hausmantel aus pinkfarbener Seide, und ihre langen, gebräunten Beine erregten allgemeine Aufmerksamkeit. Sie ließ sich auf den Stuhl fallen, bestellte Orangensaft und Eiersalat und sagte dann: »Ich verstehe es nicht, es ist absolut lächerlich. Ich habe im Hotel angerufen, aber man hat mir gesagt, er habe Anweisung gegeben, man dürfe ihn nicht stören. Carey, mir geht es gar nicht so um mich, aber ich habe doch sein Kind bei mir. Er hat mich seit Rio nicht ein einziges Mal angerufen. Das sind jetzt zwei Wochen.«

»Beruhige dich.« Zum erstenmal erlebte Carey, daß Sunday so völlig ihre kühle Gelassenheit verlor. »Reg dich bitte nicht auf, dann bekommst du von mir die Fakten zu hören.«

»Was für Fakten?«

»Er ist gestern morgen mit seiner Frau eingetroffen. Anscheinend ist er den ganzen Tag damit beschäftigt, mit Schauspielern zu verhandeln. Marshall allein hat heute für drei seiner Klientinnen Termine mit ihm vereinbart. Es sieht so aus, als hätte er große Schwierigkeiten, seinen Film zu besetzen. Die Dreharbeiten sollen in drei Wochen anfangen, und er hat noch keinen Star.«

Sunday biß sich auf die Unterlippe. »Mit seiner Frau? Aber ich dachte, sie hätten sich getrennt und ließen sich scheiden.«

»Hat er dir das erzählt?«

»Nein. Ich habe es nur angenommen. Er hat nie von ihr gesprochen und nur einmal erwähnt, daß sie Jean-Pierre nicht haben will. Ich kann einfach nicht glauben, daß sie hier ist. Warum ruft er mich nicht an? Erklär mir, was los ist!«

»Hör zu, ich wollte deine schillernde Seifenblase nicht zerplatzen lassen, du schienst mir so glücklich. Aber Hussan ist ein durch und durch gemeiner Kerl. Er hat einen schrecklichen Ruf, und ich war, offen gesagt, sehr erstaunt, daß du dich mit ihm eingelassen hast.«

»Du denkst immer nur das Schlechteste von den Menschen. Claude ist ein wunderbarer, empfindsamer Mann.« Die Worte hatten, schon während sie sie aussprach, einen falschen Klang. Und sie waren auch nicht wahr. Claude war ein launischer Teufel, aber sie liebte ihn.

»Warum ruft er dich dann nicht an?«

»Er muß einen Grund haben. Bestimmt gibt es eine absolut logische Erklärung dafür. Wahrscheinlich spielt er, wenn ich heute nach Hause komme, mit Jean-Pierre am Strand.«

Sie stocherte in ihrem Eiersalat herum.

»Wie läuft der Film?« fragte Carey. »Ich wollte morgen eine Zeitlang beim Drehen zusehen.«

»Alles in Ordnung«, antwortete Sunday. »Übrigens habe ich noch ein paar Briefe von diesem Psychopathen bekommen. Ich habe dir von dem ersten erzählt. Drei in dieser Woche, und der Schreiber kennt meine Adresse.«

»Ich hab' dir gesagt, zerreiß sie, und denk nicht mehr daran. Wahrscheinlich ist dein netter Milchmann der Verfasser. Diese Verrückten tun nie etwas. Auch im Büro treffen schmutzige Briefe für dich ein.«

»Aber Carey, das ist derselbe Mann, der mir auch ins Château Marmont geschrieben hat. Ich denke, ich sollte . . .«

»Hallo, Carey.« Charlie Brick war an ihrem Tisch stehengeblieben. »Wo ist Marshall?«

»Wir sind nicht immer zusammen wie siamesische Zwillinge, wissen Sie?« antwortete Carey lächelnd. »Ich denke, er schuftet wie ein Sklave im Büro. Charlie, kennen Sie Sunday Simmons?«

»Eh, ja . . .« Er lächelte sie an. Dann fiel ihm ein, daß sie eine Freundin von Dindi war, und sein Gesicht wurde eisig.

»Ich habe mich vor ein paar Tagen heimlich zu Ihren Aufnahmen geschlichen«, sagte Sunday. »Sie waren wunderbar. Als Kind war ich ein großer Charlie-Brick-Fan. Bin es auch heute noch.« Warum klingt es eigentlich immer so blöd, wenn man jemanden bewundert? dachte Sunday.

Gott der Allmächtige, sollte wegen seines Alters sein Leben nur noch ein einziges Spießrutenlaufen sein? Würden die anzüglichen Bemerkungen nie aufhören? Als Kind war sie ein Charlie-Brick-Fan, in der Tat! Er filmte doch erst seit zehn Jahren. »Vielen Dank. Schauen Sie doch wieder mal bei uns rein. Ich lade Sie zu einem Kaffee ein.«

»Fantastisch! Ich komme, sobald ich wieder eine längere Drehpause habe.«

»Auf seine komische englische Art ist er ganz attraktiv«, meinte Carey, als er gegangen war. »Das heißt, wenn er sich selbst spielt. Ich steh auf diesen versteckten Charme. Marshall hat ihn auch. Ich glaube, wir heiraten wirklich demnächst.

Jeden Tag kann es jetzt soweit sein. Er hat mich endlich doch überredet.«

»Carey, das ist ja wunderbar! Du hast mir nie gesagt, wie es jetzt zwischen euch steht.«

»Warum sollte ich? Du hast genug Probleme. Auf jeden Fall habe ich die schicksalhafte Entscheidung getroffen und muß nur noch den schicksalsschweren Tag bestimmen. Meine Mutter bringt mich um.«

Sunday war an diesem Tag mit ihren Aufnahmen ziemlich früh fertig. Der Regisseur riet ihr, nach Hause zu fahren und sich richtig auszuschlafen. Sie fuhr zweimal am Beverly Hills Hotel vorbei und versuchte zu entscheiden, ob sie hineingehen sollte oder nicht. Sie wußte, es wäre falsch gewesen, Claude auf diese Weise zu überfallen, und sie wünschte sich verzweifelt, alles richtig zu machen. Enttäuscht und verletzt fuhr sie nach Hause.

Jean-Pierre spielte am Strand – aber mit Katja, der jungen Mexikanerin, die sie für ihn eingestellt hatte.

Jack Milan kam um sechs auf einen Drink herüber. Er brachte seine jüngste Tochter Victoria mit. Ihm gehörte das Haus auf dem Nachbargrundstück, und er hatte Sunday angerufen und sie gefragt, ob er etwas mit ihr besprechen könne.

»Schön, Sie zu sehen, Sunday, Sie machen sich so rar«, sagte er. »Ich habe erst vor ein paar Tagen zu Ellie gesagt, wir sollten Sie zum Abendessen einladen.« Sie lächelte. »Wollen Sie was trinken?«

»Gern. Ich nehme einen Scotch mit Eis.« Er sah sich in dem winzigen Haus um. »Nett haben Sie es hier, sehr gemütlich.«

»Mir gefällt es.«

»Ja. Wissen Sie, ich habe eben erst erfahren, daß Sie ein Kind haben. Sie wissen ein Geheimnis gut zu hüten.«

»Jean-Pierre ist nicht mein Kind. Ich wünschte, er wäre es. Ich habe ihn nur vorübergehend bei mir, er ist der Sohn eines Freundes.«

»Na klar«, sagte Jack ungläubig. »Es ist wirklich jammerschade, daß es mit Ihnen und Steve nicht geklappt hat. Sie wären ein großartiges Paar gewesen. Ich hatte mich schon selbst beglückwünscht, weil ich Cupido gespielt hatte.«

Sunday lächelte abermals und fragte sich, was er wollte. Das war bestimmt kein rein gesellschaftlicher Besuch.

Das Telefon klingelte, und Sunday nahm automatisch ab.

»Ich möchte dich bumsen«, flüsterte eine Stimme. »Ich möchte . . .« Sie knallte den Hörer auf die Gabel. »O Gott!« Der Anruf brachte das Faß zum Überlaufen, und Sunday brach in Tränen aus.

»He, Schatz, was ist denn?« fragte Jack verlegen.

»Bitte gehen Sie, Jack, ich bin nur müde. Plötzlich stürmt alles auf mich ein. Haben Sie bitte Verständnis.«

Das Kind beobachtete sie mit unverhohlenem Interesse.

Jack stand nur widerwillig auf. »Kann ich wirklich nichts für Sie tun?«

»Nichts. Es tut mir aufrichtig leid. Verzeihen Sie mir bitte.«

»Dann müssen Sie mir aber versprechen, daß Sie nächste Woche zum Abendessen hinüberkommen. Ellie wird Sie anrufen.«

»Ich komme gern.«

Er ging, und sie rief im Beverly Hills Hotel an, aber Mr. Hussan war unabkömmlich, also nannte sie ihren Namen und ihre Telefonnummer, bat um Rückruf und ging ins Bett.

Auf der Straße fuhr ein alter grauer Buick ganz langsam an ihrem Haus vorbei.

## 41

Die Stellung bei Clay Allen zu bekommen war nicht schwer gewesen. Herbert antwortete auf das Inserat in der Zeitung, zog, als er sich vorstellen ging, seinen einzigen Anzug an, wies seine erstklassigen Referenzen vor, die er selber geschrieben hatte, und die Stellung gehörte ihm. Neunzig Dollar pro Woche, Arbeitszeit von zehn bis fünf, und Überstunden wurden zusätzlich bezahlt.

Es war ein leichter Job. Den größten Teil des Tages saß er in der Küche der Allens herum, denn sie schienen beide nicht viel auszugehen. Clay war meist im Gartenhaus und schrieb, und Natalie fuhr nur gelegentlich zu Saks oder Magnum. Zum Einkaufen schickte sie das Mädchen, und manchmal mußte er das Kindermädchen und das Kind irgendwohin bringen.

Er hielt sich für sich, freundete sich weder mit dem Haus- noch mit dem Kindermädchen an.

Er bekam einen Vorschuß von Clay und kaufte sich einen alten grauen Buick, der dreihundert Dollar kostete. Jedenfalls besser als nichts.

Wäre nicht seine Bindung an Marge gewesen, hätte er verhältnismäßig glücklich sein können. Sie war unerträglich geworden, tyrannisierte ihn, war anspruchsvoll, nörgelte und schrie mit ihm herum. Am schlimmsten war jedoch, daß sie ihn sexuell beanspruchte. Das fand er um so erstaunlicher, als im Nachbarhaus, wie er beobachten konnte, alles beim alten blieb.

Er hatte sorgfältig überlegt, wie er die Bedrohung, die Marge für ihn darstellte, aus der Welt schaffen konnte. Als erstes mußten sie von diesen stinkenden Nachbarn wegziehen, in eine Gegend, in der man sie nicht kannte. Das würde nicht leicht sein, denn Marge würde sich wütend dagegen sträuben, aber er hatte einen Plan. Und da er jetzt auch die neue Stellung und einen Wagen hatte, würde alles klappen.

Er hatte Zeit gehabt, Sunday Simmons aufzuspüren. Nachdem er gelesen hatte, daß sie aus Rio zurück war, brauchte er nur vor Carey St. Martins Büro zu warten und ihr zu folgen, bis sie ihn zu Sunday und zu dem Haus am Strand führte. Von da an folgte er Sunday, sooft er Zeit hatte. Er wußte, wann sie gewöhnlich das Studio verließ, und wenn er es ermöglichen konnte, war er dort. Manchmal verbrachte er die Nacht in der Nähe ihres Hauses in seinem Wagen und folgte ihr wieder um sieben Uhr morgens, wenn sie ins Studio fuhr.

Sie sah sogar zu dieser Stunde mit glatt zurückgekämmtem Haar und dunkler Sonnenbrille schön aus.

Eines Tages beobachtete er Sunday, als sie das Haus verließ, und wartete dann, bis die Mexikanerin und das Kind zum Einkaufen gingen. Es war für ihn nicht schwierig, über den

Patio in das Haus einzudringen, und er wanderte darin herum, schnüffelte in Sundays Sachen, schrieb sich ihre Telefonnummer auf und nahm sich ein paar Fotos von einem großen Stapel, der auf dem Tisch lag. In ihrem Schlafzimmer steckte er einen Spitzen-BH und einen Schlüpfer ein. Dann ging er genauso heimlich und verstohlen, wie er gekommen war.

Er hatte die unklare Vorstellung, daß er mit Sunday zusammensein würde, sobald er Marge aus dem Weg geräumt hatte. Es war eine nebelhafte Idee, und der Gedanke, daß Sunday ihn abweisen könnte, sobald er sich ihr zu erkennen gab – dieser Gedanke kam ihm kein einziges Mal.

Er schrieb ihr noch viele Briefe, einer besser als der andere. Zweimal riskierte er es sogar, sie anzurufen, aber sie legte sofort auf. Deshalb sagte er sich, es sei vielleicht richtiger zu warten, bis er sich ihr persönlich vorstellen konnte.

Marge wartete zwei Wochen, ehe sie Louella mitteilte, was sie entdeckt hatte.

Es ging ihr gut. Daß Herbert tun mußte, was sie wollte, war für sie ein so seltenes Vergnügen, daß sie es sich durch nichts verderben lassen wollte.

Warum sollte sie es Louella überhaupt sagen? Es ging sie nichts an. Manchmal war Louella fast genauso gemein und niederträchtig wie Herbert. Besonders am letzten Samstag, als sie Marge gezwungen hatte, mit einem Mitglied aus dem ›Kreis der Freunde‹ geradezu unaussprechliche Dinge zu tun.

»Das mag ich nicht mehr«, hatte Marge protestiert. »Es hat weh getan.«

»Willst du aus unserem Kreis ausgeschlossen werden?« hatte Louella eisig gefragt. »Es gibt viele andere Damen, die glücklich wären, an deiner Stelle zu sein.«

Marge hatte zugestimmt, obwohl sie abscheulich fand, was mit ihr geschah, und war schließlich in Tränen aufgelöst gewesen.

Louella hatte sie vor allen anderen ausgelacht. »Du benimmst dich wie eine sechzehnjährige Jungfrau«, hatte sie höhnisch erklärt.

Später hatte es ihr leid getan, sie hatte Marge heiße Milch gebracht und sich sehr freundlich mit ihr unterhalten.

Nur der Stolz auf das Erreichte brachte sie schließlich dazu, Louella doch noch zu erzählen, was Herbert getan hatte.

Und als sie es Louella erzählte, kam ihr die ganze Ungeheuerlichkeit dieser Tat zum erstenmal zum Bewußtsein.

Er hatte ein Mädchen getötet, hatte es ermordet. Es war unausdenkbar. Marge begann vor Angst zu weinen und zu schluchzen. Vielleicht war sie dadurch, daß sie von seiner Tat wußte, zu seiner Komplizin geworden.

Louella bestätigte ihre schlimmsten Befürchtungen. »Natürlich steckst du mit drin«, sagte sie. »Dadurch, daß du nicht zur Polizei gehst, bist du genauso schuldig wie er.«

Marge sprang entsetzt auf. »Aber du weißt es auch!« platzte sie heraus.

»Ja, doch vielleicht gehe ich sofort zur Polizei.«

Marges Gesicht verfiel von einer Sekunde zur anderen. »Aber – aber das wirst du doch nicht tun?« stieß sie entsetzt hervor.

»Vielleicht sollte ich es wirklich tun. Mir war ja nicht klar, um was für eine ernste Sache es sich handelt.«

Marge begann laut zu weinen. Warum hatte sie sich je eingemischt? Warum hatte sie sich mit Louella Crisp angefreundet? Sie war glücklich gewesen, solange sie abends vor dem Fernseher saß und aß. Die TV-Berühmtheiten hatten ihr doch als Gesellschaft genügt.

»Aber«, fuhr Louella fort, »da ich deine Freundin bin, kann ich dir vielleicht helfen. Das kostet natürlich Geld. Wieviel hast du noch?«

»Tausend Dollar. Das ist alles, was ich habe, ich habe es für mein Alter gespart.« Sie lächelte gequält. »Wozu brauchst du Geld?«

Louella schnalzte mit der Zunge. »Wenn du natürlich dumme Fragen stellst, kann ich dir nicht helfen. Wir brauchen fachmännischen Rat, und ich habe einen Freund im Polizeipräsidium. Tausend Dollar werden nicht genügen, um die ganze Sache niederzuschlagen, die Ermittlungen einzustellen.«

»Was für Ermittlungen?« Marge quietschte laut auf vor Schreck.

»Ich wollte dich nicht beunruhigen, aber ich vermutete schon, was Herbert getan hatte, und habe daher diskrete Erkundigungen eingezogen. Und da habe ich erfahren, daß man gerade in diesem Fall besonders intensive Untersuchungen anstellt.«

»Oh!« Marge wurde kalkweiß, und ihr Mund blieb merkwürdig verzerrt offenstehen.

»Mit – nun ja – sagen wir mit dreitausend Dollar wäre die Sache meiner Meinung nach aus der Welt zu schaffen.«

Marge fing wieder an zu weinen. »Ich habe keine dreitausend Dollar.«

»Und was ist mit Herbert?« Louellas Gedanken rasten. Verlangte sie zuviel? Marge, die dumme Kuh, glaubte ihr die Geschichte, aber würde Herbert sie durchschauen? Würde er erkennen, daß es Erpressung war? Er war wahrscheinlich klüger als Marge, aber wie konnte ein Mensch, der nur einen Funken Verstand besaß, eine solche Kuh heiraten?

»Herbie hat kein Geld«, winselte Marge. »Wir kommen nie mit unseren Zahlungen nach.«

»Trotzdem mußt du mit ihm reden«, sagte Louella kalt.

»Das könnte ich nie. Er würde mich umbringen. Er würde mich verprügeln.«

»Dann kann ich dir auch nicht helfen. Aber ich muß auch sofort zur Polizei gehen, sonst bin ich plötzlich in derselben Lage wie du, und ich möchte nicht mein Leben lang im Knast sitzen.«

Marge schauderte. »Ich bringe dir meine tausend Dollar«, sagte sie. »Und ich rede mit Herbie, ihm wird schon etwas einfallen. Ist das okay? Kann uns das helfen?«

Louella nickte. »Ich denke schon. Nur glaube ich nicht, daß mein Freund sehr lange auf den Rest des Geldes warten kann.«

Herbert ging in dieser Nacht nicht nach Hause. Er hatte einen Weg gefunden, auf der dem Strand zugewandten Seite von Sundays Haus auf den Patio zu gelangen, und kroch auf Händen und Füßen unter das Fenster ihres Schlafzimmers, wo er hoffte, sie durch einen Spalt im Vorhang beobachten zu können.

Er wartete zwei Stunden, nachdem alle Lichter ausgegangen waren, um ganz sicher zu sein, daß alle schliefen. Er war nervös, weil er befürchtete, der kleine Hund könnte aufwachen und ihn durch sein Gebell verraten.

Langsam und lautlos schob er sich noch näher an das Fenster heran und richtete sich dann auf.

Er hatte Glück. Sie hatte die Vorhänge nicht geschlossen, und er sah sie deutlich im Bett liegen. Sie war nur mit einem dünnen Laken zugedeckt. Ein langes, braunes Bein und ein bloßer Arm lagen auf dem Laken.

Er hatte den Eindruck, daß sie nackt war und daß sie, wenn er geduldig wartete, das Laken ganz beiseite stoßen würde. Sein Mund wurde bei dem Gedanken trocken, und sein Atem kam mühsam und schwer.

Es wäre so leicht, dachte er, den Fensterriegel zu öffnen und einzusteigen. Er war überzeugt, daß sie ihn mit offenen Armen empfangen mußte, wenn er sich ihr als der Absender der Liebesbriefe zu erkennen gab. Aber es war zu früh. Er war noch nicht bereit. Er mußte frei sein.

An seiner Unterlippe kauend, kauerte er ganz verkrampft unter dem Fenster und beobachtete sie, bis es Tag wurde. Dann schlich er zu seinem Wagen und döste, bis Sunday um sieben Uhr das Haus verließ, um ins Studio zu fahren.

Er folgte ihr. Erst als sich das große Studiotor hinter ihr geschlossen hatte, fuhr er zu Marge nach Hause.

## 42

Charlie hatte eine richtige Depression. Sein Geburtstag war vorübergegangen, und er hatte ihn allein im Hotel gefeiert.

Er hatte Phillipa nach jenem verunglückten Abend, an dem sie ihm weggelaufen war, nicht mehr angerufen. Er hatte die Bemühungen aufgegeben.

Hin und wieder ging er mit Thames Mason aus, die ihn

damit langweilte, daß sie ihm aufzählte, auf wie vielen Illustrierten in diesem Jahr ein Titelbild von ihr erschienen war. Eine unscheinbare Studiosekretärin, mit der er ebenfalls ausging, langweilte ihn noch viel mehr. Seine nächste Begleiterin, eine pseudo-intellektuelle Illustriertenschreiberin, wollte gefesselt und vergewaltigt werden. Dann war ein kleines blondes Flittchen an der Reihe, das ihn unglücklicherweise an Dindi erinnerte.

Als er eines Nachts mit einem schwedischen Starlet im Fond des Mercedes saß, beschwerte er sich bei George, daß er den Wagen wie einen Omnibus fahre. »Können Sie denn nicht ein bißchen aufs Gas treten?«

George blickte erstaunt durch den Rückspiegel. Es sah Charlie nicht ähnlich, daß er an ihm herumnörgelte, zumal dann nicht, wenn er die erlaubte Höchstgeschwindigkeit ohnehin schon überschritten hatte.

Charlie lehnte sich zurück und versuchte der Wortflut der Schwedin zu entgehen. Sie hatte die ganze Nacht ununterbrochen geredet. Schon nach den ersten fünf Minuten in ihrer Gesellschaft hätte er ihr am liebsten die Kehle aufgeschlitzt, und jetzt waren sie schon zwei lange Stunden zusammen.

»Und da sagte der Produzent zu mir: ›Du bist ein schönes Mädchen, Lena, und der Star weigert sich, mit dir in derselben Szene zu spielen. Kannst du ihr das übelnehmen?‹ Das hat er gesagt, und dann haben sie mich herausgeschnitten. Ich verstehe es natürlich, Clara ist zehn Jahre älter als ich und . . .«

Charlie gab auf. Genug war genug. Morgen wollte er Phillipa anrufen.

»Kommen Sie, George, ich muß morgen früh um sieben im Studio sein«, sagte er gereizt.

George trat das Gaspedal durch, und der große Wagen stürmte vorwärts. Sie kamen an eine Ampel, die eben auf Rot sprang, und da George spürte, wie ungeduldig sein Boß war, gab er noch mehr Gas. Er sah den Cadillac nicht einmal, der von links auf sie zuschoß.

In dem Sekundenbruchteil, der dem Zusammenprall voranging, begriff Charlie, was geschehen würde, packte das Mädchen und schützte es mit seinem Körper.

Er wachte zwei Tage später im Cedars of Lebanon Hospital wieder auf.

Es war ein sehr merkwürdiges Gefühl, die Augen zu öffnen und nicht zu wissen, wo man war oder was um einen herum geschah. Seine Armvene war mit einem Schlauch verbunden, doch darüber hinaus sah er weder noch spürte er ein Anzeichen dafür, daß er verletzt war.

Er lag in einem einfachen weißen Zimmer. Neben dem Bett saß eine Krankenschwester und strickte, den Kopf über ihre Arbeit geneigt.

»Schwester«, versuchte er zu sagen, doch seine Stimme kam nur als heiseres Krächzen heraus, jedoch laut genug, um ihre Aufmerksamkeit zu erregen. Sie ließ das Strickzeug fallen und sprang auf.

»Mr. Brick!« rief sie eifrig. »Sie sind wach, wie wunderbar! Bitte bewegen Sie sich nicht. Ich rufe den Arzt.«

»Wasser«, stöhnte er. Seine Kehle schien zugeschwollen und war unerträglich trocken.

Sie hob ihm den Kopf und erlaubte ihm, ein paar Schlucke zu trinken, obwohl er am liebsten den ganzen Becher zweimal hintereinander geleert hätte. Dann ging sie hinaus und kam mit dem Arzt und zwei weiteren Schwestern zurück.

Langsam setzte er aus Erinnerungsbruchstücken zusammen, was sich ereignet hatte. Keiner der beiden Wagen hatte die Verkehrsampel beachtet, sie waren im rechten Winkel aufeinander zugerast, zusammengeprallt und glücklicherweise wieder zurückgeschleudert worden. Hätten sie sich ineinandergebohrt, hätte von den Insassen keiner überlebt. Der Passagier auf dem Beifahrersitz des Cadillac war allerdings sofort tot gewesen. Der Fahrer und George waren schwer verletzt. Charlie Brick war, als er sich schützend über das Mädchen warf, mit dem Kopf an die Innentür geknallt und zwei Tage bewußtlos gewesen. Das Mädchen – Lena – hatte nur ein paar blaue Flecken abbekommen.

Charlie hatte eine Beule am Kopf, die so groß war wie ein Hühnerei, und einen häßlichen Schnitt auf der Stirn. Er war glücklich, daß er lebte. Er war dem Tod mit knapper Not entkommen, und der Arzt hatte nicht vorhersagen können, wie lange er bewußtlos bleiben würde. Es hätten Wochen, ja sogar Monate sein können.

»Ich hatte keine Ahnung, daß ich so viele Menschen kenne, die mich gern haben«, sagte Charlie ein paar Tage später zu Clay. »Himmel, du solltest die Briefe sehen, die ich bekomme. Es ist wunderbar.« Er dachte dabei besonders an einen Brief von Lorna, einen Brief, der all die Liebe und Zuneigung ausdrückte, die er in der Ehe mit ihr nie kennengelernt hatte. Sie hatte sich sehr verändert. Er jedoch auch.

»Viele Leute dachten, daß du's nicht schaffen würdest«, meinte Clay. »Kopfverletzungen sind nun einmal ziemlich vertrackt.«

»Ich habe die Zeitungen gelesen. Lieber Himmel, in den englischen standen ja schon die reinsten Nachrufe. Aber es ist ein schönes Gefühl zu wissen, daß einen die Leute mögen. Und es geht mir recht gut. Ich hatte eigentlich überhaupt keine Schmerzen – außer den teuflischen Kopfschmerzen nach dem Aufwachen. Um den armen alten George mache ich mir eigentlich größere Sorgen. Er hat ungefähr alles gebrochen, was es in einem Menschen zu brechen gibt. Man hat mir gesagt, er werde wieder gesund, aber es soll angeblich sehr lange dauern. Ich weiß nicht, was ich ohne ihn tun soll.«

»Darüber wollte ich mit dir sprechen. Wir haben einen großartigen Chauffeur, den wir eigentlich gar nicht brauchen. Natalie ermüdet jetzt so schnell beim Einkaufen, und ich fahre ohnehin lieber selbst. Du kannst ihn also haben.«

»Jetzt warte einen Augenblick, ich möchte nicht . . .«

»Keine Widerrede, Charlie. Es wäre viel zu mühsam für dich, jetzt jemanden zu suchen, und der Mann ist genau richtig für dich. Er heißt Herbert. Ich bringe ihn morgen mit.«

Charlie wollte um keinen Preis im Krankenhaus bleiben. Der Arzt hatte darauf bestanden, ihn noch eine Woche zur Beobachtung dort zu behalten, aber Charlie langweilte sich, war nervös und der Meinung, das sei übertriebene Vorsicht. Außerdem war da der Film, den er gerade drehte. Die Verzögerung, die durch seinen Krankenhausaufenthalt entstand, kostete ein Vermögen. Als er bewußtlos gewesen war, hatte man erwogen, die Rolle umzubesetzen, das wußte er. Der Regisseur und der Produzent hatten ihn besucht, und er hatte ihnen versprochen, innerhalb einer Woche wieder am Drehort zu sein.

Ein ganzer Besucherstrom war durch sein Zimmer und an ihm vorbeigerauscht. Laurel und Floss waren dagewesen, herzlich und besorgt. Sie hatten ihm eine stark mit Pot durchsetzte Schokoladetorte mitgebracht, die Charlie ahnungslos den Krankenschwestern gespendet hatte. Sie waren seither nie wieder die alten geworden.

Er freute sich, Phillipa zu sehen, die sehr ernst und wegen ihres Verhaltens an ihrem letzten gemeinsamen Abend sehr zerknirscht war. Schließlich bestand eine Beziehung nicht nur aus Sex.

Das schwedische Starlet Lena, das es Charlie zu verdanken hatte, daß es praktisch unverletzt geblieben war, sonnte sich in der Publicity, die es durch den Unfall bekommen hatte. Es brachte zwei Fotografen ins Krankenhaus mit.

Charlie duldete zwar Lenas Besuch, den beiden Fotografen verbot er jedoch kategorisch jede Betätigung und warf sie kurzerhand hinaus. Lena war wütend.

In seinem Alter und in seiner Position war es, das wußte er genau, lächerlich, sich mit so jungem Gemüse abzugeben, nur damit ihn die Leute für einen tollen Kerl hielten. Was brauchte er sich darum zu scheren, was die Leute dachten? Von nun an hieß es: »Lebt wohl, ihr kleinen Flittchen, mir hat eure Gesellschaft ohnehin nie Spaß gemacht.«

Clay hielt Wort und kam mit seinem Chauffeur, um Charlie nach Hause zu bringen.

Sein Zuhause war die Suite im Beverly Hills Hotel, die ihm ohne George unerträglich still und leer vorkam.

Clay hatte ihn eingeladen, ein paar Tage bei Natalie und bei ihm zu verbringen, aber Charlie lehnte ab. Er wollte seinen Film beenden und dann Urlaub machen. In gewisser Weise hatte sich alles richtig gefügt. Jetzt hatte er bis zum Jahresende keine Verpflichtungen und konnte tun, was er wollte.

Bald arbeitete er wie vor dem Unfall den ganzen Tag im Studio und verbrachte die Abende mit Phillipa.

Clays Chauffeur konnte er gut brauchen, fand ihn jedoch kalt und abweisend und fand keinen Kontakt zu ihm. Das störte Charlie, der sich mit seinen Angestellten immer gut verstehen wollte.

Phillipa beschwerte sich, daß Herbert sie merkwürdig anstarre. Charlie antwortete, das komme nur daher, weil die meisten ihrer Hippiekleider fast durchsichtig seien.

»Ich habe ihn schon irgendwo gesehen«, sagte Phillipa. »Ich wünschte nur, ich könnte mich erinnern, wo das war. Ich mag ihn nicht. Hoffentlich schickst du ihn bald wieder weg.«

Am nächsten Tag gab Charlie Herbert hundert Dollar extra und schickte ihn zu Clay zurück.

Clay, der ihn auch nicht mehr brauchte, gab ihm noch zwei Wochenlöhne und entließ ihn.

Fast eine Woche später erinnerte sich Phillipa, wo sie Herbert gesehen hatte. »Es war eines Nachts auf dem Strip – vor ein paar Monaten. Er fuhr mit einem großen, schwarzen Wagen vorbei und las ein Mädchen auf. Ich kannte sie nicht, aber wir hatten alle miteinander geredet. Es ging ihr sehr schlecht, sie brauchte Geld. Jedenfalls hat dieser Schleimer sie in seinen Wagen geholt, und am nächsten Tag hat man sie in den Hügeln ermordet aufgefunden.«

Charlie lachte ungläubig. »Das ist lächerlich.«

»Warum?« Phillipas Gesichtsausdruck war angespannt und ernst. »Er war es, das weiß ich sicher.«

»Ach, komm schon, das klingt wie ein schlechter Film, Schatz. Außerdem hättest du dich bestimmt schon früher daran erinnert, wenn es etwas so Wichtiges gewesen wäre.«

»Trotzdem denke ich, wir sollten etwas tun.«

Charlie lachte. »Und was – deiner Ansicht nach? Sollen wir Clay anrufen und sagen: ›He, du, Phillipa hat mir eben erzählt, daß sie vor ein paar Monaten deinen Chauffeur beobachtete, wie er ein Mädchen auflas, das später ermordet aufgefunden wurde?‹«

»Ich kann dich nicht ausstehen, wenn du so ironisch bist, dann erinnerst du mich an meine Mutter«, entgegnete Phillipa.

Sie wußte, wie sie ihn treffen konnte.

»Na schön, wenn es dich glücklich macht, rufen wir die Polizei an, und man wird uns die Auskunft geben, der Fall sei am nächsten Tag aufgeklärt worden. Und Herbert Sowieso wird einen Haufen Schmerzensgeld von dir verlangen.«

»Vergiß es, Charlie. Vergessen wir's einfach.«

## 43

Claude rief Sunday erst eine Woche nach seiner Rückkehr an. Es gelang ihr nur mühsam, vor ihm zu verbergen, wie verletzt und verärgert sie war.

»Ich hatte so viel zu tun«, klagte er.

»Hat man dir denn nicht ausgerichtet, daß ich angerufen und um Rückruf gebeten habe?«

»Komm heute abend ins Hotel. Wir essen zusammen, und ich erkläre dir alles.«

»Willst du nicht zu mir kommen und Jean-Pierre sehen?«

»Es geht ihm doch gut, nicht wahr?«

»Ja, natürlich geht es ihm gut.« Sie biß sich auf die Unterlippe, liebte und haßte ihn gleichzeitig. »Ich dachte nur, daß du ihn sehen möchtest.«

»Ein andermal«, sagte Claude schroff. »Heute abend möchte ich mit dir reden. Sei um acht Uhr hier.«

Er legte auf, und Sunday war zornig und verwirrt. Wenn ich auch nur einen Funken gesunden Menschenverstand hätte, würde ich ihm sein Kind zurückbringen und mich von ihm trennen, dachte sie.

Sie hatte diese Seite seines Wesens immer in ihm vermutet. In Rio hatte sie seine schlechten Eigenschaften absichtlich ignoriert, um sich die Illusion ihres Glücks nicht zu zerstören. Daß er Jean-Pierre nicht sehen wollte, hatte ihr jetzt endgültig und unmißverständlich gezeigt, was für ein Charakter er war. Sie war überzeugt, daß er den Jungen überhaupt nicht erwähnt hätte, wenn sie nicht auf ihn zu sprechen gekommen wäre. Am besten für sie beide war wohl, wenn sie die Beziehung sofort abbrach.

Claude öffnete ihr die Tür seiner Suite. Er war von Kopf bis Fuß schwarz angezogen.

Sunday mußte unwillkürlich denken, daß er wie ein französischer Filmstar aussah. Das unwiderstehlich anziehende, fast häßliche Gesicht, die lange, schlaksige Gestalt. Sie fühlte, wie ihr innerer Widerstand langsam zu bröckeln begann.

Die Anziehung, erinnerte sie sich, war rein sexuell. Mehr als seinen Körper hatte er ihr noch nie gegeben.

»Hallo.« Er küßte sie flüchtig auf die Wange.

Nervös fuhr sie sich mit der Hand durch das Haar, wild entschlossen, ganz kühl zu bleiben. »Hallo, Claude, du siehst gut aus.« Alles, was sie sagen wollte, klang wie ein Vorwurf, daher schwieg sie lieber. Sie wollte nur einen Drink, ein bißchen unverbindliche Unterhaltung und schließlich die Absprache, wann sie Jean-Pierre zurückbringen sollte – nichts Dramatisches, keine Hysterie.

»Deine Brüste sind kleiner geworden«, sagte Claude und begann mit ihren Brustwarzen zu spielen.

Ärgerlich wich Sunday zurück. Mit Betroffenheit erkannte sie, daß er sie nur zu berühren brauchte, um ihr Begehren zu wecken. Und ihr war auch klar, daß er das wußte.

Was machte es schon aus, wenn sie ein letztes Mal mit ihm schlief? Männer benahmen sich immer und überall so. Sie war schließlich eine erwachsene Frau, und es war nichts Unrechtes dabei, wenn sie sich nach Sex sehnte.

»Komm ins Bett«, sagte Claude, als könnte er ihre Gedanken lesen. »Zuerst bumsen und dann reden, ja?« Er zog schon den Rollkragenpulli aus schwarzer Seide aus.

Sunday zögerte. Sie wünschte sich sehr, jetzt nein sagen zu können.

»Komm schon!« Er stand nackt vor ihr und zerrte ungeduldig an dem Schlangenledergürtel ihrer braunen Hose.

Sie stand ganz still, während er sie auszog, bis ihre Kleider in einem kleinen Häufchen neben ihm auf dem Fußboden lagen.

Dann war er über ihr und stieß sie zu Boden. Er ging sehr grob mit ihr um, seine Hände und sein Mund kannten keine Zärtlichkeit.

Sie schwieg, hörte nur der Flut von Obszönitäten auf französisch und englisch zu, die er hervorstieß. Sie erinnerten sie auf erschreckende Weise an die Briefe, die sie bekommen hatte.

Ihr Körper reagierte wie erwartet, doch ihr Verstand blieb kühl, ihr war, als stehe sie abseits, eine unbeteiligte Zuschauerin.

Als Claude später ins Bad gegangen war, kauerte sie auf dem Boden und betastete die Bisse und Kratzer, die er ihr beigebracht hatte.

Er kam in bester Laune aus dem Bad. »Du hast dich verändert«, sagte er. »Du bist viel besser geworden. Wer hat dir das beigebracht?«

Sie war gekränkt, weil es ihm nichts zu bedeuten schien, daß sie vielleicht mit einem anderen zusammengewesen war.

»Ich möchte, daß du meinen Film machst«, sagte er unvermittelt. »Du bist wahrscheinlich eine miserable Schauspielerin, aber ich bin ein Regisseur, der dir eine Menge beibringen kann. Ich halte nichts von falscher Bescheidenheit. Wenn du den Film machst, bist du auch als Schauspielerin gemacht. Aber du mußt dich mir völlig in die Hand geben.«

Sie hatte das Drehbuch gelesen, sie wußte, daß sie die Rolle spielen konnte. Aber sie hätte nicht im Traum gedacht, daß er sie ihr anbieten würde.

Zum erstenmal, seit sie gekommen war, lächelte sie. »Danke, Claude«, sagte sie. »Ich weiß, es wird dir nicht leid tun, es mit mir versucht zu haben. Ich werde dich nicht enttäuschen.«

Carey geriet über die Aussicht, Claude Hussan kennenzulernen, nicht gerade aus dem Häuschen. Jeder Mann, der Sunday behandeln konnte, wie er es getan hatte, mußte ein mieses Stück sein. Sie war auch wegen des Films ziemlich skeptisch. War die Rolle wirklich die richtige für Sunday? Carey hatte das Drehbuch gelesen und bezweifelte es. Sunday war einfach zu jung und zu schön, um die Stefanie zu spielen. Was aber am wichtigsten war: Konnte Sunday als Schauspielerin genug? Es war eine schwere Rolle, und wenn sie ehrlich war, dann mußte sich Carey sagen, daß sie nicht wußte, ob

Sunday so talentiert war, sie zu bewältigen. Es gab auch ein paar sehr deutliche Sexszenen in dem Film. Bei einem amerikanischen Regisseur hätte Sunday damit bestimmt keine Schwierigkeiten gehabt, aber wer wußte schon, was Hussan von seiner Hauptdarstellerin verlangen würde?

Überschwenglich vor Begeisterung hatte Sunday sie heute früh angerufen. Soweit es sie betraf, gab es keine Probleme. Sie machte den Film, und damit basta. Carey mußte hartnäkkig darauf dringen, daß man ihr sofort ein Drehbuch schickte, da Claude Hussan schon am Nachmittag Vertrag und Gage mit ihr besprechen und festlegen wollte.

»Akzeptiere jede Bedingung«, hatte Sunday gesagt. »Ich muß diesen Film machen.«

Carey wäre um ihretwillen viel glücklicher gewesen, wenn sie den Streifen mit Jack Milan gedreht hätte.

Carey hatte ihn hingehalten und darauf gewartet, daß Sunday sich entschied, und jetzt kam diese Bombe. Claude Hussans erster amerikanischer Film. Er wollte ausschließlich in Palm Springs drehen.

Er hatte darauf bestanden, Carey in seiner Hotelsuite zu empfangen, obwohl sie viel lieber in ihrem Büro mit ihm gesprochen hätte.

Eine Sekretärin öffnete ihr, die typische arbeitslose Schauspielerin, die auch tippen konnte. Sie bat Carey, sich zu setzen, und verschwand dann im Schlafzimmer.

Carey blätterte gelangweilt in einem Exemplar von *Films and Filming*.

Die Sekretärin kam kurz darauf wieder. Sie trug jetzt einen Bikini mit Pünktchen, sammelte auf dem Schreibtisch ein paar Papiere ein und sagte: »Mr. Hussan kommt sofort.« Dann tänzelte sie zur Tür hinaus.

Das erste, was Carey an Hussan auffiel, waren die Augen. Es waren die Augen eines Mannes, der es geschafft hatte, der aber auf seinem langen Weg zum Ziel nicht zimperlich gewesen war. Nachdem Carey dann auch seine übrige Erscheinung kritisch betrachtet hatte, war ihr klar, wodurch er Sunday behext hatte.

»Wollen Sie einen Drink?«

Sie sagte nein, denn sie ärgerte sich darüber, daß er sich weder vorstellte noch zu erkennen gab, daß er wußte, wer sie war. Aber sie war albern. Natürlich wußte er das.

Er ließ sich ihr gegenüber in einen Sessel fallen und starrte sie an. Sie versuchte, das Gespräch von vornherein in den Griff zu bekommen.

»Ich bin nicht überzeugt, daß das die richtige Rolle für meine Klientin ist«, begann sie.

»Das bin ich ebensowenig«, unterbrach er sie. »Sie ist wahrscheinlich eine miserable Schauspielerin, aber wenn ich Regie führe, ist das unwichtig. Ich weiß, was ich will, und ich bin bereit, das Risiko mit ihr einzugehen. Dieser Film wird sie groß machen.«

»Sie ist schon gemacht. Ich könnte schon morgen mehrere Verträge für sie unterschreiben, die ihr auf eine lange Zeit hinaus Arbeit sichern. Sie ist sehr gefragt.«

»Mist, etwas anderes hat sie bisher nicht gemacht. Kommerziellen Mist. Ich will dieses Mädchen zur Schauspielerin machen, nicht zum Busenwunder.«

»Ich kann nicht widersprechen«, sagte Carey steif. »Sunday ist fest entschlossen, wie Sie sehr gut wissen. Ihr Preis ist hoch, sonst gelten die üblichen Bedingungen: daß sie mit der Werbung einverstanden sein muß, die mit ihr gemacht wird, daß ihr alle Standfotos vor Veröffentlichung vorgelegt werden müssen. Keine Nacktszenen, keine . . .«

»Verschwenden Sie nicht Ihren Atem«, unterbrach er sie wieder schroff. »Wir zahlen ihr fünfzigtausend Dollar, außerdem unterschreibt sie einen persönlichen Vertrag mit mir. Wenn ich will, daß sie nackt an einem Leuchtkörper hängt, dann wird sie es tun. Machen Sie sich nur keine Sorgen, geben Sie das ganz einfach an Sunday weiter, und sie wird einverstanden sein.« Er ging zum Schreibtisch und nahm ein paar Papiere in die Hand. »Hier ist der Vertrag. Ich will ihn morgen unterschrieben zurückhaben.«

Vor Wut zitternd, fuhr Carey direkt in das Studio, in dem Sunday arbeitete.

»Du kannst den Film nicht machen«, sagte sie ihr, als sie aus der Dekoration kam. »Er bezahlt dich weder nach deinem Marktwert noch ist er mit Sonderklauseln einverstanden. Du begibst dich völlig rechtlos in seine Hände. Er könnte dich vernichten.«

»Reg dich nicht auf, er wird mich schon nicht vernichten. Hast du schon mal einen seiner Filme gesehen? Er ist brillant.«

»Aber das Geld. Wenn du jetzt freiwillig mit dem Preis runtergehst, ist das schlecht für dich. Ich weiß, daß ich bei dem Milan-Film wirklich gutes Geld für dich herausschlagen kann, vielleicht sogar einen Teil des Einspielergebnisses. Ich . . .«

»Bemüh dich nicht, Carey. Ich habe dich schrecklich gern, und ich bin dir für alles dankbar, was du für mich getan hast. Aber ob es dir nun gefällt oder nicht, ich muß Claudes Film machen.«

Carey seufzte. »Der Mann hat dich behext, und ich wette, ich weiß auch, womit.«

»Du irrst dich. Es ist nicht das. Hab' nur Geduld, und vertrau mir. Ich weiß, daß dieser Film für mich der richtige ist. Und wenn ich mich irre«, fügte sie leise hinzu, »dann gebe ich diesen Beruf auf.«

## 44

Lena, das schwedische Starlet, verklagte Charlie auf eine halbe Million Dollar Schmerzensgeld.

»Alles, was sie abbekommen hat, waren ein paar blaue Flecken«, erklärte Charlie ungläubig seinem Anwalt.

»Nun, sie macht eine Rückenverletzung, ständige Kopfschmerzen, eine Beinwunde und einen Augenschaden geltend. Angeblich sieht sie seit dem Unfall alles nur noch verschwommen.«

»Warum behauptet sie nicht gleich, sie hätte sich den Hals gebrochen? Himmel, diese kleinen geldgierigen Nutten sind wirklich unglaublich.«

»Sie müssen natürlich nicht persönlich haften. Ihre Versicherung deckt Sie. Ich halte Sie auf dem laufenden.«

»Besten Dank.«

Charlie hatte seinen Film abgedreht und wohnte mit Phillipa in einem gemieteten Haus in Palm Springs.

Auf Anordnung seines Arztes mußte er ausruhen und sich noch ein paar Monate schonen. Er wußte jedoch nicht, wie er das schaffen sollte, denn er wurde schon nach einer Woche des Nichtstuns allmählich verrückt.

Phillipa war ihm auch keine große Hilfe. Sie war da, und damit endete ihre Beziehung auch. Es gab keinen Sex, nur Kameradschaft, und eine merkwürdige Kameradschaft noch dazu. Sie sprach nur sehr selten und wenn, dann kommentierte sie höchstens eine Katastrophe, die sich irgendwo in der Welt ereignet hatte.

Charlie fragte sich oft, warum sie, da sie sich um die Welt so sorgte, nicht selbst etwas tat, um die Dinge zu ändern? Sie schien jedoch damit zufrieden, mit ihm in dem Luxus zu leben, den sie ständig kritisierte . . .

Seine Tage liefen immer gleich ab. Um neun Uhr aufstehen, körperliches Training, Sauna, Schwimmen. Dann las er am Swimmingpool die Zeitung, bis das Mädchen den Lunch servierte. Nach dem Essen schlief er, und von vier Uhr bis zum Abendessen um sieben spielte er mit seinen Stereoanlagen oder seinen Kameras.

Phillipa stellte sich ihm nur sehr widerwillig als Fotomodell zur Verfügung. Er mußte sie fast mit Gewalt dazu bringen, aus ihrem Sessel aufzustehen und zu posieren. Darüber mußte er lachen. Ihr Verhalten zeigte ihm ganz deutlich den Unterschied zwischen Schauspielerinnen und anderen Mädchen. Schauspielerinnen waren selig, wenn sie für unzählige Fotos posieren durften, sie zogen sich leidenschaftlich gern um, wechselten Gesichtsausdruck und Frisuren, taten alles, um ihre Liebesaffäre mit der Kameralinse fortsetzen zu können.

Er erinnerte sich, daß er Dindi einmal vom frühen Morgen bis acht Uhr abends fotografiert und sie dabei unermüdlich gewesen war. Sie hatte sich nicht weniger als vierzigmal umgezogen.

Nach dem Abendessen saßen sie vor dem Fernseher und rauchten gelegentlich einen Joint.

Charlie wünschte, irgendwie schöpferisch arbeiten – schreiben oder malen zu können. Doch sein Talent beschränkte sich auf die Kunst der Menschendarstellung.

Er hatte noch nie so gut ausgesehen – schlank, sonnengebräunt, in großartiger Verfassung.

Er telefonierte sehr viel, unterhielt sich mit seinen Kindern oder schwatzte mit George im Krankenhaus, um ihn aufzuheitern. Er rief auch Lorna an, der es offenbar sehr peinlich war, daß sie ihm diesen Brief ins Krankenhaus geschrieben hatte, als sie glaubte, daß er den Unfall nicht überleben würde. Das Gespräch war kurz und für Charlie unbefriedigend.

Ist sie glücklich? fragte sich Charlie. Oder vermißte sie ihn und ihr gemeinsames abwechslungsreiches Leben? Aber was hatte sie eigentlich für Abwechslung gehabt? Es war doch immer nur er gewesen, der viel unternommen hatte. Sie saß gewöhnlich mit den Kindern zu Hause.

Aus ihrer zweiten Ehe schien sie entschieden mehr zu machen. Vielleicht hätten er und Dindi ein Kind haben sollen, dann wäre sie möglicherweise ruhiger und häuslicher geworden. Aber wie schwängerte man ein Mädchen, das ein mechanisches Empfängnisverhütungsmittel benutzte und die Pille nahm?

Charlie bekam viele Einladungen – zu Partys, Dinners, Grillfesten –, aber er war es zufrieden, sich zu Hause gemütlich zu rekeln, und Phillipa war ganz gewiß kein Schmetterling, der von Gesellschaft zu Gesellschaft flatterte.

Er hatte im Unterbewußtsein das Gefühl, daß die Beziehung ihnen beiden nicht guttat. Phillipa schien sich von allem zurückgezogen zu haben, und während er seinen Tag mit kleinen und unwichtigen Aktivitäten ausfüllte, erschien sie nur am Morgen am Pool, legte sich in einen Liegestuhl, der im Schatten stand, und verschlief den Tag.

Dann war da natürlich noch das Problem Sex. Sie wollte es nicht noch einmal versuchen, und er wollte sich ihr nicht aufdrängen, aber die Lage wurde für ihn allmählich ziemlich verzweifelt. Sein körperliches Wohlbefinden schien seinen sexuellen Appetit zu steigern.

Es war ein kompliziertes Problem. Er wollte Phillipa nicht

aufregen, für die er eine herzliche, brüderliche Zuneigung empfand, aber seine Not wurde von Tag zu Tag größer.

Endlich beschloß er, ein paar Leute über das Wochenende einzuladen. Natalie und Clay, Marshall und Carey, Thames Mason und einen sehr männlich aussehenden Schwulen namens Marvin Mariboo, der die Werbung für Charlies letzten Film gemacht hatte. Damit war sein Problem gelöst, ohne daß er Phillipa Ungelegenheiten bereiten mußte, und wenn er Thames eine Rolle versprach, konnte er sich darauf verlassen, daß sie diskret blieb.

Das Wochenende fing schon schlecht an. Carey kam Freitag morgen ohne Marshall. Sie sagte, er arbeite und wolle am nächsten Tag nachkommen. Am Nachmittag kam Clay ohne Natalie, die sich nicht wohl fühlte und beschlossen hatte, zu Hause zu bleiben. Zum Schluß kam noch Thames mit der Hiobsbotschaft, Marvin sei von einem Seemann zusammengeschlagen worden und komme überhaupt nicht.

Beim Abendessen flirtete Clay zuerst mit Carey und dann mit Thames. Offensichtlich gefielen ihm beide sehr gut.

Phillipa saß schweigend am Tischende und schnitt Gesichter, womit sie Charlie zeigen wollte, daß ihr seine Gäste allesamt nicht gefielen.

Bei Carey blitzte Clay jedesmal ab. Sie gab ihm sehr deutlich zu verstehen, daß er bei ihr überhaupt keine Chance hatte. Thames hingegen fand seine Sprüche faszinierend, besonders als er ihr erklärte, es wäre doch eine großartige Idee, eine Fernsehserie für sie zu schreiben.

»Ich bin überrascht, daß vor mir noch niemand diese Idee hatte«, sagte er und beugte sich über dem Spargel näher zu ihr. »Jeder Idiot muß doch sehen, daß Sie eine große komische Begabung haben. Sie könnten eine junge, schöne Lucille Ball werden.«

Thames spreizte sich wie ein Pfau.

»Mit ›jeder Idiot‹ meinst du wohl dich?« sagte Charlie wütend, weil sonnenklar war, daß Thames in dieser Nacht das Bett nicht mit ihm, sondern mit Clay teilen würde.

»Ich gehe spazieren«, verkündete Phillipa und stand auf.

»Aber wir sind noch nicht mit dem Essen fertig«, protestierte Charlie.

»Ich habe keinen Hunger. Wir sehen uns morgen früh. Ciao.«

Charlie begriff, daß sie unglücklich war. Sie wußte, warum er dieses Wochenende organisiert hatte. Sie war nicht dumm. Offensichtlich hatte sie keine Lust, dabeizusitzen und zuzusehen, wie Clay und er sich um Thames zankten.

Auf einmal lachte Charlie laut auf. Die Situation kam ihm ganz unvermittelt unendlich komisch vor.

»Was ist los?« fragte Carey.

Was für eine wunderschöne kaffeefarbene Haut sie hat, dachte er. »Nichts, Schatz, nur so ein Gedanke.« Sie wirkte sehr fraulich. Er hatte noch nie eine ... Rasch verdrängte er den Gedanken. Sie gehörte Marshall.

Nach dem Essen ging er in sein Arbeitszimmer und suchte ein paar Bänder für den Recorder aus.

Clay kam hinter ihm her. Sehr betrunken und glücklich. »Du hast doch nichts dagegen, alter Junge? Sie ist reif und bereit. Wo in aller Welt hast du sie gefunden? Was für ein Glück, daß Natalie nicht mitgekommen ist.«

Wie alle anderen, nahm natürlich auch Clay an, daß Phillipa und Charlie ein Verhältnis hatten. Er kam gar nicht auf den Gedanken, daß Charlie Thames für sich eingeladen haben könnte.

»Tu dir keinen Zwang an«, antwortete Charlie. »Tu, verdammt noch mal, was du willst.« Er war über Clay ziemlich verärgert. Es schien ihm einfach nicht fair, daß er es mit anderen trieb, während seine Frau schwanger zu Hause lag.

»Mir wäre die Schwarze natürlich lieber gewesen«, fuhr Clay fort, »aber die läßt anscheinend überhaupt nicht mit sich reden.«

»Du hast wirklich ein schweres Los«, entgegnete Charlie und drehte die ›Fifth Dimension‹ auf volle Lautstärke.

Sie saßen zu viert im Wohnzimmer, unterhielten sich, tranken und hörten Musik. Charlie holte Pot, und sie rauchten alle, bis sie high waren. Auch Carey, obwohl sie erst überredet werden mußte.

Sie wollte eigentlich ins Bett und hatte schon lange nicht mehr geraucht, da Marshall sich nichts daraus machte. Doch jetzt hatte sie Lust auf einen Joint. Daß sie beschlossen hatte, Marshall zu heiraten, hieß noch lange nicht, daß sie aufhören mußte zu leben.

Thames kicherte ununterbrochen. Sie hätte sich von Clay vor den beiden anderen ausziehen und bumsen lassen, wenn er das gewollt hätte, aber er zog mit einem verlegenen ›Gute Nacht‹ diesen weiblichen Turm in sein Schlafzimmer.

»Wo ist Phillipa?« fragte Carey.

»Ich weiß nicht«, antwortete Charlie gereizt. »Sie ist ein seltsames Mädchen. Wahrscheinlich wandert sie in der Wüste umher.«

»Kennen Sie Claude Hussan? Er ist ein Mistkerl, ein richtig gemeiner Schuft.« Wenn Carey high war, verloren ihre Gedanken den Zusammenhang, und sie sprang von einem Thema zum anderen, ohne die Antworten auf ihre Fragen abzuwarten.

Charlie wiederum wurde melancholisch und trübsinnig – wenn er sich nicht sexuell betätigte. »Was hat es eigentlich mit der Liebe auf sich?« fragte er plötzlich. »Wohin rennen wir alle?«

»Marshall hat Sie gern«, erklärte Carey.

Charlie wechselte das Band aus und legte Aretha Franklin auf, weil Carey ihn darum bat. Sie lag mit geschlossenen Augen in ihrem Sessel, und er hätte sie gern in die Arme genommen und geliebt.

»Hatten Sie eigentlich nie den Wunsch, Schauspielerin zu werden?« fragte er. »Es scheint der höchste Wunsch aller schönen Frauen zu sein, besonders in dieser Stadt.«

Carey schüttelte den Kopf. »Zum Teufel, nein. Ständig nur Streß, Rivalität, Ehrgeiz, Karrierestreben. Ich könnte nie so sein wie Sunday. Die weiß wirklich, wo's langgeht. Das heißt, ich dachte, sie wisse es – bis Claude Hussan daherkam.«

»Wie ist sie eigentlich?« fragte Charlie nur schwach interessiert. Schließlich – dachte er – ist Marshall kein enger Freund. Und wer würde es schon erfahren . . .

»Sunday ist ein wunderbares Mädchen. Sehr jung in so

mancher Beziehung und gleichzeitig so alt wie die Berge. Manchmal kann sie . . . Charlie, was tun Sie da?«

Er war hinter ihren Sessel getreten, beugte sich vor und schob beide Hände in den Ausschnitt ihres Kleides. Sie trug keinen BH, und er konnte ihre kleinen Brüste aus dem Ausschnitt herausziehen, bevor sie protestierte.

Sie sprang rasch auf und fuhr zu ihm herum. »Sie Lump!« schrie sie ihn an. »Ich bin keine kleine Hollywood-Nutte! Wie dürfen Sie es wagen!«

Irgendwie hatte er eine solche Reaktion nicht erwartet. Filmstar zu sein bedeutete gleichzeitig, freien Zutritt zum Bett der meisten Damen zu haben.

»Entschuldigen Sie.« Er trat rasch von ihr zurück. »Tut mir leid, Schatz, ich – eh – ich dachte nur . . .«

»Dann denken Sie gefälligst noch einmal!« Careys Zorn rührte zum Teil daher, daß er ihr viel zu gut gefiel. Sie war wütend auf sich. Sie hatte beschlossen, treu zu sein, wenn sie Marshall heiratete. Es sollte keine fröhlichen Seitensprünge geben, wie das bei allen unglücklich verheirateten Paaren der Fall war, die sie kannte.

Charlie vergrub plötzlich das Gesicht in den Händen. »Ich habe immer feststellen müssen«, sagte er traurig, »daß gerade die Frauen, die ich wirklich wollte, meist die waren, die ich nicht bekommen konnte. Ich möchte eine Frau, zu der ich nach Hause kommen und sagen kann: ›Ich will dich bumsen‹, und sie antwortet einfach: ›Schön, Liebling, komm ins Bett.‹ Manchmal denke ich, daß es besser ist, mit einer Nutte zu gehen. Da weiß man wenigstens, woran man ist. Alles, was sie von einem wollen, ist Geld.«

Nachdem sie ihr Kleid wieder in Ordnung gebracht hatte, hörte Carey aufmerksam zu. »Sie irren sich, Charlie«, sagte sie dann. »Es gibt sehr viele Mädchen, die Sie nicht nur deshalb mögen, weil Sie Charlie Brick sind. Sie sind ein sehr anziehender Mann.«

»Ist das Ihr Ernst?« Er strahlte wie ein Kind.

»Selbstverständlich ist das mein Ernst. Ihr Problem ist nur, daß Sie sich immer mit den falschen Leuten abgeben. Ich wette, alle Ihre Freunde kommen aus dem ›Show-biz‹. Und da treffen Sie nun einmal nur diejenigen an, die mit einem Star gesehen werden möchten. Und was ist mit Phillipa und Ihnen?«

»Eine rein platonische Freundschaft. Sie ist ein nettes Mädchen, aber sehr jung.«

Carey küßte ihn auf die Wange. »Ich gehe ins Bett«, sagte sie.

Er faßte sie leicht um die Taille. »Nicht mehr böse?«

»Schon vergessen. Wir wollen Freunde sein.«

»Sehr gern, mein Schatz. Das fände ich schön. Wirklich schön.«

## 45

Es beunruhigte Sunday, daß Carey mit Claude nicht einverstanden war. Sie wußte, daß er auf den ersten Blick nicht gerade der liebenswerteste aller Menschen war, doch sie war überzeugt, daß die Spannungen zwischen ihnen nachlassen würden, wenn sie sich privat begegneten.

Claude sagte über Carey: »Sie ist nur wütend, weil sie diesmal nicht so viel an dir verdienen wird. Mußtest du dir denn die einzige Nigger-Agentin in der ganzen Stadt aussuchen? Sie hat so viele Vorurteile wie ein Orang-Utan Flöhe, kommt sich bestimmt ununterbrochen benachteiligt vor.«

»Carey ist das Geld egal«, verteidigte Sunday die Freundin. »Sie ist wirklich nicht sicher, ob die Stefanie die richtige Rolle für mich ist. Und bitte sag nicht Nigger zu ihr.«

Claude lachte. »Was soll ich dann sagen? Daß sie weiß ist? Oder grün? Sie ist ein Nigger, oder?«

»Sie ist schwarz, und ich begreife nicht, was das mit unserem Thema zu tun hat.«

Es war Wochenende, und sie lagen auf Sundays Patio. Sie hatte es endlich geschafft, ihn in ihr Haus zu holen, und er schien das faule Nichtstun zu genießen.

Jean-Pierre war ihm gegenüber sehr scheu gewesen und war jetzt mit Katja beim Schwimmen.

»Der Junge hat dich lieber als seine Mutter«, sagte Claude.

»Stimmt es, daß sie mit dir hier war?« wollte Sunday fragen, biß sich jedoch auf die Lippen und sagte schließlich: »Glaubst du nicht, daß er jetzt wieder zu dir ziehen sollte? Das Kindermädchen ist ausgezeichnet. Sie würde bleiben.«

»Hast ihn wohl schon satt?« spottete Claude.

»Sei nicht albern, natürlich nicht. Ich wäre sehr glücklich, wenn er hier bliebe. Ich habe nur an dich gedacht.«

»Denk an den Jungen. Er ist bei dir glücklicher.«

»Wie ist es mit Palm Springs. Nimmst du ihn mit, oder soll ich es tun?«

»Wir lassen ihn mit dem Kindermädchen hier. Du wirst arbeiten, meine Liebe, einen Menschen erschaffen. Ich will nicht, daß du dich dabei mit einem Kind belastest. Dieser Film wird nicht die übliche Scheiße, bei der das Team dich bewundert, wie du deinen Busen herzeigst und schön aussiehst. Übrigens werden wir im Haus wohnen.«

»In welchem Haus?«

»In dem Haus, in dem ich den Film drehe.« Er gähnte. »Das wird dir guttun, du wirst sehen.«

Später dachte Sunday über dieses Gespräch nach.

Sie wußte nicht mehr genau, was sie empfand. Sie liebte ihn – oder war es einfach nur körperliche Anziehung? Sie machte sich auch keine Illusionen über ihn, sondern sah ihn als das, was er war – ein verwöhnter, gemeiner Schuft.

Sie fand sich mit der Tatsache ab, daß ihre Beziehung nur etwas Vorübergehendes war und die Dreharbeiten wohl kaum überdauern würde.

Ich werde hart, dachte sie. Ich werde selbstsüchtig und denke nur an das, was für mich gut ist. In gewisser Weise benutze ich Claude, aber er benutzt mich auch, also sind wir quitt, nehme ich an.

In Palm Springs war es unerträglich heiß. Claudes Idee, daß sie in dem Haus wohnen sollten, in dem der Film spielte, war ein wenig bizarr.

Das Haus, auf allen Seiten von Wüste umgeben, war recht hübsch. Es gab einen Swimmingpool, Tennisplatz, Sauna,

Billardzimmer – eben all die üblichen Extras, die Industriekapitäne aus Los Angeles in ihren gemütlichen Zweithäusern nicht entbehren wollten.

Sunday stellte jedoch fest, daß Claude mit ihr genau das Schlafzimmer beziehen wollte, in dem er filmte.

Es war gräßlich, in einem Bett zu schlafen, auf das die kalten Objektive der Kameras gerichtet waren, unter Lichtbogen, Kabeln, Tonverstärkern und unzähligem anderem Gerät.

»Das halte ich nicht aus«, erklärte Sunday in der ersten Nacht. »Ich habe das Gefühl, nie mit dir allein zu sein, komme mir vor wie in einem Schaufenster.«

Claude sah sie nur starr an. »Möchtest du nicht zur Abwechslung einmal eine richtige Schauspielerin sein und wenigstens versuchen, dich in deine Rolle einzu*leben*?«

Mit ihm zu arbeiten war sehr schwer. Er stellte hohe Anforderungen, war kritisch, grob.

Jedes Detail mußte stimmen, jeder Take perfekt sein.

Außer Sunday waren nur noch drei Schauspieler am Drehort. Der Mann, der den Ehemann spielte, und die beiden jungen Männer, die in das Haus einbrachen und sie vergewaltigten.

Claude hatte ein unheimliches Talent, für jede Rolle haargenau den richtigen Schauspieler zu finden. Die drei Männer waren für die drei Typen, die sie darzustellen hatten, wie maßgeschneidert. Der Ehemann hatte einen Bauch, war charakterschwach und hatte gierige Augen. Der erste Junge, mager, blond, aus den Südstaaten stammend, hatte ein träges, böses Lächeln und grüne Augen. Der zweite Junge, der Schauspieler, den Claude in Rio verpflichtet hatte, war dunkel, ungefähr zwanzig. Er hatte langbewimperte schwarze Augen, einen pantherähnlichen Gang, war leidenschaftlich und schön. Er hieß Carlos Lo.

Claude erlaubte Sunday keinerlei privaten Kontakt mit ihren Partnern. Das war eine kluge Maßnahme, die sich ausgezeichnet bewährte.

Die vier Schauspieler wurden zu den Charakteren, die sie darzustellen hatten, und Claude manipulierte sie, wie er wollte.

## 46

Herbert hatte gelesen, daß Sunday Simmons nach Palm Springs ging, und hatte beschlossen, ihr zu folgen. Marge erzählte er, er müsse die Allens begleiten, denn sie war der irrigen Meinung, er arbeite noch bei Clay Allen. Vielleicht war das die Lösung seiner Probleme. Er würde die Möglichkeit finden, sich Sunday vorzustellen, die ihm mit ihrem Geld und ihrem Einfluß bestimmt helfen konnte. Vielleicht nahm sie ihn sogar nach Europa mit, weit fort von Marge und ihren ewigen Klagen und Vorwürfen.

Der Gedanke gefiel ihm.

An diesem Abend folgte er Sunday, die jedoch, wie er verärgert feststellte, einen Gast hatte. In seinem Wagen sitzend, sah er verdrossen einen langen schwarzen Cadillac vorfahren. Er hielt vor Sundays Tür, und ein Mann stieg aus.

Das bedeutete, daß sie nicht so früh schlafen gehen würde wie sonst und er warten mußte, bis der Mann ging, ehe er sich unter ihr Fenster schleichen und sie im Schlaf beobachten konnte.

Er lehnte sich auf dem Sitz zurück und rümpfte leicht die Nase über sich selbst. Er hätte eine Dusche gebraucht. Es wäre besser gewesen, er wäre vorher nach Hause gefahren, um zu duschen, doch er ging Marge jetzt soviel wie möglich aus dem Weg, da sie ihn, sobald er das Haus betrat, dazu zwang, widerliche sexuelle Handlungen an ihr vorzunehmen.

Die schlampige Hexe war unersättlich geworden. Die Galle kam ihm hoch, wenn er nur an sie dachte.

»Ich muß mit dir reden, Herbie«, hatte sie heute morgen gewinselt. »Versuch doch, früher nach Hause zu kommen.«

Er war kein Idiot. Er wußte, warum er früher nach Hause kommen sollte.

Er mußte eingeschlafen sein, denn als er auf die Uhr sah, war es eins, und der Cadillac stand noch da, obwohl das ganze Haus dunkel war.

Herberts ganzer Körper war steif und verkrampft. Er stieg aus dem Wagen und schlich zum Haus. Alles war still. Lautlos bewegte er sich und kauerte sich unter Sundays Fenster.

Sie schlief auf dem Rücken, und sie war nackt. Neben ihr, den dunklen, behaarten Arm über ihren Leib geworfen, lag ein Mann.

Herberts erste Reaktion war Schmerz – ein Schmerz, so tief, daß er rülpsen mußte, um sich von ihm zu befreien. Er rührte sich nicht, er starrte nur. Mit den Augen zog er die Konturen ihrer vollkommenen Brüste, der langen braunen Beine und des kleinen weißen Dreiecks nach, das die Bikinihose bedeckt hatte.

Der Schmerz wütete wie ein Krampf in ihm, und er mußte ganz stillhalten und abwarten, bis er abklang und sich allmählich in einen tiefen, bösartigen Haß verwandelte.

Miststück! Hure! Warum hatte sie nicht auf ihn gewartet?

Er wünschte, er könnte sie jetzt zur Rede stellen und dabei ihr Gesicht sehen. Sie würde sich winden und krümmen, würde sich entschuldigen, ihn um Verzeihung anflehen. Aber es wäre zu spät.

Plötzlich wurde er von einer ungeheuren Erregung überwältigt, einem Gefühl, das zu mächtig war, um es zu unterdrücken. Mit einem krampfhaften Zucken erleichterte er sich in die Hose. Dann kroch er leise und verstohlen zu seinem Wagen zurück. Zurück zu Marge.

Marge saß im Bett, sah sich den Spätfilm an und aß mit finsterer Entschlossenheit vier Schokoladeriegel, eine Riesentüte Popcorn, drei Pakete Nüsse, zwei Bananen und trank dazu zwei Büchsen Coca-Cola.

Sie brauchte jeden Bissen. Ein voller Magen war eine Art Schutz gegen den Wutanfall, den Herbert zweifellos bekommen würde, wenn sie ihm erzählte, daß Louella alles wußte.

Sie mußte es ihm sagen, sie konnte es nicht länger hinausschieben. Obwohl sie Louella die tausend Dollar gegeben hatte, drängte die Freundin und verlangte den Rest.

Marge schlief ein. Der Fernseher lief noch. In der Hand hatte sie eine halb geschälte Orange, und der Saft tropfte langsam auf die Bettdecke.

Herbert, der viel später nach Hause kam, ärgerte sich, als er sah, daß noch Licht brannte. Er hatte ungesehen ins Haus schlüpfen, seine besudelte Hose ausziehen und lange und heiß duschen wollen. Jetzt würde Marge sich sofort wieder seiner bemächtigen.

Er war froh, als er sah, daß sie schlief, und er schlich ganz leise umher, damit er sie ja nicht weckte.

Es fiel ihm sehr schwer zu glauben, daß er Sunday Simmons tatsächlich in den Armen eines anderen Mannes gesehen hatte. Er war kein naives Unschuldslamm, er wußte, daß Frauen, auch anständige Frauen, manchmal Sex brauchten. Aber Sunday brauchte doch ganz bestimmt nur die Briefe, die er ihr geschickt hatte. Sie hätte bereit sein müssen, auf ihn zu warten. Er hatte ihr ganz unmißverständlich gesagt, daß sie eines Tages zusammensein würden.

Sie war wie alle anderen, eine Hure, und er würde sie bestrafen.

Als er den Fernseher ausschaltete, wurde Marge wach. Noch völlig verschlafen, platzte sie sofort mit der Wahrheit heraus.

»Herbie, ich hab' ganz was Dummes gemacht. Nun ja – eh – eigentlich ist es gar nicht so dumm, ich meine, du warst es ja, der zuerst eine Dummheit gemacht hat. Siehst du . . .«

Er hörte grimmig schweigend zu. Sein Zorn wurde ein wenig durch die Erkenntnis gedämpft, daß er sich nun nicht mehr von ihr sexuell mißbrauchen lassen mußte, daß er in ihrer Ehe wieder das Heft in der Hand hatte. Sie fürchtete sich vor Louella, wie eigentlich er sich fürchten sollte.

Natürlich handelte es sich um Erpressung, und wenn er überlegte, was ihm in dieser Nacht schon widerfahren war, dann war das nur der unvermeidliche letzte Schlag.

Marge winselte und weinte, und er fragte sie sehr kalt und sachlich, wer all die Männer waren, mit denen sie im Nachbarhaus Unzucht getrieben hatte. Sie berichtete ihm, von heftigem Schluchzen begleitet, von Louellas ›Kreis der Freunde‹, und er begann auf sie einzuprügeln, schlug sie brutal, haßerfüllt, ohne darauf zu achten, wohin er traf.

Eingeschüchtert kauerte sie unter ihm, wagte nicht zu schreien, und er schlug immer weiter und so lange, bis er sich besser fühlte. Dann setzte er sich an das Fußende des Bettes und betrachtete seine Hände, seine gepflegten Nägel.

Langsam nahmen Ideen in seinem Kopf Gestalt an. Ideen, die eine Lösung des gesamten Problems darstellten. Er konnte Sunday bestrafen und gleichzeitig Louella die zweitausend Dollar bezahlen.

Es war eine bizarre Idee, aber eine, die nicht undurchführbar war.

## 47

Das Nichtstun war für Charlie kaum zu ertragen. Er fühlte sich nicht wohl, wurde unsicher. Er brauchte die auf ihn gerichtete Kamera, sie gab ihm Selbstsicherheit.

Seiner Meinung nach redeten die Ärzte nur blühenden Blödsinn, und nach zwei langweiligen Wochen in Palm Springs rief er Marshall an, um ihm das zu sagen.

Marshall hatte kein Verständnis für ihn. »Sie sollen sich ausruhen«, hielt er ihm vor. »Außerdem gibt es jetzt für Sie nichts zu tun.«

»Ich würde gern irgendwo als Stargast mitmachen«, blieb Charlie hartnäckig. »Ein paar Tage oder so, als Gag. Wie wär's mit einem TV Spezial?«

Marshall schwieg einen Moment. »Sie hätten keine Freude dran.«

»Zum Kuckuck, es muß doch irgendeine Möglichkeit geben!«

Phillipa war, nachdem sie an jenem Abend vom Essen aufgestanden war und das Haus verlassen hatte, zwei Tage ausgeblieben. Sie hatte abgewartet, bis alle Hausgäste abgefahren waren, und kam dann erst zurück.

»Wo hast du gesteckt, zum Teufel?« schrie er sie an.

Sie war schmutzig und ungepflegt. »Ich war bei Freunden. Wir waren zwei Tage lang auf dem Trip – nonstop. Es war ein wunderbares Erlebnis. Ich habe dir großartiges Hasch mitgebracht.«

Ihre Augen waren groß und glänzend, und ihm war klar, daß sie LSD genommen hatte. Das billigte er ganz und gar nicht. Er rauchte Pot, nun gut. Aber alles andere war ein gefährliches Spiel mit dem Feuer.

»Ich habe etwas sehr Interessantes entdeckt«, sagte Phillipa. »Wenn ich Pot und Amphetamine mische, kann ich es machen, glaube ich.«

»Was machen?« fragte Charlie scharf.

»Bumsen, natürlich. Sex haben. Du weißt schon, was ich meine – das, wozu du dir diese große, verdammte Bohnenstange übers Wochenende hergeholt hast.«

»Ich glaube, es wird Zeit, daß du zu deiner Mutter zurückgehst. Wenn du glaubst, ich fühle mich geschmeichelt, wenn du mir sagst, daß du dich, um mit mir zu schlafen, mit Drogen randvoll stopfen mußt, dann denk noch einmal ein bißchen darüber nach.«

»Na ja, du warst so verdammt verzweifelt drauf aus, und dieser gräßliche Freund, den du da hast – Clay Sowieso – und diese Carey. Ich habe sie alle abscheulich gefunden, lauter nachgemachte Menschen, lauter Scheiße.«

»Das bist du auch, Phillipa, mein Schatz, das bist du auch. In Wirklichkeit bist du ja noch viel unechter als sie, denn du gibst vor, etwas zu sein, was du überhaupt nicht bist. Du bemühst dich verzweifelt, ein Hippie zu sein, und fällst damit flach auf deinen verkrampften Hintern.«

»Du alter Mann«, höhnte sie, »du blöder alter Mann! Und wie steht es mit dir? Du ißt kaum etwas, damit du dünn wirst, läßt dir das Haar wachsen, trägst ausgefallene Kleidung und wirst doch nur akzeptiert, weil du ein Filmstar bist. Die Leute lachen über dich. Du bist lächerlich. Denk du darüber nach.«

Daß Charlie bei Marshall anrief, war reine Verzweiflung. Allein in dem Haus in Palm Springs zu sein war einfach Mord. Charlie erwog ernsthaft, nach London zurückzukehren, wenn Marshall nicht bald ein Angebot für ihn hatte.

Es machte Charlie traurig, daß jede Beziehung mit Schmähungen und Beschimpfungen endete. Sogar Phillipa hatte ihm an den Kopf geworfen, daß man ihn nur akzeptierte, weil er Charlie Brick, der Filmstar, war. Er hatte eigentlich nie geglaubt, daß sie nur das in ihm sah. Bei Starlets, die sich ihrem Wesen nach glichen wie ein Ei dem anderen, wußte man so etwas von vornherein. Und wenn es um Sex ging, dann machte eine Affäre mit einem Starlet verdammt viel mehr Spaß als mit Phillipa, die sich so intellektuell gebärdete.

Carey war in der Stadt, und Charlie lud sie zum Abendessen ein.

Sie kochte vor Wut. »Dieser französische Hundesohn von einem Superstarregisseur ruiniert Sundays Karriere. Er hält sie in diesem Haus praktisch gefangen und erlaubt ihr nicht einmal, mit mir länger als zehn Minuten zu sprechen. Er bildet sich ein, er ist der liebe Gott.«

»Carey, mein Schatz, Sie müssen mit Marsh sprechen. Ich verliere hier unten den Verstand. Ich habe mein Leben lang gearbeitet, und dieses Nichtstun langweilt mich, daß mir die Seele im Leib verdorrt. Mir geht's großartig. Sagen Sie ihm, er muß mir Arbeit besorgen.«

»Aber die Ärzte haben gesagt, Sie müssen sich ausruhen.«

»Zum Teufel mit den verdammten Ärzten! Ich muß arbeiten.«

»Ich spreche mit Marshall. Ich weiß, daß er der Meinung ist, Sie sollten vorläufig ein bißchen kürzertreten. Schließlich haben Sie vor Jahresende noch zwei Filme zu machen. Kommen Sie zu unserer Hochzeit?«

»Die möchte ich um keinen Preis der Welt versäumen. He, mein Schatz, ich habe eine wunderbare Idee. Wie viele Leute laden Sie ein?«

»Fünfzig. Fast ganz Hollywood wird todbeleidigt und bitterböse auf uns sein, aber ich könnte einen Bandenkrieg einfach nicht ertragen. Wir wollen nur Familie und die besten Freunde dabeihaben.«

»Warum heiratet ihr nicht hier?«

»Wo?«

»In meinem Haus. In diesem gräßlichen Mietschuppen, in dem ich wohne. Der Garten wäre großartig geeignet für so eine Feier. Wir bestellen einen Priester. Lassen alle Gäste mit einem Sonderflugzeug einfliegen. Das ist eine großartige Idee. Mein Hochzeitsgeschenk für Sie und Marsh.«

Carey lachte. »Es ist eine wilde Idee. Warum nicht? Wir

haben noch nichts geplant.« Sie beugte sich vor und küßte Charlie auf die Wange. »Ich glaube, es könnte fantastisch werden. Können wir denn bis Samstag alles arrangieren?«

»Überlassen Sie es mir. Dann habe ich wenigstens etwas zu tun.«

Charlie wollte, daß die Hochzeit etwas ganz Besonderes wurde. Er kannte Marshall schon seit Jahren und hatte ihn sehr gern – und er mochte Carey.

Er stellte eine Sekretärin namens Maggy ein, die sich um die Details zu kümmern hatte und seine Wünsche weitergab. Sie war ein stupsnasiger Rotschopf und hatte unzählige Sommersprossen im Gesicht. Sie blieb, leistete ihm Gesellschaft, war eine gute Zuhörerin und redete selbst nicht zuviel. Charlie hatte die Entscheidung getroffen, daß Gespräche ein für allemal out waren.

## 48

»Nimm diese Pillen.«

»Ich habe dir schon gesagt, daß ich keine Pillen nehme. Sie machen mich krank, und außerdem brauche ich keine Schlaftabletten.«

Sunday lag mit Claude im Bett, und über ihnen hing die Kamera. Es war, als sei ein Dritter zugegen. Es war drei Uhr morgens, und Sunday war so müde, daß sie nur die Augen zuzumachen brauchte, um sofort einzuschlafen. Claude war den ganzen Abend in einer merkwürdigen Stimmung gewesen, hatte nur über den Film gesprochen, über seine Charaktere und über seinen Sinn. Um ein Uhr war ihm plötzlich eingefallen, sie zu lieben, und er war nie besser gewesen, beherrscht und überlegen. Er brachte sie immer wieder gemeinsam zum Höhepunkt und lief hinterher, eine Zigarette rauchend, ein paar Minuten wie ein gefangener Tiger im Zimmer umher.

Sunday war völlig entspannt, und jetzt verlangte er von ihr, daß sie Schlaftabletten schluckte.

»Ich will, daß du sie nimmst«, sagte er. »Es gibt einen sehr guten Grund dafür.«

»Was für einen Grund?«

»Hör zu, ich habe dir gesagt, daß du, wenn du morgen gut bist, zur Hochzeit deiner Freunde darfst. Okay, ich tue etwas für dich, also tu auch etwas für mich.« Er reichte ihr zwei türkisfarbene Kapseln.

»Nein, Claude, ich nehme keine Pillen. Das ist endgültig. Außerdem würde ich noch schlafen, wenn wir morgen früh um sieben anfangen zu drehen.«

Claude seufzte. »Du bist ein kluges Kind. Halb schlafend will ich dich morgen. Halb schlafend und völlig benommen – benebelt. Ich wollte dich überraschen, aber da du widerspenstig bist, muß ich es dir sagen. Wir drehen morgen als erstes die Vergewaltigungsszene. Du sollst gar nicht erst aus dem Bett aufstehen.«

»Aber ich bitte dich!« Sunday glaubte ihm nicht. »Mit ungewaschenem Gesicht und ungeputzten Zähnen?«

»Wie, zum Teufel, hat deiner Meinung nach Stefanie ausgesehen, als die Jungen einbrachen? Sie lag im Bett, nicht wahr? Sie schlief, nicht wahr? Und sie hatte Schlaftabletten genommen, nicht wahr? Und so, meine Liebe, werden wir die Szene auch drehen. Wenn du Schauspielerin sein willst, dann spielst du, wie ich es will.«

Widerwillig schluckte Sunday die Pillen und schloß die Augen. In der Szene gab es keinen Dialog, sie mußte sich nur heftig wehren. Sie fragte sich flüchtig, wie Claude sie drehen würde. Hauptsächlich in Großaufnahme, das war seine Art. Ihr Gesicht in Großaufnahme, deshalb wollte er, daß es echt aussah. Sorglos schlief sie ein. Er war ein brillanter Regisseur.

Zuerst fühlte sie, daß jemand ihr die Decke wegzog. Dann war da ein Gewicht, etwas Schweres bewegte sich auf ihr.

Sie versuchte, es wegzuschieben. Dann wurde ihr das Nachthemd heruntergerissen. Sie strengte sich an, die Augen zu öffnen, aber ihre Lider schienen zusammengeklebt. Hände packten ihre Brüste, ungeschickte Hände, rauhe Hände. Sie hörte ein lautes Surren. Die Kamera. Wo war Claude?

Es gelang ihr, die Augen zu öffnen. Aber das Licht war so grell, daß sie sie sofort wieder zumachte. Sie sagte: »Runter mit Ihnen!« Sie öffnete noch einmal die Augen und starrte Carlos Lo verwirrt ins Gesicht. Er saß rittlings auf ihr, seine Hände umfaßten ihre Brüste, sein Atem kam in kurzen, erregten Stößen.

Neben ihm kauerte der andere Schauspieler über ihr und lachte leise.

»Was soll das?« protestierte sie. Sie fühlte sich schwach, kraftlos, und sie schlief noch halb. »Oh, dieser Schuft!« murmelte sie vor sich hin. »Dieser widerliche, niederträchtige, lausige Halunke dreht die Szene echt. Er läßt mich wirklich von diesen beiden miesen kleinen Ratten vergewaltigen.«

Sie begann sich zu wehren, und einer hielt ihre Hände fest, während der andere ihre Beine auseinanderzwang, und in dem Augenblick, in dem er in sie eindrang, war Claude mit einer tragbaren Kamera über ihr und hielt die Linse so dicht wie möglich über ihr Gesicht.

»Ihr Schweine!« schrie sie.

Dann war der Magere an der Reihe, bösartige grüne Augen lächelten sie an. Sie fiel zurück. Es hatte keinen Sinn, sich zu wehren. Sie war den beiden nicht gewachsen. Als er von ihr hinunterglitt, wanderte die Kamera über ihren Körper – und auch das empfand Sunday als Vergewaltigung.

Sie lag sehr still, reglos, noch ganz so, wie der Blonde sie liegengelassen hatte.

»Das verzeihe ich dir nie, Claude«, sagte sie. »Niemals!«

»Vielleicht doch, sobald du die begeisterten Kritiken gelesen haben wirst.« Er legte die Handkamera weg, und sie merkte, daß die große Kamera noch immer lief. Die beiden Schauspieler waren verschwunden.

»Übrigens«, fuhr Claude fort, »möchte ich dir bei der Gelegenheit meine Frau vorstellen.«

Sie kam hinter der großen Kamera hervor, mager, hellblond, Anfang der Dreißig. Sie lächelte gutmütig. »Zerbrich dir über die Szene nicht den Kopf, meine Liebe«, sagte sie. »So ist Claude nun mal. Aber schließlich zählt nur das Endergebnis. Ich bin überzeugt, du gibst mir recht.«

Sunday setzte sich auf, zog die Knie an, umschlang sie mit den Armen und wiegte sich – vor und zurück. Vor und zurück. Sie konnte einfach nicht fassen, was sie hier erlebte.

»Wir wußten von Anfang an, daß du für die Stefanie die Richtige bist. Du hast einen schönen Körper. Claude ist zu beneiden, daß er ihn besitzen durfte. Aber jetzt ist natürlich alles anders. Ich bin sicher, du verstehst das. Vielleicht können wir, während wir den Film zu Ende drehen, zu einem neuen Arrangement kommen. Zu dritt kann es – wie sagt man auf englisch? – très compatible – ach ja, sehr harmonisch sein. Ich bin überzeugt, ich könnte dir ein paar Dinge zeigen, die nicht einmal Claude zustande bringt.«

»Sie glauben doch nicht im Ernst, daß ich bleibe und diesen Film zu Ende drehe?« sagte Sunday, die sich bemühte, mit beherrschter Stimme zu sprechen.

»Du wärst sehr dumm, wenn du es nicht tätest. Damit hättest du nichts gewonnen, aber alles verloren.«

Sunday lachte ungläubig. Das Ganze war wie ein böser Traum, und sie fühlte sich noch immer schwach, verschlafen, zu müde, um sich zu widersetzen.

»Du hast wirklich keine andere Möglichkeit, als den Film zu beenden«, fuhr Claudes Frau fort. »Erstens haben wir einen Vertrag. Und zweitens würden die Szenen, die eben gedreht wurden, trotz allem verwertet – du weißt, wie ich das meine, nicht wahr? Ich meine, verwertet, aber nicht im Rahmen dieser Produktion, sondern ganz einfach als ›Sunday Simmons privat‹. Nach solchen Filmen herrscht eine große Nachfrage.«

Sunday sah Claude an. »Warum?« fragte sie.

Seine Frau antwortete an seiner Statt. »Weil Claude Künstler ist«, sagte sie. »Ein Genie, und er will absolute Perfektion. Von allem, was er heute morgen gedreht hat, wird er nur deine Augen, dein Gesicht benutzen. Und die Szenen werden perfekt sein. Du wirst als große Schauspielerin Triumphe feiern. Warte nur, meine Liebe, wenn dieser Film herauskommt, wirst du dich noch bei uns bedanken.«

Angewidert stand Sunday aus dem Bett auf. Sie fühlte sich beschmutzt. Sie wollte fort – nur fort von diesen beiden kranken Menschen. Nur fort aus diesem Haus.

Sie zog eine Hose und einen Pullover an.

»Wohin willst du?« fragte Claude, als sie zur Tür ging.

»Zur Hochzeit meiner Freunde.«

»In Ordnung. Aber wir arbeiten morgen weiter. Wenn du darüber nachdenkst, wirst du begreifen, daß es so richtig war. Davon bin ich überzeugt.«

Sunday nahm ihre große Tasche und verließ wortlos den Raum.

Glücklicherweise hatte sie ihren Wagen mit. Sie legte den Kopf auf das Steuer und überlegte, wohin sie sollte. Nach Los Angeles war es zu weit, in ihrem Zustand konnte sie eine solche Strecke unmöglich fahren. Doch sie wußte nicht, wohin. Es war sieben Uhr morgens. Ein Hotel? Dann fiel ihr plötzlich Charlie Brick ein. Er hatte ein Haus in Palm Springs. Carey wurde heute nachmittag dort getraut. Sunday suchte in ihrer Tasche herum, fand die Adresse, fuhr zur nächsten Tankstelle und fragte nach dem Weg.

## 49

Charlie wachte immer sehr früh auf. Er schwamm gern ein paar Runden, bevor es zu heiß wurde.

An diesem Morgen lag ihm natürlich besonders viel daran, alles zu überprüfen, den Patio und den Bogengang aus weißen Blüten zu begutachten, der eigens für die Hochzeit errichtet worden war, und er wollte die Plattform ausprobieren, auf der das Paar während der Trauung stehen sollte.

Lange weiße Tische warteten darauf, mit Speisen beladen zu werden. Gestreifte, mit Blumengirlanden geschmückte Markisen schützten sie vor der Sonne.

Charlie legte zwei seiner Filmkameras, die japanische Argus und die Bolex, sorgfältig auf einem eigens dafür vorgesehenen Tisch zurecht. Außerdem ein paar Fotoapparate, die Leica, die Rolleiflex, die Pentax und einen ganzen Stapel Filme.

Carey kam um elf, der Party-Service um zwölf, der Priester

um eins und die Gäste um zwei. Die Trauung fand um halb drei statt. Es war noch genügend Zeit.

Er sah auf die Uhr. Es war kurz nach sieben. Es gab für ihn nicht mehr viel zu tun. Was er anziehen würde, wußte er auch schon. Vielleicht sollte er Marsh anrufen, ihn wecken und ihm sagen, er solle zum Kaffee herüberkommen. Marshall wohnte in der Nähe bei Freunden.

Dann hörte Charlie einen Wagen vorfahren, und er schlenderte zur Zufahrt, um zu sehen, wer da kam.

Der Wagen hielt mit quietschenden Bremsen, und Sunday sprang heraus. Zuerst erkannte er sie nicht. Sie war nicht gekämmt, das Haar eine wilde Mähne, und sie hatte tiefe blaue Schatten unter den Augen. Dann betrachtete er ihre Figur und erinnerte sich. Niemand war so gebaut wie sie.

»Sie sind ein bißchen zu früh dran, Schatz«, sagte er und merkte plötzlich, daß es ihr offenbar Mühe machte, die Blicke auf einen bestimmten Punkt zu richten, sie irrten immer wieder ab, verschwammen . . . Bestürzt nahm er ihren Arm. »He, was ist los?«

Sie lehnte sich schwer an ihn. Sie wußte nicht, wie sie es geschafft hatte, das Haus zu finden. Ihr war übel, und sie war müde.

»Ich denke, ich muß mich übergeben«, murmelte sie, und er führte sie in die Toilette im Erdgeschoß und hielt sie fest, während sie erbrach. Sie bat ihn zu gehen.

Was konnte da passiert sein? War sie Alkoholikerin? Hatte sie einen schlechten Trip?

Sie hatte unter dem dünnen Pulli nichts an. Wahrscheinlich war sie nach einem Krach mit ihrem Freund weggelaufen. Aber warum kam sie zu ihm?

Als er sah, daß es ihr besser ging, ließ er sie allein, ging in die Küche und bat das Mädchen, Tee und Toast zu machen. Er trank ein großes Glas Apfelsaft und nahm zwei große Löffel Weizenkeime und Honig. Er war auf einem Gesundheitstrip.

Sie kam erst nach zwanzig Minuten aus der Toilette, hatte sich das Gesicht gewaschen und das Haar zurückgekämmt.

Er nahm sie bei der Hand, führte sie ins Frühstückszimmer und überredete sie, den süßen, heißen Tee zu trinken.

Sie schwiegen beide.

Sunday lehnte sich in ihrem Sessel zurück und blickte starr hinaus in den Garten auf die Hochzeitsvorbereitungen, die Charlie getroffen hatte.

Er glaubte, noch nie eine so schöne Frau gesehen zu haben.

»Das ist die beste Tasse Tee, die ich getrunken habe, seit ich von London fort bin«, sagte sie endlich. »Ich möchte noch eine, bitte.«

Er schenkte ihr zum zweitenmal ein. »Ich bring' mir immer meinen eigenen Tee mit«, sagte er in übertriebenem Cockney-Slang. »Diese verdammten Yanks haben keine Ahnung nich', wie man Tee zubereitet.«

Das Telefon klingelte.

Sunday signalisierte ihm heftig, daß sie nicht hier war. Es war Marshall. Charlie beendete das Gespräch sehr rasch, indem er sagte, er rufe später zurück. Dann wandte er sich an Sunday.

»Ich möchte Sie ja nicht ausfragen«, sagte er, »aber glauben Sie nicht, daß ich erfahren sollte, was passiert ist?«

Sie nickte. »Das sollten Sie, nehme ich an, da ich mich Ihnen praktisch auf die Schwelle gelegt habe wie ein Findelkind. Es ist eine so lange Geschichte, und ich fühle mich entsetzlich schlecht. Eigentlich möchte ich jetzt nur ein Bad nehmen dürfen und schlafen. Ich bin hergekommen, weil ich Careys Hochzeit nicht versäumen wollte. Ich möchte nicht, daß sie etwas davon erfährt, ich will ihr den Tag nicht verderben. Sie hatte nämlich recht, sie hat mich von Anfang an gewarnt und mir gesagt, daß . . .«

Sie unterbrach sich, als Maggy hereinplatzte. Sie trug eine kurze Frotteebadejacke und das Haar in Rattenschwänzen.

»Och, störe ich etwa?« fragte sie fröhlich. »Ich bin so früh aufgestanden, weil ich dachte, ich könnte vielleicht irgendwie helfen.«

»Brav, brav, mein Schatz.« Charlie war verärgert, aber er zeigte es nicht. Maggy war noch nie vor zehn Uhr aufgestanden. Sie war verdammt neugierig.

»Maggy, das ist Sunday Simmons.«

»Hallo«, sagte Maggy, setzte sich und nahm ein Stück Toast.

»Ich glaube, Ihr Zimmer ist jetzt bereit«, sagte Charlie zu Sunday. »Es war wirklich eine hübsche Überraschung, daß Sie schon so früh hiersein konnten. Kommen Sie, ich zeige Ihnen, wo Sie untergebracht sind.«

Er führte sie die Treppe hinauf. »Beachten Sie Maggy gar nicht«, sagte er. »Sie ist eine Idiotin. Haben Sie für die Hochzeit etwas zum Anziehen?«

Sunday schüttelte den Kopf. »Ich habe nicht einmal Schuhe.«

»Wenn Sie mir Ihre Größen aufschreiben, schicke ich jemand zu Saks und lasse ein paar Sachen kommen.«

Er führte sie in eine Gästesuite mit Blick auf den Garten.

»Sie waren wirklich sehr lieb«, sagte sie. »Ich erkläre Ihnen alles später. Aber versprechen Sie mir eins – kein Wort zu Carey.«

»Was sollte ich ihr denn sagen? Ich weiß doch nichts. Sie kommt um elf, aber ich bringe sie auf der anderen Seite des Hauses unter, und wenn Sie hierbleiben, hole ich Sie kurz vor der Trauung. Okay?«

»In Ordnung. Noch einmal vielen Dank, Charlie. Ich weiß gar nicht, wie ich Ihnen danken soll.«

Ich weiß es aber, dachte er. Ich weiß sogar eine ideale Möglichkeit. Leb wohl, Maggy, es war kurz und süß mit dir.

Carey war in einem Zustand milder Panik, und ihre Nerven flatterten wie Schmetterlingsflügel.

Sie kam in Begleitung ihrer Schwester, einem dicken, ruhigen Mädchen in pinkfarbenem Tüll.

Was für ein Fehler, daß ich Mary Jane vor allen anderen hergebracht habe, dachte Carey. Mary Jane verstand nicht, was ihre Schwester tat, und sie billigte es auch nicht.

Einen älteren Mann zu heiraten war schlimm genug – schlimmer noch, daß er ein Weißer war. Careys ganze Familie bildete eine geschlossene Front kaum verhüllter Mißbilligung.

Mary Jane war begeistert, daß sie Charlie kennenlernte, und Carey dachte, wie seltsam es doch war, wie sehr es die Menschen beeindruckte, einem Filmstar zu begegnen.

Sie zog Charlie in eine Ecke. »Hören Sie, ich rauche normalerweise vor dem Essen kein Pot, aber wenn Ihnen daran liegt, daß die Braut nicht zum Nervenbündel wird, bitte – nur ein paar Züge, wenn's geht.«

Charlie grinste. »Was für eine großartige Idee, Schatz. Gehen wir in mein Schlafzimmer.«

»Sobald ich meine Schwester abgehängt habe, komme ich.«

Sie setzten sich auf sein Bett, kicherten ein bißchen, und Carey sagte: »Ist das nicht albern? Warum fürchte ich mich auf einmal davor zu heiraten? Ich habe doch gar keinen Grund.«

Nein, den habe sie nicht, antwortete Charlie, sog lange und ausgiebig an dem Joint und reichte ihn ihr.

Als sie das Schlafzimmer verließen, lauerte Maggy ihnen auf.

»Was habt ihr beiden denn dort drin gemacht?« fragte sie vorwurfsvoll.

»Nichts, was dich interessieren könnte, mein Schatz«, antwortete Charlie. Man konnte in diesem Haus wirklich keinen verdammten Schritt mehr tun, ohne daß Maggi ihre Nase hineinsteckte.

Einen Moment überlegte er, ob er Carey von Sunday erzählen sollte. Schließlich war Carey seine Freundin, und er mußte vor allem ihr gegenüber loyal sein. Doch Sunday hatte etwas an sich, das ihn mit neuer Zuversicht erfüllte, und er wußte, daß er sie nicht verraten würde.

Die Trauung war wunderschön. Carey war eine hinreißende Braut. Sie trug ein kurzes Kleid aus Goldbrokat und Blumen im Haar. Marshall war nervös und ganz durcheinander. In Haus und Garten wimmelte es von Verwandten von Careys und seiner Seite. Und obwohl für ihn und Carey zwischen Schwarz und Weiß kein Unterschied war, waren die Verwandten – ihre wie seine – voller Vorurteile und voller Groll.

Die Zeremonie war kurz und schlicht. Dann gab es Champagner, ein kaltes Büfett und eine riesige Hochzeitstorte mit der Inschrift in Zuckerguß: ›Endlich 100 Prozent‹.

Charlie versuchte Sunday im Auge zu behalten, aber kurz nachdem Carey und Marshall in die Flitterwochen aufgebrochen waren und auch die Gäste sich allmählich zerstreuten, konnte er sie nicht mehr finden. Sie hatte ihren Wagen genommen und war weggefahren.

## 50

Sunday hoffte, daß niemand ihr heimliches Verschwinden gemerkt hatte. Sie war kurz vor Carey und Marshall gegangen. Charlie Brick gegenüber hatte sie ein schlechtes Gewissen. Er war ungewöhnlich verständnisvoll gewesen, und vielleicht schuldete sie ihm eine Erklärung, aber warum sollte sie ihn mit ihren Problemen belasten? Sie mußte eine Entscheidung treffen, und das konnte sie nur allein.

Sie empfand Zorn und Widerwillen gegen sich selbst, weil sie eine solche Närrin gewesen war. Hatte sie den gar nichts über Männer gelernt? Sie hätte Claude Hussan von Anfang an so sehen sollen, wie er war. Was konnte das schon für ein Mann sein, der in das Hotelzimmer einer Frau einbrach und sich mit ihr bekannt machte, indem er sie im Schlaf vergewaltigte? Und was mußte das für eine Frau sein, die das akzeptierte und mit dem Mann ein Verhältnis begann?

»Eine völlig frustrierte«, sagte Sunday laut vor sich hin. »Und das sah er natürlich und machte es sich zunutze.«

Sie fuhr schnell und rücksichtslos. Ihr Ziel war Los Angeles.

Glaubten Claude und seine Frau wirklich, sie würde hinnehmen, was geschehen war, und den Film zu Ende drehen?

Vielleicht wäre es das klügste. Denn wenn sie nicht weitermachte – was dann?

Der einzige Mensch, dem sie sich gern anvertraut hätte, war Carey, aber Carey war für eine Woche nach Hawaii geflogen, und Sunday wollte ihr die Hochzeitsreise nicht verderben. Wie sie Carey kannte, hätte sie die Reise abgesagt und wäre hiergeblieben, um die Sache zu klären. Aber was immer geschah, welchen Schaden sie sich auch selbst damit zufügen mochte, Sunday beschloß, den Film nicht zu beenden.

Auch Claude würde verlieren. Er hatte darauf gesetzt, daß

die Karriere ihr mehr bedeutete als ihr Stolz. Schließlich war sie Schauspielerin, und Schauspielerinnen stellten ihre Karriere immer über alles andere, nicht wahr?

So tief verletzt sie war, es war für sie wenigstens eine kleine Genugtuung zu wissen, daß auch sie ihn verletzen konnte.

Sie entschloß sich, nach Hause zu fahren und abzuwarten, bis Claude den ersten Schritt tat. Er war schließlich derjenige, der die Situation heraufbeschworen hatte.

Der Junge war natürlich auch ein Problem. Jean-Pierre war noch immer bei ihr. Sie wollte ihn gern behalten, sie wollte alles mögliche tun, um ihn nicht diesem Vater und dieser Mutter zurückgeben zu müssen. Sie hatte Jean-Pierre sehr gern und wollte ihn nicht verlieren.

Sie kam über den Sunset Boulevard in die Stadt hinein. Es war zehn Uhr abends, und sie war müde und hungrig. Sie fuhr in ein Drive-in und bestellte ein Thunfischsandwich und ein Glas Milch.

»He, Sunny, ist es die Möglichkeit!« Branch Strong beugte sich zu ihrem Wagenfenster hinunter. Er sah gut aus, war braungebrannt und ließ unter dem dünnen T-Shirt die Muskeln spielen. In der Hand trug er, übereinandergestapelt, vier Pappbecher mit Milchshakes.

»Ich dachte, du bist noch in Springs. Wann bist du zurückgekommen? Warum hast du mich nicht angerufen?«

»Ich bin eben zurückgekommen. Ich meine, ich bin gerade unterwegs nach Hause.«

»Du bist mit dem Auto gefahren? Allein? Ich hätte dich gern abgeholt, wenn du gewollt hättest.«

Sunday lächelte. »Wo willst du denn mit den vielen Milchshakes hin?« fragte sie.

Branch sah plötzlich sehr verlegen aus. »Die sind alle für Max. Er ist im Augenblick ganz gierig darauf. Und wenn er sich etwas einbildet, dann ist er wie ein altes Weib. Warum kommst du nicht mit und sagst dem guten alten Max hallo. Er würde sich freuen.« Branch wußte genau, daß Max sich durchaus nicht freuen würde, da er sich im Moment wahrscheinlich auf Branchs Rückkehr vorbereitete, indem er seinen paradiesisch nackten Körper auf der neuen Pelzdecke drapierte, die er für das Bett gekauft hatte. Max hatte eine feste Routine, von der er nur ungern abwich – Sex gefolgt von Milchshakes.

»Tut mir leid, Branch, ich bin wirklich müde. Ich esse nur schnell ein Sandwich und fahre dann direkt nach Hause.«

Enttäuscht und dennoch erleichtert, zuckte Branch mit den Schultern. »Hör zu, ich habe eine sehr große Bitte an dich. Morgen abend ist die Premiere von ›Zwölf Gewehre‹. Ich habe darin nur eine kleine, aber sehr wichtige Rolle, die für meine Karriere entscheidend sein könnte. Es ist eine große Premiere, alle Welt wird dasein. Würdest du mich begleiten?«

»Ich bin doch eben erst zurück . . . Ich weiß nicht . . . Ich hasse Premieren. Ich glaube nicht, daß ich kommen kann.«

Branch sah furchtbar enttäuscht aus. »He, Sunday, bitte . . . Ich brauche dich dort. Es wäre so wichtig für mich, mit dir zu kommen. Ich habe dem Studio auch schon mitgeteilt, daß du mich begleitest. Sie haben mir daraufhin großartige Plätze gegeben.«

»Wie konntest du das tun? Du wußtest doch nicht einmal, ob ich hiersein würde.«

Branch sah sie einfältig an. »Weiß ich ja. Ich dachte eben, ich würde sagen, du hättest in letzter Minute absagen müssen. Es war wirklich dumm von mir, so etwas zu tun. Dein Name steht auf der Liste der Stars, die anwesend sein werden. Wie wär's, Sunday? Es wäre eine so große Hilfe für mich.«

»Also gut, Branch.« Sollte Claude sehen, daß es ihr völlig egal war, was er plante.

Sie besprachen noch alles Nötige, und dann trennten sie sich.

Branch jubelte innerlich. Pfeifend stürmte er in Max Thorpes Haus, der, wie erwartet, nackt auf der Felldecke ruhte.

»Schlechte Nachrichten«, erklärte Branch und stellte die Milchshakes auf den Nachttisch. »Ich habe eben ganz zufällig Sunday Simmons getroffen. Sie ist eigens wegen der Premiere aus Palm Springs zurückgekommen. Sie hat die Plakate und die Inserate in der Presse gesehen und findet, daß sie sich bei der Premiere sehen lassen muß.«

»Was?« stieß Max Thorpe hervor und wurde feuerrot. »Aber

was ist mit mir? Du hast mir versprochen, daß die Eintrittskarte für mich ist.«

»Ja, das weiß ich. Aber im Studio mußte ich natürlich sagen, daß ich ein Mädchen mitbringe, und du hattest die Idee, daß ich Sunday als meine Begleiterin angeben sollte, weil sie nicht hier war. Nun, jetzt ist sie wieder da.« Er bemühte sich, ein Grinsen zu verbeißen, als er Hose und T-Shirt auszog, um Max auf der Felldecke Gesellschaft zu leisten.

Max schickte ihn verdrießlich weg. »Ich will dich heute abend nicht«, sagte er schmollend. »Was soll ich jetzt mit meinem violetten Abendanzug anfangen? Er ist funkelnagelneu und für die Katz.«

Branch zuckte mit den Schultern, stand schnell auf und schlüpfte in seine Kleider. »Tut mir leid, aber es ist nicht meine Schuld.« Er hatte Max satt, die ganze Schwulenszene langweilte ihn.

Er mochte Mädchen. Er schlief gern mit Mädchen. Wie lange dauerte es wohl noch, bis er erfolgreich genug war, um Max Thorpe sagen zu können, er solle sich zum Teufel scheren?

Sunday war überrascht, daß ihr Haus hell erleuchtet war und ihr schon auf der Straße laute Musik entgegenschlug. Sie warf einen Blick auf die Uhr. Es war fast elf. Was trieb Katja denn da? Sunday hatte sie eingestellt, weil sie ruhig und verantwortungsbewußt zu sein schien.

Sie betrat das Haus und geriet in ein ganzes Meer fremder Gesichter. Es schienen hauptsächlich Mexikaner zu sein, die in farbenfroher Kleidung zu einer James-Brown-Platte tanzten. Inmitten des Trubels entdeckte Sunday Katja, die von einem jungen Mann an die Wand gepreßt wurde und sanft lächelnd zu ihm aufsah. Sie trug ein blaues Kleid, das Sunday gehörte. In einer Ecke hockte, die Knie unter das Kinn hochgezogen, Jean-Pierre und beobachtete mit großen, ernsten Augen, was um ihn herum vorging.

»He, Baby, wer bist denn du?« Ein Junge packte Sunday am Arm. »Wo kommst du so plötzlich her?«

Zornig entriß Sunday ihm ihren Arm.

Ein wirklich perfektes Ende für diesen Tag!

Sie ging zu Jean-Pierre, nahm ihn auf den Arm und wandte sich zu Katja um. Das Mädchen hatte große, verängstigte Augen bekommen und stammelte etwas von einer Geburtstagsfeier.

»Sorgen Sie dafür, daß alle mein Haus verlassen«, sagte Sunday. »Sofort!« Sie ging mit Jean-Pierre in ihr Schlafzimmer.

Ihre Kleider lagen alle auf dem Bett. Auf dem Nachttisch war eine Flasche Parfüm umgefallen, und der Inhalt tropfte langsam auf den Teppich.

»Geht es dir gut?« fragte Sunday den kleinen Jungen und drückte ihn an sich.

Er nickte scheu und vergrub den Kopf an ihrer Schulter.

Sie nahm die Kleider vom Bett und legte Jean-Pierre hinein.

Auf der Straße knallten Autotüren, und mehrere Wagen fuhren ab.

Müde strich sich Sunday das Haar zurück und seufzte. Wollte dieser Tag denn nie zu Ende gehen?

## 51

Einen Tag, nachdem Marge ihm von der ›Vereinbarung mit dem Polizeibeamten‹ und der Geldforderung erzählt hatte, suchte Herbert Lincoln Jefferson Louella Crisp auf.

Sie waren sich noch nie begegnet, obwohl er sie natürlich durch das Fenster gesehen hatte, wenn er Marge nachspionierte. Louella hatte schlaffe Brüste, kurze Beine mit Krampfadern und Fettwülste um den Bauch eines sonst dürren Körpers.

Er bereitete sich sehr sorgfältig vor, duschte, rasierte sich, bürstete sich das glatte dunkelbraune Haar sehr lange. Er manikürte sich die Fingernägel und ließ sich von Marge die Schuhe auf Hochglanz polieren – was sie eine Zeitlang nicht mehr getan hatte, weil sie über ihn zu triumphieren glaubte. Er trug einen grauen Anzug, ein grellgelbes Sporthemd und eine grüne Wollkrawatte.

Er fand, daß er untadelig aussah, und bewunderte sich ausgiebig im Badezimmerspiegel.

Louella Crisp würde bald merken, daß sie es mit einem Mann von Format zu tun hatte, nicht mit einem winselnden Idioten wie Marge.

Tatsächlich warf Louella nur einen einzigen Blick auf ihn und kam zu dem Schluß, daß er ein niederträchtiger, skrupelloser Halunke war. Sie wollte nichts mit ihm zu tun haben. Sie wollte das Geld und wollte abhauen. Vielleicht ließ sie das Geld sogar sausen. Er hatte so bösartige kleine Augen, gierig, eiskalt, voller Gemeinheit.

Er machte es sich in ihrem Wohnzimmer bequem und starrte sie an. »Ich bin nicht Marge, wissen Sie«, sagte er schließlich. »Sie haben Marge ausgenutzt. Ich weiß, was los ist. Ich habe es gesehen. Ich weiß ganz genau, was in diesem Haus vorgeht.«

»Was Sie gesehen haben, braucht Sie nicht zu kümmern«, sagte Louella schnell. Sie hatte sich dazu entschlossen, die zweitausend Dollar doch aus ihm herauszuholen. »Was ist mit den Dingen, die ich weiß? Kleinigkeiten, die Sie ganz persönlich betreffen und für die sich mein Freund im Polizeipräsidium sehr interessieren würde.«

Herbert sah sie völlig ausdruckslos an. »Sie reden nicht mit Marge. Ich bin kein Idiot. Das Geld ist für Sie. Zweitausend Dollar, und damit ist die Sache erledigt. Ich kann sie beschaffen, aber ich brauche Ihre Hilfe.«

»Und wie soll die aussehen?« fragte Louella mißtrauisch.

»Sie brauchen nur zu tun, was Sie auch jetzt tun, um sich Ihren Lebensunterhalt zu verdienen.«

»Wovon reden Sie eigentlich?«

Herbert griff in die Tasche seines Jacketts und holte die beiden Hochglanzfotos von Sunday heraus, die er in ihrem Haus gestohlen hatte. Quer über das eine Bild hatte er gekritzelt: ›Ruf mich an, wann immer Du willst – in Liebe, Sunday.‹

Er reichte Louella die Fotos, die sie verständnislos ansah. »Was soll ich damit?« fragte sie. »Wer ist das?«

»Eine Freundin von mir«, antwortete Herbert selbstsicher.

»Eine sehr nahe Freundin. Tatsächlich stehen wir uns so nahe, daß sie alles für mich tun würde.« Er machte eine bedeutungsvolle Pause. »Alles.«

»Ist das nicht die Filmschauspielerin, die Steve Magnum heiraten sollte?« fragte Louella, deren Interesse allmählich erwachte.

Herbert nickte. »Ich habe eine Idee . . .«

## 52

Als nach der Hochzeit alle gegangen waren und Sunday sich sogar auf französisch empfohlen hatte, war Charlie sehr übler Laune. Maggy hatte er noch am Nachmittag hinausgeworfen. Sie hatte angefangen Bemerkungen zu machen wie: »Meine Freunde finden alle, ich sollte eigentlich Schauspielerin werden. Was meinst du dazu?«

»Ich meine, daß du jetzt am besten nach Hause gehst«, hatte er geantwortet. »Für immer.«

Jetzt war er wieder allein und unglücklich. So unglücklich, daß er sich in seinen neuen schwarzen Shelby Mustang setzte und nach Los Angeles fuhr.

Er brauchte ein bißchen Gesellschaft, einen kleinen Tapetenwechsel. Er wollte im Beverly Hills Hotel absteigen und Clay anrufen.

Als er ankam, war es schon nach zwei Uhr morgens, und er verzichtete auf den Anruf, um Natalie nicht zu stören. Weil er sich jedoch einsam fühlte, telefonierte er mit Thames Mason. Sie verließ pflichtbewußt ihr warmes Bett, kam zu ihm, stieg in sein Bett und tröstete ihn. Sie erzählte ihm haargenau, was sie mit Clay erlebt hatte, und lachte ununterbrochen dabei. Endlich schloß sie mit der Bemerkung: »Der Kerl ist verdammt gut ausgestattet, der könnte sich für Geld sehen lassen. O Junge!«

Charlie kam sich sofort unzulänglich vor und schickte sie nach Hause, nachdem er ihr versprochen hatte, sie zur Premiere von ›Zwölf Gewehre‹ mitzunehmen.

Er fragte sich, ob sie seine Gewohnheiten im Bett mit Clay erörtert hatte, und nahm sich vor, ihn zu fragen.

Er schlief unruhig und träumte lebhaft. Es war ein unheimlicher sexueller Traum, in dem er mit Natalie, Thames, Sunday und seiner Mutter ins Bett ging. Als er aufwachte, fühlte er sich nicht besonders wohl und ging zum Pool hinunter, um zu schwimmen.

Es war so früh, daß außer ihm noch niemand da war, und er schwamm dreimal auf und ab. Dann faßte er den Entschluß, nach London zurückzukehren. Es hatte keinen Sinn, hier herumzusitzen, nichts zu tun und den Verstand zu verlieren. Er wollte zurück, wollte ein Haus bauen, irgendwo Wurzeln schlagen. Das würde ihn beschäftigen, und sobald das Haus fertig war, wollte er Lorna sagen, sie solle ihm die Kinder jedes Wochenende schicken. Sie würden begeistert sein. Er würde ihnen sogar erlauben, sich ihre Zimmer selbst zu entwerfen. Er wollte auch viel mehr Zeit mit ihnen verbringen als bisher.

Er rief Clay an, der sich freute, zum Frühstück kommen zu können. Charlie erzählte ihm von Sunday.

»Ich nehme an, sie steht auf dich«, meinte Clay. »Und wenn du sie über hast, würde ich Miß Superbusen ganz gern übernehmen.«

»Wenn sie wirklich was für mich übrig hätte, wäre sie doch geblieben, oder?«

»Frauen sind merkwürdige Geschöpfe«, erwiderte Clay. »Wahrscheinlich dachte sie, daß du sie nicht magst.«

Charlie schüttelte lachend den Kopf. »Was du für eine Logik hast! Wie geht es Natalie?«

»Sie fühlt sich dick und unförmig. Sie würde dich gern sehen. Warum kommst du heute abend nicht zum Essen zu uns?«

»Geht nicht. Habe Thames Mason versprochen, sie zu einer Premiere mitzunehmen.«

Clay pfiff durch die Zähne. »Das Mädchen ist Gold wert.«

»Da sagst du mir nichts Neues.«

»Ich wußte gar nicht, daß du da auch dran warst.«

»Du wirst nie wissen, bei wem und bei wie vielen ich landen konnte. Ich habe kein so großes Mundwerk wie du.«

Charlie zog sich für die Premiere an. Er trug seine besten Londoner Sachen – gerüschtes Seidenhemd, schwarzes Samtjackett, schmale schwarze Samthose und Schuhe von Gucci.

Er betrachtete sich kritisch im Spiegel und kam zu dem Schluß, daß die Ruhe ihm gutgetan hatte. Er war schlank, in guter Verfassung, und seine Haut hatte die schöne Bräune, die man nur von kalifornischer Sonne bekommt.

»Ich sehe nicht aus wie vierzig«, erklärte er sich selbst mit großem Nachdruck.

Er fuhr mit dem Shelby Mustang bei Thames' Apartmenthaus auf dem Strip vor, wo sie in einer jener Wohnungen hauste, die in Hollywood für alleinstehende weibliche Wesen so typisch sind. Die Wände waren mit Fotos von Thames tapeziert.

»Ich muß dich mal fotografieren«, sagte Charlie und nahm einen Scotch in einem grünen Kunststoffglas mit der Aufschrift ›Ich mag dich‹ entgegen.

»Das wäre spitze«, jubelte Thames. »Ich bin sehr fotogen, man hat mir sogar schon gesagt, ich hätte vollkommene Züge. Vielleicht könnten wir eine ganze Serie für ein Fan-Magazin machen. Du weißt schon – du fotografierst mich, und sie fotografieren uns.«

Sie sah in hohen silbernen Stiefeln und mit einem silbernen Anzug mit Kniehose wirklich spektakulär aus. Zumal man an strategisch wichtigen Stellen mit dem Material so sparsam umgegangen war, daß es zum Teil ganz fehlte.

»Ich gehe wahrscheinlich noch diese Woche nach London zurück«, sagte Charlie.

»Glaubst du, daß meine Wimpern zu dicht wirken?«

Er sah sie an, aber es war gar nicht leicht, das festzustellen. Ihre Augen waren mit silbernem Lidschatten ummalt. »Ich weiß nicht, Schatz, ich verstehe nicht viel von Make-up, aber du siehst großartig aus.«

»Wirklich?« Sie wirbelte vor ihm im Kreis herum. »Es müßte eine fantastische Premiere werden. Alle werden da sein, und alle werden sehen, daß ich mit dir gekommen bin.«

Er konnte sich nicht vorstellen, daß man sie übersehen konnte, ob sie mit ihm kam oder nicht. Ein über zwei Meter großer Rotschopf, der aussah wie Thames Mason, war keine alltägliche Erscheinung.

»Würde es dir denn etwas ausmachen, wenn ich nicht Charlie Brick, sondern ganz einfach Joe Niemand wäre? Würdest du trotzdem mit mir gehen?«

Thames runzelte die Stirn. »Wer ist Joe Niemand? Nie von ihm gehört . . .« Dann fiel der Groschen. »Oh, ich verstehe . . .« Sie kicherte. »Du bist mir vielleicht ein Spaßvogel, wie?«

»Gehen wir, sonst wird es zu spät.«

Vor dem Haus musterte Thames überrascht den Shelby Mustang. »Ja, hast du denn keinen Rolls mit Fahrer?« fragte sie enttäuscht.

Charlie zählte leise bis zehn. Würde er es denn nie lernen? Das war nun wirklich und wahrhaftig das letzte Starlet. Alle ihre Unterhaltungsbeiträge waren eine gegen ihn gerichtete Spitze gewesen. Eine einzige Kränkung.

»Nein, Schatz. Mir macht es Spaß, diesen Wagen zu fahren. Der Fahrer wartet vor dem Kino auf mich, damit er ihn parken kann. Der Wagen ist neu, und er ist die reinste Rakete.«

»Ich mag englische Wagen«, sagte Thames schmollend. »In dem offenen Ding wird meine ganze Frisur ruiniert.«

## 53

Sunday haßte Szenen. Sie haßte es, Angestellte zu entlassen, aber Katja mußte gehen. Am nächsten Morgen gab sie dem Mädchen noch den Lohn für zwei Wochen und forderte sie auf, das Haus zu verlassen.

Katja reagierte mürrisch, aber Jean-Pierre schien es überhaupt nichts auszumachen, daß sie ging. Er freute sich so, daß Sunday wieder da war, und er wich keinen Schritt von ihrer Seite.

Sie fuhren in den Supermarkt und kauften neue Lebensmittelvorräte ein, denn Katja hatte einen ganzen Kühlschrank mit kalten Chilibohnen und vergammelten Hot dogs zurückgelassen.

»Was hast du denn zu essen bekommen?« fragte Sunday Jean-Pierre. Er saß im Einkaufswagen, lachte sie an und bediente sich mit Eiscreme, Äpfeln, Schokoladekeksen.

Limbo, Sundays kleiner Hund, war dünn wie ein Gespenst. Sie war wütend, weil sie den Jungen und den Hund allein gelassen hatte und nach Palm Springs gegangen war. Es war Claudes Schuld. An allem war er schuld. Kurz nach Mittag rief Branch an. »Wann soll ich dich abholen?« fragte er. »Ich habe einen Wagen mit Chauffeur.«

»Oh!« Sie hatte die Premiere völlig vergessen. Was sollte sie denn jetzt mit Jean-Pierre anfangen? »Hör zu, Branch«, sagte sie, »ich weiß nicht, ob ich es möglich machen kann. Ich mußte das Kindermädchen hinauswerfen und habe jetzt niemanden für Jean-Pierre.«

»Du mußt unbedingt kommen! Du hast es versprochen. Ich suche dir einen Babysitter, nur keine Sorge. Mach du dich wunderwunderschön, ich rufe dich später noch einmal an.«

Sie saß in der Klemme. Sie wollte nicht gehen, aber sie durfte Branch nicht enttäuschen. Sie hob Jean-Pierre auf die Arme und küßte ihn. Am liebsten wollte sie jede Minute, die sie erübrigen konnte, mit ihm verbringen. Sie wußte ja nicht, wie lange Claude ihn bei ihr lassen würde.

Später zog sie sich für die Premiere um. Sie entschied sich für ein langes, loses Hemd aus hauchdünnem Chiffon und Haremshosen, die in schlichten Satinstiefeln steckten. Das Haar trug sie offen, an ihren Ohren hingen große Zigeunerohrringe. Sie sah sehr schön aus.

Branch kam pünktlich und brachte Max Thorpes langjähriges Hausmädchen Esmé Mae mit, eine dicke, ruhige Frau, die sich sofort mit Jean-Pierre anfreundete und von Limbo ganz begeistert war.

Unter diesen Umständen glaubte Sunday, ruhigen Gewissens mit Branch fahren zu können. Sie hinterließ, wo sie zu finden war, und schärfte Esmé ein, sich sofort mit ihr in Verbindung zu setzen, wenn sie gebraucht würde. Insgeheim dachte Sunday daran, daß Claude vielleicht versuchen könnte, den Jungen wegzuholen.

Branch trug einen Fransenanzug aus weißem Leder und einen großen Texashut. Er war vergnügt und sehr zufrieden mit sich. »Ich mag in dem Film nur eine kleine Rolle haben, aber dadurch, daß ich mit dir komme, werde ich bestimmt auffallen.«

Sunday stellte bei sich fest, daß Branch der typische gutaussehende Hollywoodidiot war.

Plötzlich mußte sie an Charlie Brick denken. Wie ganz anders er doch war. Wie freundlich und warmherzig, wie amüsant und attraktiv – auf eine nicht alltägliche Weise. Sie wünschte, sie könnte einem solchen Mann gefallen. Bisher hatte sie es nur mit niederträchtigen Lumpen oder Idioten zu tun gehabt.

Es war schon ziemlich deprimierend, nur deshalb zu einer Premiere eingeladen zu werden, weil jemand mit ihr gesehen werden wollte.

»Wie geht es Max?« fragte sie, einfach um etwas zu sagen.

»Prima, dem geht's prima«, antwortete Branch mit falscher Munterkeit. Max ging es alles andere als prima. Seit Branch ihm gesagt hatte, er könne ihn nicht zu der Premiere begleiten, war er nur noch wütend und gehässig gewesen, und heute hatten sie den ganzen Tag kein einziges Wort miteinander gesprochen.

Seufzend lehnte sich Sunday in der Cadillac-Limousine zurück. Sie wünschte, der Abend wäre vorüber.

## 54

Die Operation zu planen war nicht leicht gewesen. Bevor Herbert in der Zeitung gelesen hatte, daß Sunday Simmons die Premiere von ›Zwölf Gewehre‹ besuchen wollte, hatte er nicht genau gewußt, wie er sein Ziel erreichen sollte. Aber als er las, daß sie dort sein würde, war ihm plötzlich alles ganz klar. Morgen war die Nacht der Nächte.

Seine einzige Sorge war, daß sie vielleicht nicht aus Palm Springs zurückkam, aber da in der Zeitung stand, daß sie bei der Premiere in Hollywood anwesend sein würde, mußte er es riskieren.

Louella war allmählich ungeduldig geworden und hatte ihm ein paar boshafte Seitenhiebe verpaßt, schien jedoch zufrieden, als er ihr das Datum nannte und ihr sagte, sie solle ihre Vorbereitungen treffen.

Marge schmollte. Niemand sagte ihr, was vorging. Louella hatte sich auch nicht mehr mit ihr in Verbindung gesetzt. Herbert war grob und schlecht gelaunt. Was Marge jedoch ernstlich beunruhigte, war die Tatsache, daß Louella und Herbert sich regelmäßig trafen.

Ihren einzigen Trost fand Marge im Supermarkt. Sie nahm prompt noch zehn Pfund zu. Zum Glück konnte man dort auf Kredit einkaufen.

Am Tag der Premiere stand Herbert früh auf. Er hatte viel zu tun. Am Abend vorher hatte er in der Nähe von Sundays Haus geparkt und wurde dadurch belohnt, daß er sie noch ziemlich spät nach Hause kommen sah.

Er war glücklich, als kurz darauf alle Leute gingen, die sich im Haus aufgehalten hatten. Sundays mexikanisches Mädchen war ein kleines Miststück. Er hatte sie während Sundays Abwesenheit ein paarmal angerufen, und als er sie in den Genuß einiger seiner poetischen Wendungen kommen ließ, hatte sie ihn in einer fremden Sprache wüst beschimpft und aufgelegt.

»Soll ich dir das Frühstück machen?« fragte Marge.

Er warf ihr einen verächtlichen Blick zu. »Nein.« War es dieser fetten Hure nicht klar, daß das der letzte Morgen war, den sie zusammen verbrachten? Nein, natürlich nicht. Woher sollte sie es auch wissen. Nicht einmal Louella wußte etwas von seinen Plänen für Marge.

Er hatte geduscht, ein frisches Hemd und saubere Hosen angezogen. Dann ging er zu Louella hinüber.

»Ist alles vorbereitet?« fragte er.

»Aber natürlich. Sind Sie sicher, daß sie es tun wird?«

»Hören Sie endlich auf, mich das zu fragen«, antwortete er gereizt. »Sie hat ja gesagt. Uns verbindet eine ganz besondere Freundschaft.«

»Warum gibt sie Ihnen dann nicht einfach das Geld? Warum läßt sie das über sich ergehen?«

»Weil sie es gern möchte«, antwortete Herbert geduldig. »Wie viele Männer werden dasein?«

»Vierzehn, und jeder zahlt hundertfünfzig Piepen. Sie stehen gewissermaßen schon in den Startlöchern, also glauben Sie ja nicht, Sie könnten uns zum Narren halten. Die ›Freunde‹ bezahlen eine Menge Geld, also bringen Sie uns ja die echte Ware.«

»Sie wird pünktlich um neun hiersein. Ich bringe sie her. Sie will keine Unterhaltung oder so, nur einen ganz normalen Abend im ›Kreis der Freunde‹. Alles soll ganz genauso ablaufen wie sonst. Die Männer kommen einer nach dem anderen an die Reihe, wie bei Marge. Und hinterher bringe ich sie wieder nach Hause.«

Louella schüttelte den Kopf. »Nie hätte ich gedacht, daß ein Filmstar so etwas tun würde.«

»Oh, und ob sie es will.« Herbert kniff die kalten, gemeinen Augen zusammen. »Und sie ist sehr gut.«

Später zog Herbert seine Chauffeursuniform an und fuhr zu der Gebrauchtwagenfirma, bei der er einen schwarzen Lincoln Continental entdeckt hatte, der für seine Zwecke ganz hervorragend geeignet war. Er hatte einem Pop-Star gehört, hatte schwarz getönte Scheiben und an Türen und Fenstern besondere Verriegelungen, die dafür sorgten, daß die Insassen völlig ungestört blieben. Er war auch stark frisiert worden und erreichte geradezu halsbrecherische Geschwindigkeiten.

Die Gebrauchtwagenfirma hatte den Wagen inseriert, und der Angestellte war entzückt gewesen, als Herbert erschien und erklärte, er arbeite für Charlie Brick. Nur allzugern war er bereit gewesen, den Wagen für einen Abend zur Verfügung zu stellen, damit Mr. Brick ihn begutachten konnte.

Herbert konnte sehr überzeugend lügen.

Er holte den Wagen ab und fuhr zum Strand hinunter. An einer einsamen Stelle wechselte er Nummernschilder aus und nahm im Innern des Wagens einige Veränderungen vor. Unter anderem sorgte er dafür, daß die Glasscheibe, die Vordersitze und Fond trennte, nur vom Fahrer geöffnet werden konnte. Er änderte auch die Verriegelungsmechanik der Türen, so daß jetzt alle Schlösser gleichzeitig und automatisch einrasteten.

Wer im Fond saß, war Herberts Gefangener und konnte nur von ihm befreit werden.

Mit seiner Arbeit sehr zufrieden, fuhr er zu Sundays Haus und wartete.

Bald würde sie herauskommen, dann konnte er hinein und sich holen, was er wollte. Bald war es soweit.

## 55

Die großen, sich drehenden Scheinwerfer erhellten den Himmel rund um den Cinerama Dome auf dem Sunset Boulevard, wo ›Zwölf Gewehre‹ uraufgeführt wurde.

Polizei hielt die Horden ›Oh‹ und ›Ah‹ kreischender Fans zurück, die sich auf dem Gehsteig drängten und die Hälse verrenkten, um einen Blick auf ihren Lieblingsstar zu erhaschen.

Im Foyer des Filmtheaters stand ein Fernsehteam mit Jack Julip von der Jack-Julip-Show bereit. Er machte mit jedem, der ihm interessant genug schien, ein Kurzinterview.

Eifrige Fotoreporter wieselten umher, die Blitzlichter schußbereit, um die wogende Fülle der Busen und die Parade langer, schlanker Beine einzufangen.

Stu Waterman, Public-Relations-Chef der Now Productions, verschwand innerhalb von zwanzig Minuten zum fünftenmal in der Herrentoilette, um einen Schluck Whisky aus einem echt vergoldeten Flachmann zu nehmen.

Alles ging schief, nichts klappte. Carol Shipman, die in ›Zwölf Gewehre‹ zehn Tage splitternackt gedreht hatte, hatte sich geweigert, bei der Premiere in demselben Zustand hoch zu Roß zu erscheinen – hatte es abgelehnt, weil sie es würdelos fand. Würdelos, in der Tat! Und das mußte er sich von einer kleinen englischen Nutte sagen lassen, die sich jedem einigermaßen männlichen Wesen anbot, das in ihre Nähe kam.

Stu war außer sich. Als Alternative war ihm nur Cindy Lawrence geblieben, ein Starlet mit einer Oberweite von hundertfünfzehn Zentimetern, das noch nie irgendwo aufgetreten war.

Cindy trug eine lange, wallende Perücke, die nichts verdeckte, und auf ihrem Körper prangte in Plakatfarben der Filmtitel ›Zwölf Gewehre‹. Stu half ihr hinter dem Filmtheater in den Sattel, und sie ritt mit ihrer aus fünf Cowboys bestehenden Eskorte um das Gebäude herum nach vorn.

Stu raste durch das Kino und mobilisierte Fotoreporter und Fernsehkameraleute.

Er kam gerade rechtzeitig, um Cindy heranreiten zu sehen. Das Pferd, durch die Schreie der Menge nervös geworden, scheute sofort, warf Cindy ab, und sie brach sich einen Arm. Dabei zeigte sie natürlich noch viel mehr, als von der Regie vorgesehen war.

Irgendwie erzielte eine nackte Blondine, die in einer alles andere als anmutigen Stellung mit wogendem Busen auf dem Gehsteig lag, nicht die ursprünglich beabsichtigte Wirkung.

Carol Shipman erschien in einer Art Nonnengewand, ohne Make-up, das Haar straff zurückgekämmt. Stu mußte seinen eigenen Fotografen anschubsen, damit er ein Bild von ihr schoß. Jack Julip beachtete sie nicht einmal.

»Ich dachte, ich hätte Ihnen gesagt, Sie sollen sexy aussehen«, zischte Stu ihr zu.

Sie sah ihn an und machte sich nicht einmal die Mühe, ihm zu antworten.

Stu biß sich zornig auf die Lippen. Wo waren nur all die neuen Stars? Diese kleinen Flittchen durfte man nicht einmal bitten, sich mit dem Kamm durch die Haare zu fahren.

Angel Carter traf ein – ganz rotes Haar und weißer Pelz. Die Menge drängte nach vorn, die Blitzlichter blitzten, Jack Julip hielt sie am Arm fest, damit sie ihm ja nicht auskam. Stu seufzte erleichtert auf und lief nach hinten, um zu sehen, was dort passierte.

Sein Assistent Mike half eben einer Brünetten mit einem auffallend runden Hintern auf ein Pferd.

»Wer ist das?« fragte Stu.

»Keine Ahnung«, antwortete Mike. »Sie ist mit Brad Lamb zusammen, und er steigt auf kein Pferd.«

»Hol sie wieder runter! Meine Absicht war, daß die Stars auf Pferden eintreffen. Ich habe die ganze Sache schließlich nicht für einen Haufen unbekannter Sexmiezen aufgezogen.«

Mike half dem Mädchen vom Pferd. Es starrte Stu finster an, während er wieder an seiner Flasche nuckelte.

Im selben Moment fuhr ein weißer Bentley vor, und der Chauffeur öffnete Dindi Sydne und ihrem Begleiter die Wagentür.

»Hallo, Dindi, Schätzchen.« Stu umarmte sie. Sie trug nur sehr knappe schwarze Ledershorts, einen mit goldenen Pailetten besetzten BH und Stiefel bis an die Oberschenkel. »Ich habe da einen kleinen Stunt geplant, für den du genau die Richtige bist«, sagte er.

Sie kicherte. »Los, sag schon, was es ist, Baby. Du weißt, ich tu alles.«

»Du hast recht gehabt«, sagte Charlie gereizt zu Thames, »heute abend hätte ich einen Rolls-Royce mit Chauffeur haben sollen.«

Sie steckten seit zehn Minuten in einem Verkehrsstau.

Thames betrachtete sich im Spiegel einer riesigen Puderdose. »Ob Chauffeur oder nicht, wir wären auf jeden Fall hier steckengeblieben«, meinte sie.

»Wir könnten aussteigen und zu Fuß weitergehen.«

»In dieser Menge? Machst du Witze?« Sie klappte energisch die Puderdose zu. Sie sah hinreißend aus – fand sie.

Ein Ordnungsmann kam auf sie zu, verglich die auf die Windschutzscheibe geklebte Nummer mit den Nummern in seinem Buch und sagte: »Mr. Brick?«

Charlie nickte.

»Biegen Sie bitte an der nächsten Seitenstraße ab, Mr. Brick – Sir. Wir haben für Sie eine Möglichkeit, rascher ins Theater zu kommen.«

»Aber mich erwartet vor dem Kino ein Fahrer.«

»Das ist alles geregelt, Sir.«

Charlie zuckte mit den Schultern.

Er bog an der bezeichneten Straße ab und wurde sofort von einem weiteren Ordnungsmann angehalten.

»Schau doch mal, was für eine Menge Pferde«, sagte Thames. »Das ist sicherlich irgendein Gag.«

Mike lief auf sie zu, reichte ihnen die vor Nervosität schweißfeuchte Hand. »Ich bin der Assistent von Stu Waterman«, sagte er. »Stu dachte, es wäre vielleicht für Sie und die Dame recht hübsch«, er starrte Thames unverhohlen an, »Ihren Auftritt hoch zu Roß zu haben. Sie beide auf einem Pferd, wenn Sie wollen.«

»Auf einem Pferd – das wäre irre«, jubelte Thames.

Charlie lachte laut auf. »Nicht mit mir, mein Freund. Ich bin bisher nur ein einziges Mal auf einem Pferd gesessen, und da wurde ich gut dafür bezahlt. Außerdem landete ich damals auf meinem verlängerten Rücken.«

»Ich glaube nicht, daß es Gage dafür gibt«, entgegnete Mike ernst. Er wünschte, Stu käme wieder. Es war nicht fair, ihm hier hinten die Pferde aufzuhalsen.

»O Charlie«, schmeichelte Thames, »es wäre einfach riesig. Bitte machen wir's doch!«

»Vergiß es!« antwortete Charlie kurz und bündig.

»Sie würden von fünf Cowboys begleitet«, sagte Mike. »Es wäre überaus wirkungsvoll. Alle tun es.«

»Nun, ich jedenfalls nicht«, sagte Charlie. »Aber ich halte dich nicht zurück, du kannst es ruhig machen«, wandte er sich an Thames.

»Allein kann ich es nicht«, antwortete sie mürrisch. Sie wollte die Gelegenheit, mit Charlie anzukommen und gesehen zu werden, auf keinen Fall versäumen.

»Was für eine irre Idee!« sagte Branch.

Die Vorstellung, vor dem Filmtheater hoch zu Roß anzukommen, Sunday vor sich und mit einer Begleitmannschaft von fünf Cowboys, gefiel ihm außerordentlich gut.

Sunday war davon weniger beeindruckt. »Los, reite du nur zu, Branch«, sagte sie. »Wir treffen uns dann im Foyer.«

»He, Schätzchen, was soll das? Du bist mit mir gekommen. Ich halte dich fest, ich lasse dich nicht hinunterfallen.«

»Davor habe ich keine Angst, ich will nur – eh – ich will es einfach nicht tun.«

Stu Waterman hatte geduldig zugehört. Er faßte Sunday beschwörend am Arm. »Schätzchen, denken Sie an die Publicity, denken Sie an die TV-Kameras, denken Sie . . .«

Sunday schüttelte seine Hand ab. »Ich finde, es ist ein dummer Gag.«

Branch hüstelte verlegen. »He, Stu, vielleicht sollte ich allein hinausreiten, und Sunday kommt mir entgegen und begrüßt mich?«

»Ich tue auch das nicht«, sagte Sunday rasch. Sie war es müde und hatte es satt, sich ständig in etwas hineinstoßen zu lassen.

»Jetzt hören Sie mal zu, Baby«, sagte Stu Waterman, »Sie haben es mit Hilfe von Publicity geschafft, und Sie stehen noch immer ganz am Anfang. Da hilft jede Kleinigkeit.«

»Davon bin ich überzeugt, Mr. Waterman«, antwortete Sunday freundlich, »und zwar Ihnen.« Sie setzte sich wieder in den Wagen und sagte zu Branch: »Wir treffen uns im Foyer, wie ich schon sagte.«

Hin und her gerissen zwischen dem Wunsch, bei seiner Ankunft mit Sunday gesehen zu werden, und der Verlockung, auf einem schönen weißen Hengst in die Arena einzureiten, trat Branch unschlüssig von einem Fuß auf den anderen. Stu half ihm aus dem Dilemma.

»Kommen Sie, Junge«, sagte er, »Sie machen morgen Schlagzeilen – der Warren Beatty aus den Bergen.«

Nachdem Herbert am Strand alles erledigt hatte, parkte er die Limousine ein paar Blocks vom Cinerama Dome entfernt, schloß sie ab und ging zu Fuß weiter, um sich unter die Menge zu mischen, die sich vor dem Eingang drängte. Rücksichtslos schob er sich in die erste Reihe vor, ohne auf die Beschimpfungen und die Flüche zu achten, die ihm an den Kopf geworfen wurden, während er sich mit Ellenbogen und Knien immer weiter arbeitete.

In der ersten Reihe angekommen, quetschte er sich zwischen zwei ältere Schönheiten und eine Gruppe Teenys.

Die Schönheiten schüttelten traurig die Köpfe und sagten: »Wer kann sich heute schon mit Joan Crawford vergleichen?«

Die Teenys kreischten: »Dort kommt Randy! Ja, er ist es. Sieht er nicht fan-ta-stisch aus?«

Herbert legte einem der hüpfenden Mädchen die Hand auf den Hintern. Sie schien nichts zu merken. Sie trug sehr knappe, aufgerollte Jeans und einen hautengen Sweater, der nur bis unter die Rippen reichte.

Abscheulich, wie manche Mütter ihre Töchter umherlaufen ließen. Er drückte der Kleinen die Pobacke ganz leicht, sie hörte auf herumzuhüpfen und drehte sich um. Dann stieß sie eine Freundin an, flüsterte ihr etwas zu, und die beiden kicherten.

Ohne fühlbare innere Erregung beobachtete Herbert die Ankunft von Angel Carter, die früher in den Genuß seiner Briefe gekommen war, jedoch nie das Glück gehabt hatte, ihn kennenzulernen. Dieses Privileg blieb Sunday Simmons vorbehalten – und heute abend war es soweit.

Sunday traf ein, als Charlie mit Jack Julip sprach.

Sie ging allein, schien zu zögern. Die Kameraleute stürzten auf sie zu. Jack beendete rasch das Interview mit Charlie und winkte einem seiner Assistenten, Sunday zu ihm zu bringen.

Er schüttelte Charlie die Hand, und die Geste wirkte irgendwie verlogen. Thames, die ein wenig zur Seite gedrängt worden war, sagte leise zu Charlie: »Der Kerl ist ein Lump, seine Show stinkt, und er selber auch.«

Aus dem Augenwinkel beobachtete Charlie, daß Sunday es ablehnte, interviewt zu werden. Jack Julips erstaunte, ja sogar schockierte Miene zu sehen, war unbezahlbar. In seiner Verwirrung packte er Thames und verkündete: »Und diese hübsche junge Dame, die Charlie Brick begleitet, ist unser neuester Star . . .« Er überließ es Thames, ihren Namen zu nennen.

Thames strahlte, küßte ihn, sagte: »Sie sind ein Schatz, Jack«, und fuhr fort, die Leute mit Einzelheiten darüber zu langweilen, wie sie in ihrem letzten Film – um der Kunst zu dienen – auch die letzten Hüllen abgeworfen hatte.

Charlie ging zu Sunday hinüber. »Sie schulden mir eine

Erklärung. Ganz zu schweigen«, fügte er scherzend hinzu, »von dem Geld für die Sachen, die ich Ihnen besorgen ließ . . .«

»Sind Sie auf einem Pferd gekommen?« fragte sie.

»Nein.«

»Dann kriegen Sie auch Ihr Geld von mir.«

Sie lachten beide.

»Mit wem sind Sie hier?« fragte Charlie.

»Branch Strong. Er muß jeden Moment hoch zu Roß erscheinen.«

»Wenn ich das gewußt hätte, hätten wir die Partner tauschen können. Auch Thames war ganz wild darauf, sich in den Sattel zu schwingen.«

Sunday lächelte. »Tut mir leid, daß ich davonlief. Ich sollte Ihnen wirklich alles erklären. Sie waren so nett und verständnisvoll.«

»Wie wäre es mit später? Thames hat eine Nacktszene, die sie unbedingt mit mir probieren möchte, aber ich bin nicht in der richtigen Stimmung.«

Er hätte die Worte am liebsten sofort wieder zurückgenommen. Sunday erstarrte, sah ihn mit einem kalten Lächeln an und sagte: »Tut mir leid, aber ich habe zu tun. Wenn Sie mir jetzt noch sagen würden, was ich Ihnen schulde, schicke ich Ihnen morgen einen Scheck.«

»Ich will das Geld nicht, es war doch nur ein Scherz.«

»Aber ich schulde es Ihnen, ich bestehe darauf, es Ihnen zurückzugeben.«

Ein unerschrockener Fotograf schoß eine ganze Serie von Bildern von ihnen, und als das Interview beendet war, kam Thames und nahm Charlie besitzergreifend bei der Hand.

»Ich denke, wir sollten hineingehen«, sagte sie.

»Wir haben noch eine Menge Zeit, Schatz. Kennt ihr beiden euch eigentlich?«

Herbert war zufrieden, als er sah, daß Sunday Simmons eingetroffen war. Sie war jetzt im Kino und gut aufgehoben, und alles ging wunderschön glatt. Er sah auf die Uhr und drängte sich dann, in entgegengesetzter Richtung diesmal und weniger aggressiv, wieder durch die Menge.

## 56

Im Kinosaal suchten die Besucher ihre Plätze auf und verrenkten sich pausenlos die Hälse, um zu sehen, wo diese und jene saßen.

Es war wichtig, wo man saß, daß man weder auf die Seite oder nach hinten oder auf die billigeren Plätze abgeschoben wurde.

Charlie hatte gute Plätze, und Thames war entzückt. Bisher hatte sie Premieren meist nur mit zweitrangigen Schauspielern besucht. Die Karten, die sie bekam, waren gewöhnlich schlecht. Die Filmgesellschaft wünschte sie bei Premieren zu sehen, weil es für ihre Publicity gut war, wenn sie im Foyer posierte, aber gute Plätze gab man ihr nicht.

»Ist Jack Julip nicht fantastisch?« fragte sie begeistert, fuhr sich mit der Zunge über die Lippen und lächelte einem Fotografen zu, dem es gelungen war, in den Saal zu schlüpfen.

Sunday und Branch saßen ein paar Reihen hinter Charlie und Thames, direkt neben dem Mittelgang.

Branch war nervös, und ihm war übel. Zwei Reihen vor ihm saß Maxwell Thorpe in seinem neuen violetten Dinnerjackett und an seiner Seite Oliver Ritz. Oliver war zart, dunkel und hübsch. Wie Branch hatte auch er eine kleine Rolle in ›Zwölf Gewehre‹ gehabt, aber es war allgemein bekannt, daß er schwul war bis in die Knochen. Bis vor ein paar Tagen hatte er ganz offen mit einem sehr berühmten männlichen Star zusammengelebt.

Branch schluckte hart und trocken. Er hatte Sunday sehr gern, aber nicht gern genug, um sich seine ganze Zukunft zu verderben. Hätte er geahnt, daß Maxwell eine solche Rache plante, hätte es von vornherein nicht den geringsten Zweifel gegeben, mit wem er zur Premiere gegangen wäre.

Verdammt, er wohnte gern in einem großen Haus in Hollywood. Er mochte es, wenn ihm zwei Autos zur Verfügung standen und er wählen konnte, ob er einen Excalibur oder einen Lincoln fahren wollte. Er ging gern zu Cy Devore in den ›Laden‹ und bestellte, was sein Herz begehrte.

Würde er das nach heute abend noch können? Oder wollte

Maxwell Thorpe ihm auf diese Weise zu verstehen geben, daß er out war?

Sunday schloß die Augen und wünschte, der Film würde endlich beginnen. Sie haßte diese Falschheit, die geheuchelte Herzlichkeit von Leuten, die sie nicht einmal mehr grüßen würden, wenn mit ihrer Karriere etwas schiefging, was sehr leicht passieren konnte, denn Claude Hussan würde sie nicht schonen.

Sie hatte bereits beschlossen, Branch nach dem Film nicht zu der großen Party zu begleiten. Sie wollte behaupten, sie habe furchtbare Kopfschmerzen, und es war ihr wirklich egal, ob er ihr glaubte oder nicht. Sie hatte keine Lust mehr, immer auf eigene Kosten nett zu den Menschen zu sein.

Branch zerbrach sich inzwischen den Kopf, wie er es anstellen konnte, Sunday loszuwerden, um Max zu versöhnen, indem er ihn auf die Party mitnahm. Er mußte sich irgendeine Ausrede einfallen lassen und sie mit dem Chauffeur nach Hause schicken.

Fast war er schon entschlossen, sich zu Max durchzudrängen, und ihn einzuladen, doch da gingen die Lichter aus, und der Film begann.

Im Foyer sagte Stu Waterman zu Mike: »Es interessiert mich einen Scheißdreck, was du mit den Pferden machst. Nur schaff sie von hier weg!«

Das Fernsehteam packte ein, die Fotoreporter waren schon gegangen. Die Menge hatte sich verlaufen, die Polizei war abgerückt.

Stu nahm einen Schluck aus seiner Flasche und fluchte, als er feststellte, daß sie leer war. Er brauchte Urlaub, sein Magengeschwür brachte ihn um. Für Schauspieler zu arbeiten war eine miserable Art, sich seinen Lebensunterhalt zu verdienen.

Herbert saß im Wagen. Seine Handteller waren schweißnaß, doch äußerlich blieb er gelassen. Es war sehr wichtig, ruhig zu bleiben, sich ganz normal zu benehmen.

Er ließ die große Limousine an, die sich langsam in Bewegung setzte.

Er sah noch einmal auf die Uhr. ›Zwölf Gewehre‹ lief jetzt genau eine Stunde.

Er fuhr den Wagen auf den Parkplatz des Filmtheaters und stieg aus. Er schloß den Kofferraum auf, nahm eine braune Papiertüte heraus und legte sie in den Fond des Wagens. Dann schloß er sorgfältig ab und betrat das Kino.

Charlie hatte es bisher für unmöglich gehalten, daß jemand soviel reden konnte. Während des ganzen Films gab Thames, aus dem Mundwinkel sprechend wie ein Südstaatengangster, ihre Kommentare ab.

»Siehst du den Kerl – mit dem bin ich in die Schauspielschule gegangen. Und der da – Baby, was für ein toller Hecht! Lebt mit zwei Mädchen zusammen und treibt es Tag und Nacht . . . Also wirklich, die hat die mieseste Figur, die ich je gesehen habe! Wo haben sie die denn her? Schau dir bloß diese Titten an, hängen runter wie die von meiner Oma . . .«

»Wirst du wohl still sein!« zischte Charlie ihr zum zwanzigstenmal zu.

Schmollend folgte Thames ungefähr eine Minute lang dem Geschehen auf der Leinwand. Dann: »Schamhaare in einem Western! Wau! Was kommt denn noch alles?«

»Jetzt hör mir mal zu«, sagte Charlie verärgert, »wenn du nicht sofort still bist, gehe ich, und du kannst mit dir selber reden. Ich halte das nicht aus.«

Thames kaute an einem Fingernagel. Jack Julip hatte ihr einen Auftritt in seiner regelmäßigen TV-Show versprochen, falls sie es schaffen konnte, später bei ihm vorbeizukommen, damit man die Sache besprechen konnte. Es war ein verlockendes Angebot. So gern sie auch mit Charlie zu der Party gehen wollte, vielleicht war eine Fernsehshow eine lohnende Sache.

»He«, sagte sie, »schau dir doch den Hintern dieses Kerls an! In diesem Film gibt es mehr nackte Hintern als . . . O Kalkutta!«

Sunday fand den Film langweilig und widerwärtig. Er war eine reine Mischung aus Sex und Gewalt.

Branch war wie hypnotisiert. Eben war er in Großaufnahme zu sehen gewesen, und – Junge! – war er fotogen. Sogar die Windpockennarbe neben seinem Mund machte sich gut. Das war die beste Szene des ganzen Films: vier Großaufnahmen und zehn Zeilen Text.

Herbert ging durch das jetzt sehr stille Foyer zur Kasse, an der ein Mädchen saß, das sich die Fingernägel feilte und überlegte, daß es doch viel hübscher war als alle weiblichen Stars, die es heute abend gesehen hatte.

»Ich habe eine dringende Nachricht für Miß Sunday Simmons«, sagte Herbert. »Wissen Sie, wo sie sitzt?«

Das Mädchen musterte Herbert, der in seiner Chauffeuruniform sehr durchschnittlich und ordentlich aussah. Man mußte heute vorsichtig sein, es liefen zu viele Irre frei herum. In den Fußboden der Kasse war eigens ein Alarmknopf eingelassen, den die Kassiererin sofort betätigen mußte, wenn sie beraubt oder überfallen wurde oder irgendwelche Verrückten auftauchten. Aber dieser Mann war bestimmt in Ordnung.

»Wo sie sitzt, weiß ich nicht«, antwortete sie, »aber sie ist bestimmt hier, ich habe sie hereinkommen sehen. Vielleicht weiß es der Junge, der die Karten abgerissen hat. Das heißt, ich glaube, er weiß es sogar bestimmt. Er übersieht nie eine Berühmtheit.«

»Wo finde ich ihn?« Herbert warf einen raschen Blick auf seine Uhr.

»Oh, er steht bestimmt hinten. Der große Junge ist es.«

Fünf Dollar Trinkgeld, und der große Platzanweiser begleitete Herbert sofort zu Sundays Platz.

Auf der Leinwand knöpfte sich Branch langsam das Hemd auf und blickte starr in die Kamera.

Der Platzanweiser beugte sich über Branch und sagte mit lautem Bühnenflüstern: »Miß Simmons, es tut mir sehr leid, Sie stören zu müssen, aber Ihr Chauffeur ist hier. Er sagt, es sei sehr dringend.«

»Dringend?« wiederholte Sunday erschrocken.

Auf der Leinwand knöpfte Branch langsam seine Jeans auf und blickte starr in die Kamera.

Sunday stand auf und stieß ihn leicht an, da er von seiner eigenen Erscheinung auf der Leinwand völlig überwältigt schien. Er rührte sich nicht und schob sie nur hastig beiseite, als sie sich an ihm vorbeiquetschte.

Die Kamera fuhr jetzt ganz nahe an sein Gesicht heran, das die ganze Leinwand füllte. Was Max jetzt wohl empfindet? dachte Branch. Er merkte kaum, daß Sunday ging.

»Der Junge ist wahrhaftig ein saftiges Stück«, sagte Thames. »Ich habe gehört, er ist schwul. Was für eine Verschwendung! Ich wette, ich könnte . . .«

Charlie stand auf. Es gab auf der ganzen Welt keinen einzigen Grund, warum er bleiben und das ertragen sollte. Egal, mit welchen Namen sie ihn später belegte. Er ging.

Im Foyer übernahm Herbert das Kommando. Er schob den Platzanweiser zur Seite, der in seinen Taschen nach einem Kugelschreiber suchte, weil er ein Autogramm wollte, und sagte hastig: »Wir müssen uns beeilen, Miß Simmons. Der Junge hatte einen Unfall. Man hat mich geschickt, um Sie sofort zu ihm zu bringen.«

Sunday wurde blaß. Wenn Claude Hussan dem Kind auch nur ein Haar gekrümmt hatte . . . »Ist es schlimm?« fragte sie, und die Worte blieben ihr beinahe in der Kehle stecken.

Herbert nickte ernst, schob sie fast grob durch das Foyer und hinaus auf den Parkplatz. Höflich hielt er ihr die Wagentür, während sie einstieg. Dann erlaubte er sich einen kleinen Seufzer der Erleichterung. So weit, so gut. Sie saß in der Falle.

## 57

Sunday lehnte sich auf dem Sitz zurück und schloß die Augen. Wenn Jean-Pierre ihretwegen etwas zugestoßen war – sie ertrug nicht einmal den Gedanken.

Was war überhaupt passiert? Sie konnte in dem Wagen überhaupt nichts sehen. Der Chauffeur war durch eine schwarze Glasscheibe von ihr getrennt, und die Fensterscheiben waren so getönt, daß sie nicht hinaussehen konnte.

Sie tastete nach dem Knopf, der den Mechanismus der Trennscheibe zwischen ihr und dem Chauffeur auslöste, aber obwohl sie ganz fest draufdrückte, funktionierte er nicht.

Sie beugte sich vor und klopfte an die Scheibe. Der Chauffeur rührte sich nicht, der Wagen fuhr im selben Tempo weiter.

Ganz allmählich dämmerte es Sunday, daß sich Claude vielleicht einen sehr schlechten Scherz mit ihr erlaubte.

Auf dem Fahrersitz gestattete Herbert sich ein triumphierendes Lächeln. Es war alles so leicht gewesen. Aber natürlich lag das vor allem an seiner meisterhaften Planung.

Er hörte sie an die Trennscheibe klopfen und lächelte breiter. Er würde sich ihr nicht allzuschnell zu erkennen geben. Sollte sie sich ruhig die schrecklichsten Dinge vorstellen. Es würde ihr nur guttun, sich ein bißchen zu ängstigen. Frauen waren heutzutage viel zu selbstsicher, bekamen alles auf einem Tablett serviert. Nachdem er sich Miß Sunday Simmons vorgenommen hatte, würde ihr klar sein, wer der Herr war.

Der Wagen fuhr langsamer. Eine Verkehrsampel? Als er anhielt, versuchte Sunday die Tür zu öffnen. Sie war fest verriegelt. Dann fuhr der Wagen wieder an.

Sie hatte keine Angst. Nichts, was Claude ihr antun konnte, konnte ihr noch Angst einjagen. Sie machte sich nur Sorgen um das Kind. Wollte er sie mit Jean-Pierre erpressen, damit sie den Film zu Ende drehte? Die beiden wären dazu imstande. Sie traute ihnen alles zu. Diesen Branch sollte der Teufel holen! Saß da und himmelte sich selbst auf der Leinwand an, statt sie zu begleiten. Er hätte sie nicht allein weggehen lassen dürfen!

Sie lehnte sich wieder zurück und bereitete sich auf das Zusammentreffen mit Claude vor.

Im Foyer des Kinos bekam Charlie plötzlich Gewissensbisse. War es nicht gemein, Thames allein zu lassen? Aber ein Mädchen wie sie würde nicht lange allein sein.

Aber würde sie sich nicht trotzdem wie eine Närrin vorkommen? Nun, sie war ja eine, und es war ihre eigene Schuld. Sie hatte ihn mit ihrem unaufhörlichen Geschwätz zum Wahnsinn getrieben. Außerdem war der Film miserabel. Vielleicht konnte er einen Wagen mieten, der sie abholte. Das war das wenigste, was er für sie tun konnte.

Als er zu seinem Wagen ging, glaubte er ein Stück weiter vorn Sunday zu sehen. Sie stieg eben in einen schwarzen Lincoln. Der Chauffeur kam ihm irgendwie bekannt vor. War das nicht dieser Herbert Sowieso, den Clay an ihn ausgeliehen hatte?

Er ging schneller. Sie waren offenbar beide der Meinung, daß der Film nichts taugte, vielleicht war das eine gemeinsame Basis, und Sunday ging doch noch mit ihm essen.

Bevor er den Wagen jedoch erreicht hatte, fuhr der in die entgegengesetzte Richtung davon. Charlie stieg in seinen Shelby Mustang. Vielleicht fuhr er ein Stückchen hinter ihr her, um zu sehen, wohin sie wollte. Schließlich hatte er nichts anderes zu tun.

Herbert schaltete die Sprechanlage ein und sagte in das kleine Handmikrofon: »Wir haben den Jungen. Es ist ihm nichts geschehen, und es wird ihm auch nichts geschehen, solange Sie alles tun, was wir Ihnen befehlen.«

»Wer ist ›wir‹?« fragte Sunday ärgerlich. »Wo ist Mr. Hussan?«

Herbert antwortete nicht sofort, er war über ihren Zorn verblüfft. Er hatte erwartet, daß sie eingeschüchtert, verängstigt sein würde.

»Wir haben das Kind«, fuhr er dann fort. »Seine Sicherheit hängt allein von Ihrem Verhalten ab. Mr. Hussan kann Ihnen jetzt nicht helfen. Sie sind in unseren Händen. Sie müssen gehorchen und müssen still sein. Sonst endet das Kind wie der Hund.«

»Was für ein Hund?« fragte Sunday, von jäher Furcht gepackt. Sie hatte die Stimme des Mannes schon irgendwo gehört.

»Schauen Sie in das Paket, das rechts in der Ecke liegt.«

Plötzlich ging die Innenbeleuchtung an, und Sunday sah

sich um. Sie hatte das Gefühl, in einer schwarzen Zelle gefangen zu sein. Der Wagen fuhr immer weiter, und sie konnte durch die schwarzen Scheiben überhaupt nichts sehen.

Auf dem Sitz lag eine braune Papiertüte. Sie berührte sie. Sie war feucht. Sunday griff hinein und schrie auf. Die Tüte enthielt Limbos Kopf.

Marge Lincoln Jefferson steckte noch eine Praline in den Mund. Sie war verärgert. Seit sie Herbert gesagt hatte, daß Louella Geld wollte, hatten die beiden sie beiseite geschoben.

Louella speiste sie mit Ausreden ab, wenn sie sie besuchen wollte. Sie ließ sie nicht einmal mehr ins Haus.

»Was ist mit dem ›Kreis der Freunde‹?« jammerte Marge. »Wann findet der nächste Abend statt?«

»Das kann ich noch nicht sagen«, antwortete Louella hastig und warf ihr die Tür vor der Nase zu.

Herbert war nicht besser. Er war immer schwierig gewesen, aber jetzt konnte sie überhaupt nichts mehr recht machen, er schrie nur noch mit ihr herum und verhöhnte sie unaufhörlich.

Wieder einmal war der Fernseher ihre einzige Gesellschaft, und man hatte ihnen angedroht, ihn wegzuholen, weil Herbert die letzte Rate nicht bezahlt hatte.

Marge saß da und brütete. Sie wußte, daß die beiden etwas vorhatten, denn Herbert war heute morgen erstaunlich vergnügt gewesen. Ehe er ging, hatte er ihr sogar noch eine große Pralinenschachtel geschenkt. Sie war sprachlos gewesen vor Staunen.

Im Nebenhaus hatte den ganzen Tag eine ungewöhnliche Betriebsamkeit geherrscht. Louella und ihr Mann hatten immer wieder Pakete und Koffer herausgebracht und in ihrem Kombi verstaut, als wollten sie verreisen.

Marge steckte noch eine Praline in den Mund und ging wieder zum Fenster. Sie konnte genau beobachten, was vorging. Falls sie einen Abend mit dem ›Kreis der Freunde‹ veranstalten wollten, dann würde sie dabeisein.

»Hör jetzt genau zu«, sagte Herbert. Sie näherten sich ihrem Ziel, und er mußte ihr die entsprechenden Anweisungen geben.

Sunday kauerte im Fond, von dem Paket mit seinem gräßlichen Inhalt so weit entfernt wie möglich. Daß sie den Menschen, dem diese tonlose Stimme gehörte, nicht sehen konnte, machte alles noch schlimmer.

»Wer sind Sie?« fragte sie noch einmal.

»Hör zu«, wiederholte Herbert schroff, »wenn du gut zuhörst und tust, was von dir verlangt wird, passiert gar nichts. Wenn du nicht tust, was ich dir sage, wird der Junge sterben wie der Hund.«

»Wieviel wollen Sie? Ich habe Geld. Ich kann Geld besorgen. Wieviel?«

Herbert überlegte. Der Gedanke, daß er von ihr Geld bekommen könnte, war ihm noch gar nicht gekommen. Es war ein reizvoller Gedanke, aber noch viel mehr reizte es ihn, seinen ursprünglichen Plan auszuführen.

»Kein Geld. Geld kann dem Jungen nicht helfen. Wir fahren zu einem Haus. In diesem Haus wirst du tun, was man von dir verlangt. Du wirst mit niemandem sprechen, nur mit mir. Ein Wort am falschen Ort, und das Kind muß sterben. Es sind Leute in dem Haus, die auf ein Signal von mir handeln werden, also versuch nichts Unüberlegtes. Hast du verstanden?«

»Ja, ich verstehe.« Sunday zerbrach sich den Kopf, um sich zu erinnern, wo sie diese Stimme schon gehört hatte. »Und was soll ich tun?«

»Nichts, was du nicht schon getan und mit großem Vergnügen getan hättest. Du hättest auf mich warten sollen, dann würde ich dich jetzt nicht zwingen, das zu tun ...«

»Auf Sie warten? Ich kenne Sie nicht.«

»O ja, du kennst mich.«

Es war wie die Fortsetzung des Alptraums, den sie in Palm Springs erlebt hatte. Ihr war übel, sie saß in der Falle. Dahinter konnte nur Claude Hussan stecken. Sie begriff nur nicht, wie er so grausam sein konnte, Jean-Pierre hineinzuziehen. Und wer war der Wahnsinnige am Steuer des Wagens? Sie kannte seine Stimme ... Wer war er?

Charlie langweilte sich allmählich. Sunday hinterherzufahren war lächerlich und kindisch. Er wußte nicht einmal sicher, ob sie tatsächlich in diesem Wagen saß. Er hatte ja nur einen flüchtigen Blick auf sie erhascht. Und wohin, zum Teufel, fuhr der Wagen? Er verließ Beverly Hills und tauchte in schmale, schäbige Straßen mit trostlosen, kleinen Häusern ein.

Zweimal beschloß Charlie anzuhalten, und zweimal überlegte er es sich wieder anders. Nachdem er schon so weit gefahren war, wollte er auch sehen, wohin sie fuhr. Natürlich würde er sich ihr nicht zeigen, es wäre zu peinlich, gestehen zu müssen, daß er sie verfolgt hatte.

Anscheinend interessierte er sich für sie ... Nein, es war ein stärkeres Gefühl. Sie hatte etwas an sich ... Nun ja, sie hatte eben etwas an sich.

Esmé Mae warf noch einmal einen Blick auf Jean-Pierre. Er schlief fest, seine langen schwarzen Wimpern lagen auf den im Schlaf geröteten Wangen. Wo war eigentlich dieses kleine Kerlchen, der Hund? Sie hatte Limbo schon überall gesucht. Sein Abendessen wartete auf ihn, und Miß Simmons hatte gesagt, der Hund müsse unbedingt fressen.

Aber wahrscheinlich tollte er irgendwo am Strand herum, denn Esmé Mae hatte sich schon heiser geschrien.

Sie deckte Jean-Pierre gut zu und watschelte in die Küche, um sich einen starken, heißen Kaffee zu genehmigen.

## 58

Der Wagen hielt.

Die Stimme sagte warnend: »Vergiß ja nicht, was ich dir gesagt habe. Wenn du tust, was man dir befiehlt, steigst du in ungefähr zwei Stunden wieder in diesen Wagen, wir holen den Jungen und bringen dich nach Hause. Wenn du nicht mitmachst, dann weißt du, was dich erwartet. Das Leben des Jungen liegt in deiner Hand.«

Sie wartete stumm, bis die Stimme sich ihr zu erkennen

gab. Es hatte keinen Sinn, wenn sie versuchte, zu schreien oder wegzulaufen. Wenn er Jean-Pierre hatte, mußte sie tun, was er von ihr verlangte.

Die Wagentür ging auf, und Sunday sah, daß sie in einer stillen Straße waren. Herberts Augen wichen den ihren aus, als er sie am Arm faßte und ihr beim Aussteigen half. Sie war fast sicher, daß sie ihn noch nie gesehen hatte.

Schweigend führte er sie über einen schmalen Weg zu einem schäbigen kleinen Haus und klopfte energisch an die Tür.

Eine Frau öffnete. Sie war klein und zerbrechlich, trug ein grellgrünes Satinkleid und war mit unechtem Schmuck behängt.

Der Chauffeur und die Frau wechselten kein Wort, aber ihre Augen musterten Sunday rasch und neugierig.

Herbert dirigierte sie über eine knarrende Treppe in ein Schlafzimmer und machte hastig die Tür zu. Er schwitzte am ganzen Körper. Seine Kleider schienen ihm zu eng, seine Haut war feucht. Er sehnte sich nach einer Dusche.

Er lehnte sich an die Tür.

»Zieh dich aus!« knurrte er.

Sunday bückte sich langsam, zog zuerst die Stiefel aus, wandte ihm dann den Rücken zu, schlüpfte aus der Hose und knöpfte die Tunika auf. Darunter trug sie Schlüpfer und BH, beides fleischfarben.

»Alles runter!« sagte Herbert. Seine Hose fühlte sich unangenehm eng an.

»Sagen Sie Claude, der – Scherz sei jetzt weit genug gegangen«, sagte Sunday schwach. »Ich werde seinen verdammten Film zu Ende drehen. Ich tu's.« Sie begann zu weinen.

»Das hat nichts mit Claude zu tun, sondern mit mir – mir – mir. Weißt du nicht, wer ich bin?«

»Was wollen Sie von mir? Was habe ich getan?«

»Hör auf zu heulen und zieh die Fummel aus, die du noch anhast. Es kann einer Hure doch nichts ausmachen, wenn sie sich ausziehen muß.«

Langsam zog sie unter der Tunika den Schlüpfer aus. Er nahm ihn ihr weg und stopfte ihn in die Tasche.

Sie nestelte am Verschluß des BH, und er sagte: »Zieh das Ding aus, ich will dich nackt sehen!«

Sie fragte sich, ob er sie töten würde. Er hatte die bösesten Augen, die sie je gesehen hatte.

»Wer sind Sie?« fragte sie. »Warum tun Sie mir das an?«

»Zieh das Gewand aus«, murmelte Herbert. Er kam sich eingeschlossen vor. An seinem Hals hämmerte eine Ader. Seine Augen wurden glasig.

Sunday zog die Tunika aus und blieb vor ihm stehen.

Er starrte sie haßerfüllt an. Unstet irrten seine Augen über sie hin.

Dann befahl er, bevor es zu spät war: »Dreh dich um, und schau nicht zurück. Wenn du dich umschaust, stirbt der Junge.«

Sie wandte ihm den Rücken zu und schloß die Augen vor Entsetzen, machte ihren Körper ganz steif in Erwartung dessen, was jetzt kam.

Er riß seine Hose auf, seine Hände waren ungeschickt in ihrer Hast, und mit einem leisen, schmerzlichen Stöhnen erleichterte er sich in ihren Schlüpfer, den er aus seiner Tasche gerissen hatte.

Er machte keinen Versuch, sich ihr zu nähern. Sollte sie nur leiden, während sie darauf wartete, daß er sie berührte.

Sie hörte ihn an seiner Kleidung zerren und dann das kurze Aufstöhnen. Angewidert hielt sie den Atem an. Sie wußte, was er getan hatte.

Und plötzlich wußte sie, wer er war. Er mußte es sein. Es war der Wahnsinnige, der ihr die obszönen Briefe geschrieben hatte. Er mußte es sein. Und die Stimme – sie war jetzt fast sicher, daß es dieselbe war, die am Telefon Obszönitäten gemurmelt hatte.

Herbert fühlte sich wieder stark. Er hatte sich wieder in der Hand. Dann warf er einen Blick auf seine Uhr. Louella wartet, dachte er schuldbewußt.

»Zieh dich wieder an und komm mit«, befahl er.

Charlie parkte auf der anderen Straßenseite, ein Stück hinter dem Lincoln.

Er sah Sunday aus dem Wagen steigen, und der Chauffeur hielt ihren Arm fest und schien sie in das triste kleine Haus zu drängen.

Das war alles sehr merkwürdig. Warum sollte sie mitten aus einer Premiere weglaufen, um dann ausgerechnet hierher zu fahren? Vielleicht wohnte ihre Familie hier, doch dann erinnerte er sich vage, daß Carey ihm erzählt hatte, Sunday stamme aus Südamerika und ihre Eltern lebten nicht mehr.

Es ging ihn natürlich nichts an, und es wäre ihr wahrscheinlich entsetzlich peinlich und sie würde sich sehr aufregen, wenn sie je erführe, daß er ihr nachgefahren war.

Aber vielleicht sollte er noch fünf Minuten bleiben, um zu sehen, ob sie wieder herauskam.

Er zündete sich eine Zigarette an und fragte sich, was er plötzlich an Sunday Simmons so begehrenswert fand.

Sie war auch nur ein Mädchen wie alle anderen. Eine Schauspielerin. Hatte er sich nicht geschworen, sich Schauspielerinnen vom Hals zu halten? Aber sie war anders als die anderen, er fühlte es. Er wollte sie sehen, sie kennenlernen, mit ihr zusammensein.

Doch dieser Wunsch beruhte vermutlich nicht auf Gegenseitigkeit. In Hollywood mußte praktisch jedes männliche Wesen hinter ihr her sein. Clay zum Beispiel fing buchstäblich an zu gurren, wann immer er ihren Namen hörte.

Charlie zuckte mit den Schultern und wollte schon wegfahren, zögerte jedoch, denn während er hier gesessen und über sie nachgedacht hatte, hatten neun Männer das Haus betreten, und jetzt kam auch noch ein zehnter.

Fand hier eine Party statt? Aber wo blieben dann die Mädchen?

Er beschloß, noch ein bißchen länger zu warten.

Marge wußte sehr genau, was im Nebenhaus stattfand. Ein Abend mit dem ›Kreis der Freunde‹.

Sie kaute an den Nägeln und murmelte leise vor sich hin. Diese Louella bildete sich ein, so superschlau zu sein, und Herbert ebenfalls, und die beiden hatten ein Komplott geschmiedet und wollten sie um ihr Recht betrügen.

Nun, so klug waren sie eben doch nicht. Sie hatte das Recht, dabeizusein, wenn sich der ›Kreis der Freunde‹ traf. Sie hatte bezahlt, nicht wahr? Sie war Mitglied, nicht wahr? Sie würde auf ihr Recht pochen und teilnehmen.

Das einzige Problem war, daß sie sich nicht wohl fühlte. Sie hatte Magenschmerzen, aber die sollten sie nicht abhalten. Sie holte die Brandyflasche heraus und nahm einen ordentlichen Schluck. Dann stopfte sie sich noch zwei Pralinen in den Mund, weil der Brandygeschmack ihr so zuwider war. In ihrem Kopf hämmerte es, und ihr war schwindlig vom Alkohol.

Zur Hölle mit Louella und Herbert. Sie war unterwegs. Sie wollte ihr Recht.

Herbert flüsterte Sunday zischend ins Ohr: »Und jetzt denk dran, Hure! Kein Wort, oder der Junge geht drauf. Tu einfach, was man dir sagt. Ich werde dich keine Sekunde aus den Augen lassen.«

Sie standen im kleinen Flur des Hauses vor einer geschlossenen Tür. Sunday fröstelte, ihr war in der fast durchsichtigen schwarzen Tunika sehr kalt.

Herbert öffnete die Tür, und sie traten ein.

Der Raum wurde nur von langen schwarzen Kerzen erhellt, und überall standen nackte Männer herum – nackt, bis auf schwarze Gesichtsmasken.

Die Frau, die sie ins Haus gelassen hatte, kam mit ausgestreckten Armen auf sie zu. Auch sie war nackt, ihre schlaffen Brüste hingen weit hinunter. »Willkommen im ›Kreis der Freunde‹, meine Liebe«, sagte sie.

Sunday fuhr zurück, als die andere sie umarmen wollte, und Herbert knuffte sie bösartig in den Rücken.

Louella nahm sie bei der Hand und führte sie zu einem mit schwarzem Samt bedeckten Brett, das, von schwarzen Kerzen eingerahmt, aussah wie ein Sarg.

Es war eine unheimliche Atmosphäre – die vielen schweigenden, nackten Männer in dem flackernden Halbdunkel, Herbert, der völlig angekleidet war.

»Nimm deine Tunika ab, meine Liebe«, sagte Louella. »Leg deine Kleider ab, und du befreist dich von Sünde.«

Sunday ließ sich willenlos die Tunika abstreifen. Sie war wie betäubt. Dann führten Louella und ein Mann sie zu dem Brett, auf das sie sich legen mußte.

Louella murmelte einen Singsang vor sich hin, in den die Männer einstimmten. Sie tauchte die Finger in eine Dose mit schwarzer Creme, die sie auf Sundays Brustwarzen verrieb, bis sie schwarz waren.

Vor Ekel und Entsetzen zitternd, verkrampfte Sundays ganzer Körper, und sie bemühte sich, Louellas kurze, dicke Finger nicht zu fühlen. Sie versuchte, alle Gedanken zu verdrängen und nur Körper zu werden. Nur ihren Körper wollten sie ja. Wenn sie Geist und Seele von ihrem Körper loslösen konnte, dann würde alles gleichgültig, alles bedeutungslos, was mit ihr geschah. Dann konnten sie mit ihr tun, was sie wollten, und sie würden sie doch nicht berühren.

Sie lag ganz still. Was immer geschah, sie mußte es über sich ergehen lassen, damit Jean-Pierre nichts geschah.

Louella begann wieder mit ihrem eintönigen Sprechgesang. Sie hielten sich alle bei den Händen und schritten langsam im Kreis um sie herum. Maskierte Gesichter und nackte Körper kamen näher – näher . . .

## 59

Merkwürdig, wie die unförmig dicke Frau sich benahm . . .

Sie war aus dem Nachbarhaus gekommen, war auf die Tür zugegangen, hinter der Sunday verschwunden war, hatte es sich anders überlegt, spähte durch ein Seitenfenster ins Haus, ging wieder zur Haustür, zögerte abermals und stand jetzt auf dem verwahrlosten Rasenfleck vor dem Haus, unentschlossen, was sie tun sollte.

Charlie stieg aus dem Wagen. Er beabsichtigte, wie beiläufig um das Haus zu schlendern und dann endgültig wegzufahren. Langsam artete sein nächtlicher Ausflug in Lächerlichkeit aus. Zweifellos hatte Sunday einen guten Grund, dort zu sein, wo sie jetzt war, und auf keinen Fall ging es ihn etwas an. Er kannte sie doch nur flüchtig, hatte also kein Recht, ihr nachzuspionieren.

Marge taumelte. Sie hatte so heftige Leibschmerzen, daß sie ihr fast den Atem abschnürten. Sie wollte in das Haus hinein – einfach hineinmarschieren und sie überraschen, aber sie mußte einen Moment warten, wieder zu Atem kommen und den Schmerz abklingen lassen. Durch das Fenster konnte sie nichts sehen, sie hatten die Vorhänge diesmal fest geschlossen.

Sie kniete sich ins Gras und fiel zu ihrer Überraschung einfach um. Sie blieb liegen und hoffte, daß es ihr bald besser ging.

Charlie sah die fette Frau stürzen und erkannte, daß er durch sie eine Chance hatte, in das Haus hineinzukommen.

Er lief zu ihr hinüber. »Fehlt Ihnen etwas?« fragte er. »Kommen Sie, ich helfe Ihnen auf.«

Sie sah ihn aus kranken, gelb verfärbten Augen an und hielt ihn für ein Mitglied des ›Kreises‹. »Nimm mich mit«, murmelte sie. »Ich will mein Recht.«

»Das sollen Sie auch haben«, antwortete Charlie beschwichtigend. Die Frau sah wirklich sehr krank aus. Er zog sie in die Höhe. Du liebe Güte, was für ein Gewicht! »Kommen Sie, meine Liebe«, sagte er, »strengen Sie sich ein bißchen an.«

Sie stemmte sich hoch. »Der kleine Halunke kommt mir so nicht davon«, verkündete sie.

Zusammen schafften sie es bis zur Haustür. »Ich hab' 'n Schlüssel«, sagte Marge. Louella hatte ihn ihr vor längerer Zeit gegeben und vergessen, ihn zurückzuverlangen.

Charlie schloß die Haustür auf, und dann fiel ihm ein, daß Sunday vielleicht nicht sehr erfreut sein würde, ihn zu sehen. Sie würde natürlich erraten, daß er ihr nachgefahren war, und er würde wie ein Idiot dastehen.

Marge klammerte sich an seinen Arm. »Komm«, sagte sie, »wir wollen sie überraschen.«

Sie zog ihn zu einer Tür und riß sie auf.

Charlie konnte kaum etwas sehen. Der Raum wurde nur von Kerzen beleuchtet. Dann gewöhnten sich seine Augen an das flackernde Halbdunkel, und er sah alles.

»Ich bin gekommen, um mir mein Recht zu holen!« kreischte Marge. »Glaubt ja nicht, daß ihr mich loswerden könnt . . .«

Da war Sunday, blaß und schön und von einem Kreis nackter Menschen umringt.

Herbert, der Chauffeur, schlug die fette Frau brutal ins Gesicht.

Ach, du liebe Güte! dachte Charlie. Das ist irgendein Geheimbund. Sie huldigen der Schwarzen Magie – irgendeinem düsteren Sexkult. Und Sunday macht da mit. Kleine, dumme Idiotin.

Marge fiel schwer zu Boden und stöhnte laut.

Die nackten Männer rannten zu ihren Kleidern, die in einer Ecke aufgestapelt lagen.

Eine kleine nackte Frau bettelte: »Wartet doch! Alles kommt wieder in Ordnung. Wartet! Wir sind sie gleich los.« Sie zeigte auf den zuckenden Berg, der Marge war. »Es ist meine Schwester, sie ist nur betrunken. Wartet . . .«

Niemand achtete auf sie. Es herrschte ein riesiges Durcheinander.

Charlie stand bei der Tür. Niemand schien ihn zu bemerkten. Ungläubig schüttelte er den Kopf. Er wußte, daß Hollywood ein Irrenhaus war, in dem die Irren frei herumliefen und die Leute um des Nervenkitzels willen zu allem bereit waren, doch daß Sunday auch so war, das hätte er nicht vermutet.

Sie hatte sich nicht gerührt. Sie lag da wie hypnotisiert, makellos schön, völlig unbeteiligt.

Charlie zuckte mit den Schultern. Was sollte er noch hier? Es hatte keinen Sinn, wenn er blieb, und doch hatte er das sonderbare Gefühl, daß er zu ihr gehen und sie überreden sollte, mit ihm zu gehen, daß er sie hier herausholen sollte.

Herbert sah sich in panischem Schrecken um. Was war aus seinen Plänen geworden? Wieso war Marge hier? Er hatte ihr doch die Pralinen gegeben. Wenn sie sie gegessen hätte, müßte sie jetzt tot sein.

Jede Praline war sorgfältig präpariert gewesen, und er hatte genug Arsen genommen, um einen Elefanten zu töten.

Vielleicht war sie tot. Sie lag schrecklich still da. Es war an der Zeit, daß er von hier verschwand.

Sunday regte sich ebenfalls nicht. Sie hatte sich selbst in einen Zustand geistiger Abwesenheit versetzt, den ein Arzt als schweren Schock bezeichnet hätte.

Völlig unbeweglich wartete sie auf das Unvermeidliche. Wichtig war nur, daß Jean-Pierre nichts geschah. Das Chaos, das um sie herum herrschte, nahm sie nur ganz am Rand ihres Bewußtseins wahr, so als sei es sehr weit entfernt.

In dem Augenblick, in dem Charlie beschlossen hatte, sie zur Vernunft zu bringen, griff Herbert nach ihr. Er packte grob ihren Arm und herrschte sie an: »Los, komm mit!«

Sie gehorchte ihm widerstandslos, und er zerrte sie zur Tür, an der Charlie stand.

Zum Teufel mit allen Bedenken, dachte Charlie. Bin ich so weit gegangen, kann ich auch noch den letzten Schritt tun.

Er ging ihnen entgegen, stellte sich ihnen in den Weg.

Bevor er etwas sagen konnte, trat Herbert ihn mit ganzer Kraft in die Leisten und stieß bösartig hervor: »Aus dem Weg, Dreckskerl!«

Sunday sah ihn. Das Bewußtsein kehrte in ihre Augen zurück, und sie erkannte ihn. Als Herbert sie aus dem Haus zerrte, begann sie zu schreien. Es war, als habe Charlies Anblick sie in die Wirklichkeit zurückgeholt.

Louella hörte die Schreie. Sie hatte einen alten Morgenrock angezogen, raste im Zimmer umher und versuchte, die Ordnung wenigstens ein bißchen wiederherzustellen. Sie lief zum Fenster. Irgend etwas stimmte auf ganz entsetzliche Weise nicht. Marge lag so still auf dem Boden. Und wenn Sunday Simmons freiwillig gekommen war, warum schrie sie jetzt so?

Sie erinnerte sich wieder daran, wieso es eigentlich zu diesem besonderen Abend im ›Kreis der Freunde‹ gekommen war. Sie hatte ihn veranstaltet, weil Herbert ein Mädchen ermordet hatte.

Charlie versuchte sich aufzurichten. Herbert hatte sein Ziel genau getroffen, und Charlie krümmte sich vor Schmerz.

»Haltet ihn auf!« schrie Louella den wenigen Männern zu, die noch da waren. »Laßt es nicht zu, daß er sie zwingt, in den Wagen einzusteigen. Er ist wahnsinnig. Er wird sie töten!«

Charlie war der einzige, der darauf reagierte. Er war noch rechtzeitig genug an der Tür, um zu sehen, wie Herbert Sunday in den Fond des Lincoln stieß. Als Charlie das Auto erreichte, raste es davon.

Der Schmerz ließ nach. Charlie rannte über die Straße zu seinem Mustang und sprang hinein.

Plötzlich war alles völlig klar. Der Mann war Herbert Lincoln Jefferson, der Chauffeur, den Phillipa unglaublicher Dinge beschuldigt hatte. Und Charlie hatte sie ausgelacht und ihr gesagt, sie solle kein albernes Zeug reden.

Und jetzt hatte dieser Mann Sunday.

Der Film war zu Ende, die Leute applaudierten. Branch war glücklich und stolz, daß dieser Applaus auch ihm galt.

Er sah sich um, damit Sunday ihm gratulieren konnte, und dann fiel ihm ein, daß sie weggegangen war.

Wohin war sie gegangen? Er erinnerte sich unklar, daß jemand sie abgeholt hatte. Er überlegte, ob er sie anrufen und sich überzeugen sollte, daß alles in Ordnung war. Doch im selben Moment kam Maxwell Thorpe mit seinem neuen Freund vorbei, und Branch sprang auf.

»Ich habe sie heimgeschickt«, flüsterte er ihm zu. »Ich möchte dich auf die Party mitnehmen.«

Maxwell lächelte. »Du bist ein bißchen spät dran, mein Lieber, aber wenn du willst, kannst du mit uns gehen.«

»Gern, Max, natürlich«, antwortete Branch eifrig. »Wie hat dir der Film gefallen? Wie hab' ich dir gefallen?«

Sunday hatte er vergessen.

»Ich weiß, wer Sie sind«, sagte Sunday. Sie bemühte sich, ruhig und gelassen zu sprechen, obwohl sie in Wahrheit vor Angst fast außer sich war, als sie – noch immer nackt – auf dem Rücksitz des Wagens kauerte.

Sie wußte nicht, ob die Sprechanlage eingeschaltet war. Sie wußte nicht einmal, ob er sie hören konnte, aber sie war fest entschlossen, die Beherrschung nicht zu verlieren. Es war, das sagte ihr ein sechster Sinn, lebenswichtig für sie, daß sie gegenüber diesem Wahnsinnigen nicht die Nerven verlor.

»Können Sie mich hören?« fragte sie. »Mich friert. Haben Sie vielleicht etwas da, was ich anziehen könnte?«

Schweigen.

»Sie haben mir die Briefe geschrieben, nicht wahr?« fuhr Sunday fort. »Wohin fahren wir?«

Sie bekam keine Antwort.

Sie biß sich fest auf die Lippen. Wohin fuhren sie? Offensichtlich war sein ursprünglicher Plan mißlungen. Was jetzt? Ging es Jean-Pierre gut? Und die größte Frage von allen – woher war Charlie Brick so plötzlich aufgetaucht?

Herbert fuhr wie verrückt. Er mußte sie irgendwohin bringen, wo es ruhig war.

Er war dreizehn Jahre alt und masturbierte, als seine Tante ins Zimmer kam. Sie war viel jünger als seine Mutter, sehr schlank und hatte spitze Brüste, die sie nie versteckte.

Sie stand da und sah ihn an, die Hände in die mageren Hüften gestützt, und sie fing an zu lachen. Sie lachte und lachte und zeigte fröhlich auf seinen Penis und sagte: »Das willst du doch nicht alles verschwenden, Söhnchen?« Sie hatte ihren engen Morgenrock ausgezogen und hatte Herbert befohlen, sich hinzulegen. Dann hatte sie sich mit gespreizten Beinen auf ihn gesetzt und war, unaufhörlich lachend, auf ihm geritten.

Hinterher hatte er stundenlang unter der Dusche gestanden, sich geschrubbt und geschrubbt. Aber es dauerte tagelang, ehe er den Duft ihres billigen Parfüms wieder loswurde.

Er ging von zu Hause fort, wurde erwachsen und hatte Huren, unzählige Huren, aber helfen konnte ihm keine. Er konnte sich immer nur selbst befriedigen.

Dann lernte er Marge mit ihren großen, hüpfenden Brüsten kennen, die ihm Thunfisch auf Roggenbrot und ein kaltes Bier serviert hatte, und am Ende heiratete er sie.

Der Trick war, daß sie ihn an ein Bild erinnerte, das er in seinen Fantasien benutzte. An das Bild eines nackten Mädchens in hohen schwarzen Stiefeln, das sich, einen Fuß im Steigbügel, auf ein Pferd schwang und strahlende, kräftige weiße Zähne zeigte. Als es ihm tatsächlich gelungen war, das Mädchen auf dem Bild mit Marge zu identifizieren, klappte es ausgezeichnet mit ihr und so oft, daß sie bald schwanger wurde. Nachdem sie das erste Baby verloren hatte, wurde sie wieder schwanger, zu früh, wie die Ärzte sagten, und verlor auch das zweite. Als sie eine dritte Fehlgeburt hatte, konnte er einfach nicht mehr.

Er hätte gern ein kleines Mädchen gehabt, um mit ihm zu spielen und spazierenzugehen, aber es sollte nicht sein. Er mußte zu den Bildern zurückkehren, und später kamen die Briefe und die Telefonanrufe. Sie befriedigten ihn durchaus, doch ab und zu wollte er es wieder versuchen, und vor dem Hippiemädchen auf dem Sunset Boulevard hatte es mehrere Huren gegeben, und alle hatte er in einem Anfall von Frustration und Haß zusammengeschlagen.

Jetzt hatte er Sunday Simmons, das höchste Ziel seiner Begierden. Er mußte sich selbst beweisen, daß er es noch konnte. Andernfalls gab es keine Hoffnung für ihn, und niemand sonst sollte sie haben.

Wenn er hoch genug in die Berge hinauffuhr, konnte er irgendwo parken. Sie lag im Fond, nackt und bereit. Wenn es klappte, wenn er es tun konnte, dann würden sie miteinander fortgehen. Sie hatte genug Geld, um mit ihm nach Europa zu reisen, zu bleiben, wo es ihnen gefiel.

Wenn es nicht ging, dann hatte er nichts mehr zu verlieren. Eine Frau würde nie mit einem Mann zufrieden sein, der ihr das nicht geben konnte. Sie würde nie bei ihm bleiben. Er kannte eine Stelle hoch über Hollywood, wo er den Wagen abstürzen lassen konnte. Sie würden zusammen sterben.

Einen anderen Weg gab es nicht für sie.

## 60

Charlie überkam ein Gefühl der Unwirklichkeit. So etwas geschah doch nur in einem Film.

Aber er hatte sie schreien gehört. Er hatte gesehen, daß sie nackt in einen Wagen gestoßen wurde. Er fühlte sich, als habe er eine Menge Pot geraucht – lebendig, angeregt, überdreht.

Er holte den Lincoln ein und hängte sich an ihn. Sie fuhren nach Hollywood zurück.

Ihm fiel ein, daß er eigentlich die Polizei verständigen sollte. Er hatte Telefon im Wagen, sehr praktisch, gleich neben der rechten Hand. Wie würde sich die Geschichte anhören?

»Hallo, hier spricht Charlie Brick. Ich verfolge einen Wahnsinnigen, der Sunday Simmons in seinem Wagen entführt. Sie ist nackt.«

»Ach ja?« hörte er förmlich die gelangweilte Antwort. »Und hier spricht die Mickymaus.«

Aber was würde geschehen, wenn er die Polizei nicht verständigte? Der Lincoln würde halten, der Verrückte aussteigen – und was dann? Charlie war nicht gerade wegen seiner Körperkraft berühmt. Und was sollte er tun, wenn Herbert eine Waffe hatte?

Sobald die Verkehrssituation es zuließ, wählte Charlie die Zentrale, obwohl er kaum wagte, eine Hand vom Steuer zu nehmen, und mit höchster Konzentration fahren mußte. Herbert beachtete weder Verkehrsampeln, noch Stoppschilder, noch andere Verkehrszeichen. Sie fuhren den La Cienaga Boulevard in Richtung auf den Sunset Strip entlang.

»Ich möchte eine Entführung melden«, sagte Charlie, als er die Verbindung hatte. »Es ist Sunday Simmons.«

»Na klar«, antwortete der diensthabende Beamte, »und ich bin Donald Duck.«

»Mir ist kalt«, bat Sunday wieder. »Bitte halten Sie! Sie können mir etwas zum Anziehen geben, und wir können miteinander reden.« Sie machte eine Pause. »Wir können über Ihre Briefe reden.«

Sie bekam noch immer keine Antwort. Der Wagen raste in einem wahnwitzigen Tempo weiter. Wenn er nur etwas sagen wollte. Als sie zu dem Haus fuhren, hatte er doch gesprochen. Panik stieg in ihr auf.

Im Wagen schien überhaupt keine Luft mehr zu sein. »Halten Sie doch bitte!« bat sie noch drängender. »Ich glaube, ich werde ohnmächtig . . .«

Sie waren fast da.

Herbert leckte sich über die Lippen, die sich trocken und rissig anfühlten. Er griff in die Tasche und fühlte den Anhänger der Goldkette, die das Mädchen, das er ermordet hatte, am Hals trug. Er wollte sie Sunday schenken. Er steckte sie in die Tasche zurück, holte eine Tube mit Lippenpomade heraus und bestrich sich ausgiebig die Lippen.

Er merkte nicht, daß der Mustang ihm folgte, sondern fuhr – jetzt mit herabgesetzter Geschwindigkeit – über die gewundene Straße immer höher in die Berge hinauf.

Nervös öffnete er den Reißverschluß seiner Hose und begann sein Glied zu streicheln, ruhig und verstohlen, fast so, als liebkose er eine Schlange.

Es war fast soweit, und sie hatten die Stelle erreicht, die er suchte. Von der Straße zweigte eine provisorische Zufahrt ab, die zu einem über die Bergklippe hinausragenden, halb fertiggebauten Haus führte.

Er fuhr den Wagen ganz an den Rand und hielt an. Dann stieg er aus und öffnete die hintere Wagentür.

Sunday sah in der Dunkelheit nur seine Umrisse, als er in der Türöffnung stand und sie anstarrte.

Der einzige Laut, den man hörte, war das Zirpen der Grillen, und sie roch Gras und feuchte Erde.

Herbert kletterte in den Wagen und ließ die Tür offen. Seine Hände umfingen ihre Brüste wie Eisenklammern, seine Finger drückten und kneteten. Sunday wich zurück, und sein Mund schloß sich über einer ihrer Brüste wie eine Falle.

Sie begann sich zu wehren, wollte sich von ihm befreien.

Er hielt sie mühelos fest. Er war stark.

Sie kämpften stumm. Er zwang sie, die Beine zu spreizen. Sie zerkratzte ihm die Wangen. »Hure!« stieß er hervor und schlug sie ins Gesicht. Und dann, als sie fühlte, daß er in sie eindringen wollte, wurde er plötzlich zurückgerissen.

Charlie hatte angehalten, als der andere Wagen von der Straße abbog. Er ließ den Mustang mit eingeschalteter Warnblinkanlage stehen und folgte dem Lincoln zu Fuß.

Zu sagen, daß er nervös war, wäre milde ausgedrückt gewesen. Er brauchte nicht weit zu gehen. Als er den Lincoln erreichte, hörte er den wortlosen Kampf, hörte er Keuchen und Stöhnen. Er zögerte keine Sekunde, stürzte vorwärts, packte Herbert am Hemd und riß ihn von Sunday weg.

Charlie hatte sich noch nie geprügelt, folgte jedoch seinem Instinkt, und als Herbert ihn angreifen wollte, brachte er ihn mit dem rechten Bein zu Fall und trat ihm dann mit voller Wucht in die Leisten.

»Damit zahle ich dir nur heim, was ich von dir bekommen habe«, stieß er hervor.

Herbert krümmte sich in qualvollen Schmerzen. Charlie hatte nämlich nackte Tatsachen getroffen.

Charlie zog Sunday aus dem Wagen. »Machen wir, daß wir wegkommen, bevor er wieder zu sich kommt«, sagte er. Er nahm sie bei der Hand, und sie wollten zu seinem Wagen zurücklaufen.

»Bleiben Sie freundlicherweise stehen, Mister!« Neben dem Mustang wartete ein Polizist und zielte mit der Waffe auf Charlie.

## 61

Eine Woche später saßen Charlie und Sunday nebeneinander in dem großen Jet.

Sie hielten sich bei der Hand, die seine lag schützend über der ihren. Sie waren das Paar, mit dem sich die Presse während der letzten Tage am meisten beschäftigt hatte. Trotz aller Schlagzeilen, Artikel, Spekulationen und Gerüchte fragten sich die Leute, was in dieser Nacht wirklich geschehen sein mochte.

Ganz Hollywood hatte seine Lieblingstheorie: »Sie war natürlich eine hemmungslose Nymphomanin.« – »Er ist schwul, weißt du.« – »Sie haben natürlich bei diesem unheimlichen Schwarze-Magie-Kult mitgemacht, und dann ist ihnen die Sache über den Kopf gewachsen.« – »Sie war immer bei Orgien dabei.« – »Er ist ein bekannter Perverser.«

Marge Lincoln Jefferson wurde tot aufgefunden. Sie war an einer hohen Dosis Gift gestorben.

Herbert wurde verhaftet und zuerst wegen versuchten Kidnappings und Vergewaltigung und – nachdem Marge entdeckt worden war – wegen Mordes angeklagt.

Louella Crisp und ihr kleiner, sanfter Ehemann wurden in Arizona aufgespürt und zur Vernehmung nach Los Angeles zurückgebracht. Später wurde sie wegen Mittäterschaft angeklagt.

Carey und Marshall hatten sofort ihre Hochzeitsreise abgebrochen und waren zurückgekommen, als sie erfuhren, was geschehen war.

Sunday war im Krankenhaus. Körperlich war sie völlig in Ordnung, aber sie stand unter einem schweren Schock, und die Ärzte behandelten sie mit Beruhigungsmitteln.

Charlie kümmerte sich um alles. Er stellte sich der Polizei und der Presse. »Sie darf mit nichts belästigt werden, man muß sie völlig in Ruhe lassen«, hatte er Carey energisch erklärt.

»Selbstverständlich lasse ich sie in Ruhe. Aber Ihnen muß ich eine Menge Fragen stellen . . .«

Claude Hussan kam aus Palm Springs und holte seinen Sohn aus dem Haus am Strand ab. Er kam auch zu Carey ins Büro.

»Tut mir leid, aber wir lösen Sundays Vertrag, wir drehen neu«, erklärte er ihr.

»Soll das ein Witz sein?« rief Carey. »Sie müssen doch gelesen haben, was ihr passiert ist. Sie ist auf jeder Titelseite der Welt.«

Claude zuckte mit den Schultern. »Das ist Pech. Aber sie hat uns im Stich gelassen. Trotzdem – grüßen Sie sie von mir und richten Sie ihr folgendes aus: Die letzten Aufnahmen, die wir gemacht haben, sind mißlungen und deshalb nutzlos. Wir werden sie nicht verwenden.«

Carey sah ihn böse an. »Wenn Sie den Film ohnehin nicht mit ihr drehen, warum sollten Sie dann diese Aufnahmen verwenden?«

»Egal. Richten Sie ihr das ganz einfach aus.« Seine Augen ruhten voll auf ihr, und sie fühlte wieder den Magnetismus seines Blicks. »Auf Wiedersehen«, sagte er brüsk.

Carey tat es um diesen Film nicht leid, doch sie fragte sich, was Sunday dazu sagen würde. Warum war sie eigentlich nach Los Angeles zurückgekommen?

Zwei Tage später wurde Sunday aus dem Krankenhaus entlassen. Von Fotografen und Reportern belagert, floh sie zu Carey und Marshall, in deren Haus sie verhältnismäßig sicher war. Sie schützten sie, so gut sie konnten.

Sunday hatte in der vergangenen Woche mehrere Entschlüsse gefaßt. Sie hatte Carey erklärt, sie werde nie wieder filmen. In gewisser Weise fühlte sie sich fast verantwortlich für das, was geschehen war. Carey konnte es einfach nicht glauben.

»Was wirst du tun?« fragte sie.

Sunday zuckte mit den Schultern. »Was immer es sein wird, es wird sich in einem privaten Bereich abspielen.«

In der Presse hieß es, Dindi Sydne solle Sunday in Claude Hussans Film ersetzen.

Carey war überrascht, wie gelassen Sunday die Nachricht aufnahm. Sie lächelte nur und sagte: »Ich glaube, jetzt hat er die Richtige gefunden.«

Irgend etwas mußte zwischen Claude und Sunday passiert sein, aber Carey fand, es sei nicht der richtige Augenblick, sie danach zu fragen.

Charlie besuchte Sunday jeden Tag, und sie saßen zusammen im Garten und redeten. Carey fand, sie habe noch nie zwei Menschen gesehen, die so ineinander aufgingen. Er brachte Sunday zum Lachen, und das war etwas, das sie beinahe schon verlernt hatte.

Dann bat Charlie sie, mit ihm nach London zu kommen, und sie sagte ja. Sie fühlte sich lustlos, niedergeschlagen, und nur wenn Charlie bei ihr war, fühlte sie sich wohl. Er sagte: »Keine Bindung, wir wollen sehen, was daraus wird . . .«

»Ich bringe dich nach Manchester«, sagte Charlie. »Es ist eine gräßliche Stadt, aber ich bin dort geboren. Serafina ging zwischen zwei Shows schnell ins Krankenhaus und brachte mich zur Welt.«

Sunday drückte seine Hand. »Ich wünschte, ich hätte sie kennengelernt, sie muß eine großartige alte Dame gewesen sein.«

»Ja, sie hätte dich gerngehabt. Ist das nicht komisch, mein Herz? Da sitzen wir jetzt nebeneinander, als hätten wir uns schon ein Leben lang gekannt. Wieviel Zeit haben wir doch versäumt – vergeudet.«

»Nichts im Leben ist je vergeudet, Charlie. Man lernt immer etwas.«

»Ja.« Er sah sie eindringlich an. »Ich glaube, das tut man.«

Der Jet zog eine Schleife und setzte zur Landung an.

»Bleib hinter mir wie eine brave japanische Hausfrau, und überlaß die Presse mir«, sagte Charlie. »Ich werde ihnen nur ein paar Fragen beantworten und sagen, du seist meine Sekretärin.«

Sunday lächelte leicht. »Also, das wäre wirklich ein guter Job für mich. Ich kann tippen, weißt du?«

»Wirklich? Du meine Güte, was für verborgene Talente du hast!«

Sie mußten beide lachen.

## 62

Cedric Homer warf einen Blick in den Rückspiegel des grauen Rolls-Royce, der vor dem Londoner Flughafen parkte. Er kämmte sich das glatte, dunkelbraune Haar. Er war ein durchschnittlich aussehender Mann mit scharfen Zügen. In der grauen Chauffeuruniform schien er mit dem Wagen eins zu sein.

Er legte den Kamm weg und starrte unverschämt ein vorbeigehendes Mädchen an, das einen Minirock trug, der seinem Namen wirklich Ehre machte.

»Kleine Biester«, murmelte er vor sich hin. »Laufen herum und zeigen praktisch jedem ihren Hintern.«

Er verfolgte das Mädchen mit den Blicken, bis es nicht mehr

zu sehen war, dann stieg er aus dem Wagen und stellte sich daneben.

Er dachte an den vorhergehenden Abend, den er mit seiner Mutter in ihrer gemeinsamen Wohnung in Islington verbracht hatte. Es war ein schöner Abend gewesen. Sie hatten sich seine Alben mit den Fotos und Zeitungsausschnitten angesehen. Er hatte jede Zeile gesammelt, die je über Sunday Simmons in englischen Zeitungen und Illustrierten erschienen war. Sie war so schön, so bezaubernd, darin gab ihm sogar seine Mutter recht.

Später hatte er sich dann in seinem Zimmer eingeschlossen, und der Abend war sogar noch schöner geworden . . .

Ein Polizist blieb vor dem Wagen stehen. »Sie halten im Parkverbot«, sagte er. »Sie sind jetzt schon eine Viertelstunde hier, fahren Sie jetzt lieber.«

»Mein Fahrgast muß gleich kommen«, sagte Cedric. »Ich warte auf Charlie Brick.«

»Auf Charlie Brick? Dann bleiben Sie ruhig, ich drücke ein Auge zu. Er kommt wohl heute aus Amerika zurück?«

Cedric nickte. Er hatte Glück gehabt, daß sein Boß ihm den Auftrag erteilt hatte, Charlie Brick vom Flughafen abzuholen. Charlie Brick kannte Sunday Simmons. Wenn er ihm sagte, er wolle Sunday einen Brief schreiben, weil er sie so bewundere, würde Charlie ihm ganz bestimmt ihre Adresse geben.

Leise summte Cedric vor sich hin . . .

Knaur

# Facetten der Liebe

(60305)

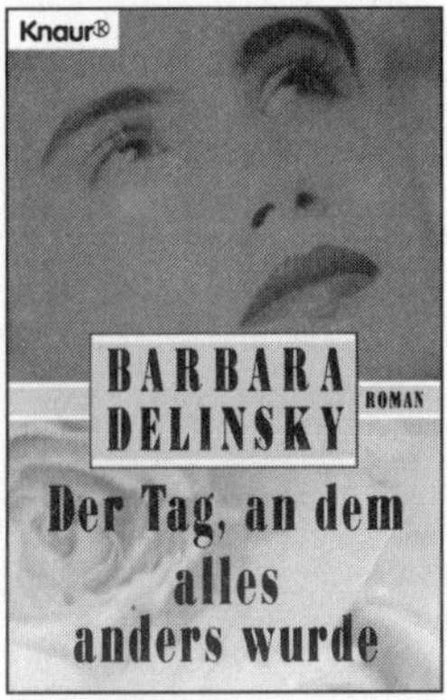


(60298)

(60306)

(60297)